大野龍蛇

紅樓夢斷
系列

新校版

高陽

目次

第一章

「皇后在德州投河了！」

耳語很快地在京裡傳了開來，但妄言妄聽，大都將信將疑，只有極少數的人，包括病中的平郡王福彭，相信流言不假。

乾隆十三年戊辰二月初四，皇帝率皇后奉聖母皇太后啟鑾東巡。

這是早在上年六月初一就頒了上諭的，定於來年正月巡幸東魯，親奠孔林；復奉聖母皇太后懿旨，泰山靈嶽，宜崇報饗，一切典禮由大學士會同禮部，稽考舊章，詳議具奏。

皇帝祭孔的禮節，有康熙二十三年的成規，可資遵循；太后上泰山去燒香，無例可援，就不知道該怎麼辦了？

禮部尚書王安國去請教保和殿大學士勤宣伯張廷玉；他很隨便地說：「我們現在的這位太后，越老越健旺，不過想逛逛泰山而已。拈香的儀節，無可考察，亦不必考察，一句話：踵事增華，成就皇上的孝思。」

張廷玉的話涉譏諷，但也是實話；六、七年來，年年由皇帝陪侍出遊，遠至蒙古、盛京、山西，近則東陵、西陵，至於熱河不在話下，常是六、七月間啟鑾，過了八月十三皇帝的生日方始回京。這一次也是太后想到泰山去燒香，皇帝才有了以祭孔為名的打算。

不想到了十月裡，太后聖躬違和，皇帝宿在慈寧宮每日三次視藥；皇后更是衣不解帶地侍奉，一個多月的仔細調養，太后是復元了，不道皇后遭遇了一個極其沉重的打擊，皇七子永琮夭折了。

皇后的第一個兒子，皇二子永璉夭逝於乾隆三年；八年之後，也就是乾隆十一年的四月，皇后才生了她的第二個兒子，肥頭大耳，茁壯可愛，皇帝命名為永琮；鄭康成注《周禮》說：「琮之言宗也；八方所宗。」皇帝已暗示著將來會傳位給他的這個嫡出之子。

不想在世只得二十個月，便因出痘而不治，皇后哭得死去活來；她的傷心之處不止一端，自顧年已三十有六，難望再能生育，此其一；出痘是小兒必經的一關，最要緊的是看護周到，但皇后因侍奉太后湯藥之故，不免疏於照料，可說永琮是為太后而犧牲了；再有一樁，便更使皇后鬱結難宣了。不知甚麼時候，皇帝與一直在陪伴太后的「舅嫂」——傅太太勾搭上手，而且生了一個兒子，名叫福康安，這年六歲，一直養在太后宮中。

這些悲痛在心頭烙出深刻的痕跡，不是短短的日子中能夠彌補的，儘管東巡啟鑾的日子，由正月延到二月，但皇后意興闌珊，任憑如何鼓舞，始終打不起精神，對太后的晨昏定省，更視為莫大的苦事，因為看到福康安就會想到永璉與永琮，尤其是太后、皇帝、福康安三代人在一起的那幅「天倫樂」的畫面，更讓她心如刀絞，簡直要發狂，但是為了維持皇后的尊嚴，還有更重要的「母儀天下」的典範，她不能不咬緊牙關克制著自己。

儘管如此，皇帝還是不諒解，因為她從永琮夭折以後，就從沒有笑臉。

一路上不斷在齟齬。從曲阜到泰安，太后登上五嶽之首泰山，心情舒暢地遍歷道觀佛閣，皇帝也憑弔了孔子「小天下處」、秦始皇避雨的「五大夫松」、宋真宗封禪的遺址，然後下山駐蹕濟南，皇帝的興致極好，奉太后遊賞趵突泉，還閱了兵，又單獨祭了舜廟，並巡閱濟南府城，六月十一日到了與直隸接壤之處的德州。

德州是水陸要衝的一個大碼頭，來時捨舟登陸；歸時下輿乘舟，寬敞華麗的「龍船」，是名副其實的行宮。這天晚上二更時分，變起不測，說皇后失足落水了。兩岸「營盤」上護蹕的禁軍，都點起了燈籠，照耀得亮如白晝，但河水的浮光之下，一片深黑，會水的侍衛與太監，紛紛跳入河中，撈救了好半天，才把皇后找到，自然早就沒氣了。

第二天發布上諭「皇后同朕奉皇太后東巡，諸禮已畢，忽在濟南微感寒疾，將息數天，已覺漸癒，誠恐久駐勞眾，重廑聖母之念，勸朕回鑾。朕亦以膚痾已痊，途次亦可將息，因命車駕回京。今至德州水程，忽遭變故，言念大行皇后乃皇考恩命，作配朕躬，二十二年以來，誠敬皇考，孝奉聖母，事朕盡禮，待下極仁，此亦宮中府中所盡知者；今在舟行，值此事故，永失內佐，痛何忍言？昔古帝王尚有因巡方而殂落在外者，況皇后隨朕事聖母膝下，仙逝於此，亦所愉快。一應典禮，至京舉行。布告天下，咸使聞知。」

這一來，天下之人無不驚疑，照皇后在濟南感寒致疾看來，「忽遭變故」應該是病歿，但既稱「膚痾」，何以忽成絕症？且扈從的御醫極多，曾否召來請脈；那怕是中風之類的暴症，亦斷無不作急救之理。然則皇后的死因成謎了。

謎底很快地便能揭曉，那天晚上，皇帝在皇后的船上，大吵了一架；皇帝揮拳揍了皇后，氣沖沖回到自己的船上，皇后一個想不開，拉開窗子投水自盡。

當夜，在內務府造辦處當差的曹震，奉禮部尚書兼內務府大臣海望之命，與同事三人，星夜急馳到京，預備迎靈；其間抽空去見了平郡王，細陳這番變故的由來。

「那麼，皇上呢？是不是已經回鑾了？」平郡王問。

「皇帝還在德州；大概會由陸路回京。」

「太后亦走陸路？」

「不！皇上派莊親王跟和親王，護送太后，仍舊由運河到通州，再轉陸路回京。」

「喔！」平郡王想了一下問：「皇上是怎麼個態度？」

「有、有點抬不起頭來的樣子。」

「當然囉，鬧這麼一個笑話，真正騰笑天下。不過——。」平郡王忽然噤住了，落入沉思之中。

曹震不敢打攪，息了好一會，正想動問，倘無別話，便待告退時，平郡王忽又開口了。

「傅春和呢？」

「春和」是皇后的胞兄，戶部尚書傅恆的號；曹震答說：「王爺知道的，傅大人是出了名的忠厚，除了大哭一場以外，我看也不敢說甚麼。」

「嗯！」平郡王說：「他雖不敢說甚麼，皇上一定會有表示。」

「是。」

「你見著方問亭了沒有？」

曹震當然見到了方觀承，他從乾隆七年外放直隸清河道後，官符如火，第二年就升了臬司；乾隆九年命他隨大學士訥親勘察浙江海塘及山東、江南河道回來，調升為藩司；前年山東巡撫出缺，特為隔省調他去署理，直到去年方始回任。這一回是以直隸藩司的身分，出境迎駕，早就到了德州；扈從的曹震屬於先遣人員，因而得與方觀承敘舊，曾一再提起平郡王，問他的身子如何？

聽得這些話，平郡王又安慰，又憂傷；只要有人談到他的病痛，他就會記起蘇州名醫葉天士去年進京時，為他所開的脈案：「左手之部，紘大而堅，知為腎臟養傷，壯火食氣之候。三陽經滿，溢入陽維之脈，是不能無顛仆不仁之虞。」脈訣他不懂，「顛仆不仁」即是中風，卻很明白。又聽說剛成名的葉天士，有能斷人生死之譽。因此一想起便揪心。

「通聲！」平郡王說道：「你倒替我訪一訪一塵子，看他在那裡？」

「在濟南。」

「你怎麼知道？」

「這一回扈駕經過濟南，看他在歷下亭設硯。」曹震答說：「本想去請他算算流年，到底抽不出空。」

「你還得想法子抽個空，拿我的八字再去問一問他看，這兩年的運氣如何？」

「是。」曹震答說：「等皇上回京，辦了皇后的喪事，一到能請假的時候，我馬上就去。」

皇帝是三月十七日，親自護送大行皇后的梓宮到京的。梓宮奉安在西六宮的長春宮，上諭派履親王允祹總理喪事。首先是議禮。皇后之崩，除京師以外，各省皆不治喪；這是因為康熙十三年五月，皇后赫舍里氏難產，皇子胤礽的小命雖保住了，皇后卻崩逝了。其時正逢三藩之亂，平西王吳三桂於上年十二月起兵造反；接著定南王孔有德的女婿孫延齡、靖南王耿精忠，在廣西、福建舉兵響應。康熙為了決心削藩，將吳三桂的兒子、尚太宗幼女恪純長公主的吳應熊，以及長公主所生的兒子吳世霖，明正典刑，以示絕不妥協。在這樣的情況之下，如果外省舉哀成服，容易誤會為皇帝駕崩；民心士氣一動搖，危亡立見，所以哀詔不頒外省，自然亦就不必治喪。

但「皇叔」履親王承皇帝意旨，主張恢復順治年間的舊典，王公大臣自然毫無異言，上諭中不提當年何以不為皇后治喪的原因，只引《周禮》說「為王后服衰」，內外臣無異；《明會典》亦規定，皇后喪儀，「外省官吏軍民，服制與京師同」，如今「大行皇后崩逝，正四海同哀之日，應令外省文武官持服如制」。服制上規定，文武官員百日之內，不准薙髮。

「大家會不會聽呢？」皇帝這樣發問。

「上諭孰敢不遵？」刑部尚書阿克敦回奏。

「不遵又如何？」

「不遵即是抗旨，有《大清律》在。」

「好！」皇帝點點頭，當著群臣不欲多問；退朝後命養心殿的太監，傳旨「叫起」。

原來皇帝自無心中闖下這場大禍，自覺在眾目睽睽之下，逼得皇后不能不投河以求解脫，實在是莫大之辱；因而又自顧身世，彷彿生下來就是一個讓人看笑話、抬不起頭來的人，即使做了皇帝，依然如此。

父死子繼，他的皇位其實來得很正，可是大家總覺得他之得位，都由巧取豪奪，沒有大家幫襯，他永遠做不了皇帝。

由近及遠，一個個想過去，第一個是胞弟和親王弘晝，言語之間，直來直去，毫無人臣之禮。

第二個是十年前薨逝的「十七叔」果親王允禮，經常跟他抬槓，最後只好請他節勞，不必進宮辦事。

第三個是理親王弘晳，想到乾隆四年那重公案，一直遺恨不釋。

第四個是他的表叔訥親，自恃功高，時常嚕囌，漸漸有跋扈不臣之意，只有常常派他出差；如今是在浙江查案，覆命以後，還得派他一個甚麼差使，讓他走得遠遠地圖個耳根清淨。

第五個是張廷玉。想起他來，皇帝心事重重，他們父子間的祕密，完全在他肚子裡，這是個必須置於耳目所及，以便監視的人，但是他卻要告老還鄉了！一回到桐城，且不說與野老閒話，會在不經意之間洩漏若干不足為外人道的宮廷實況，更怕他會將當年如何承旨撰寫《大義覺迷錄》等等上諭的經過記下來，而且「過則歸君」，以求自解於後世。

如果他只是有這樣意向，而未明言，可以不理；那知就在他東巡啟駕之前，居然面奏陳情，甚至泫然欲涕；幸而皇帝早就想過這件事，當下很從容地答覆他說：「你受兩朝厚恩，而且先帝遺命，將來要配享太廟；豈有生死都要追隨先帝左右的重臣，歸田終老之理？」

「宋明配享之臣，亦有請退而獲准的，像宋朝的韓世忠、明朝的劉基就是。」

「韓世忠、劉基都是去世以後，優詔准予配享；不像你，生前就受先帝的特恩。」

「不過臣年已七十有九。」張廷玉說：「七十懸車，古之通義。」

「不然。」皇帝提出反駁：「如果七十懸車不出，何以又有八十杖朝？」

皇帝反覆開導，勸慰百端，最後並准他解除兼管吏部事務；張廷玉始終怏怏，遲早還有第二次的陳情，那時又如何應付。

皇帝越想越煩，終於突破平日意念的樊籬，深悔一開頭像民間的童養媳似地，總覺得自己該受委屈，根本就錯了。

「我為甚麼要受委屈？」他喃喃地自語：「我是皇上，我是皇上。聖祖是漢文帝，阿瑪是漢景帝，我，我應該是漢武帝！」他突然頓一頓足，昂起頭來，大聲說道：「乾綱獨振！」

「阿克敦，你是刑部尚書，我倒問你，行法以何者為重？」

阿克敦毫不遲疑地答說：「持平。」

「既不失出，亦不失入，謂之持平。是不是？」

「是。」

「我一直屈己從人。」皇帝問道：「這不是持平吧？」

「皇上屈己，蒼生之福。」

「你錯！我屈己從人，是蒼生之禍，非蒼生之福。像張廣泗征金川，老師糜餉！我要查辦，總有人替他說好話，好吧，我就再看一看。這樣下去，調兵運糧，到處拉伕，苦的是百姓。」

「是。」阿克敦解釋他自己的話，「臣愚意是，皇上屈己，就是納諫；非事事屈己。」

「這話還差不多。不過，以前一直都是屈己從人，現在我說，以後令出必行，人家未必會聽，聽了亦未見得認真。阿克敦，你說該怎麼辦？」

阿克敦知道該怎麼辦，卻不肯說；因為這句話的關係太重了。因此，只是碰頭。

「立威如何？」

「立威」二字，正是阿克敦想說而不肯說的；此刻皇上自己說出來了，阿克敦只好勸他不要用殺大臣之類過於激烈的手段。

「皇上明鑒，立威之道甚多，總以能令人懍於天威不測，知道權操自上，兢兢自守為主；太平之世，不必重典。」

皇帝想了一會說：「我知道你的用心，你一向主張犯十分罪，只能處五、六分刑。現在我要問你，我要借你來立我的不測之威，你肯不肯委屈？」

「雷霆雨露，莫非皇恩。臣豈有自道委屈之理？」

「你能這麼想，必有後福。」

皇帝覺得阿克敦所說，「立威之道甚多」這句話，很值得細味，手段不妨由輕而重；步驟不妨由近而遠，倘能見效，自然不必用嚴刑峻法。細想了一下，決定拿「大阿哥」來作個訓誡的榜樣。

大阿哥名叫永璜，是哲憫皇貴妃富察氏所出，今年十九歲，已經娶了福晉，只以秉性庸弱，一向不為皇帝所喜。皇后之喪，迎靈時神情呆滯，近乎麻木不仁；皇帝已當面訓斥過一次；這一回特頒硃諭：「阿哥之師傅，諳達，所以誘掖訓誨，教阿哥以孝道禮儀者；今遇此大事，大阿哥竟茫然無措，於孝道禮儀，未克盡處甚多。此等事，謂必閱歷而後能行，可乎？此皆師傅，諳達平時並未盡心教導之所致也。伊等深負朕倚用之恩，阿哥經朕訓飭外，和親王、來保、鄂容安著各罰食俸三年，其餘師傅、諳達，著各罰俸一年。張廷玉、梁詩正俱非專師，著免其罰俸。」

皇子在上書房念書，教漢文的稱為師傅；教清文及騎射，仍用滿洲話的稱呼，叫做諳達。內務府大臣來保是諳達；鄂爾泰之子兵部侍郎鄂容安是師傅；和親王弘晝則負有稽察上書房的全責，所以獲咎較重。

和親王口沒遮攔，第二天上朝看到上諭，向同在王公朝房辦理皇后喪儀的傅恆笑道：「皇上是惱羞成怒了。」

「五爺，五爺！」和親王弘晝與皇帝同歲，行五，所以椒房貴戚的傅恆，一直用這種家人之間的稱呼叫他，「你千萬別這麼說。」

傅恆忠厚懦弱，但帷薄不修，且胞妹因此自盡，鬧出偌大風波，居然仍舊是這樣膽小怕事，在和親王看來，真窩囊得不像個人了。可是轉念間為傅恆設身處地想一想，妻子的情夫是皇帝，他又能如何？

傅恆還想規勸和親王，語言以檢點為宜，像他的身分，縱不致多言賈禍，但怎麼樣也不會有好處。

「傅大人，」軍機處的蘇拉來通知：「叫起了。」

召見謂之「叫起」。每天第一起必是軍機；軍機大臣原有七人，但四個出差，張廷玉又請假，所以只有傅恆跟汪由敦兩人在養心殿進見。

當時的頭一件大事，是皇后的喪儀，傅恆將預備的情形，一一面奏，接著便請示大行皇后的諡號。

「孝賢。」皇帝脫口答說：「昨天我做皇后的輓詩，其中有一聯：『聖慈深憶孝，宮坤盡稱賢。』從來知臣莫如君、知子莫如父，知妻亦莫如夫，大行皇后一生的淑德，只有『孝賢』二字，可以包括。」說著，皇帝的眼睛眨了幾下，彷彿忍淚的模樣。

「請皇上勿過悲傷。皇后有此美諡，一定含笑天上。」

皇帝點點頭，問汪由敦說道：「你去擬個上諭來看。」

「是。」汪由敦「承旨」以後，退下去「述旨」。

此人原籍皖南，遷居杭州，雍正二年的翰林，是張廷玉的門生，亦頗得傅恒的器重。像這樣的上諭，等於寫一封應酬信，不費甚麼功夫，但傅恒難得有個「獨對」的機會，或者有甚麼衷曲要陳訴；在皇帝，亦許也有甚麼不便公然出口的安撫的話，趁這時候也可以說了。因此，他故意在養心殿廊上拖延著。

他只料到一半，皇帝確有「私話」要跟傅恒談，但私下談的卻是公事。

「你看張廣泗這個人怎麼樣？」

「照他平苗的功績來看，有謀有勇。」傅恒答說：「可惜私心重一點。」

「你說得不錯。如果他肯實心辦事，大小金川不足平，現在是在養寇自重；我多次想訓斥，平郡王總是護著他。你看，現在該怎麼辦？」

「張廣泗隸屬鑲紅旗；平郡王是鑲紅旗旗主，在上諭督飭以外，傳知平郡王以旗主身分另行告誡張廣泗，痛加振刷。這樣雙管齊下，臣以為張廣泗一定不敢再因循自誤了。」

「沒有用，張廣泗已經是個『兵油子』了。」皇帝搖搖頭，「我想派訥親去督師。」

傅恒心想，訥親色厲內荏，去了一定僨事；而且他也一定駕馭不了張廣泗。正想開口勸阻時，皇帝已經作了決定。

「我想就這麼辦。不過得給他一個名義，經略大臣如何？」

「這個名義很適當。」

於是等汪由敦將謚大行皇后為「孝賢」，應行典禮，著禮部照例奏聞的上諭認可後，皇帝吩咐：

「你寫個派訥親為經略大臣經略四川軍務的上諭來。」

「是。」

「還有。」皇帝又說：「訥親去了四川，內閣滿洲大學士辦事的人就少了。傅恆升協辦大學士；阿克敦不必再協辦了。」

一聽這話，傅恆先磕頭，後辭謝：「皇上恩典，臣不敢受。阿克敦三朝老臣，學問優長；而且今年正月方升協辦，至今不到三個月，無故解退，亦似乎不大妥當。」

「沒有甚麼不妥當。我志已決，你不必再辭。至於大學士管部，吏部本來是張廷玉，後來改歸訥親；訥親未回京以前，由傅恆兼管。」

「是！」

「回皇上。」傅恆再一次磕頭辭謝：「協辦向無管部之例——。」

「法無定法。」皇帝打斷他的話說：「我行我法，用人用其長；你不必多說了。」

傅恆大感困惑，回到軍機處，悄悄問汪由敦說：「皇上說『用人用其長』，莫非訥公的長處在帶兵打仗？」這真忠厚得可憐了！汪由敦心中好笑；同時在琢磨，是不是要跟他說真心話？

這就不免想到往事，他雖由張廷玉的保薦，得以在「軍機大臣上行走」，但當訥親掌權時，卻深以為苦，因為往往「承旨」只有他一個人；退下來讓汪由敦「述旨」時，由於說得不夠清楚，甚至錯會了意，所以擬好的上諭每退回來重擬；甚至一而再、再而三的情形，並非罕見。汪由敦雖不敢計較，但傅恆卻頗為不平。

有一回訥親出差，皇帝召傅恆「承旨」；他一見面就說：「臣記性不好，怕記不全皇上的交代，誤了大事；請召軍機大臣一起進見。」皇帝准許，從此軍機全班同見，成為常例。

回憶到此，汪由敦不免有知遇之感，同時也知道傅恆識得輕重，不會把他的話去告訴別人，因而決定透露自己的心得。

「用人用其長，不用用其短。這是皇上得自先帝密傳的心法。」

「不用用其短？」傅恆把這五個字唸了幾遍，恍然大悟，非如此不能明正言順地加以「欲加之罪」。

「訥公危矣！」傅恆躊躇著說：「要提醒他一聲才好。」

「不，不！」汪由敦趕緊搖手，「千萬不必多事。」

傅恆接受了他的勸告，但覺得皇帝對張廣泗不滿這一點，應該告訴平郡王；勸他趕緊寫信給張廣泗，切實振作，必得好好打幾個勝仗，如能一鼓作氣，征服了大金川的酋長莎羅奔，訥親不必再派去經略四川，豈不是大家都好。

平郡王很感謝他的好意思，表示一定照他的話辦，同時談到他的病情，經常暈眩，十指發麻，心跳得很厲害，服平肝的藥，總不見效，以致不能銷假，託傅恆得便代為陳奏。

「是，是。王爺請安心靜養。」

傅恆正待起身告辭，聽差遞進一張紙來；平郡王看了，含笑說道：「春和，恭喜、恭喜！原來你得了協辦。」

「受之有愧。」傅恆答說：「尤其是奪了立軒的缺給我，更教人過意不去。」立軒是阿克敦的號。

「立軒屢起屢仆，屢仆屢起，風浪經得多，不會在意的。他住得不遠，你何妨去看看他。」

「王爺的指點極是。我這會就去看他。」傅恆正好告辭。

阿克敦住在頭髮胡同，與石駙馬大街平郡王府相去不遠，傅恆坐轎剛進胡同，聽得後面車聲轔轔；扶著轎槓的跟班回頭一望，認得是阿克敦的後檔車，便向轎中通知：「阿大人回來了。」

輪聲慢了下來。在京城能坐轎的，都有很大的來頭，車比轎快，卻不敢爭道；傅恆心知其故，便即交代：「轎子讓一讓，讓阿大人先過去。」

這時阿克敦也知道了，轎中的傅恆是特為來看他的，所以到家先不進門，在大門口等著迎客。

兩人原是世交，算起來傅恆是晚輩，一看老世叔在大門口站著等，便遠遠地下了轎；阿克敦便也迎了上來，相互一揖，都不開口，因為當街非說話之處。

「春和，」進門到得花廳上，阿克敦問道：「在我這裡小飲，如何？」

「正想陪老世叔喝幾杯，也還有幾句衷曲要訴；這回──。」

阿克敦知道他要說的是甚麼？即時揮一揮手將他攔住，「春和，得失不足縈懷，你不必為我抱歉。」他朝外喊道：「來！看傅中堂的衣包在那裡？」

於是傅恆更換便衣；阿克敦也入內換了衣服，復回花廳陪客小酌。席間，傅恆少不得還是談到了他與阿克敦的宦海升沉。

「世叔，我實在替你很委屈。而且我亦很奇怪，協辦本來就有兩個缺，皇上栽培我，何必一定要開世叔你的缺呢？」

「豈止開缺，只怕我還有啞巴吃黃連的遭遇。」

「這是怎麼說？」

阿克敦想了一下說：「我跟你說了吧，皇上跟以前不一樣了，他要學先帝的辦法了，威權獨操，賞罰由心。」

「這──，」傅恆仍有疑問，「就算賞罰由心，好好兒的，沒有過失，怎麼給人降了官呢？」

「這就叫天威不測。」

「皇上是要人這麼想？」

「是的。」阿克敦答說：「不然怎麼能讓人害怕呢？」

傅恆想了好一會，又問：「這是世叔你自己琢磨出來的呢？還是皇上告訴你的？」

「兩者都有。」阿克敦答說：「皇上自覺以往屈己從人是錯了，他要伸法；伸法必先立威，已經告訴過我了，要拿我開刀。」

「開刀？」傅恆一驚，「皇上是這麼說的？」

「說是說『委屈我』。不過，我看不止於解除協辦；因為這並顯不出天威來。」

傅恆不便再往下問了；只把他的每一句話都緊記在心，靜以觀變。

阿克敦的預測，很快地應驗了。

事起於翰林院繙譯大行皇后的冊謚文，漢文的「皇妣」譯成清文的「先太后」，皇帝認為不妥，傳旨召阿克敦來問；因為他是翰林院的掌院學士。那知阿克敦已經走了。

這一下，皇帝找到了一個立威的好題目，寫了一張硃諭交軍機處，說漢文「皇妣」譯成清文「先太后」有「大不敬背謬」之處；且「呈覽之本留中未降，而請旨大臣竟棄而他往」，此「皆阿克敦因前日解其協辦大學士之故，心懷怨望，見於辭色」，著革職交刑部問罪。

此諭一宣，舉朝震慄。最惶恐的是汪由敦，因為刑部滿漢兩尚書，就是阿克敦跟他；如今由他主持來問罪，擬重了對不起阿克敦，擬輕了又怕碰皇帝的釘子，想來想去，沒有兩全之道。

反倒是阿克敦，親自去看汪由敦，很誠懇地喚著他的別號說：「恆巖，你不必替我擔心，你儘管把罪名定得嚴，不要緊。我常說：『雷霆雨露，莫非皇恩。』我很泰然的。」

他是暗示「雷霆」之後，尚有「雨露」，但汪由敦震於不測之威，方寸之間，不能如阿克敦的成竹在胸，所以聽不出他的絃外之音。不過既然他自己表示諒解，汪由敦認為解消了他的一個絕大難題，應該感激。

當下起身一揖，口中說道：「蒙公體諒，慚感交併。但得天顏稍霽，必當全力斡旋。」

「謝謝！」阿克敦拱手還禮：「凡事順乎自然，恆嚴，請你千萬不必強求。」

於是汪由敦當天便找了「秋審處」的八總辦——刑部頂兒尖兒的八個能幹司官，一起商議，定了個比照增減制書律，擬定的罪名是「絞監候」。

絞刑亦是死刑，但比身首異處的死刑來得輕；「監候」是拘禁在監獄中，等候秋後處刑。但不論「斬監候」，還是「絞監候」，只要不是「立決」，都有活命的希望，因為有「勾決」一道程序；每年秋天由「秋審處」審核所有「監候」的人犯名冊，分別簽註意見，到時候為阿克敦設法開脫，註上「可矜」二字，那時候皇帝氣也平了，定會同意。

那知皇帝別有用意，既然用到向阿克敦「借人頭」這樣一個大題目，文章自然要做得淋漓盡致，燈下構思，先用墨筆起了稿子，修改妥當，方始用硃筆批在原摺後面。

硃批中一開頭就說：他在第一次上諭中，指出阿克敦之罪是「大不敬」及「怨望」，諭旨如此明確，而刑部仍照增減制書之例擬議，明明是「瞻顧寅誼，黨同徇庇」，置諭旨於不問，只治他誤繙之罪。接著，指責擬罪之人，輕重倒置，誤繙之罪不重；重的是「大不敬」及「怨望」，身為大臣，豈能不知？

然後筆尖一繞，就專門針對刑部堂官做文章了，說他們有意援引輕比，殊不知適足以加重阿克敦的罪名；是不是與阿克敦有仇，「故欲輕擬，激成重辟？」這話有挑撥之嫌，不能出於皇帝之口，而且亦怕阿克敦誤會恐嚇，但又非說不可，因而補上一句：「果有此等伎倆，亦豈能逃朕洞鑒耶？」意思是不會激成重辟，阿克敦放心好了。

接下來便是追敘先帝對朋黨的態度，同時表明他對朋黨的態度；將由寬而嚴，他說從前朝官與退休的紳士，「比周為奸，根株盤互，情偽百端，皇考以旋乾轉坤之力」方得廓清，不想近年故態復萌，是不是看他諸事寬大，以為又可以勾結行私？

於是提出警告：「朕嘗云，能令朕宣揚皇考之寬仁者，惟諸臣；即令朕昭示皇考之嚴義者，亦惟諸臣。」他指出「大不敬」與「怨望」之罪，絕不應如此輕擬；「該部以平日黨同之陋習，為此嘗試之巧術，視朕為何如主乎？」最後，也是最厲害的，便是「嫁罪」於刑部堂官，他說他的本意是，阿克敦縱有應得之罪，無非讓他知所自儆，將來仍舊會用他。「今觀該部如此定議，則阿克敦不必可宥，是阿克敦之罪，成於該堂官之手，該堂官欲傾身以救阿克敦，非特阿克敦不可救，而身陷罪戾，且不能自救矣。該部堂官著交部嚴察議奏；此案著另議具奏。」

前面都是「該部」；結尾是「該部堂官」，惟獨提到救阿克敦一段，連用兩個「該堂官」，將汪由敦嚇得神色大變。

正當此時，有人來報：「阿大人來了。」

「喔！」汪由敦定定神問：「在那裡？」

「在大堂上。」

「為甚麼不請進來？快請！」

「阿大人不肯進來。」

這一下，汪由敦只好親到大堂，只見阿克敦青衣小帽，站在簷下，後面跟著一名聽差，肩上打個鋪蓋捲，手上提一隻置日用雜物的網籃。看到汪由敦，他提高了聲音說：「犯官阿克敦報到，請過堂收監。」

原來阿克敦起先奉旨「革職，交刑部問罪」，不必收監；現在刑部擬罪「絞監候」，上諭以為太輕，那就至少也要定個「斬監候」。不論為何，反正「監候」已是奉了旨的，所以自動來報到。

「言重，言重。」汪由敦急趨幾步，執著他的手說：「白雲亭坐吧！」

「白雲亭」是刑部堂官日常治事會食之處；阿克敦既然是這麼一身打扮「上衙門」，當然不肯接受好意。

這時管獄的司官，「提牢廳主事」夏成海也趕到了，先向汪由敦行禮說道：「請大人進去吧！阿大人交給司官好了。」

「好，好！你好生伺候。」

「是！」夏成海轉身向阿克敦請個安說：「大人請！管家也請跟我來。」

「不敢當！」阿克敦拱拱手說；再抬頭看汪由敦時，他已經將身子轉了過去，想來是不忍見本部的堂官成了階下囚。

當然，雖說阿克敦已犯了死罪，但絕不至於與定讞的囚犯，監禁在一起。刑部的監獄，俗稱「天牢」，正名是「詔獄」，因為入此獄的人，姓名必見於詔書，都是有來頭的，所以格外優待，特設住處，稱為「火房」；大則一座院落，小亦有兩間屋，可以攜僕開伙。不過這份「優待」，須花幾百至幾千兩銀子去交換而已。

阿克敦自當別論。夏成海將他安排在最敞亮的東跨院，五、六個獄卒忙作一團，阿克敦倒老大過意不去，只不斷地說：「夏老爺太費心了。」

安頓粗定，只聽外面傳報：「汪大人到！」

這時阿克敦反客為主，迎了出來；只見汪由敦也換了便衣，不由得一驚，「怎麼？」他問：「不只是『交部』嗎？」

說「交部」便是交吏部處分；與交刑部治罪，必先革職不同。汪由敦何以亦是這樣一副裝束？阿克敦不免驚詫。

「禮當如此！」

阿克敦為他放心了，不是褫奪頂戴，只是便衣探監，彼此方便而已。當下延入屋中，坐定無話；夏成海知趣，悄悄地溜了開去。

「特來向我公請罪。」汪由敦悲傷地說：「刑非其罪，竟爾枉法，痛心之至。」

接著，汪由敦便將他跟署理的滿尚書盛安及滿漢四侍郎勤爾森、錢陳群、兆惠、魏定國等人，重議阿克敦的罪名，依大不敬斬決律末減為斬監候的情形，約略說了一遍，再三表示歉疚不安之意。

「無須，無須。這原在我意中。倒是因為我的牽累，害各位交部，才真是無妄之災。不過，陳占咸是很明理的人，想來只會擬革職；不會擬降調。」

陳占咸是指新任吏部尚書入直軍機的陳大受，他是湖南祁陽人，雍正十一年的翰林。由於兩件事，頗得皇帝的賞識，一件是乾隆二年翰詹大考，皇帝親自監試；翰詹大考，因為有一篇賦的關係，頗費功夫，通常須給燭始能完卷，但陳大受於日中首先交卷，而且寫作俱佳，因而由編修超擢為詩讀，自此官符如火，乾隆四年便特旨外放為安徽巡撫。

其次是陳大受從小父母雙亡，而且家境寒微，與打魚的住在一起；半夜裡漁夫上船，他一面守門，一面苦讀，因而成名。及至當了方面大員，由安徽調江蘇，是天下十七個巡撫之中最好的一個缺，但他因為父母在世時，沒有過一天足食豐衣的日子，所以布衣疏食，自奉極儉，但不禁僚屬鮮衣美食。這祿養不及親而不忘親於寒微之時，最能博得皇帝的激賞，所以他人巡撫內調常為侍郎，而陳大受內調為兵部尚書，如今且已改為六部之首的吏部尚書，在軍機大臣上行走，是當朝僅次於傅恆的大紅人。

陳大受處事頗為明快，刑部堂官交議的案子，到了吏部，考功司的掌印郎中抱牘上堂，陳大受略略看了一下，便即交代：「奏請一律革職。」

這個郎中姓花，外號「花樣多」，他是訥親當吏部尚書時提拔起來的；訥親最喜無事生非，所以「花樣多」得以脫穎而出。此時他的建議是，將刑部「六堂」，分成三種處分，革職、革職留任、降三級調用各二。

「這是自找麻煩。兩位革職，你得找人來補，這還可以用署理的辦法，暫時應付；兩個降三級調用，尚書變成三品官，你在『大九卿』之中，那裡去找兩個缺來安插？而況同罪同科，強為區別，必失其平；不如一律請革職，皇上不能讓刑部六堂都由新人來接替，一定降恩旨，革職而從寬留任，儆戒之意既明，實際政務無礙。豈不是很妥當？」

果然，奏上得旨，一如陳大受的預料。汪由敦與其他堂官一例處分，並未獨異，方始放心。

但「刑非其罪」的良心責備，卻越來越深，原來為皇后服喪一事，又讓皇帝找到了一個乘機立威的好題目——各省不為皇后服喪，已經七、八十年，突然恢復舊制，好些官員都不明白「國喪百日之內不准剃頭」的規定，首先被檢舉的是奉天錦州府知府金文醇，及山東沂州的一名武官，皇帝降旨：「本朝定制，國恤百日以內，均不剃頭，倘違例私犯，祖制立即處斬，亦如進關時令漢人薙髮，不薙髮者，無不處斬之理。」因而將金文醇等拿交刑部治罪。

汪由敦因為金文醇翰林出身，又是小同鄉，要他因為剃了一次頭便定「立即處斬」之罪，實在於心難安。幸好由都察御史署理刑部尚書而補實的盛安，首先倡議，斬立決過重，應改斬監候；除了右侍郎兆惠以外，其他都默然表示附議。

及至司官擬好了定金文醇的罪名為斬監候的奏稿，兆惠不肯畫行。此人籍隸滿洲正黃旗，姓烏雅氏，是世宗生母孝恭仁皇后的族孫；因為他家出過皇后，所以堅持對皇后的大不敬應該是斬立決。

人命至重，所以京中凡有情節重大的罪案，交「三法司」——刑部、都察院、大理寺會審時，如判決死刑，須「全堂畫諾」，只要有一個人提出異議，即不能定讞。如果需要「專摺具奏」，像金文醇的這種案子，雖可由刑部定案，但涉及大辟，亦須「六堂」一致，因為兆惠不畫「堂稿」，便又起了爭執。盛安引雍正年間的例案，當時太后之喪，有個佐領李斯琦，百日以內剃頭，擬罪斬監候，如今援案辦理，有何不可？兆惠反駁，李斯琦是廢員，與金文醇既為現任知府，且是翰林出身，理當知禮的情形不同，未可一概而論。同時他又指出，擬罪從重，以便皇帝加恩減罪，是多年相沿的例規。

所以雖將金文醇擬為斬決，實際上一定還是斬候，死不了的。

「萬一皇上例不加恩，即時處決呢？」

年少氣盛，也不大識漢文的兆惠，拍一拍胸脯說：「我償命。」

「空話！」盛安冷笑，「你就想償命，也要皇上准你去死才行。」

話說得很難聽了。汪由敦、錢陳群趕快橫身相勸，才沒有吵起來，當然，案子也就擱起來了。

第二天恰好召見盛安，他提到此案，以為斬決太重。皇帝面諭：「我原是嚇嚇他們的。非如此，不能讓大家懂得甚麼叫『名分攸關』？君臣之間，賴以維繫者，亦只此四字而已。你告訴你同部堂官，擬了斬立決，我自然會加恩減輕。」

盛安心想，這一下不是正好證明兆惠對了，而他是錯了？想到前一天破臉的情形，自己覺得面子上太下不來；皇帝的話且不必說，看看情形，再作道理。

這樣遷延了十幾天，始終未曾出奏。皇帝開始查問了，召對時，盛安與軍機大臣一起進見，問到此案，他引李斯琦的例案說：「臣如果擬了斬決，怕引起物議，臣之微名不足惜，恐成盛德之累，反為不美。」

「你怎麼說這話？」皇帝大為詫異，「我不是當面交代過你嗎？你擬得重，我會改輕；莫非你都記不得了？」

一句話問得盛安張口結舌，方寸大亂，用滿洲話答道：「是有此旨。臣年紀大了，偶有遺忘。」

皇帝從小憂讒畏譏，養成了多疑的性格，認為盛安用滿洲話回答，是有意不讓漢大臣聽懂他的話；亦就是不讓漢大臣知道皇帝於此案有從寬之意。這一下怒從心頭起，以「目無君上，巧偽沽名」的罪名，革職交刑部從重治罪。其餘刑部堂官除兆惠「持議不從」外，其餘「交部嚴懲議奏」。

「目無君上」是死罪，奉旨「從重」當然擬成斬立決，奉旨「從寬，改為應斬監候，秋後處決」。吏部覆奏，汪由敦等「扶同曲法，殊屬溺職」，一律革職；但原來就是革職留任之員，應該革任。奉旨「俱從寬免其革任」，只倒楣了盛安一個人。

於是提牢廳主事夏成海，第二次伺候本部尚書入火房，正就是阿克敦所住過的東跨院——阿克敦在「雷霆」之後，已獲「雨露」，前幾天奉旨「在內閣學士上效力行走，並兼署工部侍郎」，因為孝賢皇后之喪，「奉安」、「升祔」，要造神牌，這份差使交給謹慎老成又精通滿漢文的阿克敦最為妥當。

盛安會不會像阿克敦那樣，只是一場虛驚；在火房中待一兩月，仍舊放出來去做官？刑部上上下下的人，都以此為話題在猜測，只有極少數的人不聞不問；而只有這極少數的人，斷定盛安是死定了，而阿克敦可能仍舊會回來當刑部尚書，因為阿克敦所姓的章佳氏與孝賢皇后母家的富察氏，這兩族等於皇帝的左右手，而且盛安與阿克敦的兒子，一個不肖，一個跨灶，因而禍福也就不同了。

盛安的兒子叫喀通阿，曾經犯過偽造文書的罪，皇帝特為寬宥，交給盛安嚴加管束；如今盛安身入囹圄，無法管教劣子，皇帝以此為理由，將喀通阿充軍到熱河去作苦工。至於阿克敦的兒子阿桂，年輕有為，以吏部員外充軍機章京，如今跟著兵部尚書班第在大金川；只看在阿桂在前方這一點上，就不能為難阿克敦，不然豈不傷害士氣。

盛安是不是「秋後處決」，猶不可知；阿克敦回任倒是料中了，派他署理刑部尚書的上諭，終於在閏七月初一下來了。

首先得到消息的是「承旨」的軍機大臣汪由敦。一退了值，親自到阿克敦那裡去道賀；同時請他即日上任。

「謹堂，」阿克敦對汪由敦說：「我算了一下，從斬監候的嚴譴到今天回任的恩典，恰好一百天。這一百天，你有甚麼感想？」

汪由敦的為人，正如他的別號「謹堂」，知道他有為他人不平的牢騷，便含含糊糊地答說：「感想甚多，改日細談。恆翁，我們同車上衙門吧！」

「改一天，改一天。」阿克敦說：「我得挑個黃道吉日再上任。」

其實阿克敦是因為「秋老虎」很厲害，想休息幾天，只是勤勞王事，臣子當為，想偷懶的話不便說，因而找這樣一個藉口。

汪由敦卻不肯放過他，「揀日不如撞日，而且今天是初一。」他緊拉住他的袖子，「請吧，請吧！一切都要請老前輩主持。」

阿克敦在翰林院，比汪由敦早六科，「老前輩」的稱呼，並非恭維。而提到科名翰林的前後輩之間，別有一種親切之感；阿克敦終於同意了。

原來汪由敦之逼著阿克敦去上任，亦是別有苦衷，國恤百日之內剃頭的案子，糾纏不清，越鬧越大；阿克敦一拜了印，接受僚屬的致賀以後，立刻就有一件剃頭案子，擺在他面前。

這件案子是江蘇巡撫安寧，奏參江南河道總督周學健，在孝賢皇后大事二十七日剛畢，即已剃頭，所屬文武中，除了淮徐道定長以外，亦無不如此。摺子後面，還有皇帝洋洋灑灑的一篇硃批。

硃批中說：前些日子，福州將軍新柱到京陛見，提到他經過淮安時，周學健因為已經剃了頭，怕他發覺，故而借「巡河」為名，跟新柱避不見面。皇帝認為周學健身為大臣，於此等名分攸關之處，當然會謹守法度，新柱當是聽聞未確，此外也還有人提起，他一概不信。現在看安寧所奏，才知道不獨周學健一人犯法，而且所屬效尤，「棄常蔑禮，上下成風，深可駭異。」

看到這裡，阿克敦說：「周學健的一條命保不住了。」他嘆口氣：「唉！孝賢皇后晚半年駕崩就好了。」

「恆公，」兆惠問道：「你老這話是怎麼說？」

「孝賢皇后三月十一駕崩，過二十七天正好是浴佛節；菩薩都熱得要洗澡了，你想江南初夏黃梅天，長了滿頭的亂髮，怎麼受得了？」

「是，說起來是情有可原。」

「不過，」汪由敦立即接口，「法無可赦。」

阿克敦不作聲，繼續往下看硃批，看到末尾，才知道汪由敦不能不持這種嚴苛態度的道理；因為皇帝認為此事傳聞已久，竟無人舉發，甚至軍機大臣日常見面，亦從未面奏，「其意不過欲為之蒙蔽，以救伊重譴。」汪由敦如果附和「情有可原」，應從末減，豈非恰好坐實了他軍機大臣蒙蔽之罪？

「『周學健著大學士高斌，就近拿解來京，交刑部治罪。』」阿克敦唸著硃批說：「不知道那天可以到京？」

「大概總要半個月。」

「好，先輕鬆半個月再說。」

「老前輩想輕鬆，恐怕是奢望了。」汪由敦說：「還有件案子在這裡。」

「又是剃頭！」阿克敦懶得看這種奏摺，轉眼發現有個名叫彭傳增的司官在，便很客氣地說：「勞駕！請唸一唸。」

「是。」彭傳增接過奏摺，唸道：「『奏為自行檢舉違制薙髮緣由，並自請處分，恭摺仰祈聖鑒事。竊以本年三月十一日——。』」

「慢，慢！」阿克敦突然想起，「彭老爺是在湖廣司吧？」

「是。一直在湖廣司。」

刑部跟戶部一樣，以省分司，稱為「清吏司」，戶部的「湖廣清吏司」管兩湖的錢糧；刑部的「湖廣清吏司」管兩湖的刑名。彭傳增在此，那麼這個「自行檢舉違制薙髮」的奏摺，自然出於湖廣大吏。阿克敦驀地裡一驚，急急問道：「誰的摺子？」

「塞制軍的。」

完了！阿克敦在心裡喊得一聲，扶著頭說：「這個天兒真熱！腦袋都快炸了。」

「那就歇一歇吧！」汪由敦向彭傳增說：「請你先把摺子收一收，明天再呈堂好了。」

「不，不！」阿克敦強打精神，「把摺子留下，我自己來看。」

奏摺是湖廣總督塞楞額所上，自陳在孝賢皇后崩後，二十七天即已剃頭，湖北巡撫彭樹葵、湖南巡撫楊錫紱及兩省文武官員，亦復如此。又說：所以違制之故，因為皇后賓天自康熙十三年以來，外省皆不服喪，歷時既久，服制不明，以致誤犯；後經楊錫紱細查舊例，方知應在百日以後，方可薙髮，現聽楊錫紱之勸，自行檢舉，請賜處分。

這個摺子是經皇帝看過才發下來的；硃批是：「交刑部。」顯然的，如果是「處分」，應交吏部；「交刑部」便是議罪。

「謹堂，自行檢舉，是不是可以減一等？」

這塞楞額姓瓜爾佳氏，隸正白旗，康熙四十八年進士，是阿克敦的同年至好；汪由敦知道他此時的心境，本來不想表示意見的，說不得也只好替他略為擔待了。

「他是滿洲世臣，跟周學健又不同。不過既然自行檢舉，減一等也是說得過去的。」

「和甫，」阿克敦問兆惠，「意下如何？」

兆惠答得很明確：「斬立決減一等，斬監候。」

問了其餘的侍郎，亦都認為以斬監候為適當。於是阿克敦作了裁定：「照此覆奏。到勾決的時候，看他的造化吧！」

第二天皇帝召見軍機，指著刑部的覆奏說：「彭樹葵、楊錫紱之剃頭，雖說順從總督，不過既是封疆，豈有漫無主見，一味附和之理？話雖如此，塞楞額既然已經剃頭，又何怪乎彭樹葵、楊錫紱？

這兩個人革職留任。不過其中又有分別，楊錫紱勸塞楞額自行檢舉，與彭樹葵是有分別的。彭樹葵另外處罰修城工，楊錫紱免罰。你們說我這樣處置，公平不公平？」

「皇上行法，如鑑之空，如衡之平。」傅恆答說：「一本大公，前後獲罪諸臣，一定心服。」

傅恆是故意這樣說，因為他覺得彭樹葵、楊錫紱可以不死，而且仍舊在當巡撫，相形之下，周學健，尤其是金文醇問了死罪，未免冤枉，所以特為提到「前後獲罪諸臣」，意思是提醒皇帝重新考量。

皇帝是早已想到了，「我亦沒有想到，督撫大員中有周學健，則無怪乎有金文醇；更沒有想到，滿洲大臣中有塞楞額，那就無怪乎有周學健了。」他略停一下又說：「論罪名，金文醇已有滿員勸他而不聽，較之周學健為重；但論官職，金文醇較低，還可以減罪。這麼加減調和，兩個人不妨同科，都發交直隸總督那蘇圖，修理城工，效力贖罪。」

「是。」

「汪由敦。」皇帝指名徵詢：「你覺得我的處置，怎麼樣？」

汪由敦不敢贊一詞，只碰著頭說：「皇上聖明。」

「現在要談塞楞額了。」皇帝停了一下說：「他在湖廣的官聲不好。現在川陝用兵，兩湖居轉輸樞紐之地，他亦很不得力；我看福州將軍新柱人很明白，可以接塞楞額。不知道他現在走到甚麼地方了？」

傅恆無從回答，汪由敦亦茫然不知；軍機大臣吏部尚書陳大受便即答說：「以臣估計，大概剛入河南境界。」

「那就趕快寫一道『廷寄』，命他兼程趕到武昌，傳諭塞楞額，這種違制的事，在漢人還可說是冒昧無知，他是滿洲的世家，豈有不知之理？只准帶家丁兩名，星夜來京候旨。在任所所有家產，即由新柱查明，封存具奏。也許塞楞額自己知道，獲罪甚重，家產有預先寄頓隱藏的情形，叫新柱亦要好好查明白。」

於是軍機「承旨」寫了一道「廷寄」，由兵部起火牌，派專差南下遞交新柱；另外還有一道「明發上諭」：「湖廣總督塞楞額著即開缺，馳驛來京；遺缺即由新柱署理。」

就表面來看，塞楞額彷彿另有任用似地；但汪由敦知道，既已抄家，至少將是充軍的罪名。如果塞楞額在湖北居官不是過貪，任所貲財並不太多，將來猶有復起之望，否則，只怕還有較充軍為重的罪名。

他將「廷寄」的內容，私下告訴了阿克敦；同時也談了他的見解。阿克敦深以為然；但卻想不出一個能救同年至好的法子，惟有指望新柱覆奏中，所附查抄塞楞額貲產的清單，只是中人之產。

不過新柱的覆奏，除非發交刑部，他是看不到的；此事還是要託汪由敦，只有軍機大臣才能與聞任何機密。汪由敦當然一口應承。

湖廣的摺差到京，但卻非遞送新柱的奏摺，而是星夜轉寄來自四川的軍報。大金川用兵，在陝西、湖北各設後路糧台，緊急軍報，為求快速，往往分道各遞，由水路下三峽，經湖廣北上，比較快速，但三峽容易失事；所以另由陸路出漢中，東經山西，自正定入京，這一路雖慢而穩當。倘或水路遇險，仍有陸路專遞的摺差到得了京師，不致耽誤大事。

這一份軍報是經略大學士訥親所奏；午間到達，由湖北駐京的提塘官到宮門呈遞，內奏事處片刻不敢延擱，即時用黃匣盛了，送往養心殿；未末申初，皇帝就已寓目，傳召傅恆進見。

像這樣下午特召傅恆見面的情形，已非一次，都是為了軍情緊急，有所商議；因此，傅恆亦每一次都要通知汪由敦，在軍機處待命，為的是當皇帝指授方略時，有汪由敦在，便可即時擬寫上諭，交原差帶回。

這一天自然亦不會例外，當他一到軍機處時，值班的章京便迎了上來說：「大人請吧，養心殿已來問過兩次了。」

汪由敦不進屋，轉身往養心殿；見皇帝請了安，跪在傅恆後面，靜聽指示。

「我不知道你們是不是覺得訥親很荒唐。」皇帝的聲音很急，「大金川的土番，築碉堡頑守，訥親居然認為『我兵既逼賊碉，自當亦令築碉與之共險。』又說：『守碉無須多人，更可餘出漢土官兵，分布攻擊，似亦因險用險之術。』我真不知道他的用意；更不知道他是去幹甚麼的？」

「訥親是把『攻』跟『守』鬧糊塗了。」傅恆答說，「築碉堡後費事，恐怕年內不能收功。」

「豈止年內不能收功，亦許年內連碉堡都還沒有築成。往後天氣一天比一天冷；大軍浮寄孤懸，處處不便，天時、地利都於我不利，所恃的是人和，可是，」皇帝嘆口氣，「恐怕越來越糟了。」

汪由敦心想：「大金川除了川陝總督張廣泗是主將以外，還有戶部尚書班第在主持糧餉；內大臣傅爾丹是老將，善於馭下，在那裡替張廣泗管理滿洲兵；更有宿將岳鍾琪設謀定策，參贊軍務，實在用不著再派剛愎自用、不得人緣的訥親，以經略大臣的名義，在那裡高高居上，亂出主意。」

「訥親不會打仗，我派他去，亦不是要他打仗，是指揮調度，調和眾將；訥親竟不明白我的用意，想出這種與土番『共險』的策略，實在可笑、可恨。可是，張廣泗呢，他不能不懂吧？明知道是為敵所笑，亦是為敵所喜的大失著，何以竟不說話？」

「或許張廣泗說過，訥親不聽。」傅恆答說。

「這也是有的，可以問一問訥親。」

「是。」

「建碉之策，絕不可行。趕緊寫個上諭告訴訥親。」皇帝略停一下又說：「為甚麼絕不可行呢？第一，大軍以攻剿為主，如今反攻為守，是不是得尺守尺、得寸守寸，倘有進展，莫非另外又築碉堡來守？這樣下去，那一天才能班師？」

「是。」傅恆又回頭跟汪由敦說：「你記住了？這是第一。」

「記住了。」

等傅恆回轉臉去，皇帝接著指示：「第二，金川不管怎麼樣，到頭來總還是要交還土番的，現在勞師動眾築了碉堡，留了給土番，將來再有反側，更加易守難攻，豈非自貽伊戚？」

「確是後患無窮！」傅恆矍然，「皇上真看得遠、看得深。」

「還有，士兵一看築碉，是要久守了，班師無期，心灰意冷，士氣一倒，甚麼都完了。」皇帝憂形於色地，「我真擔心，這種長他人志氣，滅自己威風的做法，說不定土番已經趁你在築碉堡的時候，士無鬥志，戒備不嚴，反撲過來，已經打了一個敗仗。」

「這，」傅恆安慰地說：「應該不至於，張廣泗之外，岳鍾琪是百戰宿將，一定會攔住訥親，不讓他胡來。皇上請寬心好了。」

「我也只有把希望寄託在岳鍾琪身上了。」皇帝點點頭說，「至於訥親奏請添兵，問他土番到底有多少？據張廣泗以前奏報，土番不過三千多人，而大兵有四萬之眾，以十敵一，何以不能克敵收功？問訥親、張廣泗，要還我個道理！」

「是。」

「汪由敦，」皇帝吩咐，「你馬上寫上諭來我看。」

汪由敦答應著退了出去。養心殿旁有一間木屋，原是總管太監休息之處，有現成筆硯可用；在汪由敦寫上諭時，殿內的皇帝對傅恆另有指示。

「從來仰攻總比較難，土番在碉堡裡面，居高臨下，占盡地利，難上加難，這也是實情。我在想，要破碉堡不在人多，而要得法。甚麼法子呢？用雲梯。」

「是！」傅恆說道：「這一段旨意亦應該告訴訥親。」

「不！用雲梯要訓練過。你跟兵部、工部商量，找從金川回來的人，仔細問清楚土番的碉堡，多大多高，用甚麼材料，在番山附近，找塊地形差不多的地方，照樣建它幾十個，要快！你看要多少時候？」

傅恆估計了一下答說：「臣想有半個月就行了。」

「好！」皇帝又說：「另外在八旗護軍裡面挑身手好的，不必多，只要三百人就可以了，你們看我自己來訓練，教他們演習雲梯，兼習鳥槍。」

「是！臣傳知工部，製辦雲梯。」

「這三百人另外立一營。」皇帝沉吟了一下說：「起名『健銳營』好了。」

等領旨下來傅恆去看文淵閣大學士史貽直傳旨。此人字儆絃，江蘇溧陽人，康熙三十九年的翰林，與年羹堯、張廷玉同榜，雍正元年當翰林院侍讀學士時，由於年羹堯的保薦，超擢為吏部侍郎，派在南書房行走，與張廷玉同事。

其時年羹堯正紅得發紫；不久紫得發黑，世宗收拾年羹堯時，多找張廷玉來祕密商議。史貽直認為張廷玉不顧同年之誼，落井下石，無異賣友求榮，所以很看不起他；張廷玉當然也就對他不客氣了，當年羹堯興起大獄時，株連甚廣，張廷玉便有意無意地提起，史貽直亦是年羹堯所薦，世宗果然要查問了。

「你亦是年羹堯保薦的？」世宗接下來便打算要問他年羹堯保他的緣故何在？奏對如不稱旨，即時便可能有殺身之禍。

史貽直以善於辭令出名，加以早就想到過，遲早會被查問；所以從從容容地答道：「薦臣者年羹堯；用臣者皇上。」

這話在世宗最欣賞。許多在年案中被株連的人，就因為「受爵公堂，拜恩私室」，只感激年羹堯；世宗認為這些人腦筋不清楚，「只知大將軍，不知皇上」，危險之極，非殺不可。史貽直知道他受誰的恩，自然會向誰效忠，因而另眼相看，張廷玉怎麼樣也算計不倒他。

雍正十三年七月，史貽直在陝西巡撫任內，奉召陛見；到京時世宗已經晏駕。當今皇帝正在擔心，怕張廷玉不易駕馭，知道史貽直與他不和，正好用他來箝制，自此扶搖直上，乾隆七年便入閣了。雖因張廷玉的關係，不便讓他當軍機大臣，但頗為倚重，特命他跟來保管理兵部，實際上來保只是替他在八旗旗主與都統之間傳話，軍政還是歸他掌管。

因此，這一回挑選健銳營的滿兵，儘管有王公在，卻仍由他在內閣主持。三百名滿兵，八旗平均分派，每旗三十七名，一共兩百九十六名，還空四個額子，起了爭執。

原來這三百名滿兵，皇帝說要親自訓練，因而八旗特別重視，名額能多一個，也是面子，所以要爭。有的說這四個額子應歸「上三旗」，但多下一個怎麼辦？有的說應歸「下五旗」，但少一個又怎麼辦？

就在這相持不下之際，史貽直開口了，「諸公聽我一言。」他的聲音不高，但清朗有力，大家都靜了下來；「八旗是國家的勁旅，要論材勇之士，那一旗都挑得出三、五百名；如果斤斤於一兩個名額，讓不明內情的人看起來，以為每一旗的精銳，只不過三、五十個人，這個誤會可是太大了，只怕誰也擔不起這個名聲。」

「史中堂的話，高明之至。」康親王巴爾圖的姪孫，掌管正紅旗的貝勒永恩說：「大家乾脆亦別爭，聽史中堂分派好了。」

有的說「好」，有的默不作聲，看來都同意了，於是史貽直繼續往下說：「數目總要成雙才好，三十七不如三十六。三八二十四、六八四十八，一共兩百八十八名；多下來十二個名額，歸上三旗。諸公以為如何？」

「很妥善。」新襄簡親王爵，鑲藍旗的旗主德沛點點頭說。

議妥了三百名雲梯兵，由上三旗各挑四十名；下五旗各挑三十六名以後，八旗王公紛紛散去，只有鑲紅旗的鎮國公慶恆留了下來；有事要跟史貽直談。

「史中堂，」他悄悄說道：「家伯交代，要跟史中堂請教，這回皇上為甚麼要挑雲梯兵，親自操練？」

慶恆口中的「家伯」，便是平郡王福彭；他的父親福秀，行四，與福彭都是嫡出。福彭得了個暈眩的毛病，而且容易心悸，難任繁劇；小一輩中以慶恆為最能幹，所以鑲紅旗的旗務，是他在管，這天為挑雲梯兵向福彭請示，福彭特為關照，有幾個疑問，要跟史貽直探問清楚。

「皇上挑雲梯兵親自操練，是因為皇上覺得要破大金川土番的碉堡，只有雲梯兵最管用。」史貽直又說：「皇上精研兵法，『孫子十家註』，爛熟胸中，操練雲梯兵，不過牛刀小試而已。」

「那麼，既然設營了，為甚麼只挑三百人？」

「土番的碉堡沒有多少，三百人夠用了。」

「史中堂，」慶恆又問，「你的意思是，大軍四萬，抵不上雲梯兵三百？」

這話就不便隨口回答了，史貽直想了一下答說：「恆公，我不是這個意思，雲梯三百只是破碉堡；平定整個大金川，當然不是三百人所能收功的。」

「照這麼說，是要靠這三百人來攻堅？」

這變成辯駁了。史貽直不明他的真意所在；而且操練雲梯兵是皇帝的主意，其中是否別有打算，亦難測度，更不宜率爾回答。

「說實話，恆公，你問我，我還不知道該問誰呢？既然是上諭交辦，咱們實心奉行就是了。」

「當然，誰敢不實心奉行？」慶恆躊躇了一下問道：「能不能屈駕，去見一見家伯？」

這在史貽直就要考慮了。他從雍正元年起，經常在宦海的驚濤駭浪中，能不倒是他的舵掌得穩，方向一步不錯。同時他也看出受了多年委屈的皇帝，正在立威，像阿克敦的大起大落，真是黃粱夢都無此之奇；自己望七之年，身子也不大好，萬一到刑部火房去住幾天，只怕立著進去，要躺著出來了。

於是他說：「恆公，當年鄂文端在雲南的時候，跟怡賢親王結姻的故事，你聽說過沒有？」

鄂爾泰跟怡賢親王允祥是姻親，慶恆當然知道，可是，「其中有甚麼故事？」他說：「我們沒有聽說。」

「是這樣的，鄂文端由於先帝的美意，跟怡賢親王府上結了親；鄂文端想給怡賢親王通音訊，曾經預先密奏，是否可行，先帝准了，鄂文端才通信。」

這一說，慶恆完全明白了。大臣與親貴交往，在雍正朝懸為厲禁；這道禁令現在鬆弛，但未取消，說假是假，說真就真。史貽直的意思是，他亦必須奏准了才能去看平郡王。

「這就不必了。」慶恆沮喪地說。

史貽直心裡明白，張廣泗一向恃平郡王福彭為奧援，如今張廣泗大失聖眷，福彭自不能不關心。設身處地為福彭著想，最要緊的是，要切實告誡張廣泗，務必切實振作，好好打兩個勝仗。

於是他說：「王爺如果有信要寄給張敬帥，儘管交下來，我交代他們，怎麼快怎麼遞。」

張廣泗字敬齋，官拜川陝總督，所以史貽直稱他「張敬帥」。對於史貽直的暗示，慶恆一時還不能領悟，但看得出來，他說這話必有深意在內。

「是的。多謝史中堂。」

道謝告辭，回府去見他伯父，細陳經過。平郡王福彭想了好一會說：「張敬齋自作聰明，其實自誤誤人，你寫信告訴他，第一，少參人；第二，用兵之道該如何，便如何，不要以為有經略在，樂得不聞不問，在旁邊看熱鬧。」

「是。」慶恆問：「皇上練雲梯兵的事，要不要告訴他？」

「不要。」福彭答說。

「所謂雲梯兵，就是登城的『蟻附』，入關的時候，我八旗士兵，大多有這一身功夫，張廣泗也懂。你如果告訴了他，他一定照這個辦法去做，失敗不說，成功更不好。你懂我的意思嗎？」

平郡王福彭常用這個方法訓練慶恆，一定要他想通了其中的道理才罷；所以慶恆先不作答，仔細想過，認為有把握了，方始回答。

「懂了。」

「那麼你說，是甚麼意思。」

「皇上要練雲梯兵攻碉堡，張敬齋先這麼辦了，變成跟皇上爭功。皇上可以問他，你原知道有這麼個法子，為甚麼早不用？老師糜餉，簡直是存心害國家。」

「你懂了就好。」平王郡又說，「你派人把四舅太爺請來！」

「四舅太爺」是指曹頫。他仍舊只是工部營繕清吏司的員外郎，但工部司都很羨慕他，因為有好差使總會派到他；如今是在督修和親王府。

和親王弘晝，承襲了先帝居藩的全部家財，包括雍親王府在內；王府主人一旦正了大位，原來的王府，便稱之為「潛邸」，不能再住，雍親王府因而改為喇嘛道場的雍和宮。和親王的賜第在安定門內肅寧府胡同，原是明朝天啟年間，肅寧伯魏良卿的故居；房子很大，也很講究，但前朝的老屋，狐鼠盤踞，後花園中經常有響動，有一天有個值宿的護衛，說看到一個下巴光禿禿、滿臉皺紋的老太監，半夜裡出現。這話傳到和親王耳朵裡，便跟皇帝面奏，說魏忠賢顯魂，他不能再住在那裡了。

皇帝對這個同父異母同歲的胞弟，一向格外優遇，當時答應他覓地新造一座府第；未造好以前遷居，看宗人府、內務府屬下，何處有空著的大宅，隨他自己挑選。

新府的基地挑在地安門大街鐘鼓樓附近，動工已經兩年多了；但一直未能完工，原因是和親王認為拿皇位換來的富貴，要稱心如意地享受，所以看那裡不中意，馬上拆了重造，造好了又改，改過了覺得還是原來的比較好，於是重新又改回來。就這樣來回折騰，以至於完工無期，督修的曹頫都有點不耐煩了。

這天慶恆派人把他請了來，跟平郡王福彭見了面，先談病情與家常，然後閒閒進入正題。

「這一陣子，見了五爺沒有？」平郡王問；「五爺」是指和親王。

「前天還見了。」曹頫答說，「五爺嫌西山引進來的泉水，進路不暢，要把閘口加大，很費工程。」

「喔，提到皇上沒有？」

「提到了。」

「他怎麼說？」

「他說，皇上簡直——簡直變過了；脾氣大得有點兒不講理。」

「對五爺也是這個樣嗎？」

「也跟從前不大一樣。」曹頫答說：「五爺的性子，王爺是知道的，心裡存不住話，不問何時何地，想到了就說。以前衝撞皇上，皇上總是裝作未聞，現在可不同了，當面不說甚麼，私底下會把五爺找去，數落一頓。」

「五爺呢？」

「五爺說，」曹頫低聲學著和親王弘晝的語氣說：「『我才不管他那一套；反正他也不能革我的爵吧！』」

「你也勸勸五爺，別把皇上惹毛了。」

「是。」曹頫深深點頭，「我也勸過他一兩回，說皇上最重名分；不管怎麼樣，皇上終歸是皇上。」

談到這裡，平郡王福彭才說了請他來晤面，是要託他去看看和親王，最好是借一件事去請示的機會，在閒談之中，打聽打聽皇帝對張廣泗的態度，是不是會有甚麼處置，譬如調任之類。

曹頫毫不遲疑地答應下來，而且立刻就轉往東城鐵獅子胡同去看和親王。

這條胡同在崇禎年間，是最烜赫的一個地方，有兩家椒房貴戚定居於此。一家是周皇后之父嘉定伯周奎；一家是田貴妃之父左都督田宏遇。周家固然宏敞，田家更為華麗，門前有一對鐵獅子，胡同由此得名；吳梅村還為它寫過〈田家鐵獅歌〉。

到了清朝，這兩所大宅，都歸宗人府接收，但已荒廢，一直到了康熙年間，方始先後修復，周家作了聖祖胞弟榮親王常穎的府第；田家是在皇九子允禟分府時的賜第，修得更為講究，園有八景。及至允禟獲罪，宗人府將此宅收回，和親王因為「魏忠賢顯魂」而遷居，挑中了這裡。

曹頫因為修新府的關係，常來謁見和親王；他在這裡很受主人的歡迎。因為這座府第中的掌故很多——當然是前朝的故事，但漢大臣既少交往，而常來的一班王公，對此宅的來歷，不知其詳，只有曹頫來了，和親王才能跟他煮酒閒話，聽他細細談論，當年吳三桂如何在這裡看到陳圓圓，一見驚為天人，以至於後來竟造成了「大清天下」。當然，還有崇禎年間的許多故事，由田宏遇到周奎，由周奎牽連到本朝「朱三太子」的故事。曹頫光是談談吳梅村的那幾首長歌：〈永和宮詞〉、〈圓圓曲〉，就有說不盡的話題。

這天仍如往日之例，和親王一見了曹頫先問：「今兒有應酬沒有？」

曹頫倒是有個應酬，但為了要陪和親王久談，才好套問張廣泗之事，決定爽約。

「沒有。」

「沒有，就在我這兒喝酒。」和親王說：「今天很暖和，咱們『上台』吧。」

園中八景，有一景名為「舒嘯台」；台上置酒，賓主共坐，曹頫先陳述工程的進度，說閘口加大，須先知會順天府，已經同意，三數日內即可開工。

和親王說：「我的主意似乎打錯了。」

「王爺的意思是，鬧口不必加大？」曹頫急急求證；證實了便好下令停工，可以省很多事。

「不是，我根本就不應該要那塊地，鐘鼓樓前前後後，都是鬧市，住在那兒也吵得很。」

曹頫心想，他既然不中意那個地方，工程上一定會多所挑剔；而且也不會急著要遷入新府，那一來怕更是完工無期了。

「現在看起來，」和親王接著又說，「倒不如就是這兒，有那個新蓋的錢，加在這裡，可以修得跟揆愷功的宅子一樣。」

揆愷功名叫揆敘，是康熙朝權相明珠之子，八旗第一詞人納蘭性德之弟，先朝雖因身後獲罪，墳上被豎了一塊「不忠不孝」的碑，但他的住宅無恙；而這座位於什剎海西的宅大，園林花木之盛，京師推第一。

「王爺，」曹頫勸道，「不論如何，總是新蓋的好。這裡地基雖大，究竟不比揆愷功的住宅，有個什剎海，天然添了景致。」

和親王點點頭，「也就是為此，」他說，「我才把我的念頭扔開。」

「王爺是甚麼念頭？」

「在這裡添修。」和親王說：「皇上如果說，已經撥了一筆款子，不能再撥第二筆，那也不要緊，我自己還花得起。」

曹頫不願再談下去，因為和親王頗為任性，萬一談得心思活動了，真要重修此處，即使他自己花錢，皇帝也會查問：何以改絃易轍？總會回說是因為新府修得不好之故；那時工部便有好些人要倒楣了。

因此，換了個話題，「王爺最近有甚麼恭和皇上的詩？」他問。

「沒有。皇上最近做詩的癮也淡了。」

不說「詩興」而謂之「做詩的癮」，這種涉於輕薄的措詞，也只有和親王敢出口。不過想一想，形容得實在很妙；皇帝做詩，真是有癮，每天必做，而且從古所無，是用批章奏的硃筆寫詩；隨摺匣一起發到軍機處，由汪由敦用墨筆謄正，順便潤色，然後再呈御前，以致軍機處創了一個新詞，名之為「詩片」。

「是，」曹頫因話問話：「何以詩興淡了呢？」

「你還看不出來？皇上現在又在學『刀筆』了。」

這句話更為刻薄，曹頫不敢追問，只說：「總也是中外大臣，有自取之咎。」

「這倒也是實話，像訥親，看起來挺能幹，一見了真章，滿不是那回事。」和親王說，「我看他快倒楣了。」

「那是說，他在大金川的作為，不當上意？」

「豈止於不當上意？」和親王停了一下，放低了聲音說：「你看著好了，三個月內必興大獄。」

「是因為大金川軍務失利？」

「冰凍三尺，非一日之寒。」和親王答說：「不過，大金川的仗打得不好，當然也有很大的關係。」

「大金川將星雲集，還有班尚書在那裡。」曹頫用不經意的語氣問：「都脫不了干係吧？」

「一個一個來。」和親王忽然問道：「昂友，你有一個姪子叫雪芹，是不是？」

曹頫不知道他何以有此一問，所以只答一聲：「是！」

「是胞姪？」

「是的。先兄曹顒的遺腹子。」

「喔，喔！那跟平郡王就是親表兄弟。」和親王又問：「那應該是單名啊？」

「是的。應該是單名而且要雨字頭，他的單名叫霑，雨字下面一個沾光的沾，號雪芹。我們內務府的人，不大讀書，這個雨露均霑的霑字叫不出來，所以都叫他雪芹。」曹頫又問：「王爺怎麼忽然問起他？」

「我一直想找他問一件事，不知道該怎麼找？」和親王欣慰地說，「前幾天才聽人談起，說他是你的姪子，早知如此，我老早就問你了。」

「是。」曹頫問道：「王爺有甚麼事要問他？」

「這話，」和親王眼望室中，屈著手指計算了一下說：「有八年了，方問亭到江南去了有半年功夫，是帶了他一起去的？」

「是。是有這回事？」

「方問亭到江南幹甚麼去了？」

「這，」曹頫既疑惑，又詫異，「王爺莫非沒有聽說？」

「聽說是安撫漕幫去的。」

「是。我也是這麼聽說。」

「你還聽到些甚麼？」

「僅此而已。」曹頫答說：「方問亭不願談這件事，我也不便多問。」

「那你姪子應該告訴你啊？」

「舍姪提到別的，談鋒很健，唯獨這件事守口如瓶。」曹頫接著又說：「不過，恐怕他所知亦有限。」

「他們在一起好幾個月，知道的東西一定很不少。」和親王緊接著說：「你派你的人回去，把他接了來，等我來問問他。」

曹頫當然照辦，請王府的護衛把他的跟班長生找了來；親自下了舒嘯台去交代。約莫有半個時辰，和親王的護衛來替長生回報，說要接的人到通州去了；得好幾天才能回來。

和親王神色不怡，「不會是故意躲我吧？」他問。

「我想不會的。」看和親王有些誤會，曹頫決定當時澄清這件事，便託護衛將長生去喚了來問。

「也許是你話沒有說明白；還是——。」和親王把未盡之言，嚥了回去。

曹頫看和親王對他都有些懷疑，想到當時將長生喚上來當面交代就好了。此刻作補救之計，亦仍舊是當面來問為妥。

於是長生到了席前，先給和親王磕了頭，站起來在一旁垂手肅立，靜候問話。

「你去了是怎麼說的？」

「我照老爺的吩咐，到了噶禮兒胡同，跟門上說：『我來接芹二爺。』門上告訴我，芹二爺昨天到通州去了。我問他：『那天回來？』他說：『大概得三、五天。』」

「你還說別的話沒有？」

「沒有。」

「也沒有進去給二太太請安？」

「老爺在等回信，我不敢耽誤功夫。芹二爺既然不在，我就不進去了。」

「好！」曹頫揮一揮手，遣走了長生，向和親王說道：「反正三、五天就回來。等他一回來，我馬上帶了他來見王爺。」

聽得這一說，又看曹頫的跟班回話極其清楚明白，和親王的懷疑完全消釋了。

「我為甚麼要找令姪來問呢？因為去年有一回皇上問我：漕幫是怎麼回事，你清楚不清楚？我說不清楚。皇上就沒有再說下去。」和親王又說：「今年春天東巡，我在濟南見到方問亭，想起這件事，想問問他，可是抽不出功夫。一回鑾，方問亭就升了浙江巡撫，隔得遠了，一時沒有機會問，我這才想到了令姪。」

「是，是。」曹頫不敢再說曹雪芹對漕幫所知有限的話，只說：「等我把他帶了來，請王爺儘管問他。」

「他們漕幫有個祖師廟，在杭州，是嗎？」

「是的。」這一點曹頫倒很清楚，「那地方叫拱宸橋，運河就從那兒開始。廟修得很齊整。」

「你去過？」

「是。」

「裡面是怎麼個陳設？」

「喔，」曹頫急忙答說：「我只是見了廟祝。廟裡，不是他們自己人是進不去的。」

「那，方觀承當然是漕幫了？」

「是的。」

「令姪呢？」

「恐怕不是。」

「怎麼叫恐怕？」和親王問，「你胞姪的事，你都不知道？」

「王爺，」曹頫歉意地說：「我聽說入了幫的人，連父母面前都不透露的。我問過他，他說他是『空子』。我不大肯相信，所以說『恐怕』，是有話實說，不敢欺王爺的意思。」

「喔，甚麼叫『空子』？」

「空子就是知道他們的規矩，也能跟他們說行話，不過還沒有入幫。」

「照此說來，令姪就不能說方問亭那回去幹甚麼，他所知有限了。」

曹頫無言可答，且看和親王對這件事仿佛看得很重，越發不敢多說，只唯唯稱是。

和親王自己也覺得似乎咄咄逼人，非待客之道，當即格外將語氣放得和緩地說：「昂友，為我事，你很費心，我都知道。明年春天一定拿它完工，我也絕不再改來改去了。」

「是。」曹頫老實答道：「只要王爺主意定了，工程也很快；因為材料都早齊備了。蓋房子最怕『待料』。」

「好！我想明年在新屋過端午。」

「一定行。」

「早則明年秋天，晚則後年春天，昂友，那時我幫你弄個好差使。不過，我的話你只能擱在肚子裡。」

「當然，當然。曹頫沒有別的長處，這守口如瓶、密意如城八個字，自信是有把握的。」

「那就好。」和親王略略放低了聲音，「皇上打算南巡，你知道嗎？」

「喔，我不知道，也無從去知道。」

「說得不錯，你無從去知道，因為皇上只跟我一個人談過。你家南巡的差使辦過好幾回吧？」

「是的。康熙爺六次南巡，先父皆曾躬逢其盛；聖駕到江寧，先是駐蹕織造衙門西花園，後來就改成行宮了。」

「是祭過明孝陵吧？」

「是。」

「是怎麼個情形？」

「回王爺的話，」曹頫歉然地說：「那時我還沒有出生。」

「喔！我忘了算年分了。」

「王爺！」曹頫問道：「日子定了沒有？」

「定了。大後年。」

「大後年是乾隆十六年。」曹頫忽然記起：「不是皇太后六十萬壽嗎？」

「對了。」和親王的聲音更低，倒像談人隱私似地，「就是為了太后的整壽，好好兒去逛一逛。」

「這——，」曹頫躊躇了好一會，「如果是這個理由，恐怕——。」他還是忍住了。

「恐怕會有人說話，是不是？」

曹頫不作聲作為默認。南巡勞師動眾，是件極糜費的事；雖說皇太后「以天下養」，但僅僅是為了遊觀而累百姓，這絕不是盛世明主應該做的事。

「皇上早就想到了，當然應該有個冠冕堂皇的理由。說聖祖去看河工；皇上是去看海塘。」

「那得到浙江？」

「當然，南巡不覽西湖之勝，不是白去了一趟嗎？」和親王又說：「聖祖南巡，以江寧為重，因為就近可以指揮河工；這回皇上南巡，以杭州為重，這道理不用說。到時候我想保薦你去當杭州織造，管行宮，辦接駕。」

聽得這一說，曹頫大吃一驚，情急之下，亂搖著雙手說：「多謝王爺栽培，不過曹頫一定辦不了；非把差使辦砸了不可，那時連累舉主，死不足惜。請王爺體恤下情，有別的差使賞一個。這管行宮猶可，辦接駕千頭萬緒，實在不堪勝任。」

和親王略微有些掃興，不過他也知道，這絕不是曹頫不識抬舉，只是為人謹慎安分，從不肯貪圖非分的際遇。因而點點頭說：「現在也還言之過早，到時候再看吧。」

曹頫仍有些不安，不過誠如和親王所說「現在也還言之過早」，就不必再表白了。

「昂友，」和親王又談他的新府了，「我想把這裡的兩座鐵獅子移了過去，你看如何？」

「新府何用舊物？」曹頫答說：「有吳梅村那首詩在，不知者以為新府就是田宏遇的故居，這個誤會太無謂了。」

「話說得倒也不錯。不過，總得弄點兒古物在內才好。」和親王說：「前幾天我聽見有人挖苦你們內務府說：『樹小房新畫不古，此人必是內務府。』我不想弄成一個暴發戶的格局。」

「王爺這話，似乎過分了。房子是新的，固然不錯，樹可是原來就有的，我特別關照，舊時喬木，一定要格外當心，現在都培植得好好的。至於『畫不古』更談不上了，王爺的珍藏，遠自唐朝五代，近亦董香光、藍田叔，去今亦已百年了。」

「畫是掛在屋子裡的，屋子外面，總得有點有來歷的東西點綴點綴才好。」

「有啊！花一千五百兩銀子買的那塊『夏雲奇』，就是宋徽宗『艮嶽』舊物。」

「還有甚麼沒有？比宋朝更遠一點兒的。喔，」和親王突然說道：「我倒想起來了，前年鐘樓後面掘出來的那塊石頭，如今在那兒？那回是修甚麼娘娘的祠堂來著？」

「『鑄鐘孝烈娘娘』——。」

原來地安門外的鐘鼓樓，明朝永樂十八年重修，原來的鐘鼓太小，必須新製，大鼓好辦，大鐘卻不容易。為鑄這口八尺高，四寸厚，周圍五尺的大鐘，須在附近先建一座鐘廠，先做模子，然後煉鐵入模，等冷透後拆模吊起，試叩鐘聲，那知一杵撞上去，大鐘出現了裂痕，前功盡棄，必須重造。

一連兩次都是如此；到第三次重造時，在灌鐵液入模的前夕，工師訣別妻女，說這一回如果再不成功，除死別無他路，因為不獨違誤了「欽限」，而且兩次，虛擲大筆庫帑，亦是一行死罪。

那工師的女兒，平時耳濡目染，也懂一些鑄冶的訣竅，鑄鐘的材料，講究五金配搭，而且要加入貴重的金銀，鐘聲才會響亮清越，所以佛寺鑄鐘，往往有善信女，將金銀飾物，投入冶爐。但是，鑄好的鐘，一撞就會發生裂痕，毛病出在那裡，她就怎麼也想不出來了。

「爹爹是死定了。」她哭了一夜，心裡只是這樣一個念頭；到得天亮，忽然想到了一個主意，悄然起身，乘早市去買了好些菜，請她母親整治好了，打扮得漂漂亮亮地，央左右鄰居挑著，陪她到鐘廠去犒勞工匠。

就著大家吃飽了，休息片刻，便待繼續施工時，她喊得一聲：「我替我爹爹領死罪。」一躍入冶爐，但一隻弓鞋卻掉落在爐外。

不知是何道理，這回鐘竟鑄成了。工部官員，憐念孝女，奏聞皇帝，敕封「鑄鐘孝烈娘娘」，就鐘廠改建為祠，塑像供奉，歷時三百年了。

前年——乾隆十一年，皇帝駐蹕南苑，那天晚上大風雨，在黃幄中聽見鐘聲，尾音甚長。便問左右，是何處的鐘聲？有個侍衛說是地安門外鐘樓上的鐘聲，細陳了這段掌故，說鐘聲尾音，聽去是個「鞋」字，風雨之夕，更為清異，便是「鑄鐘孝烈娘娘」索她遺落在人間的那隻弓鞋。

皇帝聽了這段故事，嗟嘆不絕，因為這口鐘如此靈異，特地敕封為「定更侯」；同時命工部改建「孝烈娘娘祠」，重塑金身，一新廟貌。

就在改建時，掘出來一塊異樣的石頭，色如雞血，高二尺、寬三尺，四圍四尺四寸，重三百五十餘斤，上面正中刻四個篆字「紅碫砞石」；前面有贊：「碫砞紅砂、榴花血濺、火雲連環、赤光豔鮮」，字體是小篆；一旁是楷書十字：「大周廣順三年五月刻石」。

後來有熟於遼金史的人考證，說鐘樓一帶是金兀朮的宮院；這塊石頭當然是周太祖郭威留在汴梁，北宋宣和年間金兀朮破汴梁以後移來的。

但這塊奇石的下落，曹頫卻一時無從回答，說要查明白了再來回報。

第二天一早，曹頫第一件要辦的事，便是去見平郡王福彭，細談前一天與和親王弘晝會面的經過。而且透露了皇帝將奉太后南巡的消息；只是和親王想保薦他差使，以及要找曹雪芹去問話的事，一字未提。

平郡王原來期待著，有甚麼可讓他寬心的話帶來；誰知結果適得其反！

尤其是南巡的信息，在他更是別有會心。這件事，皇帝也跟他談過，他倒是直言忠諫，說聖祖晚年垂訓，南巡所經，地方大吏用錢如泥沙；雖說物阜民豐，到底累民太甚，非萬不得已，不可輕舉。先帝更以巡幸為戒，除謁陵外，連避暑山莊亦未特地去過。因此，平郡王福彭提醒皇帝，須防鯁直之臣諫阻。

現在看起來很明白了，皇帝如果南巡，必須師出有名；浙江的海塘，關乎東南百萬生靈，去看一看也是應該的；但畢竟還是不急之務，如果四海平靖，匕鬯不驚，作防患未然之計，自無不可。如今大金川在用兵，徵發不絕於途，已經苦累百姓，若說忽然要奉太后南巡，且不言這話說不過去，即就大金川的軍務而論，莫非撒手不管？

因此，可以想見皇帝的心境，急於結束大金川的軍務，能打勝仗，凱旋而歸，自是上上大吉。即或不能，亦須找個理由，暫歸妥協。但那一來，必定有人要負勞師動眾，而未能收功的責任。看起來張廣泗是凶多吉少了。

但他未曾想到，首當其衝的是訥親，八月間皇帝駕至易州謁泰陵以前，有一道硃諭說：前命大學士訥親，赴四川經略，是因為先後調兵，已至數萬；張廣泗經營日久，應該已有一鼓盪平的成算，今訥親前往，無非表示朝廷重視其事，特派大員督戰，激勵士氣，迅奏膚功，那知大兵雲集，竟為碉堡所阻，遷延數月，竟無成效可言。

照此看來，大金川軍務，非一年半載所能完事；訥親以親近重臣，亦無久駐在外之理，所以早就決定將他召回。不過「經略」的名義很重，無功而返，恐怕於他的顏面有關，因而遲遲未發，希望在這等待的日子中，訥親能打一個勝仗，面子上亦好看些。現在看來，這也幾乎是癡心妄想了。

由訥親的奏報，得知軍務仍無起色，而且訥親在大金川，張廣泗反可推卸責任。則訥親的身體本來虛弱，「當此水土惡薄，風霜嚴寒之際，萬一調衛一有失宜，關繫國體不小」，現在決定到九月底為止，倘或再無捷音，即當明降諭旨，召其回閣辦事。

這道似譏似嘲，似責備似體恤的上諭，很清楚地暗示，責成訥親必須在九月底以前打個勝仗。

但九月未終，皇帝已有旨意，說軍前情形，非面詢不能洞悉，命訥親與張廣泗馳驛來京，川陝總督印務，交傅爾丹暫行護理，所有進討事宜，會同岳鍾琪相機調度。

在大金川的訥親，接到這道「廷寄」，真是如逢大赦。又恰好打了個勝仗，因而喜孜孜地命幕友鋪敘戰功；接下來談到奉召一節，說軍中情形，奏摺上難以盡敘，奉旨入覲，正好將實在情形陳奏明白，到明年春天，再往軍營。

誰知那是皇帝故意試探訥親的一個圈套；覆奏到京，皇帝特召莊親王、大學士來保、史貽直、刑部尚書阿克敦及軍機大臣，宣示訥親的過失。

「大家都知道的，訥親受恩最重。這回派他到大金川，正應該是一個感恩圖報的機會，不料他毫無心肝，忘恩負義到了極處。」

皇帝說他雖因訥親身弱，屢次降旨，叫他隨時將息。這是一番體恤的意思，但在訥親身為滿洲大臣，理當同仇敵愾，滅此朝食；越有體恤的旨意，越應該奮發才是。不道他居然就安坐營帳中了，一次兩次猶可，幾個月以來，他的奏摺中，常說士兵向碉堡放槍，他在營帳裡望見火光，可知從未親臨戰陣。試問，即使不能親冒矢石，莫非就不能臨陣指揮督戰，激勵士氣？身為帶兵大臣，可以如此膽小示怯嗎？

「及至我一再嚴諭，方始出帳督戰，果然打了勝仗。早能如此，豈非早奏膚功？自古以來，打仗沒有開關延敵，坐獲全勝的道理，可知以前的不勝，是因為他們頓兵不進。這也還罷了，如今軍務既有起色，他就應該自請駐留，等收功再入覲；所謂『將在外，君命有所不受』，正就是軍機瞬息，倘奉君命，大誤戎機，這樣子淺顯的道理，訥親居然會不明白，一聽說奉召，如慶更生，說有『實在情形面奏』，甚麼事不可在奏摺中說，一定要面奏？」

皇帝說到這裡停了下來，等待臣下的意見；於是莊親王說：「好在訥親已經動身了，到京以後，請皇上當面問他，叫他明白回奏。」

「不必等他到京，此刻就叫他明白回奏，」皇帝又說：「經略的印信，叫他繳回。」

這道上諭是密旨，加以承旨的人都已識得皇帝的厲害，無不守口如瓶，所以連平郡王福彭都不知其事。但盛安論絞，塞楞額賜自盡，周學健因為另外查出贓私，以至剛剛死裡逃生，復又驅入鬼門關。當今皇帝像前朝末代的崇禎皇帝那樣，殺大臣如誅江洋大盜，毫無憐惜，以致舉朝震悚，平郡王的心情也更沉重了。

不過訥親被奪了「經略大臣」的印信，奉召回京的消息，終於因為傅恆被派到大金川去替代訥親而公開。

又是皇帝的硃諭：「朕自御極以來，第一受恩者無過訥親；其次莫如傅恆，今訥親既曠日持久，有忝重寄，則所為奮身致力者，將惟傅恆是賴。傅恆年方壯盛，且係勳舊世臣，義同休戚，際此戎馬未息之時，惟是出入禁闥，不及援枹鼓勇，復亦心所不安。況軍旅之事，乃國家所不能無，滿洲大臣必歷練有素，斯緩急足備任使。傅恆著暫管川陝總督印務，即前往軍營，一切機宜，悉心調度，會同班第、傅爾丹、岳鍾琪等妥協辦理，務期犁庭掃穴，迅奏膚功，以副委任。」

看到最後兩句話，剛從西山視察雲梯兵操練回來的傅恆膽戰心驚，心裡在說：「完了！輪到我口中雖未出聲，臉上的表情卻瞞不過人；本來這是應該道賀的，見此光景，都覺得以少開口為宜。

了！」

「你把趙老爺去請來。」

「回大人的話，」蘇拉答說：「趙老爺今天交班了。」

「趙老爺」是指軍機章京趙翼，字甌北，常州人，詩名甚盛，史學尤為精湛。他是「二班」的軍機章京，十日一交接，這天恰好交班。

「趙老爺一交了班，不是在琉璃廠，就是在慈仁寺書攤上。」傅恆關照：「你出去告訴我的人，叫他們去找；找到了，請到我府裡。」

找得趙翼，已是未末申初；傅恆在書房中接見，「甌北，你請坐這裡。」他從書桌後面站起來，將位子讓客，顯然是有筆札之事相託。

「大人先交代，是甚麼事？」

「皇上有硃諭派我到金川去，你知道不知道？」

「知道。」趙翼答說：「硃諭是我交班之前交下來的，已經恭閱。」

「我叫人錄了個副本在這裡。你再仔細細看一看，替我擬個謝恩的摺子。」說著，傅恆去找副本。

「我不必看；大人也不必找了。我都記得。」

「好！」傅恆答說：「你替我好好找兩個典故，意思是說，『掃穴犁庭，迅奏膚功』不敢說；不過不想活著回來就是。」

趙翼一楞，「大人，」他說：「恐怕不能這麼寫吧？那不成了負氣了嗎？」

「不是負氣。皇上原沒有打算讓我活著回來，不如我自己先回奏明白了，免得上煩聖慮。」

說不負氣，仍是負氣的話，趙翼覺得他的想法太過敏了，便平心靜氣地說：「大人怕是錯會皇上的意思了。皇上前前後後指授訥公的方略，我很清楚，皇上是恨訥公不識大體。參贊戎機有岳東美，轉輸糧餉有班尚書，遣將發兵有張敬齋；訥公臨之於上，只要督促他們各盡其職，不必插手去干預，就因為他去管遣將發兵，如何攻守，以至於張敬齋落得不管。至於整個局勢，如果一時暫不可為，或者大金川不平亦無礙，不妨據實陳奏，皇上自會裁斷。」

傅恆拿他的話，印證過去的面諭，心中的疑慮，雖未渙然冰釋，但覺得自己的想法確是欠妥，便點點頭問：「那麼以你的辦法呢？」

「大人今天從西山回來得晚了，不及召見；明天早晨見面，皇上一定有交代。」趙翼又說：「而且，這謝恩，只要當面磕個頭就可以了。將來大人凱旋回來，加封進爵的時候，我替大人好好寫一道謝表。」

「但願如你所說。」傅恆問道：「甌北，你肯不肯跟我一起去吃一回辛苦？」

「大人如果覺得少不了我，我當然追隨。」

看意思趙翼並不願從軍；傅恆本性忠厚，當即說道：「我知道你志在大魁天下，不稀罕軍功，我是隨便說說的，你別介意。」

「大人這話不盡確。我春闈當然不能放棄，不過絕無掄元之志，因為辦不到的。」

「何以辦不到？」

「我那筆字，諸位大人都認得，到時候點了讀卷官，為避徇私的嫌疑，一定把我打下去。」

「不見得。該怎麼，就怎麼；只怕你自己不爭氣，只要寫作俱佳，我一定給你打圈。」

「可是，不盡是大人這樣子能想得開的。」

傅恆知道他別有所指；心中一動，隨口說道：「甌北，我教你一個法子；你另外練一體字。」

他是想到就說，趙翼卻真的聽進去了，而且不斷地在打主意。

「大人，」蘇拉來報，「慈寧宮的王總管來了。」

這是來傳懿旨。但太后一則是謙抑；再則亦是不慣於虛文浮禮，所以從不准太監以傳懿旨的名義或口吻到各處去傳話，軍機處蘇拉知道這個太后獨創的慣例，樂得省事；因為傳懿旨就要照禮節，多少要費一番安排。

「傅大人，」慈寧宮的總管太監王得義，打個扦說：「皇太后傳。」

最早的說法是「皇太后有請。」這不免令人惶恐；而且也會引起旁人的詫異，這是自古以來從未有過的措詞，因而王得義改了比較合乎規制的說法。

「是。」傅恆問道：「這會兒就去？」

「是。」

「好。我馬上就走。」經過汪由敦面前，停下來說道：「謹堂，回頭皇上問起，請你代奏。」

「是，是。你請吧！」

到了慈寧宮，首先看到的是他的七歲的兒子福康安，長得極其茁壯，正拿著一把木製的大刀，在走廊上向專門照料他的宮女，亂舞亂砍；那宮女退無可退，正抱著頭打算挨他一刀時，傅恆不由得就喝一聲：「別胡鬧！」

福康安最怕他的「父親」；聽見傅恆的叱聲，便一哆嗦，將大刀扔在地上，屈膝請安，叫一聲：「阿瑪。」

這是皇帝特意關照的，太后太寵福康安，他又不便；也不忍放下臉來管教，需要有個「嚴父」，所以每每向傅恆說道：「此子將來必成大器，不過雖是一塊美玉，不加雕琢，亦與頑石無異。你要管得嚴。」

就因為管得嚴，福康安就越不肯回家，一年之中至少有十個月在慈寧宮，也就因為如此，傅太太便常常進宮來看望愛子；自從皇后崩逝，更有了一個代為侍奉太后的理由，跟她兒子一樣，經常住在慈寧宮了。

這對傅恆來說，反倒如釋重負。他們夫婦早就不同房了；但傅太太在家，總要保持「敵體」所應有的一番尊重，不免處處拘束，反倒是她進了宮，他可以自由自在地跟姬妾相處。

「回太后，」宮女將傅恆引入殿內，在西暖閣外，高聲通報：「傅大人來請安。」

太后一掀簾子走了出來，手上抱一頭貓，傅恆隨即蹲下身去，口中按規矩說道：「奴才給皇太后請安。」

太后對他的稱呼，完全照民間的習慣，叫他「舅少爺」；先後關照宮女：「五福，端凳子來。」

傅恆在太后面前是有座位的，先還謝恩賜座；日子一久，也就省略了，斜簽著身子坐在一張紅木骨牌凳上，問道：「皇太后這幾天興致好？」

「我好；你也好？」

「是。多謝皇太后惦著。」

「今天請你來，是皇帝有幾句話要告訴你；我原來想叫你少奶奶跟你說，她說，要我親口告訴你比較好。我想也不錯，到底我年紀快六十了，老年人的話，說一句，算一句。」

太后口中的「少奶奶」，自然是指傅太太；傅恆心裡在想，他妻子的意思是恐怕出之於她的口，他未見得相信，所以太后有此一番表白。看來是幾句極有關係的話。

「皇帝跟我說，他派你到四川去打仗，我怪皇帝，至親像同胞兄弟一樣，怎麼叫他去吃辛苦，又是一刀一槍打仗。皇帝說：吃辛苦是沒法子的，好在你年紀還輕，辛苦也吃得起；至於打仗，不必你動手，在後面壓壓陣就可以了。」太后說到這裡，放下懷中的貓，俯身向前，關切而慈愛地說：「舅少爺，你千萬自己要小心，危險的地方不要去。」

「是！」傅恆不由得起身請安：「皇太后這麼關心傅恆，實在感激不盡。」

「我不要你感激，我只要你把我的話，記在心裡。」太后停了一下問：「舅少爺，你知道不知道皇帝這回要你去吃一趟辛苦的道理？」

「自然是皇上看奴才還有點用處，給奴才一個報效的機會。」

「說得不錯，是個機會。皇帝要給你好處，總也要有個說法。」太后含蓄地問：「你懂了吧？」

「是。皇太后跟皇上的恩典，奴才真正受之有愧。」

「大家至親，你也不必說這些客氣話。你這回一路小心；皇帝跟我說過了，明年四五月裡，一定會讓你回來。」

「但願仰仗皇太后、皇上的鴻福，這一回去能把仗打好了。倘我不大順手，奴才自然仍舊在大金川效力。」

「打仗是勉強不來的事，你不要爭強好勝，看看情形再說。有甚麼不便在公事上說的話，你寫信告訴你少奶奶，我來作主。」

這樣體貼入微，傅恆對這位出身微寒的皇太后，實在不能不由衷地感激。但也因此激發出他一番旺盛的企圖心，決定要好好建一番功，讓大家知道他的富貴，並非來自裙帶。

「你要不要跟你少奶奶談談？」

「不！」傅恆毫不遲疑地答說：「皇上還在養心殿，等著奴才回事。奴才給皇太后跪安。」

說著起身屈膝，退出慈寧宮，自然先回軍機處，只見軍機處氣氛異常，人人臉上都是戒慎恐懼的神氣，嘴都閉得緊緊地，看到傅恆進來，立刻都投以警戒的眼色。

等他走到座位邊，尚未坐定，汪由敦疾趨而前，低聲說道：「訥公跟張敬齋都壞事了。」

「喔！」傅恆也是聲音極低：「甚麼處分？」

「革職，拿交刑部治罪。御前侍衛富成，馬上就動身了。」

「甚麼罪名？」

「很多。主要的是八個字，皇上親口宣示的：『玩兵養寇，貽誤軍機。』」

傅恆不作聲，雙眼望著汪由敦，似乎有許多話不知從何說起？

汪由敦等了一會看他不開口，便又說道：「訥公目前只是革職，赴北路軍營，自備鞍馬效力贖罪。不過，他的事情沒有完，皇上交代，他說他有要面陳的情形，現在改派侍衛鄂實、德山，把他押往北路軍營，所有面陳情形，繕摺具奏。倘或不稱上意，恐怕還有後命。」

「當然。信任了訥親十三年——。」

「呃哼！」汪由敦急忙假咳一聲，同時拋過去一個眼色，將傅恆的話攔住；他知道傅恆的意思，信任了訥親十三年，一旦棄絕，總不能說翻臉就翻臉，必得有一番做作。這話過於率直，等他說出口來，連聽到的人都不免會惹禍上身，所以忙不迭地打斷。

「事情都完了沒有？」傅恆說道：「如果沒有完，我這會不耽誤你的功夫，等下咱們好好兒談。」

「是！」

汪由敦正待轉身時，傅恆卻又拉了他一把，接著往屋外走去，汪由敦便跟著他一直到了廊上。

「謹堂，」傅恆說道：「說張敬齋玩兵養寇，這就不是一朝一夕的事了。將來追究如何『玩』，如何『養』，一定會有株連，首當其衝的是平郡王。他現在的病勢不輕，禁不起打擊；張敬齋的消息，不能讓他知道。」

「是。」汪由敦點點頭，「我來告訴他們。」

於是等公事完了，快將散值時，特意將「南屋」的軍機章京都找了來，告誡大家，最近天威不測，皇帝最痛恨洩漏機密，各人加意留神，那怕是王公親貴，要打聽大金川的情形，以及皇帝的處置，都不可輕漏一字。否則，出了事誰也救不得。

這番話不僅是對軍機章京，也是對來保及新入軍機的戶部尚書舒赫等人而發。到得軍機大臣會食時，傅恆又將張廣泗革職交刑部的消息，不宜使平郡王福彭知悉的話，略為提示了一下，大家都頷首表示默喻。

飯後散值，傅恆約汪由敦同行，剛要出內右門時，奏事太監趕來通知，說皇帝召見傅恆。

「請吧！」汪由敦說：「晚上我到府裡伺候。」

傅恆點點頭，跟著奏事太監到了養心殿，皇帝正站在廊上閒眺；傅恆便在庭院中請安，等他站起，皇帝問道：「皇太后把我的話告訴你了？」

「是。」傅恆答說：「皇上的恩典，天高地厚，奴才想請訓以後，盡快趕到大金川。」

「年內總來不及了。只能趕到西安。」皇帝徐徐說道：「我只是給你一個歷練的機會。你記住，你的責任是代我去監督考察，凡事不必親自動手，只要讓我知道就好。」

「奴才當然隨時要奏報，請皇上指授方略。奴才不相信大金川不能平定。」

「自信很要緊，不過不可掉以輕心。」皇帝問道：「你打算帶甚麼人去？」

傅恆想了一下說：「奴才不打算帶人；有傅爾丹、岳鍾琪在那裡，奴才只跟他們和衷共濟就行了。」

「你有這樣的想法，我很放心。你先回去籌畫、籌畫；我另外還有安排。」

另外的安排是為傅恆籌兵籌餉，還要為他提高身分地位。於是接連下了五道硃諭：第一道是調滿洲京兵、雲梯兵，及東三省兵一共五千名，赴大金川軍營聽用；第二道是特撥內帑銀十萬兩，供傅恆犒賞之用；第三道是兵部尚書班第，不稱其任，但辦理轉運尚屬妥協，降為侍郎，戶部尚書舒赫德，調任兵部；第四道是協辦大學士傅恆升為保和殿大學士兼戶部尚書；第五道是撥部庫銀一百萬兩，山西、廣西藩庫銀各五十萬兩，解交大金川軍營備用。

傅恆出師的日期，由欽天監選定十一月初三。先期有一連串的賜敕書、賜宴的榮寵；同時由禮部擬定出師當日的禮節隆重異常。

與傅恆相映而不能不令人生無窮感慨及警惕的是，訥親的咎戾，越來越重，以致他的兩個胞兄，一個叫達爾黨阿，自請赴軍營效力；一個叫策楞，上奏說訥親於國家軍旅大事，如此負恩，為國法所不容，請拿交刑部治罪。

更壞的是，訥親的覆奏，將一切責任推在張廣泗頭上，皇帝斥之為無恥，他說，張廣泗誠然有許多錯處，但訥親既為經略，何以當時不據實參奏？甚至一面參奏，一面提問，亦無不可？他之不這樣做，是因為別有私心之故。

甚麼私心呢？皇帝認為訥親一參張廣泗，則大金川軍務的責任，都落在他一個人肩上了。倒不如留著張廣泗，以為卸過的餘地；而且有張廣泗在，他才有回京的機會，否則無法脫身，其心可誅。現在還有查問他的事件，等覆奏到後，一併辦理；策楞請治訥親之罪的奏摺，暫交刑部存記。

這使得傅恆愈生警惕，雖說太后有極誠懇的私心話，但皇帝的那枝「刀筆」，實在厲害，翻來覆去都是他一個人的理，還是要多加小心為是。

因此，出師之前，事事親自檢點，忙得不可開交；朝貴餞行，大多辭謝，只有極少數幾處，是怎麼樣也得抽空去應酬的。

其中有一處，便是平郡王府。福彭事先特為派慶恆去致意，只設小酌，也不邀陪客，只是話別，而且也有些戰陣的經驗，可以奉告。這對傅恆是很有用處；同時他也預料到，一定會談張廣泗的情形，需要有充分的時間，所以到了約會的那天，午後甚麼事也不做，老早就到了平郡王府。

「春和，您陞了大學士，我沒有能給你去道賀，一直耿耿於懷；今天請你來小敘，餞行其次，還是賀喜的意思居多。」

「王爺太客氣了。」傅恆答說：「我今天來領王爺賞飯，實在也是辭行，請教的意思居多。」

「請教是不敢當，不過有點兒經驗可以談談。」平郡王問道：「皇上給了你那些權？」

這都規定在敕書上，各路大兵聽他調遣，自不在話下，文官四品以下、武官三品以下，犯軍法者得逕行處置。

等傅恆說完，平郡王點點頭說：「跟我當年一樣。可見得皇上是拿你當『大將軍』看了。」

只有親貴才能掛大將軍印信；傅恆想到這一點，愈覺負荷不勝，「王爺，」傅恆低聲說道：「說老實話，受恩越重，我越惶恐。皇上的性情，你是知道的，有時簡直就像上鐵子秤過一樣，受多少恩，該有多少報答。如果不足，就是負恩；訥公的境況，說起來實在叫人寒心。」

這話說到平郡王心坎裡了，將一隻微微顫抖的手，按在傅恆膝上，雙眼怔怔地望著，好久說不出話來。

「王爺跟皇上當然又當別論。」傅恆安慰他說：「有一回皇后跟我談起，說皇上告訴過她，小時候在上書房念書，都虧平郡王照應。」

「喔，」平郡王很注意這話，「皇上跟你提過沒有？」

「皇上不會跟我提的。」

平郡王微感失望，「皇上錙銖必較的性情，就是從小養成的，誰對他好，誰對他壞，都記在心裡。不過——。」他搖搖頭，「不談吧！反正你也跟我一樣，我想皇上不能不另眼相看。」

傅恆臉上發燒，心裡像吞下一隻髒蟲子那樣地難受——他以為福彭是指他跟皇帝的另一種裙帶關係而言。

「春和，」平郡王說了心裡的話，「我現在只擔心為張敬齋所累。」

「是啊！」傅恆蹙著眉說：「這是個麻煩。」

「你每天都進見，經常是『獨對』，皇上跟你提過沒有，張敬齋到京後，皇上打算如何處置？」

「提過一回，似乎打算『親鞫』。」

「親鞫」便是皇帝親自審問，事不常有。平郡王只記得聽人談過順治十四年辛酉的科場案，親鞫時曾吩咐侍衛用刑：「打五棍。」棍是銅棍，一棍下來，就能打斷骨頭；以至於原本詩書滿腹，未曾舞弊的舉人，嚇得連原來中舉的卷子，是何題目都記不起來。「江左三鳳凰」之一的吳漢槎，就是因此而充軍寧古塔的。

因此福彭臉色大變，頸臉通紅，嘴角抽搐，彷彿要「卒中」似地；傅恆大駭，駭出急智，趕緊說道：「王爺請放心，我這一路去，路上一定能跟張敬齋見面，我會格外關照他，萬一親鞫，無論如何別拿王爺牽連進去。」

這幾句話很有效；加以在廊上伺候的慶恆跟貼身護衛，發現情況有異，趕緊入內，拿藥的拿藥，倒水的倒水，亂過一陣，平郡王的臉色漸漸恢復正常了。

「你們出去！」平郡王福彭揮一揮手；等慶恆等人都走了以後，他才又將手按在傅恆膝上說：「春和，我要重重拜託你。張敬齋的事，你是知道的，他雖是我這一族的人，重用他的可不是我。」

「是。是鄂文端。」

鄂爾泰諡「文端」，不過平郡王只叫他鄂西林——鄂爾泰姓西林覺羅氏，「鄂西林在先帝面前，極力保薦張敬齋。」他說：「今上即位，凡有張敬齋的奏摺，也都是鄂西林票擬積漸之勢使然，不能把帳記在我一個人吧？」說著已有些喘氣了。

「王爺歇歇，這種情形，皇上也知道的；王爺大可寬心。」

「怎麼寬得下心？——」平郡王說話非常吃力。

「王爺，請安心靜養。」

說著，傅恆要起身告辭，但平郡王一面用手勢，一面用眼色，堅決地要他留下來，便只好重新坐定。

「我要跟你好好談一談。」平郡王喘息略定，「我的日子也有限了；難得有今天的機會——。」話沒有完，慶恆闖了進來，「阿瑪，」他說：「傅中堂一時還不走，過一天再談吧！」

「不！」平郡王略停一下，似乎覺得跟子姪不必作何解釋，所以只簡單地說了三個字：「你出去。」接著將腦袋扭了開去。

見此光景，傅恆便向慶恆使個眼色，表示理會得他不讓平郡王勞累的意思；慶恆便亦只好報以眼色，悄然退去。

「春和，」平郡王說：「安靜了十幾二十年，如今彷彿又回到雍正初年的情形了，你想我怎麼能寬得下心？」

一半是為了寬慰平郡王；一半也覺得應該為皇帝略作辯解，傅恆便即答說：「王爺，這情形不大同。皇上只是即位以來，受的委屈多了，難免意氣；如今也發洩得差不多了，我看不會再有甚麼嚴厲的措施。」

「不然。春和，你為人一向謙和，也不喜歡弄權，你不大懂——喔，春和，」平郡王急忙致歉：「我的話好像太不客氣了。」

「不！王爺說得不錯；王爺確是有知人之明，說我不喜歡弄權，我很佩服，而且也很感激。王爺肯說真話。」

「你能諒解我說真話的本心，我很高興。春和，弄權是會上癮的！一個人發現自己有這麼大的權力，就像——。」

平郡王想找一個恰當而深刻的譬喻，很用心地在思索，以至於臉上血色又湧現了。傅恆非常不安，正待設法中止這段談話時，平郡王想到了。

「我想起小時候的一件事，有一天在後園玩兒，無意間摘了一朵芭蕉的花，擱在嘴裡，吸了一下，發現花露是甜的。當時大為驚異，不過，光有一絲甜味，自然心有不足，於是一朵一朵摘、一朵一朵嘗，一百來朵芭蕉的花，都讓我糟蹋盡了。春和，」平郡王一口氣說下來，氣喘不止，但還是補了一句：「皇上如今是嘗到了權力的甜頭了。」

這個譬喻，在傅恆聽來，有些匪夷所思，但一時不暇去深思，只好將順著他的意思說：「王爺跟皇上從小在一起，看得很深；我一定把王爺的這個故事記在心裡，隨事幾諫，請皇上別再糟蹋無辜了。」

「能這樣，春和，功德無量。不過，恐怕很難。」

「王爺看我的。」傅恆拍一拍胸，趁機站起來說：「改天再來給王爺請安。」

「老三，」平郡王將慶恆喊了來說：「你陪傅中堂喝酒去吧！好好兒替我勸勸酒。」

這是預先說好了的，平郡王因為有病忌口，不能相陪，由慶恆代作主人；當下將傅恆請到花廳，已設下一席盛饌。雖說不邀陪客，但那是指外人而言，王府的長史、鑲紅旗的兩個副都統，都是「自己人」，不在其內。

席面是一張大方桌，只坐三面；南面繫著大紅平金桌圍，桌前是一方很大的紅毯子，原來是王府長史順福的主意，安排了好些雜耍，在筵前娛賓佐酒，回頭就在這方紅毯子奏技。

花廳廊下，另有一班「粗細十番」——笛、管、簫、弦、提琴、雲鑼、湯鑼、木魚、檀板、大鼓這十樣樂器之外，另加大鑼、鐃鈸，名為「粗細十番」；只聽檀板一聲，眾音並起，打了一套〈將軍令〉。就在這金鼓齊鳴聲中，慶恆「安席」，傅恆上座；東面是兩名副都統，常保住與惠承；西面是長史順福與慶恆。

「中堂請乾一杯，一路順風！」慶恆舉杯相敬。

「謝謝。」

護衛斟滿了酒，順福敬酒：「中堂請乾一杯，馬到成功！」

「謝謝。」

第三杯是常保住相敬，祝詞是：「早奏凱歌！」

「謝謝！」傅恆看還有一個要敬，便看著惠承說道：「咱們一塊兒來吧！」

「是。」惠承舉杯說道：「中堂早奏凱歌，加官晉爵。」

「謝謝！謝謝！」

這時廊上復又奏樂，這一回打的是〈得勝令〉，依舊是大鑼大鼓，聲震屋瓦，傅恆急忙搖手阻止。

「王爺怕吵，這鑼聲太響了吧！」

順福也發覺不妥，急忙親自到走廊將鑼鼓止住，細吹細打地奏了一曲〈感皇恩〉。

吹奏停了，傅恆說道：「咱們清清靜靜說說話吧！」

「是。」慶恆想好了一個話題，「惠二哥，」他說：「你談談當年在科布多的情形。」

原來惠承曾隨平郡王打過仗，頗識戰陣險易，當下細談當年征噶爾丹策零的往事；傅恆停杯傾聽，顯得頗為注意。

「中堂此去，有一個不妨重用——。」

他指的是傅爾丹，此人不甚懂將略，但有一項長處，能與士卒同甘苦，而且一點架子都沒有；視部下如子姪昆弟，軍中有此人管理，可以省卻許多糾紛。

聽他談得頭頭是道，傅恆頗有意延攬；但此事似乎不便貿然出口，萬一惠承不願，彼此尷尬。

於是，他閒閒道：「惠二哥今年貴庚？」

「五十過囉。」

「身子骨兒看來還挺行的。」

「惠二哥每天都要跑一回馬才舒服。」慶恆代為回答。

「身子好就是本錢足。惠二哥，還挺可以幹點兒甚麼。」

「中堂誇獎了。」

如果說「請中堂栽培」，或者問一句「能幹點兒甚麼？」傅恆便易於接口，如今只是一句謙詞，就不便再深談了。

不過就在閒談之際，也看得出來，傅恆對他的爽朗結實，頗為賞識。因此，慶恆暗地裡在打主意，等宴罷將傅恆復又送到平郡王福彭靜養的院子裡以後，趕緊找到惠承商量了一番，接著走到他伯父身邊，悄悄說了幾句。

於是平郡王說道：「春和，你看我那個副都統惠承怎麼樣？」

「很好哇。看上去挺能幹，也挺忠厚的。」

「你一眼就看準了。」平郡王問：「我把他薦給你怎麼樣？」

「固所願也，不敢請耳。」傅恆很高興地說：「就不知道他本人的意思怎麼樣？」

「不妨當面問問他。」

惠承就在院子裡待命，一喚即至，請了安垂手問道：「王爺有甚麼事吩咐？」

「傅中堂很賞識你。不知道你願意不願意伺候傅中堂？」

「這得王爺作主。」

「我雖可以作主，到底也要問問你自己；這回伺候了傅中堂到金川，是挺辛苦的事。」

「傅中堂能吃辛苦，我怎麼會敢貪安逸？」

「好！這一說你是願意了。」平郡王說：「那你就請傅中堂栽培你吧！」

「是！」惠承給傅恆請著安說：「請中堂栽培。」

「言重，言重！」傅恆站起來，握著惠承的手問：「惠二哥，你別號是那兩個字？」

「繼安。」慶恆在旁邊說：「繼續的繼，平安的安。」

「喔，」傅恆點點頭，「繼安，你明兒上午在內右門聽我的信兒。」

「是。」惠承停了一下問：「中堂還有甚麼交代？」

「都等明兒見了面再談吧！」

惠承答應著，看平郡王亦無別話，便悄悄退了出去。傅恆便傾身向前，有番體己話跟平郡王說。

「王爺，我有個主意，看行不行。皇上對這回大金川的軍務，暗含著是自己指揮，非弄得體體面面不可；王爺何不上個摺子，一伸同仇敵愾之義，舉薦惠繼安到金川效力。」傅恆又說：「不必提我；等皇上問我，我自會把他要過來。」

「好！春和你這個主意高明之至。」平郡王想了一下說：「如果是這樣，我不能光舉薦惠繼安，我把我最好的那個佐領，也派了去。」

「是馬隊？」

「當然。」

原來平郡王是禮親王代善長子岳託之後。岳託在太祖年間，是「四小貝勒」之一；太祖駕崩，岳託勸父親擁立叔父皇太極，便是太宗。因為有此大功，崇德元年晉封為成親王，不久因犯了過錯，降為貝勒；崇德三年被授為揚武大將軍，進攻明朝，師至濟南，歿於軍中，太宗震悼，追封克勤郡王，世襲罔替，至順治八年改號平郡王，那時襲爵的是岳託的孫子羅科鐸；他也就是福彭的曾祖。

自太宗以來，對岳託與他的子孫，都另眼相看，賞賚甚厚；王府在吉林有一大片莊園，闢為牧場，專門養馬，因此老平郡王訥爾蘇管過上駟院；福彭當定邊大將軍時，特進戰馬五百匹，就是從自己的牧場中挑出來的。

由於馬多又好，所以鑲紅旗有三個佐領是馬隊；其中又以第二佐領，更為精銳，福彭打算派出去的就是這個佐領。

傅恆當然極力贊成他這樣辦，話中暗示，此舉對福彭之能免於受張廣泗的牽累，一定是有幫助的。這天，賓主可說盡歡而散。等傅恆告辭以後，平郡王福彭的精神還是很好，叫了慶恆來商量如何寫奏摺。慶恆勸說，為時已晚，而且他這天說話太多，未免勞神，應該早早休息，不如第二天再來從長計議。福彭聽是聽了，但卻大半夜不曾睡著，他的文筆很不壞，枕上構思，打好了奏摺的腹稿。

下一天一早，召集慶恆以及王府與旗上的官員會議，他宣布了派第二佐領隨征的決定，接著說道：「經略大臣傅中堂，就快啟程了，第二佐領要趕緊預備，最好能一起走。」

「一起走怕來不及。」第二佐領剛阿岱說道：「咱們的馬隊，八旗第一，拿出去總得讓人瞧著，誇一句『到底不同』。那就得好好兒預備一下。」

平郡王想了一下說：「既然如此就索性多花幾兩銀子，連人帶馬，都要打扮得漂亮。」

「是！」

「那得多少日子？」

「最快也得一個月。」

「一個月？」平郡王說：「這得趁個熱勁兒，一個月都冷下去了。」

「有個法子。」慶恆說道：「先奏請皇上，准咱們這個佐領，進駐南苑；接著請『看操大臣』點驗；都弄整齊了，奏請皇上閱兵。這樣子奏摺一道接一道，就冷不下去了。」

「三爺這個主意真高。」惠承說道：「請王爺就這麼辦吧。」

「好！」福彭又問：「這樣子治裝，要花多少銀子，你們去商量。要漂亮，不能省錢，可也不能胡花。」

接下來又談犒賞。第二佐領等奏准隨征以後，兵部自會知照戶部，發給安家銀兩及額外的恩餉；但本旗亦應另有犒賞，士卒才會用命，這一趟是要替旗主掙面子，犒賞更非從豐不可。

「每個人該給多少？你們商量好了，來告訴我。只要花得起，多給一點兒也無所謂。」平郡王喚著長史順福的別號說：「仲平，你多費心吧！」

「是。」順福答道：「我回頭來跟王爺回話；恐怕要費一番周章。」

平郡王點點頭，並未再問。會議至此告一段落，平郡王將慶恆留了下來，商量出奏。

慶恆等他伯父講了腹稿大意之後，提出一個建議，說吏部尚書達爾黨阿，因為胞弟訥親獲罪，自請赴軍營效力，頗得皇帝嘉許；如今鑲紅旗特派馬隊隨征，不妨亦提一提張廣泗老師縻餉，本旗深以為恥，派出精銳效力，有彌補之意在內。

「不好。」平郡王連連搖手，「張敬齋是張敬齋，不必把鑲紅旗扯進去。而且張敬齋是怎麼回事，還不知道，咱們先替他認了罪，也欠厚道。」平郡王停了一下又說：「將來旗務歸你執掌，你要記住，人家是指望你能庇護他們；像你剛才的那種說法，毫無擔當，下面離心離德，你就難帶了。」

慶恆當然敬謹受教，自去找人擬好了奏稿，又拿回來請平郡王斟酌。料理完了這件事，平郡王累得頭暈目眩，正待休息時，順福有事來回，不能不強打精神應付。

「我們商量過了。治裝得八千銀子；犒賞得五千五百銀子。」順福說道：「一時要湊一萬三、四千現銀，可真有點兒難。」

「庫存有多少？」

「只得七千多銀子，護衛、包衣的餉，還沒有關呢！關了餉，只剩下千把銀子，府裡這個月的用度都還差著一點兒。」

「府裡的用度，到時候再想辦法。」平郡王沉吟了一會問道：「盛京將軍，不說要買咱們的馬？」

「只買五十匹，一共兩千銀子；還不能一次付。」

「快十一月了，京東那幾處莊子該交的年例，也該交了吧？你先催一催他們。」

「是。」順福遲疑了一下說道：「如果把年例挪了來用；轉眼過年，家家都緊，更難調度了。」

「那就只有一個辦法。」平郡王說：「你跟宗人府去商量，把我明年的俸米，先去支了來。」

「這──，」順福一臉為難的神色：「後年的都支了來用了。」

福彭臉一沉，「我怎麼不知道呢？」他說，「我一點兒都不知道。」

一看情形不妙，順福既驚心，又困惑。平郡王的年俸，這年借過兩回，明年及後年的都已預支；每回都是慶恆來傳話，說「王爺交代」如何如何，誰知道平郡王根本就不知道。

顯然的，這是慶恆在搗鬼。有些意會，順福便不敢再提這一點，怕平郡王立即找慶恆來查問，會引起極大的風波；只含含糊糊地說一聲：「王爺不必操心，反正總有辦法把這筆款子給湊齊了。」

「是甚麼辦法，你倒說給我聽聽。」

「無非──，無非想法子節省用度，慢慢兒把虧空都彌補過來。」

平郡王所想的是眼前，不是將來，「彌補歸彌補，用度歸用度，馬上要萬把銀子用，你是從那兒去調度？」

一句話問得順福張口結舌，無以為答，他原來的打算是，想建議拿太福晉及福晉的首飾，先向錢莊抵押一千銀子應急，見此光景，當時也說不出口了。

「我倒有個主意，你跟曹家去借一萬銀子。」平郡王略停一下又說：「我本來不願意這麼辦，如今為了燃眉之急，也就顧不得了。」

福順聽出他的話外之話。曹家這些年由於平郡王的關照，曹頫、曹震叔姪，得了許多好差使，照情理來說，曹家應該有所報效；如果曹家沒有表示，平郡王當然也不便開口，否則就像在索賄似地，這一個嫌疑，他不能不避。如今既然由王爺自己說出口來，當然是有把握的。意會到此，福順倏地站了起來說：「我此刻就去找曹通聲。」

「找到了他，你預備怎麼說？」

「我說我私下跟他通融一萬銀子，到明年夏天還他。」

「明年夏天有把握嗎？」

福順是打定主意，借到了便不打算還了；不過不便跟平郡王說實話，只很爽脆地答了一個字：

「有。」

第二章

欽天監選定十一月初三，是宜於出兵及長行的黃道吉日。經略大臣保和殿大學士傅恆，半夜裡就全副武裝在「堂子」前面候駕了。

「堂子」所祭的神，是滿洲的守護神，與坤寧宮每天清晨「享受」兩口豬的是同一尊神。因此朝廷有大征伐，命將出師的這一天，一早要祭堂子，名為「告遣」，祈求守護神默佑，馬到成功。

北京城內已經熱鬧了好幾天了，特為挑出來的從征的將士，一個個服飾鮮明，精神抖擻，由南苑、香山等地，進駐紫禁城南、東兩面；這一天更是燈火徹夜、刁斗聲聞。約莫寅時剛過，傳報皇上已經起駕。不久，午門鐘鼓齊鳴，便知皇上已經出宮上馬了。

乘騎當然御戎服，也就是行裝，頭戴紅紗裏緣、玄狐皮上綴一大撮朱紅野牛毛的行冠；身穿明黃緞繡九條金龍，下幅八寶立水、左右開襟的白狐龍袍，外罩一件袖長及肘、身長過手的石青行裝；繫一條鑲紅香牛皮的明黃行帶，帶子上掛滿了解手刀、打火石、手巾，以及內裝丸藥、荳蔻的大小荷包，這些都是行軍常用之物，既稱戎服，便必須有這樣的配備。

御騎是一匹白鼻心的黑馬，蒙古藩王所進的名駒。儘管一過玉河橋，角螺齊鳴，聲震霜空，那匹調教得馴良非凡的御馬，神態安閒，不疾不徐地自蹕道昂首而過，一轉入「堂子街」，由履親王允祹帶頭，排班跪接。到從堂子門口，看到跪在地上的傅恆，皇帝勒一勒馬韁，御前大臣接過韁繩，御馬立停不動；等皇帝下了馬，角螺聲停。祭禮開始了。

殿是兩重，前面是「拜天圜殿」，後面是守護神的饗殿，行禮是在圜殿，皇帝之後，按皇子、親王、郡王、貝勒、貝子、公爵的順序，分列六重，隨同祭祀，不過這是元旦行禮的順序，異姓文武大臣，皆不參預。「告遣」當然不同了，傅恆是與王子並列一排行禮。

又是角螺齊鳴聲，皇帝領頭，行了三跪九叩的大禮；門外還有禮節——兵部早就在堂子外面立了兩面簇新的大纛旗，一面名為「吉爾丹」纛，是大將軍或經略大臣的帥旗；一面是八旗護軍纛，常備之軍，照供應有。這回隨同皇帝行禮的，便只有出征的大臣與官員了。

其時不祭纛神的王公大臣、文武官員，已先一步前往長安左門接駕。此門之西，便是皇城正門的大清門，門前便是直通正陽門的棋盤街，又名千步廊，四周都是店鋪，承平已久，物阜民豐，在京城裡，只要叫得出名目的物品，都可以買得到；平時是內城第一熱鬧之處，但這天卻很清靜，大興、宛平兩縣的差役，與步軍統領衙門派出來的兵，將皇城前面的行人都驅散了，店鋪雖照常開門，卻絕少顧客；只難得有前來接駕的官員，由於為時尚早，順便來看看逛逛而已。

唯一的例外是，賣點心熟食的店鋪，家家客滿，有的是起來得太早，尚未果腹；有的只是借此歇腳，曹頫、曹震叔姪，便是如此。

正坐著在喝豆汁時，曹頫突然「啊呀」一聲，向曹震說道：「我忘了一件事了，還來得及趕辦。」

「四叔，甚麼事？」

「昨天我到惠繼安那裡去話別，我問他如何贈行？他要我送他一樣東西，通聲，你猜是甚麼？」

「嗐，四叔，你不是說要趕辦嗎？那就請快說吧，別耽誤功夫。」

「他要我送他月盛齋的醬羊肉。他說：這一回去，為了報答王爺，給咱們鑲紅旗掙面子，非拚命不可，也許就馬革『裏』屍，再也吃不著月盛齋的醬羊肉了。」

「甚麼，」曹震沒有聽清楚，「甚麼麻格李司？」

曹頫笑一笑說道：「我是照學他的話；他把『馬革裏屍』的裏字唸白了。」

曹震哈哈大笑；笑停了正色說道：「四叔，我看這醬羊肉不送也罷；送了，真以為他會馬革『裏』屍呢！」

「這話倒也是。」曹頫沉吟了一會說：「這樣，咱們來個備而不用。回頭他如果問我要，我就給他，再說一說先不拿出來的緣故。他如果不問呢，咱們就自己吃。」

「好！」曹震躊躇著說：「這得我自己去；這一路上都是兵，叫人去買怕有人攔住不讓去。」說著，便即起身走了。

這月盛齋在棋盤街東的戶部街，平時一進街口就能聞到讓人嚥唾沫的醬羊肉香味；這天香味雖有，卻淡得多了。曹震帶著小廝，一關一關闖過來，見此光景，心裡在想，大概這天不做買賣，看來是白跑一趟了。

正這樣想著，聽得角螺又鳴；戶部街上的官員，皆往南走，是到長安左門接駕去了。曹震匆匆從荷包裡掏出兩塊碎銀子，交代小廝：「你到月盛齋去看看有醬羊肉沒有？回頭在阜城門口等我。」說完，隨著人潮往回走，找到內務府接駕的班次，曹頫已先在了。

見了面，曹頫沒有問醬羊肉的事，而且面色凝重，完全不似剛才談惠承唸馬革「裏」屍這個唸白字的笑話，那種輕鬆的神情，因此曹震心裡不免嘀咕。

正想動問時，「前引大臣」的影子已經出現，接駕的官員，紛紛下跪，聲息不聞，只聽得「得得」啼聲與「沙沙」腳步聲，最前面是十員前引大臣，一律「純駟」白馬，馬頸下繫著一大球紅纓；然後是步行的——領侍衛內大臣、御前大臣，皆是寶石頂、四開禊袍，老少不等，盡為王公貴戚。這後面便是十五名帶刀的御前侍衛，分兩行夾護著皇帝，款段行來；另有兩名「後扈大臣」，帶領「豹尾槍班」殿後。

皇帝到得長安左門下馬，隨即進入預先設置的「黃幄」——皇帝的營帳休息。接著，傅恆及隨征將士列隊到達，跪在黃幄外面；同時光祿寺的官員，帶領蘇拉，抬過來一張長桌，桌子上酒一瓶、金銀杯各一，設置停留，領侍衛內大臣入黃幄請駕，又是角螺齊鳴聲中，皇帝緩步而出，在桌後站定。鳴贊官便高聲喝道：「皇上賜酒；經略大學士傅恆跪受。」

於是傅恆先一叩首，站起來走至桌子右方跪下。御前侍衛在金銀杯中各斟了酒；皇帝開口了：

「傅恆！」

「臣在。」傅恆這時候的自稱，不是「奴才」。

「此番出征，時逢嚴寒，你一路上要多加保重。」

「皇命在身，敢不為國珍重。」

「你此番去，等於代我親征。戎機瞬息萬變，進攻退守之際，你要善自裁度。」

「是。」

「撫馭士卒，要格外盡心。」

「是。」

「你多辛苦，凱旋歸來，我不吝上賞。」

「臣是滿洲世臣，受恩深重，肝腦塗地，不足以報，『辛苦』二字，不算甚麼；更不敢妄想賞賜。出發以前，但求皇上不時指授方略，以期早奏膚功，上抒睿憂。」

「好，好！你我君臣一德，同舉一觴。」

皇帝的話一完，傅恆已磕下頭去謝恩；兩名御前侍衛便即上前，各舉朱漆托盤，盤中各有一杯酒，金杯跪進皇帝，銀杯立授傅恆；接過來先雙手高捧過頂，然後一飲而盡，交還了銀杯，傅恆復又謝恩。

「臣蒙皇上賜酒餞行，恭謝天恩，就此叩辭。」

「我佇聽捷音。」皇帝說道：「你就在這裡上馬好了。」

這是預定的程序，傅恆無須謙辭，再次行了三跪九叩的辭行大禮；等站起身來，只見一隊親兵引著一名小校，手牽一匹御賜的大宛名馬，高將八尺，賜名「徠遠騮」，赤身黑鬃，配上紫轠銀鞍，神駿非凡；傅恆再次請了安，轉身上馬，往東走了有數十步，復又下馬。等待王公百官跪送皇帝回宮，再送他到良鄉。

奉旨送經略大學士出征的，有皇長子永璜、皇三子永璋、大學士來保，以及各衙門所派的官員；曹頫、曹震原都在奉派之列，這時卻只有一個人可去。

「王爺一早到堂子來，剛出房門，摔了一跤，差點暈過去，趕緊派人來請莊親王代奏，不能隨同行禮的緣故。」曹頫說道：「通聲，你趕緊去看一看，良鄉我一個人去好了。」

「不！當然是四叔去看，我到良鄉。」

「也好！」曹頫點點頭，「等你回來再說。」

於是曹震隨眾一起騎馬往西，經阜城門大街，遇到了去月盛齋買醬羊肉的小廝，果然是一雙空手，據說不是鋪子不開門，而是醬羊肉在天未明時，便都賣光了。

這件小事，曹震已無心緒去過問了，一路惦念著平郡王摔跤的事，心神不定地到了良鄉。由於來保面奉上諭，看經略大學士用完午飯，上馬復行，再回京覆命；所以預先為傅恆紮了一座中軍大帳，等他入帳午餐，送行官員，有的折回，有的在良鄉覓地果腹，曹震原想就回京城，但很巧地遇到了惠承。

「令叔呢？」

「沒有來！要我特為跟惠二爺道歉。」曹震略略放低了聲音說：「王爺今兒早上摔一跤，差點暈過去，家叔不放心去探望了。」

惠承亦頗驚訝，「怪道今天堂子行禮，不見王爺。」他滿臉關切地，「不知道要緊不要緊？」

「還不知道。」曹震嘆口氣：「王爺這幾年發福了；頭目暈眩的毛病，是發福以後才有的，說起來發福真不是好事。」

惠承默默無語，想了一會說：「跟我一起吃飯吧！看看我有忘了交代的事沒有；正好告訴你。」

「是。」

惠承是副都統，也有一座營帳；進帳一看，衛士已支起一張活腿矮桌，桌子四周，鋪著草荐，上加馬褥子。一旁掘地作炊，生起熊熊炭火，上加鐵柵，柵上是一個磁州出產的一品鍋，湯汁滾得「撲撲」作響，肉香瀰漫。惠承與曹震都是半夜起身，折騰到此刻午時已過，又累又餓，所以不約而同地，腹中都「咕嚕嚕」地作響。

「燉的甚麼？」

「鴨跟肘子。」

這頓午飯是宛平縣辦的差，除了經略大學士是一桌筵席以外，其餘副都統以上都是一個一品鍋；饃饃不限，但不供酒。

「這天兒不喝點酒，怎麼成？」惠承吩咐，「去弄點酒來。」

「有。」衛士走到另一邊，從支營帳的木架子摘下來一個盛酒的大皮壺；壺上還繫著一包良鄉土產的炒栗。

「這酒跟栗子是德老爺送的。」

「對了！」惠承吩咐，「把德老爺請來一塊兒吃。」

這德老爺叫德本，是鑲紅旗管軍需的筆帖式，跟曹震也是熟人。一請了來，少不得亦有一番寒暄；然後盤腿坐下來，吃一品鍋喝酒。

「出來打仗，能這樣子，真還不錯。」曹震一面剝栗子，一面笑著說。

「那能天天這樣子？」惠承答說：「到了陣地，那種苦你想都想不到；喝馬溺的時候都有。」

「這一回大概不至於，四川是天府之國。」當年也隨平郡王出征過的德本說：「我聽人說，太后給傅中堂寫了包票，至晚明年夏天，一定班師；不論勝敗都有賞。咱們可以跟著沾光了。」

「你別糟改了！」惠承略帶呵斥地，「敗了還有賞，訥公跟張敬齋，也不至於鬧到今天這個地步。」

德本笑笑說道：「反正不管怎麼樣，咱們這回跟的是正走運的人。」

傅恆正在走運的話，惠承跟曹震都聽說過，因為有人替他去排過八字，算過流年，說他今年「官印相生」，運中有「驛馬」，但骨肉間不免有缺憾；驛馬星動，才會領兵出征，而骨肉缺憾，才會有孝賢皇后的大事，都說得很準，可見得正走「官印相生」一步正運，一定也說中了。

「提到這走運的話，我倒想起來了，」曹震問道：「惠二爺，有人替張敬齋去算過命，你聽說了？」

「聽說了，說他命中有貴人，雖有凶險，能夠逢凶化吉。就不知道這個貴人是誰了。」

「惠二爺，不是我恭維，這貴人十之八九是指閣下。」

「得了！別罵人了！喝酒，喝酒。」說著，惠承喝了一大口「二鍋頭」，夾了一大塊肉在嘴裡咀嚼，語音模糊地說：「只要王爺的病好了，能照常進宮，甚麼事消息來得快，給他撕擄、撕擄，那就是他的貴人。」

「這當然也有關係。」曹震答說：「惠二爺你這回去立了大功，奏報上來，皇上看鑲紅旗也有忠勇奮發的人，說不定心裡一高興，就赦了張敬齋的罪了。」

「你說得太玄了！」惠承搖著頭說：「就怕張敬齋等不及咱們惠二爺立功，先就定了罪了。」

曹震想想果然，惠承立功總也得到了大金川以後，那至少是明年春天的事；張廣泗快解到京了，審問定罪，都是年內的事。自己的想法似乎有點離譜。

「張敬齋不知道走到甚麼地方了？」曹震悵然地問。

惠承微覺不解，曹震跟張廣泗並無深交，何以對他如此關心？這樣想著，不由得就問了句：「通聲，你跟張敬齋常有往來？」

曹震一愣，旋即省悟，「我跟張敬齋沒有甚麼往來。」他說：「我是擔心王爺，為了張敬齋的事，心總放不下來。大夫早說過了，王爺的病如果不能靜養，吃藥也是白吃。」

「不要緊！」惠承很樂觀，「王爺這一陣子為了第二佐領的事，精神挺好；這種病心情一開朗，就不要緊。」

「不然，累也累不得。」曹震說道：「像今天不就摔跤了嗎？現在還不知道怎麼樣呢？」

說到這裡，曹震復又上了心事，酒喝不下，肚子也不餓了；略略周旋了一會起身告辭。

「惠二爺，你們倆一路順風，我等著替你們慶功。路上多保重，我得走了。」

「好！見了王爺，代我請安。」惠承說道：「請你告訴王爺，不必惦念，我絕不能丟鑲紅旗的面子。」

到京已將黃昏了，一到家卻只有翠寶在；曹震顧不得換衣服休息，先定神看一看她的臉色，方始點點頭坐下來，讓丫頭給他脫靴子。

「怎麼回事？」翠寶問道：「彷彿不認識似地。」

「有個緣故，看了你的臉色，我才能放心，王府裡沒事。」

「你是說王爺摔一跤吧？」翠寶說道：「大概沒事。不過二奶奶到王府給太福晉請安去了。」

「你們是怎麼得的消息？」

「是芹二爺來通知的——。」

「喔，」曹震插嘴問說：「雪芹打通州回來了？」

「昨兒回來的。今天到王府有事，才知道王爺摔了一跤，不能出門；回家一說，太太先進府請安，隨後讓芹二爺來接二奶奶。」

「怎麼到這時候還不回來。」

「大概在太太那兒。」翠寶問道：「你餓了吧？」

「餓了也吃不下。」曹震躊躇著，「晚上不作興探病；我看——，我看，我到噶禮胡同去一趟吧。」

噶禮兒胡同也在西城，五年前馬夫人病危，錦兒主張「沖喜」，正好內務府廣儲司的石主事，家有個老小姐，比曹雪芹小兩歲，這年二十七。石小姐知書識字，相貌也很過得去，只是自視太高，以致婚事蹉跎了下來；及至青春虛度，已到花信年華，這才有些著急，原來是非玉堂金馬的少年翰林不嫁的，此時不得不降格以求，但仍舊堅持兩個條件；第一，不作填房；第二，須有文名，當然，門要當戶要對，自不在話下。

錦兒打聽到這個消息，認為這兩個條件，簡直就是為曹雪芹所開的；自告奮勇，代為求親，曹雪芹的本意，願與杏香廝守一輩子，因為「沖喜」這件事是個「大帽子」，不能不同意。

事情也很順利，錦兒挽人陪著到石家去求親，一說即成；馬夫人的病，居然也一天好似一天，有精神來為愛子操心婚事了，首先是在噶禮兒胡同買了房子——噶禮在康熙年間任兩江總督，以科場弊案與江蘇巡撫張伯行互控，鬧出一場極大的風波；聖祖迭派大員查辦，審實噶禮確有勾結主考出賣關節情事，因而革職，回京閒住；後來又因忤逆老母的罪名，為聖祖處死。他住的那條胡同，本來沒有甚麼名氣，只為他在那裡蓋了一所大宅，便喚做噶禮胡同；及至伏法，依照旗人的習慣，加上一個「小字眼」，稱為「噶禮兒胡同」。

噶禮生前所蓋的那所大宅，為子孫拆賣，一共分作三份；前門到後門一剖兩半；另外一份是個花園，屋少花木多，人多了不夠住，人少了照料不過來，而且得專門用兩個花兒匠伺候花木，以致常常易主，大致都是在外做官發了財，買個現成花園住，自以為得計，住進去以後，才知道養個花園不是件容易的事，而且家有園林之勝，少不得常有親友特地見訪，留客小飲，盤桓終日，每個月這筆應酬的開銷，算起來也不少。為此都是住不到兩三年，便想脫手。

及至曹家要買房子的信息一傳出去，「吃瓦片的」紛紛上門；提到噶禮的那個花園，曹雪芹一聽便中意，只看了一遍，便下了定洋。馬夫人倒無所謂，杏香、秋月、錦兒都不贊成，不過杏香不便說，秋月勸了一回，曹雪芹不聽，也就算了；只有錦兒勸之不已，後來是曹震說了一句：「他的錢是老太太留下來的；要娶親了，愛怎麼花怎麼花。你別狗拿耗子吧。」這才算定局。

這一下，曹雪芹可有得忙了，將一座近乎荒廢的花園，恢復舊觀，不是一兩個月的事；也因此，雖下了聘禮，而親迎之期卻延了下來。而就在這年——乾隆八年十一月，距喜期只得半個月時，石小姐忽然染患傷寒重症，病勢翻翻覆覆，延至第二年正月裡，終於香消玉殞。

這頭親事是錦兒奔走成功的。因此對石小姐的哀悼之情獨深，不免埋怨曹雪芹，說都是噶禮胡同的房子不吉利。又有熟悉掌故的人，說噶禮的故居，應該是凶宅；噶禮自革職回旗後，忤逆不孝，老母叩閽，說噶禮與他的胞弟色勒奇、兒子幹都，在食物中下毒，打算弒母；噶禮的妻子，又叫人去拆婆婆的房子，要攆她出去。聖祖交刑部審問，確為事實，刑部擬的罪是，噶禮凌遲處死；其妻絞立決；色勒奇、幹都斬立決。

這一家子孫不孝，母亦不慈，當奏上時，噶禮之母請都察院代呈，依照從前有過的一個例案，將噶禮凌遲後，焚屍揚灰，聖祖因為噶禮畢竟當過大臣；他的高祖何和禮，是開國元勛，太祖曾以長女相配，因此批示；噶禮賜帛，其妻從死；自盡的方法由他自己挑，其餘如刑部所議。

噶禮家道豐厚，花重金買通了刑部胥吏，賜帛懸梁時，不等他氣絕，立即斂入棺內。於是挑在夜間行事，因為棺材內裝了一個活人，白天抬到甚麼地方，亦不能開棺將他放出來，惟有晚上賜帛盛殮，天色未明時將棺材由刑部邊門抬出去，才能在晨光熹微，路少行人的情況中動手腳。

計算得很好，那知監刑官是個對公事極認真的人，認為要等棺材抬出刑部，才算任務終了，向堂官去覆命。因此一直守在那裡；胥吏心想，反正噶禮睡在棺材裡裝死，要等出了刑部才能復活，監刑的司官絕不會知道其中有這樣的奧妙，他要守夜就讓他在那裡守好了。

那知到了半夜裡，棺材作怪了，彷彿內有人聲，監刑官毛骨悚然，趕緊將帶來的跟班推醒了說：「你聽，你聽！」

那跟班也不知是怎麼回事，凝神靜聽了一會說：「只怕是詐屍了！」他的膽子很大，「老爺我陪你去看看。」他拉著主人到棺材旁邊，繞著圈細細察看，突然站住了腳：「在這裡了。」

監刑官蹲身一看，棺材下方有個洞；正困惑不解時棺材中復又發聲，而且相當清晰。

「快放我出來，氣悶死了！」

監刑官這一嚇非同小可，渾身哆嗦，大喊一聲：「不得了啦！快來人吶！」

這一喊將值夜的吏役，巡察的更夫都招來了，只聽棺材中在說：「快，快把我弄出來。」

「你聽清了？」人一多，監刑官的膽也壯了，定神想了一下說：「這是詐屍，還是怎麼著。」

「自然是詐屍。」那知情的油滑老吏，從容不迫地說：「咱們只有唱一齣『大劈棺』了，倒要看看死鬼怎麼作怪。」

原來棺材的身與蓋，兩面各有一道嵌槽，蓋棺時是將蓋子由一端推進去，嚴絲合縫，密接成了一個整體；然後嵌上四個蜂腰引的榫頭，將棺蓋與棺身鎖住。榫頭做得分毫不差，一嵌了進去，再也取不出來，要開棺除非拿斧頭劈以外，並無別法。

當時找了把利斧來，將四個榫頭劈斷，那吏役關照更夫與監刑官的聽差：「你們把棺蓋往後推開。」

「慢著！」監刑官急忙說道：「真的詐了屍怎麼辦？」

「你老別害怕，一切有我。你老站遠一點兒。」

「好，好！」監刑官退後數步，神色緊張地看著棺材。

「推！」吏役大喝一聲。

蓋棺時棺蓋由後往前，也就是由屍首的足部往頭上推；開棺時自然由頭上往足部推，推到一半多，只見棺材中冒出半個身子，正是噶禮，他雙手掙扎著要去扯那賜帛時蒙住雙眼的白綢子，口中說道：「好傢伙，這下可見天日了。」話猶未完，只聽那吏役大喊一聲：「你還是回老家吧！」手隨聲起，掄圓了斧頭，照噶禮腦門便砍了去。這一下，噶禮連氣都不吭，復又倒了下去。

監刑官嚇得魂不附體，神智昏瞀，近乎昏厥，到得清醒過來，恍如做了個噩夢，定睛看時，棺材已經不在了。

「棺材呢？」

「抬出去火化了。」那吏役答說。

「火化了？他家屬來領棺材怎麼辦？」

「除了八十歲的老娘，那裡還有甚麼家屬？」吏役安慰他說：「你老儘請放心，只當沒有詐屍這回事。」

監刑官明白了，這是燬屍滅跡，湮沒舞弊的證據；張揚開來，自己也有處分，只好聽他的話裝沒事人。

一家四口，死於非命，而且死得如此之慘，此非凶宅而何？這個說法，振振有詞，曹雪芹嘿然無語，已經萬分不情願地放棄了遷入新居的計畫。但從石家另外傳出來的一個消息，使得整個局勢為之改觀。

這消息是石小姐一個侍婢透露出來的，據說當下了聘禮，石小姐將成曹家媳婦的身分確定，同時石小姐也知道談得很順利的主要原因是為了「沖喜」以後，曾經私下焚香禱天，願意減損自己的年齡，為未來的婆婆延壽。在詩禮世家中，原有這種風俗，稱為「借壽」，是一種僅次於割股的孝行。一個未來的兒媳，能這樣孝順，曹家都震動了，尤其是馬夫人為此感動得哭了一場。

當然，這件事需要經過查證，另有目擊其事的石家的僕婦，能指出禱天的時間與地點；此外石家的親戚，異口同聲地說石小姐秉性賢淑，在家除了自己的婚事要自己作主以外，其他任何父母之命，無不是百依百順。總而言之，這樁感人的孝行，只可信其有，不可信其無。

於是曹雪芹說話了，石小姐之死，並非因為新居是凶宅之故。「借壽」向來以「一紀」計算，一紀便是十二年，石小姐的壽限不足四十，借出一紀，便到了大限。正見得神靈昭鑒，成全了她的孝心，與新居吉凶毫不相干。而且石小姐既已受聘，便是曹家的媳婦；她生前曾由錦兒接了來，私下看過她的「洞房」，魂兮歸來，倘非其地，豈不大失所望？

馬夫人支持他的說法，決定仍舊遷至噶禮胡同，而且進一步決定另挑日子辦喜事，將石小姐的靈牌用花轎抬了來行合巹之禮，以及廟見、會親，都是石小姐的侍婢抱著靈牌，如儀而行。

接下來喜堂的布置一處，是為「家婦之喪」開弔，賀客變成弔客，而無不大悅，因為這是一個難得的，而且是有趣的經驗。在「喝喜酒」時，有人說婚喪並舉，而又有這一段感人的故事，真是罕見的好詩題，不可不吟詠一番；題目是「乾隆九年二月初三日曹府即事」，曹雪芹自己也和了一首，中有一句「蓋棺猶是女兒身」，獲得「弔客」的激賞。

當然，曹雪芹本就不想正娶，有此一段奇特的「斷絃」的故事，更有理由不再「續絃」。好在日子過得很平順，也很舒服，因為曹頫、曹震連年都有好差使，也都想到曹雪芹雖未做官，但過去對他們的前程，皆曾有很大的幫助，所以歲時接濟，頗為豐厚，使得曹雪芹漸漸變成一個名士式的紈袴了。

噶禮胡同已經靠近宣武門了，是很短的一條胡同；西口斜對石駙馬大街東口。曹震是坐車來的；一進門便遇見桐生，知道馬夫人已經回來了，錦兒是在杏香那裡。他當然還是先去看馬夫人。

進門請了安，當然先談平郡王的病，「摔是沒有摔著，不過，清早起來，怎麼好端端摔了呢？」馬夫人說：「太福晉嘴上沒有說，心裡可是很在乎這一點。」

「那總是頭暈的毛病又重了。」曹震問道：「大夫怎麼說？」

「大夫說，肝陽又升了。千叮萬囑，不能勞累，不能煩，要少見客。今天去探病的很多，都讓門上擋駕了。」

「四叔見著王爺沒有？」

「沒有聽說。應該是見著了吧。」馬夫人說，「倒問一問芹官看。」

說著，便要派丫頭去找曹雪芹來；曹震急忙阻止，「不必，不必！」他說，「我自己去好了。」

這所住宅由於原是花園之故，房屋因景而建，錯錯落落，觀賞有餘，但格局不甚嚴整。馬夫人住的是一所五開間，後帶廂房的敞軒，算是園中的正屋，原來題名叫做「退思齋」，取「進思盡忠，退思補過」之意，但噶禮不但未能補居官貪黷之過，反而添了一款家居不孝的大罪，所以曹雪芹將原來的匾額撤了下來，由於位置在全園之北，老老實實改題為「北堂」，以示為奉母之處；又築起一圈圍牆，將敞軒改成院落，院子裡遍植萱草，內門楣上題「忘憂」二字。

北堂東面有道角門，出門是一片假山，山上、山下都有路，山上曲折高低的一道雨廊，盡頭處一轉入平地，便可看到一座月洞門，進門三楹精舍，連著兩間平房打通了的敞廳，形如曲尺，院子裡鋪著青石板，四周擺滿了石條凳，凳上便是各色盆景與花卉，題名仍舊是「夢陶軒」，那便是曹雪芹與杏香雙棲之處。

夢陶軒通北堂，亦可經由山下；那是一個山洞，因為前後洞口，種得有桃花，曹雪芹便題名為「桃花塢」。本來可以住人，只為有一回地震，假山上出現了一條裂痕，雨水浸潤，經常潮濕，那條裂痕幾次拿油灰填塞，而潮濕依舊，只好將兩頭木門拆除，作為一條通路。曹震便是經這一條捷徑而來的。

「震二爺來了！」

丫頭這一喊，屋中有人迎了出來，是曹雪芹的兒子，今年十二歲，正式起了學名叫曹纘，字承祖；杏香管得他很嚴，所以見了曹震恭恭敬敬地請了安，口中叫一聲：「二伯。」

「乖！越來越懂規矩了。」曹震很喜歡這個姪子，摩著他的頭頂問道：「《論語》快念完了吧？」

「還剩下三篇沒有念。」

「好！還有些甚麼功課？」

「對對子。」

「會對對子了！對到幾個字啦？」

「五個字。」

「那不就快會做詩了嗎？好，我出個上聯兒，看你對得上來，對不上來。」曹震想了一下唸道：

「春滿桃花塢。」

「二伯。」曹承祖問道：「這個塢是唸平聲還是仄聲？」

曹震一楞，自己也不甚辨得清楚，不過心目中是當仄聲唸，便即答說：「是上聯，當然是仄聲。」

於是曹承祖便偏著腦袋思索，這時曹雪芹、杏香與錦兒都已出迎，「外面冷。」杏香說道：「震二爺請屋子裡坐吧！」

「好，好！」曹震說道：「承祖，你慢慢兒想吧，對得好，我有賞。」

「我對上了。」曹承祖提高了聲音說：「秋深黃葉齋。」

曹震臉上的笑容，頓時收斂；不過馬上又笑著說：「不壞，不壞！字面對得很工。來，我把這個給你。」說著，從荷包裡挖出來一個琺瑯的小金表，鍊子上還繫著一枚翡翠墜子，一起遞了過去。

「幹麼呀！」杏香說道：「二伯老是給這些貴重金賞，把孩子都慣壞了。」

「這算不了甚麼！你沒有看見當初老太太慣雪芹呢！來！」曹震看著曹承祖說：「拿著。」

曹承祖不敢接，只拿眼望著他母親；於是錦兒說道：「既然你二伯一定要給，你就拿著。回頭讓你娘替你收起來。」

曹承祖看他母親並未阻止，方始請安說一聲：「謝謝二伯。」然後接過表來，打開表蓋細看。

杏香還待替他收存，曹雪芹忍不住說道：「何必？你就讓他玩一會好了。」

聽這一說，杏香方始罷手。將曹震迎入屋內，熊熊爐火，滿室生春；坐定了喝著茶，錦兒便問：「你回去過了？」

「是啊！你看我不換了衣服？」

「太太那兒去過了？」

「去過了。」曹震轉臉問道：「雪芹，你見著王爺沒有？」

「在窗外望了一下。」

「人怎麼樣？」

曹雪芹皺著眉說：「不知道是屋子裡太暖了，還是血氣太旺，臉紅如火，神氣很委頓。」

「這可不大妙。」曹震停了一下又問：「四叔呢？」

「四叔進屋子去了。不過也沒有說多少話。喔，」曹雪芹突然想起，「震二哥，有件事，突如其來地，倒叫人猜不透用意。」

「甚麼事？」

曹雪芹不即回答，轉臉對杏香說：「你把孩子帶出去，別在這兒攪和大人說話。」

杏香尚未答話，錦兒卻懂他的意思，拉著曹承祖的手說：「走！咱們看奶奶去。」

等屋子裡只剩下兩個人了，曹雪芹才說：「四叔跟我說，有件事他差點忘了；和親王要找我，讓我明天先到他那兒，好帶我去見和親王。我剛要問是為甚麼找我？王爺在裡面叫四叔，就沒有能問。這件事，不透著有點兒怪嗎？和親王會有甚麼事找我？」

「喔，四叔跟我說過。和親王是要問你，那年跟方問亭到南邊去的情形。」

曹雪芹想了一下說：「當然不會是問我，而是問方先生的情形。可是，這麼多年了，他不會自己問方先生。」

「這就不知道了。反正總有緣故吧？」

「是甚麼緣故呢？」

曹震不解，何以他對這一點探究不已？當即答說：「是甚麼緣故？咱們何必在這兒胡猜，你明天一去了，不就明白了嗎？」

「不！這裡頭有關係。」曹雪芹說：「譬如和親王問過方先生，他不肯說；現在來問我，我似乎也不能實說。可是不說呢？又辦不到，這不是讓我作難？」

這一說倒觸發了曹震的記憶，「對了！」他說：「那年你從南邊回來，問到方問亭去幹甚麼，你總是含含糊糊地把話扯了開去，現在聽你這麼說，其中似乎有甚麼很大的祕密。雪芹，這可不是鬧著玩的！」

說到最後，曹震的神色顯得很嚴重了。其實這是故意嚇他，要逼出他的話來。曹雪芹的閱歷世故畢竟不如曹震，居然讓他說得有點兒覺得非辯不可了。

「祕密是有的，不過跟我無關，我是方先生特為找了我去跑腿的。」

「跑腿？」曹震問道：「跑腿何必找你？」

「這——，」曹雪芹想了一下說：「跑腿也不是人人能幹得了的，得看甚麼人、甚麼事；御前侍衛不也就是替皇上跑腿嗎？」

「你別亂打譬喻！」曹震說道：「你就說吧，方問亭要你跑甚麼腿？為甚麼不能找別人，要找你？」

曹雪芹想了一下說：「方先生是漕幫，你總知道吧？」

曹震點點頭，「我聽說過。」他突然吃驚似地問：「你，你不是讓王達臣、馮大瑞引誘你入幫了吧？」

「我不是；王達臣也不是。」曹雪芹答說：「我雖不是，不過他們幫裡的規矩跟切口，我大致都懂。那一回到南邊去，有些地方方先生不便露面，就讓我去傳話接頭。」

「為甚麼不便露面呢？」

「譬如說吧，『馬頭桌子』，你總知道。」

這是凡曾涉歷江湖上的人，都曾聽說過的一個名詞；知道「馬頭桌子」是怎麼回事的亦很多。大致運河從直隸南下，由德州經山東，一到徐州入江蘇地界，茶店就多了。兩淮一帶通行上午「皮包水」；下午「水包皮」，就是整天在茶店、澡堂兩處地方。「水包皮」猶有間斷之時，「皮包水」則終年到頭，朝朝如是，因為黎明起來，提著鳥籠出門，溜完鳥上茶館，拿寄放在那裡的臉盆手巾，舀現成熱水洗臉；然後喝茶吃點心，接下來會友談事——各行各業皆有一定的茶店作聚會之處，稱為「茶會」；尤其是跑腿賣嘴的行業，諸如說媒拉縴、包攬訟事、買賣田地之類，更是非到「茶會」找不到門路。

江南江北的水陸碼頭，開起茶店，起碼是雙開間門面，規模大的三開間，甚至有五開間。但門面不管大小，當門正中，必定豎擺一張長桌，這就是「馬頭桌子」；桌子只坐三面，居中朝外的那個座位，只有本碼頭的漕幫老大能坐，不懂規矩的人誤坐了，跑堂的會來關照；如果不讓，那就變成有意挑釁，馬上便有麻煩。

通常，馬頭桌子的主位上如果有人，茶店就會格外熱鬧，因為幫裡幫外，有事要找「老大」的，都趕到了，不論是排難解紛，還是作奸犯科，往往都在馬頭桌子旁邊，片言而決。

「你想，以方先生的身分，如何能在馬頭桌子旁邊現形？所以有時候只好我替他去了。」

「你去了幹甚麼呢？」曹震說道，「你倒仔仔細細講給我聽聽。」

「方先生交付我辦的事，不外乎三種，兩種容易一種難。」曹雪芹說：「先說容易的，一是方先生要『拜碼頭』，拿一張名帖叫我去，一『報家門』搭上線，他自會去看方先生；另外一種是已經跟那裡搭上線了，有甚麼事要聯絡，也就不過是傳一句話的事，人人可辦，派我去不過是為了示信而已。」

「難的一種呢？」

「要我到茶店去聽他們談些甚麼，那就難了；因為要懂漕幫的『切口』。」

「你懂嗎？」曹震有些不信，「你也沒有在江湖上閱歷過，那裡去懂他們的切口？」

「先是不懂，跟方先生一路去，多少學了一點兒。有不懂的，記住了，回來問方先生。」

「記得住嗎？」

「難就難在這裡，得拚命死記。」曹雪芹又說：「最掃興的是，拚命死記住了，回來一說，完全沒用。」

「是毫不相干的事。」曹雪芹想了一下，舉例以明：「有一回在揚州，方先生叫我到一家名為四春園的茶店裡去聽聽。坐定不久，鄰桌上有個人在跟他的朋友說：『你說你「搧鋼叉」、「才字頭」又「喝患子」，問我「統詳子」。大家看我「樹上火」，當我是「火生」，不瞞你說，我的「娘舅家」就是「槽子窯」。不過我們是「同參」，「詳子」沒有，「興興子」也要「統」把你。我們「柳冊」，最要緊的是「皮子」、「大篷」「卸」不下來，「卸」一條「汊兒」把你。送到「槽子窯」，弄個「幾足詳子」，趕緊「回窯堂」，千萬不要去「起牆子」了。』說完，那人解開紮腳帶，把一條綢子套袴脫了下來，給他的朋友。震二哥，你說是怎麼回事？」

「大概是那條套袴當中，有甚麼見不得人的東西在。」

「我原來跟你的想法一樣，以為夾帶了甚麼祕密文件之類，興匆匆地回去跟方先生一說，把聽來的切口學給他聽。你道方先生怎麼著？」

「你別問我了，你就老實告訴我吧，是怎麼回事？」

「方先生聽完，哈哈大笑；他問我，打切口的穿得很體面，他的朋友很不成樣子，是不是？我說『是的』；他說：那就對了！方先生說，『詳子』是錢；『統』是借，『統詳子』就是借錢。那傢伙是『說小書』的，即所謂『柳冊』，他的話一句一句翻出來，就是：你說你吃盡當光，老婆又吐血，要問我借錢。大家看我身上穿得很光鮮，當我有錢。不瞞你說，我告急的地方是當鋪。不過，我們既然是祖師爺面前一起磕頭的弟兄，錢雖沒有，當也要借給你。我們說小書的，最要緊的外表，長袍脫不下來，只好脫一條套袴給你，送到當鋪當幾千文錢，趕緊回家；千萬別去打牌。」

由此開始，曹雪芹便大談江湖異聞，為的是將曹震的思路引了開去，省得他總是追問方觀承與漕幫之間的種種關係。

「該吃飯了！」錦兒闖進來說：「吃完了回家；今兒個大家都累了。」

不說「累」字還好，一說反倒使曹震感覺到了，頓時呵欠連連，以至於酒興食欲，兩皆不振，略飲數杯，要了半碗香粳米粥吃過，站起身來，立刻關照套車。

在車上曹震一直閉眼假寐，快到家時，他忽然張眼問說：「承祖的身子怎麼樣？」

「也還好。」錦兒奇怪地，「你何以會想到這句話來問？」

「我看他身子好像很單薄。」

「也不過瘦一點兒，能吃能喝能玩，孩子能這個樣，就不必擔心。」

曹震不作聲，看得出他不以她的話為然。錦兒少不得要追問了。

「怎麼啦？」她問，「你覺得那一點兒不對勁？」

「也許是我多心。」曹震的聲音中，有悄悄的憂思，「氣象不大好。」

「甚麼叫氣象不大好？我不懂你的話。你說明白點兒行不行？」

「小孩子有未老先衰的口氣，就不是好兆頭——。」

原來曹震是因為曹承祖拿「秋深黃葉齋」來對他的那句「春滿桃花塢」，字面雖工，但語氣蕭颯，出諸少年之口，恐怕不是載福之器，因而引以為憂。

「這是你瞎疑心。那裡一句話就能定終身？」

「但願如此。」曹震停了一下又說：「我今天心神不寧，好像要出事似地。」

「出甚麼事，你別嚇人。」

她這麼一說，曹震就有話也不肯說了。錦兒也覺得自己失言，一句話封住了他的嘴；心裡琢磨如何才能改口？不道已經到家，就沒有機會再說下去。

第二天他起得很遲，一面漱洗，一面在琢磨這天該辦的事，第一件是到平郡王府去探病；第二件要去看看曹雪芹去見了和親王沒有？

「芹二爺來了！」外面丫頭在大聲通報。

曹震從玻璃窗中望出去，只見曹雪芹穿戴得很整齊地從迴廊上繞了過來，便也拿著漱口缸迎了出去，招呼過了，接著大漱大咳，拿了好一陣，才向站在一旁的曹雪芹問道：「去見過和親王了？」

「沒有，我是到四叔那裡去了。四叔說，和親王到易州去了，後天才能回來；約我大後天一塊兒去見他。」

「喔，你這會是打四叔那兒來？」

「是。」曹雪芹接著以頗為興奮的語氣說：「震二哥，今兒可是『踏破鐵鞋無覓處，得來全不費功夫』，今兒遇見一個人，你道是誰？」

曹震心想，除了過去的繡春，他這幾年並沒有念茲在茲，刻刻想要找的人，便搖搖頭說：「我猜不著，你自己說吧！」

「一塵子。」

這一說，曹震不覺心頭一震，手上也一哆嗦，把個紅花金邊的西洋漱口缸，掉在地上，成了碎片。翠寶聞聲出現，驚問何事？曹震答說：「沒事。你趕快給我弄點吃的，越快越好。我跟雪芹要出去。」

「要快，就來倆臥果兒吧。」翠寶又問：「芹二爺吃？」

「謝謝，我不要。」

等翠寶轉身走了，曹震將曹雪芹引入他的書房，悄悄問道：「一塵子不是說不到京裡來的嗎？」

「那，」曹雪芹說：「大概是雍正年間如此；或者乾隆四年以前如此。現在沒有甚麼忌諱，情形當然就不同了。」

「你是那兒見到他的；你又怎麼知道他是一塵子？」

「我沒有見著他人，不過看到了他的招子。」曹雪芹又說：「他在地安門外馬尾巴斜街，一座小廟裡設硯。」

「你沒有進去看他？」

「本想進去的。後來聽說他有個挺特別的規矩，你報了八字給他，他可以不推——。」

「甚麼道理呢？」曹震插嘴問說。

「據說沒有理由，不過他會先跟你說明白。我想，萬一碰個釘子，第二次就不好再去了，所以特為來找你商量。」

「咱們一塊兒去，等我拿話點他兩句。」曹震又說：「王爺的八字，都說土太重，我想請他去推一推，看要緊不要緊。」

於是等吃了點心，曹震與曹雪芹驅車出地安門，過了太醫院便是馬尾巴斜街，車進南口不遠，曹雪芹吩咐停車。曹震下來一看，路西一座古剎，香火冷落，一塊破匾上題著「袈裟寺」三字，大殿前面院子裡，都是負暄的一群乞兒，心裡不由得懷疑，一塵子怎麼會在這兒設硯？

「你沒有弄錯吧？」

「不錯。」曹雪芹說：「跟我來。」

於是從殿前西角門入內，再向北一轉有一座小小的院落，月洞門上打出一個白布招子，上寫「一塵子寓處」五字。

曹震站住腳沉吟了一會說：「大概不錯！這不是走江湖的路數，是有所為而來，掛個招子，不過是讓人找得到而已。」

說著，兩人跨進月洞門，小小一個天井，光禿禿一株梧桐；北屋之間，灰漆剝落，倒是新糊的雪白窗紙；曹震放重了腳步，仍舊無人接應，便重重地咳嗽一聲，站在天井中等。

不一會，屏門開了，出來一個三十出頭的瘦長男子，拱拱手問：「兩位貴姓？」

「敝姓曹。」曹震指著曹雪芹說：「這是舍弟。」

「喔，賢昆仲有何見教？」

看他的舉止，聽他的談吐，曹震心想，這大概就是「小康」了，便即說道：「陳先生想來是令尊？」

那小康即時面現訝異之色，不承認也不否認，仍舊是問：「有何見教，請明示。」

「有個八字，想請陳先生推算。」

小康想了一下，點點頭轉身入屋，候在門口說道：「曹先生，請你先看一看這張告白。」

告白貼在左面牆上，白紙上寫著三行字：「論人論命，不合不推，千請莫怪。」

「是，是！」曹震答說：「我已經知道這個規矩。」

「好！請這裡坐。茶是熱的，請自己斟了喝。」說完，小康轉到右面屋子裡去了。

曹雪芹便在中間一張方桌前面坐了下來，桌上有個藤製的茶籠，裡面用棉套子蓋著一壺熱茶，他給曹震斟了一杯；然後自己捧著茶杯，又站起來四處打量。

先從左面看起，告白之下是一張半桌，桌上筆硯水牌，這是小康的坐處；往裡靠壁，擺一張藤靠椅，上披狼皮褥子，不用說，這是為一塵子預備的。

視線轉往右面，那是新隔的一間臥室，門簾掀處，小康扶著一個戴墨晶眼鏡的老者走了出來；曹震兄弟，雙雙起身，等小康將他父親扶到藤椅前面，他轉身過來，開口問道：「曹先生何以知道賤姓是陳？」

「是一位曾與陳先生見過面的朋友告訴我的。」曹震說道：「陳先生請坐。」

一塵子點點頭，接著轉臉說道：「小康，你請兩位曹先生坐過來。」

聽得這話，曹雪芹不待小康動手，便一手一凳，提了兩張骨牌凳擺在藤椅對面，主客都坐定了下來。

「曹先生，咱們先小人，後君子，這『論人論命，不合不推』，兩位想必已經知道了。」

「是。」曹震答說：「不過有一層，我想請教，我那朋友告訴過我，陳先生以前的規矩是：『論命不論人』，何以如今完全相反了呢？」

「有人才有命，自然是要論人，再來論命。」一塵子答說：「年輕的時候，不明此理；如今算是略識子平之道了。」

「陳先生太謙虛了。」曹震又說：「我還想請教，何以謂之不合不推？所謂合是甚麼？」

「合者人一口。推出大吉大凶，或者離奇古怪之命，一人一張嘴、聚訟紛紛，必生是非，故以不推為宜。」

「原來陳先生是明哲保身之計。」曹震接著俯身向前，用低沉但很誠懇的聲音說：「陳先生，你的來歷，我亦略有所知；出你口，入我耳，絕無不合。」

「曹先生是通人，我也不必多說了。請報八字吧。」

曹震便報了八字：「戊子、己未，辛未，辛卯。」小康在水牌上將「八字」寫了下來；拿筆桿輕敲水牌，這是個暗號，一塵子可以往下說了。

「曹先生。你把年、月、日、時報一報。」

一聽這話，曹震勃然變色，因為「八字」是由年、月、日、時推算而得；既報八字，再要他報年月日時，很顯然地，是認為他所報的八字不實。這是個絕大的侮辱，曹震當然要生氣。

見此光景，閱歷江湖，深知「金皮彩掛」內幕的曹雪芹知道是誤會了，趕緊握著曹震的手說：

「震二哥，他們推算干支分節氣的法子，跟我們不同。你先報了日子，看他們怎麼說。」

曹震被點醒了，改容相謝：「啊，啊，陳先生，是我誤會了——。」

「我知道你是誤會了，不要緊；你報這個『日主』是生年吧。」

「康熙四十七年六月廿六日卯時。」

一塵子不作聲，直到小康筆桿輕敲水牌時，他才開口：「這個八字今年四十一歲，似乎不是曹先生的。」

「是的，是我一位長親的八字。」

一塵子點點頭，自語似地說：「土感重了。『土重金埋』，幸好一半是『未土』。」

「何謂『未土』？」

曹震的話未完，曹雪芹便急忙扯他的袖子；意思是問得不對，便不再作聲，靜聽一塵子的話。

「未是六月。」一塵子不疾不徐地說：「辰戌丑未四季土，各有特性；未土是六月之土，一半要當作『火』來看。這個八字缺火，所以未土的彌補，關係甚大。」

這是曹震誤會了，問得並沒有錯；曹雪芹只是示意他不要打斷一塵子的話而已。

「八字中有四個『印』，印者蔭也，根基厚極。可惜有『印』無『官』，要靠『大運』、『流年』來彌補了。」一塵子停了一下說：「曹先生，照我自設的限制，此造亦在『不合不論』之列。」

「是，是！」曹震很感激地說：「陳先生是特為我破例。不過——。」他話到口邊又嚥住了。

一塵子停了一下問：「曹先生，何以欲言又止？」

「我是剛才聽陳先生說，在你不合之命，不是『大吉大凶』，就是『離奇古怪』，舍親這個八字，不知道不合的是那一點？是離奇古怪嗎？」

「是的。」一塵子徐徐說道：「子平之術，本以論本性，知順逆為主。就這個八字而論，根基極厚；年支『子』為『食神』，聰明秀發；時支『卯』為『偏財』，合日支『未土』成半木局，『財』更旺了。生在富貴之家，斷然無疑。」一塵子問道：「曹先生，是這樣嗎？」

曹震剛要開口，曹雪芹搶著說道：「陳先生，請你就命論命好了。」

一塵子微微一笑，「小曹先生，」他說：「想來也是閱歷過江湖的？」

這話很含蓄，曹震聽不懂，曹雪芹心中明白；他是怕一塵子多少用的也是江湖術士，以話套話的手法，所以不置可否，目的是讓他無所施其伎倆。這一點讓一塵子道破了，倒覺得很不好意思。於是他惶恐而歉疚地答說：「不敢，不敢。陳先生如果覺得我太唐突，我向陳先生道歉。」

「小曹先生心思真快，佩服之至。」一塵子從從容容地說道：「難得相逢，應該坦誠相見，我原是想省點事，既然小曹先生要考考我，我亦只好多費點口舌了。」

這一說越使曹雪芹不安，「陳先生說得我置身無地了。」他強笑著說。

曹震這時才明白，曹雪芹跟一塵子已經暗底下較過一番勁了，便即說道：「說要考考陳先生，舍弟絕不敢；想請陳先生多談一談，以開茅塞，倒是真的。」

「是的，是的。」曹雪芹急忙答說：「我正是想多得點教益之意。」

一塵子點點頭，「多承賢昆仲不棄，我們不妨從容討論。」

他停了一下說：「這個八字，有好壞兩面，不過何謂好，何謂壞，各有各的見解。有人佩服陶淵明的高風亮節；有人說他窮得酒都喝不起，又何妨為五斗米折腰？見仁見智，未可執一而論。兩位以為如何？」

「是。」曹雪芹連連點頭，「陳先生真是通人之論。」

「言歸正傳。此造有正變兩格，正格是個庸庸碌碌的富貴閒人；變格是個逆心行事，外豐腴而內憔悴的顯宦。」

此言一出，曹震與曹雪芹不約而同地，相互看了一眼；尤其是曹雪芹，更覺得一塵子的命理，深不可測。

曹震不解的是，何以成了「顯宦」反是「變格」？率真問說：「陳先生，你說這八字不該做官？」

「是的。」

「可是，」曹震含蓄地說：「他的官不能不做，而且遲早會做。」

「這就是了！」一塵子越有自信，「承襲世職，就是『不能不做』；照八字上看，此造的資質，原是翩翩濁世佳公子，如果嫡出居長，當然有一天會承襲，這就是你說的『遲早會做』。」

「那樣，」曹震趕緊追問：「不就是正格嗎？」

「不然。毛病就在遲早之早。此造『印』強，主父母雙全；父在而襲爵，這就是變格之變。」

一聽這話，曹震色變了，不自覺地說：「當初原以為是喜事；誰知道原來並非好事。」

這是指雍正四年老平郡王訥爾蘇奪爵，改由福彭承襲而言。曹雪芹心想，照這樣下去，底蘊盡悉，談下去就沒有意思了，但亦不便公然點醒曹震，只好給他一個暗示。

於是他拉拉曹震的袖子說：「咱們是來請教陳先生的，你等陳先生按部就班講明白了，有不能領會的地方再問。」

「小曹先生這話不錯。」一塵子說：「此造有印無官，但家世高貴，根基厚實，父母蔭庇，兄弟友愛，本人又是聰明秀發，這是十足貴公子的格局，既無宦海之險，又無案牘之勞，無憂無慮，坐享富貴，是上上的福命。」

「那麼，」曹震還是忍不住要問：「那麼襲了爵呢？」

「襲爵也不過加個榮銜，無非錦上添花。」一塵子又說：「不過，命運兩者，有時候關係不大，有時候命隨運轉，自己都作不得主。這個八字就是如此，若逢丙火，必生變化。」

「為甚麼？」這回是曹雪芹問了。

「丙為辛之君。辛命必受丙火宰，尤其是這個八字，缺的就是官，丙火恰恰是『正官』；而況金無火煉，難成大器，所以本來缺火的辛命，一逢丙火，頓時改善。但論吉凶，須看地支而定，譬如丙子，『正官』帶『食神』，丙寅『正官』『正財』，都是好的。」

「丙午呢？」曹震問。

「不好！很不好。」

「很不好？」曹震關切之情，溢於言表。

「是因為帶『七殺』的緣故？」曹雪芹問說。

「小曹先生懂了。」一塵子說：「『官殺混雜』，本來就是命造大忌，尤其是這個八字，官星一現，年干上戊土『正印』高懸，不但入仕做官，而且官還不小；可惜殺隨官來，暗藏殺機，幸而年支上子水『食神』得力，化險為夷。然而從此苦矣！」

「苦？」曹震又困惑了，「旁人看來似乎未必。」

一塵子笑笑不作聲。曹雪芹知道，這是曹震的話太淺，並未搔著癢處，苦樂由心，旁人是無法看得出來的，顏回居陋巷，簞食瓢飲，不改其樂；而富有四海，威靈赫赫，像先帝那樣，竟有不能閉眼的時候，一閉眼就會夢見「二阿哥」胤礽來索命，這苦楚，又豈是天下百姓所能想像得到的。

因此，他不問平郡王福彭苦在何處；只問：「既已化險為夷，運入坦途，為甚麼會苦呢？」

「運入坦途，固然不錯，不過這是逆心行事所換的。」一塵子又說：「小曹先生很內行，不妨稍為談談命理，『食神』之為用，想來完全了解？」

「略知皮毛而已。陳先生剛才不說了，食神主聰明秀發？此外，怡情適性，好享樂的人，往往亦是食神使然。」

「不錯。不過，人的聰明才智是有限的，如果一心專注在做官上，其他能夠發揮聰明才智之處，就顧不到了。這個八字，濁中見秀，富貴中有書卷氣，如照正格行運，不會是酒食徵逐的紈袴，而是詩酒風流的名士，琴棋書畫，不論攻那一行，都會卓然成家，而樂亦在其中了。可惜，聰明才智，要用在對付宦海風波，人情險巇上面，逆心行事，苦不堪言。」

這番話將平郡王眼前的心境，描繪如見；曹震還不甚能夠領會其中的精義，曹雪芹卻佩服得幾乎就想將福彭這多日來的煩惱，和盤托出來徹底討論了。

「陳先生，」曹震問說：「再想請教，今年的流年如何？有人說：今年是戊辰，干支都是土，對土重的人不利。是不是這樣？」

「這是很淺的道理。」

曹震沒有聽懂，追問一句：「確是不利？」

「確是不利。」

「是──，」曹震問說：「是怎樣的不利？有病痛呢，還是有甚麼公事上的麻煩？」

一塵子久久不答，最後說了句：「『歲在龍蛇賢人嗟。』」

曹震不解是何語，愕然地望著曹雪芹；看曹雪芹點點頭，他就不再問了。

「明年己巳，」曹雪芹問道：「是不是比今年要好一點兒。」

「己土卑濕，能潤金生金；巳火忌木，寅卯兩月不利。」一塵子想了一下說：「能到明年四月，災星盡去，又是一番境界了。」緊接著他又說：「多承賢昆仲光臨，謝謝，謝謝。不過，仍舊要請慎密。」

既已謝客，不便再留，且亦無可再問；曹震便從荷包中，取出一兩的一個金錁子，拉住一塵子的手，一面將金錁納入他掌中，一面說道：「多承指點，我代舍親致謝。」

「謝謝。我老實了。」一塵子又說：「還有件事想拜託，我的行止，不必為人道。」

「是，是。我明白。」

曹震其實不明白，不知一塵子既然奔走風塵，何以遮遮掩掩地，不願輕露行藏。同時也不明白他所說的「歲在龍蛇賢人嗟」這句話的意思。

曹雪芹知道這句話的出典，《後漢書．鄭玄傳》，說他在漢獻帝建安五年庚辰的春天，夢見孔子告訴他說：「起、起！今年歲在辰，明年歲在巳。」他是深通讖緯之術的，自己合了一下，「知命當終」，家居不出。其時袁紹與曹操，隔黃河相距於陽武的官渡，要請鄭玄隨軍參贊，命他的兒子袁譚派人去促駕；鄭玄已經病在床上，只因使者逼迫不過，抱病上路，盛暑行到元城縣地方，終於不起。後來北齊劉書作〈高才不遇傳〉，論及此事說：「辰為龍，巳為蛇，歲在龍蛇賢人嗟。」

當曹震問到時，曹雪芹有所忌諱，不願多談，只說：「是說辰年對王爺不大利。」

「這也不見得。乾隆元年丙辰，不是很好嗎？」曹震又問：「辰是龍，巳是蛇，龍年不利，怎麼蛇年又不利？賢人又是指誰呢？」

曹雪芹無以為答，但由於曹震追問不已，只好答說：「賢人在當時是指鄭康成，現在當然是指王爺。」接著便將後《漢書》上的典故，說了給他聽。

那知曹震別有會心，很高興地說：「照這樣說，就絕不要緊了。」

「何以見得？」

「你想，又生病，又是六月裡；平常好人都難免會中暑，何況是七十四歲的老人；更何況是逼迫上路，滿懷不高興，豈有個不死之理。」曹震緊接著說：「以王爺現在的身子，如果讓他再掛大將軍的印到金川，就會像鄭康成那樣；現在既有傅中堂去了，絕不會再派王爺。情形跟鄭康成完全不同，結果當然也不一樣。」

曹雪芹覺得他的解釋不但有道理，而且很圓滿，心頭疑慮，為之一寬。

去見和親王弘晝的事，暫且擱起來了；因為他最近很忙，隨扈謁泰陵後，又奉旨代皇帝赴遵化州，恭謁東陵，包括世祖孝陵、聖祖景陵，以及孝莊太后的昭西陵，往返需要半個月，回來又有年下的許多繁文縟節的儀典在等著他。看來年內是不會有空了。

謁東陵本來是皇帝預定好的日程，但因有幾件大事，非留在京城裡，親自裁決不可。第一件當然是金川的軍務。自從訥親、張廣泗蒙蔽虛飾的罪狀，逐漸暴露以後，各路軍報，比較敢說實話了；皇帝的心思很細密，常能以小見大，覺得金川「小丑」莎羅奔，本來並不難制，但由於張廣泗、訥親的處置失當，已有坐大之勢；傅恆即令有心效力，奮不顧身，但未見得就能收功。如果曠日持久，老師無功，那時有何理由叫他班師？為了傅恆，更為了自己留餘地，必須先有個伏筆；但話要說得冠冕堂皇，就必須先充分了解軍前的實況，因此不論輪調回旗，或由公差進京，只要是來自金川的將領，一定親自召見，細加垂詢。幾經斟酌，終於定了一個期限，如果明年春夏之交還不能收功，決意收兵。

上諭中說：「金川小丑，朕本非利其土地人民，亦非喜開邊釁，第以逆酋跳梁不逞，置之不問，無以懾服諸番。前此訥親等措置乖方，以致老師糜餉，若不改弦更張，則人事尚為未盡。」

「盡人事而聽天命」是皇帝的立論之本，他說，如今滿漢精銳畢集，兵力已足；經略大學士傅恆公忠體國，將略優長，蒙上天孚佑，一舉而奏膚功的時機已至。不過這是就人事而言，倘如「萬分之一有出意料之外」，一過春天，仍未能掃穴犁庭，便有許多不便了，第一，「經略大學士乃朕股肱左右之臣，豈可久勞於外？」

其次，入夏多雨，進取不便；京兵水土不服，何可在蠻荒煙瘴之地，露營等待秋晴以後攻剿？而況由國庫所撥的軍費，皆是民脂民膏，亦當珍惜。總之，人事已盡，倘猶不能收功，四海共知共諒。所以他已作了決定，到明年三、四月間，不能凱旋，便須明詔撤兵。

第二件也還是與金川軍務有關，張廣泗已經由山西巡撫陳宏謀，遣派武官帶領兵丁，押解到京，收押在刑部。皇帝已經得到密報，張廣泗一路向過境的官員表示，金川用兵，老師糜餉的責任不在他；對於邊疆的情形，他最熟悉，有的可以力擒，有的可以智取，有時候兵貴神速，有時候又必須計出萬全，對大金川土司莎羅奔，他定下了十路進兵的計畫，岳鍾琪卻不贊成；好不容易部署將快完成時，朝命派訥親來當經略，一切由他指揮，以致前功盡棄。

「這能怪我嗎？」他總是這樣說：「我從雍正四年調黎平知府打苗子，第二年升貴州臬司，再一年升貴州巡撫，都是軍功上來的，貴州的苗疆是我一手所平定。後來打準噶爾，大將軍岳鍾琪措置乖方，派我接他的手，經我部署以後，連戰皆捷。準噶爾投降以後，派我當湖廣總督；其時貴州的苗子因為鄂文端公的善後辦得不好，留下後患，以致復反。今上登極，派為我經略，復回貴州，不到一年，生擒首逆，陣斬一萬多人，苗疆亂而後定。我沒有打過敗仗；可是，不聽我話，不給我權，叫我有甚麼辦法？」

皇帝聽說過不只一次，張廣泗向來功則歸己，過則歸人，如今居然歸過於君，自然痛恨萬分。但就因為張廣泗過去沒有打過敗仗，這一回的金川的軍務，他應負多大責任，一定要弄清楚。否則就會有人疑心他以一時好惡，誅殺由心，不但損害他的聲名，亦恐影響士氣。

這話偶然跟和親王弘晝談起；弘晝向來是甚麼事想到就說的，當時轉到一個念頭，便即回奏：「皇上不如親自審他一審，問他個心服口服。」

這個建議很好，皇帝欣然接納；當時便找了刑部尚書——仍舊是阿克敦與汪由敦，說打算親鞫張廣泗，問他們是否符合體制？

阿克敦猶在考慮，皇帝指名問了：「汪由敦，你看如何？」

「此有先例在。」汪由敦答說：「順治十四年丁酉，江南科場案，涉嫌士子提解到京，世祖章皇帝，就親自審問過。」

「既有先朝成例在，而況此案又非科場案可比，我決定親審張廣泗。」

「是。」阿克敦答應著，既有先例，且皇帝已作了決定，就不必再作任何奏諫；但在何處親鞫，卻不能不問一問：「親鞫之地請旨，以便伺候。」

「你們看呢？」皇帝問道：「御門？」

所謂「御門」，即是皇帝御乾清門聽政，等於常朝儀、大學士六部九卿，皆須侍班，也算是個大典，不常舉行。如今皇帝「御門」親鞫官犯，似乎有失體統。

「乾清門舉朝觀瞻所繫，犯官鐵索鋃鐺，械繫上門，似乎不大好看。」

皇帝省悟了，不但不大好看，而且不大方便；因為張廣泗非訥訥之比，既然一路口出大言，就鞫時，可想而知的，絕不肯認罪，那時少不得要用刑求，那時鬼哭神嚎，搞得如明朝的「廷杖」一般，實在不是一件盛德之事。

「嗯，嗯。」皇帝想了一下說：「只能在西苑辦，就在瀛台吧！」

瀛台入西苑宮門就是，取其近便。但阿克敦卻不免感慨；退出來以後，向汪由敦說道：「我剛入翰林的那年，有一天御前侍衛來傳旨：明天各攜釣竿進宮。大家都不明白是怎麼回事？第二天到衙門，才知道聖祖賞文學侍從之臣，在瀛台賞花飲酒，遊中南海，准大家垂釣；釣到的魚，可以帶回家。我釣到一條三尺長的錦鯉，上繫一塊銀牌，才知道是前明天熹五年，奉聖夫人客氏放的生。當時我作了四首詩紀恩。這才真是君臣同樂的昇平盛世。想不到如今瀛台，竟成了刑部大堂了。」

汪由敦卻並無這樣的感慨，他擔心的是怕興起大獄，因為自從皇帝下了殺大臣立威的決心以後，凡事尋根究柢，動輒株連；但亦有平反之時，張廣泗在雲南邊疆二十幾年，參過許多同官及屬僚，大部分都曾交刑部議罪，這回親鞫之時，不知道會將那件老案翻出來重議；更怕追論張廣泗平苗的功過，會連累到當年襄助世宗在軍務上設謀定策的重臣，諸如已故的鄂文端——鄂爾泰諡文端；雖在而不健的平郡王福彭。

「恆公，你說『瀛台成了刑部大堂』，咱們在那個『大堂』上可不是堂官，而且連司官都不是；司官抱牘上堂，堂官要站起來接公事，在那裡可絕無此禮遇。」汪由敦一臉憂煩地說：「事無前例，咱們到那天在瀛台伺候，要怎麼樣預備？想跟恆公請教。」

「是啊！事無前例，只怕要抓瞎。」阿克敦說：「首先要問的是禮節；我看得行文禮部，請他們議『親鞫之禮』。」

「行文禮部，怎麼開頭呢？說面奉上諭定期在瀛台親鞫罪官張某嗎？而況，這一議禮，不是三兩天的事，只怕來不及。」

「那麼，你看呢？」

「我看不如咱們自己定個幾條章程，當面請旨，比較妥當。」

「也好！這件事得交秋審處的總辦去辦。」

秋審處管「朝審」，皇帝親鞫罪官，自然該歸秋審處主辦。總辦一共八個人，都是各司挑出來的能員，資格最深的是湖廣司的掌印郎中姚青如，此人兩榜出身，又是紹興人，先世是刑幕，家學淵源，精通律例，將他邀了來，由汪由敦很客氣地說明經過，請他擬幾條親鞫的辦事程序。

「回兩位大人的話，《大清》律上，並無親鞫這一條。刑部辦事，有律照律，無律查例，既無前例，只宜奏聞請旨。」姚青如又問：「親鞫的時候，會不會用刑？」

「我看不免。」阿克敦答說。

「那就是了。」姚青如立即接口，「張廣泗歷任總督，官居一品，照規矩不能用刑；刑部就不能預先備刑具伺候，也不能把執刑的差役帶進宮去，所以刑部不能主辦這伺候親鞫的差使。」

阿克敦大為躊躇，「姚老爺說得很有理啊！」他向汪由敦說：「皇上一聲交代用刑，那時候怎麼辦？」

「是啊！」汪由敦轉問姚青如：「你老兄看，應該怎麼辦？」

「順治十四年江南科場案，是由御前侍衛執銅棍伺候；這回皇上如果要用刑，一定也是由御前侍衛執行。兩位大人又不能指揮御前侍衛，這就是刑部無法辦這趟差使的理由之一。」

「你提醒我了。」阿克敦說：「咱們馬上寫個奏摺，請特簡御前大臣辦差；刑部聽招呼就是了。」

「是。」姚青如又問：「請兩位大人的示，此外還該預備些甚麼？」

「檔案。」汪由敦說道：「凡是與張廣泗有關，像他所參過的人、交刑部議罪的，都要把它檢齊來。」

「已經在檢了。」

「好！請你格外費心，寧濫毋缺。」

姚青如答應著，暫且退去。時已近午，管庶務的堂主事帶了蘇拉來開飯；刑部堂官平日起居議事之處，在四川司後面一座亭子，名為白雲亭，開飯亦就開在此處，阿克敦沒有打算在部裡午餐，汪由敦是有預備的，從家裡帶來一個食盒，是一塊火腿、半隻風雞、一大碗蝦米炒醬丁，另外還有醬瓜、醃菜之類，頗為豐腴。時值嚴寒，少不得也還有煮酒驅寒。

阿克敦酒量極大，汪由敦卻總是淺嘗即止。這天四侍郎有的沒有來，有的來過走了；兩人對食，汪由敦以無法陪飲，頗以為歉；阿克敦獨酌亦不免掃興；但等姚青如一來，汪由敦想起來了。

「青如的酒量，可與恆公較一日之短長。來，來！」他親自起身為姚青如去搬椅子，「奏稿不忙，青如，你先陪阿大人好好喝幾盅。」

於是蘇拉去添了杯筷來，姚青如也就不作客套，陪阿克敦連乾數杯。汪由敦趁此片刻，已將奏稿看完，稍為改動了幾個字，跟阿克敦大致說了內容，隨即判了行，命蘇拉將奏稿送到司務廳去繕發。

「青如，」汪由敦問道：「張制軍他們本旗，派人來看過他沒有？」

「張制軍」是指張廣泗，「本旗」自然是鑲紅旗；姚青如答說：「我不太清楚，只聽說平郡王還不知道張制軍已經押解到京。」

「那是怕他擔心。」阿克敦說：「其實，這是瞞不過去的事。」

「是。」姚青如答道：「親鞫之後，少不得還要派王公大臣會審；如果派到平郡王，突如其來，這個打擊，反而來得更重。」

「說得是。」阿克敦對汪由敦說：「平郡王亦算是賢王，這件事咱們倒得琢磨、琢磨，看有甚麼可以讓他不至於太煩惱的地方。」

「那，那要看張制軍自己了。他為人最吃虧的，就是有個諉過的毛病；當年平郡王因為他是本旗的出色人物，照應他的地方很不少，如果有些罪名，他不肯自己承擔，只說曾奉平郡王面諭如何、如何？那一來，誰也幫不上平郡王的忙。」

「張制軍這一回大概不至於諉過。」姚青如接口，「大概他也想通了，這於他沒有甚麼好處。」

「怎麼？」阿克敦問：「從何見得？」

「他跟人談過。」

「跟誰？」

「跟提牢廳的司官。」

「既然如此，平郡王可以安心養病了。」阿克敦說：「咱們給王府通個消息吧。」

「好！」汪由敦答應著，「這件事我來料理好了。」

第二天，汪由敦一到軍機處，就看到刑部的奏摺已經奉到硃批，派鑲黃旗領侍衛內大臣一等褒績公舒靈阿辦理親鞫應行預備事宜。因為舒靈阿在西苑衛，就近辦理，一切方便。

那舒靈阿年紀甚輕，從未辦過這樣的差使，所以老早就派人來過了，說是「刑部汪大人來了，請給個信，舒公爺要來拜訪。」汪由敦當然知道他要談些甚麼；軍機處不是晤談之地，便派蘇拉去傳話，請到王公朝房會面。

等從養心殿見了皇帝以後，汪由敦直接來到王公朝房，舒靈阿已經等了好一會了，略敘寒暄，談入正題，舒靈阿率直說道：「接到通知，我也問了好些人，都說從來沒有辦過這樣的差使，只有請教刑部汪大人了。你是老大哥，儘管吩咐，要我怎麼辦，我就怎麼辦。」

「言重，言重。」汪由敦想了一下說：「舒公，如今頭一件該辦的事，就是請旨，定在那一天甚麼時候親審。」

「是。回頭我就當面去請旨。」

「能面奏最好。還有一件很要緊的事，應該派那些人侍班，亦須面奏明白。」

「是的。」舒靈阿問道：「皇上如果問我，該派那些人，我該怎麼說？」

「刑部堂官當然要到；兵部亦不能不到班伺候。此外，我看只要管兵部的來中堂就行了。」

「他們本旗的郡王跟都統呢？」

這就談到平郡王了，「鑲紅旗的都統，似乎應該到，不過也只是漢軍都統。鑲紅旗的郡王，正在病假之中，我看，舒公，你就不必提吧。」

「好。」舒靈阿說：「檔案是由老大哥那裡預備？」

「當然。」

「聽說要用刑，刑具當然也得歸刑部辦。」

「不！這些刑具怎麼能拿到宮裡？」

「那麼要用刑怎麼辦呢？」

「棍子不就是刑具嗎？」

「啊，啊！我明白了。」

汪由敦是入夜著便衣來到平郡王府的，事先已派人通知王府的長史順福，說有私事要談，請他稍候。順福知道，必是為張廣泗的事，所以悄悄通知慶恆，決定先跟汪由敦談過了再作計議。

冬至剛過，白晝還很短，剛過申時，已經暮靄四合。順福預先派了護衛在大街兩頭守候，一見有個「汪」字燈籠的車到，立即上前招呼御者，直駛西角門入內，在後園下車；順福與慶恆已經在那裡等候了。

「汪大人，實在不敢當！這麼冷的天氣，還累你勞駕。」順福說道：「其實有甚麼事，交代一聲，我到府上去領教，不也一樣嗎？」

「還是我自己來一趟的好。」汪由敦看到他身旁的華服後生，料想這就是慶恆，便即問道：「這位是六爺？」

「是，是！」順福訝異地道：「原來是汪大人跟我們六爺沒有見過。」

漢官不與王府往來，是雍正朝訂下的禁例；不過慶恆是認識汪由敦的，料想對方也應該認識他，不道有此一問，是不是故意裝不認識呢？

心裡雖如此懷疑，卻仍舊執後輩之禮，深深一揖；汪由敦亦急忙還了禮，由順福引入一座小閣，閣中燒得通紅的炭火，而且擺著一小桌肴饌。

「天冷，汪大人就請上座，先喝一杯驅驅寒氣。」

「不！謝謝。」汪由敦峻拒：「咱們先談的事，絕不宜喝酒。」

「是！」

順福在火盆旁設座，聽差的伺候完了茶水，慶恆吩咐：「都退出去，前後多照看。」

這是怕有人闖了進來。汪由敦看關防很嚴密，便開口直說了。

「皇上親鞫這件事，兩位想必知道了。」

「是。聽說。」順福問道：「日子不知道定了沒有？」

「總在兩三天之內。」

「是，」慶恆問道：「聽說是在瀛台親審？」

「是的。」汪由敦問道：「王爺知道這件事不？」

「還不知道。甚至——。」

慶恆雖未說出口，但可猜想得到，平郡王甚至連張廣泗已經到京，拘繫刑部「詔獄」都還不知道。

「紙裡包不住火，趁早捏滅了它，不過留下一道焦痕；一冒火焰，勢難保全。」汪由敦用低沉的聲音說：「六爺，切戒因循自誤。」

這個譬仿很深刻，是個極嚴重的警告，慶恆跟順福都悚然動容了。

「多承謹堂先生指教，真是金玉良言，不過，」深鎖雙眉，愁容滿面的慶恆，囁嚅著說：「實在不知道怎麼跟家伯開口。」

「張敬齋跟提牢廳的司官談過，這一回他不至於諉過於人。我想，王爺知道他有此表示，應該會欣慰。」

「呃，」順福很注意地問：「想請教汪大人，張敬齋還說了些甚麼？」

「我沒有聽說。」汪由敦緊接著說：「其實，你們也該派個人去看看他。」

人是派了去的，不過不夠分量。這是順福的主張，認為對張廣泗以敬而遠之為宜；慶恆原不以為然，現在聽汪由敦話中微有責備之意，當即便作了一個決定。

「你明天就去一趟。」他對順福說：「多帶點兒吃的、用的；也安慰、安慰他。」

「是！」順福也想通了，此時正應該讓張廣泗有共患難的感覺，才能由衷地想衛護平郡王，因而連連點頭，「我是怕刑部因為張敬齋的案情太重，不准接見；既然汪大人如此吩咐，我明天一早就去。」

「對了！越早去越好。」汪由敦又說：「你不妨跟他談談利害得失，他越是有擔當，於他越有利。」

「是，是！多謝汪大人指教。」

「謹堂先生，」慶恆說道：「我有個不情之請，能不能請謹堂先生跟家伯談一談？」

這一層很有關係，倘或皇帝追究，何以入夜便服去見平郡王？顯然有不可告人之事，那時便有口難辯了。

念頭一轉，想了個閃避的說法：「便衣不恭，入夜不宜；我明天來參謁王爺。好在事情已經明白了，請六爺稟告王爺，說我來過，先把我的話跟王爺說一說。」

順福是長史，對於平郡王甚麼事可做，甚麼事不可做，比慶恆了解得多；汪由敦入夜便衣謁見，對平郡王來說，亦不甚相宜，所以暗地裡拉了慶恆一把，示意他不必強求。

慶恆會意，只是向汪由敦道謝，送他上轎出門，回來與順福商議。如何用最和緩的語氣，將張廣泗的情形去告訴平郡王。

「今天晚了；不如等我明天跟張敬齋見面以後，再去稟告王爺。」順福又說：「明天我想找玉老五跟我一塊兒去探監。」

「玉老五」是指一個漢軍參領玉朗，行五，又叫「苑老五」，因為他本姓苑。此人跟張廣泗同一個佐領，張廣泗當年由監生捐班知府，分發貴州，玉朗曾經為他湊過捐官的銀子，交情很厚；這回張廣泗被逮入京，他老早想去探望，只為順福持重，因為玉朗人很爽直，怕他跟張廣泗見了面，說了不該說的話，多惹是非，所以不准他去。現在主意改了，要以情相結來說通張廣泗，自然應該把他也帶了去。

慶恆當然贊成，即時將玉朗找了來，告訴他有這麼一回事，玉朗便即說道：「上回我想去，順二爺說，見了面話很不好說；這回又要我去，不知道我該不該說話。」

聽他話中有牢騷，順福急忙辯白：「老五，你別誤會，那是為王爺，為你，為大家好。誰又不讓你說話了？」

「好吧，我得問一問，明天到了那裡，我該怎麼說？」

「那要看情形。反正不外乎安慰之外，提醒他越有擔當越好。」

「這是刑部汪尚書說的。」慶恆作了補充。

「是嘛！」玉朗點點頭說：「好漢一人做事一人當，他本來就該這樣兒嘛。」

第二天上午，順福備辦好了美食，將他自已新製的一件狐皮袍子也帶了去；此外又用布袋裝了十個元寶，與玉朗一起到了刑部。由於汪由敦事先已有關照，所以很順利地見到了張廣泗。

張廣泗是被安置在一個偏僻的小院落中，陪他來的一個姪子張貴乾跟他住在一起，日夜有人看守。初到之時，提牢廳主事就把張貴乾找了來說：「令叔是欽命的要緊人，如果出了漏子，別說我們提牢廳，連堂官都會倒楣。咱們把話說清楚，令叔可得想開一點兒，別害人！你有沒有把握？你如果沒有把握，趁早說。」

張貴乾一時聽不懂他的話，來回折衝了好一陣，才弄明白，他們是怕張廣泗畏罪尋了短見；便即答說：「這一層，請放心好了。家叔絕不會窩囊自己。」

因此，雖說日夜有人看守，張廣泗在那裡還是很自由；順福與玉朗到達時，他正在滿院陽光的天井中，練他擅長的「太祖洪拳」，一見了面，彼此都說不出話，眼睛直勾勾地對望著。

首先開口的是順福，他浮起笑容，疾越上前握著他的手臂說：「敬齋，早就要來看你，部裡不許；今天是得汪大人幫忙。」他將腦袋往後一仰，端詳著張廣泗的臉說：「氣色不壞嘛！」

「印堂不至於發黑吧？」張廣泗故作灑脫地笑著，「王爺好？」

「身子不怎麼好；說來話長。」

趁這一停頓間，張廣泗便跟玉朗招呼，「老五怎麼樣？」他說：「老爺子很健旺吧？」

「託福，託福——」

就在院子裡，有一陣久別重逢的寒暄，然後主客進屋，順福便交代帶來的東西，特別說明那件狐皮袍只上過一回身；又交代那五百兩銀子是供他在部裡花費的。

「費心，費心，真正過意不去，吃的、穿的我領了。」張廣泗打拳本來只穿了一件小棉襖，此時便將皮袍穿上，拱拱手說：「解衣衣我，感謝萬分。不過，這銀子不敢領。再說實話，我也帶得有。」

「既如此說，我就不勉強了。」

於是坐定下來，先談平郡王身子不好，難耐繁劇，更不能受刺激；張廣泗非常關心地傾聽，最後說了句：「五爺為我的事心煩，實在很不安。不過——」他躊躇了一回，以一種斷然撒手的神情說：「唉，算了！一切都不必提了。」

順福暗暗驚心，覺得汪由敦的話靠不住，張廣泗似乎仍舊有諉過之意——說甚麼事，是照平郡王交代的話辦理。此刻的態度像是已經改變，但又安知親鞫之時，刑求之下，不會又改回來呢？

這時玉朗忍不住開口了：「敬齋，你知道的，我一根腸子通到底，有甚麼，說甚麼，你這回的禍事，都因為你從前參的人太多了。」

此言一出，但見張廣泗漲紅了臉，好久才掙出一句話來：「是這樣子嗎？」

「怎麼不是這樣子？」玉朗說道：「就拿今上登基以後的情形來說好了——。」

「今上」在雍正十三年八月即位前，貴州生苗復肆劫掠，刑部尚書張照奉旨督師，偕貴州提督揚威將軍哈元生，副將軍董芳，剿撫兼施，日久無功，原因之一是將帥各執己見，不能和衷共濟。因此，「今上」詔授張廣泗為經略大臣，由湖廣總督改為新設的貴州總督。

張廣泗一到貴州，第一個摺子便參了張照、哈元生與董芳，說哈元生以大軍布防，而用以攻剿的，只有兩三千人，以致東西奔救，顧此失彼；董芳則駐守一隅之地，僅以招撫為可了事，較之哈元生更無實際，對於張照的措詞更為嚴厲，他說：「張照於董芳所辦之事，極口讚揚，於哈元生所辦之事——痛加醜詆，分兵分地，以致哈元生束手無措。張照倚董芳為援，董芳以張照為可恃，文稿往來，互相攻訐，一切軍機事宜，皆各行其意，從無一字相商，所以大兵雲集，已經數月，而毫無成效。」結果張照、董芳都革職拿問；哈元生革去揚威將軍，暫留貴州提督之職。

當玉朗談完這段往事，張廣泗答說：「這是實在情形，好比害病，不拿病根查清楚，可怎麼對症發藥？」

「那麼元中丞呢？」玉朗問道：「你又為甚麼參他？」

「元中丞」是指貴州巡撫元展成。在張廣泗的參摺中，首先便指責元展成，以為生苗起事之時，元展成認為熟苗必不致反，因循誤事。結果元展成革職，拿解到京治罪，全由張廣泗筆下不留情之故。

「你不知道，其中有原故的。」張廣泗分辯著說：「鄂文端平定苗疆，功勞很大。那知名為平定，七年以後復又反叛，鄂文端就變成沒法兒交代了，所以元展成拚命拿這件事輕描淡寫，為的是迴護鄂文端。」

「你也受過鄂文端的提拔，為甚麼也不也迴護他一點兒？」玉朗又說：「再拿這回金川的情形來說，你想想看，你參了多少人，第一個是——。」

第一個是重慶鎮總兵馬良柱，原為皇帝特旨派到金川的，一到就為張廣泗所參，說他不思努力克敵，怯懦無能，將五千餘眾，一日撤回，以致軍裝炮位，多有遺失；又說他「老不任用，若留軍中，以功贖罪，亦屬無益，自當嚴劾，以肅軍紀。」

第二個是建昌鎮總兵許應虎，因為年紀太大，怕他不能勝任，以至陛見以後，皇帝認為他雖老而勇，諳練軍情，還可以用，所以特賞路費，准他帶回他的兒子，赴金川效力。

那知一到金川，又為張廣泗所參，說他將皇帝命他赴軍營效力一節，隱祕不宣，意思是要回建昌去當他的總兵。及至張廣泗奉到上諭，才知道不是准許應虎回任，而是要他到金川來打仗，因而派他為南路統領，那知「該鎮急遽冒昧，毫無調度」，以致攻塞不克，反失炮位，結果許應虎又是革職拿問。

玉朗談到這裡，順福也聽得很明白了，不由得怪張廣泗：「你也實在太不聰明了。馬良柱、許應虎都是皇上認為不錯，派到你那裡去的；那知你說得他們一個子兒不值，皇上的面子往那兒擱？」

張廣泗不作聲，但臉上的悔意是看得出來的，好半天才說了一句：「我想到了就好了。」

「你應該想到的。」玉朗接口：「你想你參馬良柱，結果皇上調進京來問過以後，七月裡又派了給訥公。你想，這不就是對你的警告嗎？」

「恐怕不止於警告吧！」順福又說：「馬良柱進京以後，王爺曾經叫我去看他，問他大金川的情形，他吞吞吐吐不肯說。有人告訴我，他在皇上面前說的話，對你很不利。這件事，」他轉臉問玉朗，「你總清楚吧？」

「怎麼不清楚，我不敢跟王爺說，不過跟六爺提過。」玉朗問張廣泗：「馬良柱重新回金川以前，有道密旨給訥公，你恐怕不知道。」

「皇上給他的密旨很多，不過我大概都知道。」

「這一道，你多半不會知道，因為上諭格外交代：不必問之張某某。」

「喔，」張廣泗面現驚異，「有這麼一道密旨嗎？說的甚麼？」

「是說馬良柱遺失軍械的原因，說以前駐守的一個地方，大雪封山，軍糧運不進去，士兵把馬鞍子煮了當飯吃——。」

「喔，這件事！」張廣泗插嘴打斷了話，「那不是我的錯。」

「運糧是班尚書的事，可是你下令撤營，軍械雪大無法搬運，以致遺失。」

「這，我也沒有錯。已經斷糧了，我不叫他們撤，莫非活活讓他們餓死？」

「可是，這一來就不能怪馬良柱遺失軍械。」玉朗說道：「皇上就是派訥公徹查，交代『不必問之張廣泗與班第。』又說：『彼時糧運是否為雪阻滯，已歷半月之久？將情由速行奏聞，倘所供屬實，馬良柱年雖六旬有餘，精力尚屬可用，將來仍發往軍前立功贖罪。』你想，後來馬良柱仍發大金川，可見訥公的覆奏，對你是不利的。」

「我不知道有這麼一道密旨。不過，我參得沒有錯。」

看他仍是如此剛愎自用，順福與玉朗都替他擔心。順福正要勸他自錯，玉朗恰又提到他另外糾參的兩名將領：哈攀龍與高宗瑾。

這案又正好相反，哈攀龍與高宗瑾都是張廣泗的私人，因此雖有種種作戰不力之處，而張廣泗卻避重就輕，有意徇庇。這些情形京中人知道的不少，張廣泗亦不能不承認了。

時間談得很久了，獄卒已經在窗外張望了好幾遍，意思是在催促；於是順福說道：「敬齋，你這一回的事情，實在有點兒麻煩；你總有個打算吧？」

「我想過了。」張廣泗答說：「我也聽說了，皇上自己親審，是先要把我唬倒；甚至於會用刑，不過，我已經橫了心，絕不能屈打成招，只要我挺住了，我想王爺會替我說話吧？」

玉朗心想，平郡王憂讒畏譏，而且在病假之中，如何能為他說話？但正要開口時，順福搶在前面作了答覆。

「只要你能挺住，王爺當然會替你說話，不過你得要替王爺留下能說話的餘地才行。」

「那當然。我不能連這一點都不懂。」張廣泗很鄭重地說：「請兩位上覆王爺，張廣泗不是隨便能唬倒的人，我胸中自有丘壑，也有把握，不至於讓皇上處我的死。請王爺放心，我一定盡我一點兒報答王爺的心；只求王爺將來能在緊要關頭替我說一句話。」

「你所謂緊要關頭是甚麼，要說甚麼一句話？」

「緊要關頭在甚麼時候，我不會知道，這要請各位在外面打聽，反正總在皇上硃諭，或者交代軍機以前。那時請王爺替我說一句：張廣泗總是打勝仗的時候多。乾隆六年父母下葬，皇上賜祭一壇，請皇上念他父母在九泉之下感激皇恩，放他一條生路。」

「是了。」順福說也莊容相對，「我一定把你的話說到。」

說著便站了起來，預備告辭；張廣泗亦起身準備相送，這時張貴乾與他叔父交換了一個眼色，便即說道：「我來代送吧！」

「好，貴乾，你好好兒送兩位大叔。」

一聽這話，順福便知張貴乾有話說，走到廊上問道：「世兄，你住那間屋？我到你那裡看看去。」

「我跟我叔叔住一起。」張貴乾答說：「請兩位老叔到這面來坐。」

西頭有間小屋，裡面只有雜木桌、兩條凳子，桌上卻有一壺茶，五、六個粗磁茶杯，想來是獄卒休憩之地。張貴乾引客落座，要斟茶時，玉朗揿住了他的手。

「不必客氣。你有話就說吧！」

「是這樣，」張貴乾向窗外看了一下，低聲說道：「兩位老叔看，是不是能走一條路子？家叔沒有甚麼錢，不過從前打苗子那裡救出來一個四川人；此人後來販茶販鹽，發了大財，感激家叔救命之恩，特地趕進京來，他有三、四萬銀子，存在京裡一家顏料鋪子，盡可能動用。」

順福與玉朗對他這話，都有意外之感，因為張廣泗自矜清廉，說從不做「吃空額」或者一年只發

「九關」或「十關」的花樣——發餉稱為「關餉」——一年十二個月，只發十個月便是「十關」，剋扣兩個月，閏年便是三個月。但張廣泗的用度很大，都在餉項中開銷，只是從未見他接濟過故舊朋僚。如今忽然聽說他有這麼一個慷慨的朋友，是真是假就頗成疑問了。

兩個人開頭的想法一樣，到以後就不同了，玉朗爽直，先開口說道：「我聽說刑部阿尚書不肯要錢；汪尚書是不敢要錢，這就不必去碰釘子了。」

「不！」張貴乾的聲音越發低了，朝北面指一指，「我是說裡頭。」

「裡頭？」玉朗傾向前：「你是說宮裡？」

「是啊。」

「那恐怕更不行了。」玉朗說道：「這是皇上親自問，親自定罪，誰也說不上話。而且讓皇上知道了，反而更壞。不行，不行！」說著，將個腦袋搖得博浪鼓似地。

張貴乾臉色黯然，但順福卻另有見解，「也不見得說不上話。」他說：「反正那一位皇上左右，都有一兩個信得過的人。」

一聽這話，玉朗無從置喙，因為他不知道皇帝左右有誰能進言；但也不敢說一定沒有。張貴乾病急亂投醫，自然很容易地將順福的話聽了進去。

「大叔，」他又驚又喜地，「你有路子？」

「是間接的路子。」順福神色從容地說：「我聽說養心殿有個總管，內奏事處有個太監；皇上常找他們問話，養心殿的總管，有時就替皇上批摺子。」

他的話沒有錯。不過那只是皇帝用指甲在鬆軟的夾宣摺子上，畫上一道「掐痕」，或橫或豎，側光一照，看得非常清楚；批摺太監便照掐痕所示，或批「知道了」；或批「覽」；或批「依議」。都是例行公事。

不過，未成年便已離京的張貴乾，不知道這些情形，甚至天真地以為代批奏摺，輕重之間可以動手腳，所以越發興奮了。

「大叔，事情怕要快。」

「當然。」順福點點頭，「『火到豬頭爛，錢到公事辦』，能事先燒冷灶，又比臨時想辦法划算得多。」

「是，是！大叔你看要送多少？」

「這就不清楚了，我也要去問了人家才知道，像這種案子，我想，少也少不得那裡去。」

張貴乾躊躇了一會說：「這樣，我先跟家叔去談一談。請兩位大叔稍微坐一坐。」

等張貴乾一走，玉朗開口了，是質問的語氣：「那兩個太監叫甚麼名字？」

「回頭告訴你。」順福伸手在玉朗肩上按了兩下，「一定告訴你。」

聽這一說，玉朗姑且忍耐。很快地，張貴乾回來了，臉色很開朗，料想是有了滿意的結果。

「家叔說了，這件事要拜託兩位大叔。至於花費，盡力而為——那個四川人姓何，受過家叔的救命之恩，如果三、四萬銀子不夠，他還可以想辦法。」張貴乾問道：「兩位大叔看，先支一萬，還是兩萬？」

「慢慢！」順福答說：「現在還不知道數目，不必動用；不過，既然令叔如此說，為了把握時機，或許到時候我就代為作主了。那時候找你恐怕不大方便——。」

他的話不必說完，張乾貴便已明白，當即答說：「順大叔說得是。這樣，我現在就陪兩位去看那姓何的朋友，把話交代清楚，他的銀子現成，以後就憑順大叔的條子，支多少就是多少。」

「好！這樣辦事才順手。」

「那就走吧，姓何的住在打磨廠。」

於是，張貴乾跟獄卒去要了一塊出入的腰牌，陪著玉朗跟順福出了刑部，找到坐來的車子，直駛打磨廠，在一家牌號叫做「潤豐成」的顏料鋪子下車。

「張大爺，」有個小夥計迎上來問：「是來看何掌櫃？」

「是啊！在不在？」

「在，在。」

小夥計在前領路，由西角門出去，沿著一條胡同往前走，進了另一座門，是「潤豐成」為行商所備的客房。張貴乾進門就喊「何掌櫃」。

原來何掌櫃恰好由堂中出來，迎面相逢，他站住腳看著順福與玉朗。

「這兩位是家叔的至交。」張貴乾說：「到裡面再引見吧！」

「好，請，請！」

何掌櫃說的是一口湖北話；打簾子肅客入內。張貴乾引見過了，彼此少不得有一番客套；等雙方沉默下來，到了談正事的時候，張貴乾向順福與玉朗道一聲：「兩位大叔坐一坐，我先把家叔的意思，跟何掌櫃說清楚。」

「失陪片刻！」何掌櫃說了這一句，領著張貴乾到內室密談。

這一談談了很久才出來；張貴乾對順福說道：「承何掌櫃幫忙，就照大叔的意思。時候不早，何掌櫃想請兩位喝一杯——。」

「不必客氣了。」玉朗說道：「我中午還有個很要緊的約會。」

「那麼，」張貴乾有些躊躇，「請兩位喝酒，不過是為了何掌櫃有些情形要請教；而且也要把這裡的雷掌櫃，給兩人引見了，以後聯絡才方便。」

「那這樣，」玉朗很乾脆地說：「我們倆，走一個，留一個，不就行了嗎？」

「是。」張貴乾答說：「反正跟順大叔談也一樣。」

於是何掌櫃請張貴乾陪順福，自己送玉朗出門，順便交代源豐成的夥計備酒飯。

「雷掌櫃有事出去了。」何掌櫃回來說道：「已經派人去找了。順老爺，請這裡坐，比較舒服。」說著，將一張加了棉墊子的藤靠椅，端到火爐旁邊。

「謝謝。」順福又說：「何掌櫃，咱們官稱吧！你這個稱呼太客氣，不敢當。」

「本來就是官稱嘛。」

「商」居四民之末，見了官，那怕是未入流的典史，亦稱「老爺」，何況順福是三品功名的王府長史，所以說「本來就是官稱」。

順福的所謂官稱，是照北方客氣而生疏的官稱，只是一個「爺」字，順福就是「順爺」，所以他笑著說道：「何掌櫃，你把那個『老』字送了我吧！」

「喔，喔，」何掌櫃想了一下會意過來，「恭敬不如從命，我就斗膽稱順爺了。順爺，張大人是我的救命恩人，我在四川做生意，又多承他照應，真正是『衣食父母』。如今張大人遭了官司，我傾家蕩產，也要報恩。這件事，完全拜託順爺了，我先給順爺磕個頭。」

順福大吃一驚，剛要伸手阻攔，何掌櫃的動作很快，已跪了下去，「崩冬」一聲，磕了個響頭。見此光景，張貴乾也跟著跪了下去。順福這個沒有攔住，又要攔那個。手忙腳亂，張皇失措，到底也還是又受了一個響頭。

「兩位這樣子，真正不敢當。我跟張制軍不外，說得近一點兒，也算是老弟兄，但有能效勞之處，理當盡心盡力；兩位請放心。」

「是，是。」何掌櫃說，「我先跟順爺回，我在這兒有三萬多銀子，另外能調動個一兩萬。不知道夠不夠？不夠，咱們先想法子。」

「夠了，夠了！」順福又加了一句：「我想夠了。不過，一萬銀子就是兩百個『馬蹄銀』，挪動起來，大不方便，得想個法子。」

「馬蹄銀」就是五十兩一個的大元寶，形似馬蹄，所以京中稱之為「馬蹄銀」。順福的顧慮，在何掌櫃認為並不為難，不過，他不知道順福是否知道源豐成的情形？想一下問道：「順爺，你聽說過沒有？天津有一家顏料鋪，出票當現銀用？」

「喔，彷彿聽戶部的朋友談過，當時沒有在意，不知道是怎麼回事？」

「那麼，等我來說給順爺聽。」

原來現銀的運送是件極麻煩的事，各省解餉，多派候補的州縣官帶領兵丁，隨同鏢客，循官道進京。官府的餉銀，綠林中是不敢動，但民間的財物就不同了，雖然失了鏢，鏢局會照賠，但總會打點折扣，而且也很耗費時日。凡是做大買賣的，對此都很頭痛，卻想不出有甚麼可以變通的方便辦法。

其中有一個山西平遙人姓雷，在天津開了一家顏料鋪，牌號叫日昇昌；有一種貴重顏料，名為「銅綠」，出在四川，雷掌櫃每年都要入川辦貨，帶了現銀去，很不方便，如果由湖北自水路入川，三峽之險，更為可虞。所以每一回來去，都是怨天恨地；但他只是掌櫃，東家另有其人——平遙是山西有名出富翁的地方，雷掌櫃是領了人家的本錢做生意，出了亂子賠不起，所以非得親自去辦貨，不能放心。

雷掌櫃有此苦惱，四川的大商人亦復如此，攜帶現銀到下江去辦洋廣雜貨，又有風險又不便。既然如此，何不來個「劃帳」？雷掌櫃靈機一動，煩惱盡去；但也是靠他的信用，都知道天津日昇昌顏料鋪，是家極殷實的大商號；雷掌櫃說一不二，有他親筆「出票」，拿到天津日昇昌，不論多少，都能即時兌現。

「這裡的雷掌櫃，跟天津日昇昌的雷掌櫃，是叔伯兄弟，如果他們兄弟都認識呢，就叫他們大雷掌櫃、小雷掌櫃。」何掌櫃接下來說：「潤豐成的牌子沒有日昇昌來得響；小雷掌櫃的名氣也不如他老兄，不過他們是聯號，潤豐成的票子，拿到日昇昌，照兌不誤的。」

聽完始末，順福明白了，只要潤豐成出票，便可免去運送現銀之煩。同時也意會到何掌櫃何以有額外籌措現銀的把握，倘有必要，先向潤豐成預支，回川撥還好了。

於是他想了一下說：「能有這麼個變通的法子，辦事可就方便得多了。可不知道，出票數目大小，有一定的規矩沒有。」

「只要整數即可。每一張最少一千，最多兩萬，如果超過此數，就開成兩張、三張，或者再細分，都無不可。」

「既然如此，我先領一萬銀子，分開成四張。」順福又說：「這是幾處關口先要去打通。」

「是，是。」何掌櫃連連點頭，「等這裡的雷掌櫃來了，我就請他開。」

談到此處，潤豐成的小夥計，帶著豬肉鋪的小徒弟來擺飯，是一個內有十份樣滷味的「盒子菜」；另外一個十錦火鍋，是潤豐成所備。何掌櫃的酒量極宏，「二鍋頭」的燒酒，一口一杯，下咽無聲；順福雖也以好酒量出名，這時也有自嘆不如之感了。

閒談之間，順福無意中問了一句：「何掌櫃到過大金川沒有？」

「怎麼沒有到過？」何掌櫃答說：「是很熟的地方。」

「這麼說，那莎羅奔的情形——。」

話說到一半，順福驀地裡警覺，要問莎羅奔的情形，應該跟張貴乾談；當著張貴乾去問何掌櫃，不僅失言，而且是犯下了很大的錯誤，急忙縮口，意思已很明顯，內心頗為失悔。

不道那何掌櫃嘆口氣說：「唉！談到莎羅奔的情形，恐怕貴乾兄也還有很多不明白的地方。」

這何掌櫃雖是湖北人，但先世是久駐四川的武將，所以對川邊的情形，非常熟悉。張獻忠屠蜀時，西面如石砫、酉陽、松潘、建昌各地的土司，據險自保，未遭荼毒。入清以後，大小金川的土司先後歸順，大金川的土司名叫嘉納巴，信喇嘛教，他的祖父哈伊拉木，明朝曾受封為「演化禪師」，因此，康熙五年嘉納巴歸順時，朝廷仍舊頒給演化禪師印，地位一向高於小金川的土司。

莎羅奔是嘉納巴的孫子，康熙五十九年帶士兵從征西藏有功，雍正元年授為安撫司，變成所謂「土官」；原來的土司澤旺，被攆到小金川去住。莎羅奔為了安撫起見，將他的女兒阿扣，配了給澤旺；此人非常懦弱，而阿扣饒有父風，所以澤旺完全為妻子所制。

乾隆十一年，莎羅奔想吞併鄰近各部落，先奪澤旺之印，接著攻其他土司，於是張廣泗受命調四川總督，專辦大金川軍事，以小金川澤旺所住的美諾官寨為駐節之地，以澤旺之弟良爾吉為從屬的部將，用了一個嚮導是漢人，名叫王秋。

「壞就壞在用王秋，更壞的是張大人還真信任這個傢伙。」何掌櫃嗟嘆不絕地，「一錯再錯，錯到今天。」

「怎麼？」順福問道：「王秋是怎麼樣的一個人，莫非是間諜？」

「是啊！可是他這個間諜做得人看不出來，因為他從來沒有跟莎羅奔這面的人來往過。」

「那麼，他這個間諜是怎麼做的呢？」

「他最陰狠的一著是，儘說良爾吉應該重用。他說澤旺的印，給莎羅奔劫走了，他要為兄報仇；其實也是為他自己，因為澤旺懦弱無用，一切都要聽這個弟弟的，而且已許了他，將來把土司的印傳給他，所以良爾吉跟莎羅奔簡直是不共戴天之仇。這話很動聽，張大人一直蒙在鼓裡。」

「蒙在鼓裡？」

這時張貴乾開口了，「家叔一直到幾個月前才知道內幕，可是，」他長嘆一聲：「嫌晚了！」

「喔，內幕。」順福大為驚異，「莫非良爾吉也是間諜。」

「他不但是間諜，而且等於澤旺的化身。」何掌櫃說：「起先是誰都想不到的一件事，不過，我是早有所聞，跟張大人說過，無奈他——。」

「慢慢，慢慢！」順福打斷他的話說：「怎麼叫良爾吉就是澤旺的化身？」

「莎羅奔早就把澤旺的印給了良爾吉了；而且阿扣跟小叔子早有一腿，那莎羅奔跟良爾吉說：『我以前的女婿是你哥哥，現在是你。』順爺，你想，這不就是澤旺的化身？」

一聽這話，順福倒抽一口冷氣，看著張貴乾說道：「令叔一向精明強幹，真所謂『眼睛裡揉不進沙子去』，怎麼會上這麼一個當！」

「何掌櫃剛才說的情形，我也十分清楚。不過王秋那小子，不是個好東西，誰都看得出來，只有我叔叔始終信任他，這也真叫是冤孽了。」

「我就跟張大人提過。」何掌櫃接口說道：「王秋那傢伙，脖子格外長，在路上走著走著，忽然會扭回頭去，一直能看到跟在他後面的人，這在相法上叫做『狼顧』，是最靠不住的人。」

「可是，何掌櫃，你剛才不是說了嗎，幾個月之前，張制軍終於知道了；知道了又怎麼樣呢？為甚麼不早早料理？」

何掌櫃不作聲，看了張貴乾一眼，兩人都低著頭，神色黯然。

「其中——？」順福很含蓄地催問。

「我說張大人一錯再錯，就是指這一層。」何掌櫃抬起頭來說，聲音都嘶啞了，「那時候，皇上派了人來了；這上當的事，還不能提，一提自己先就認了罪了。」

「唉！」順福嘆口氣，「世界上都是如此，總想隱著瞞著，心裡在想：大概未必出事；就算出了事，到時候總有法子把它推掉。到紙裹包不住火，推也推不掉的時候，就只能說——。」他嚥了口唾沫，很吃力地把「就只能說硬話了」這句話吞下一半去。

「還有件事，張大人也做得很不聰明，他把岳大將軍小看了；也得罪了。」

「岳大將軍」是指岳鍾琪。順福只知道張廣泗得罪了訥親，與岳鍾琪不和，如今聽何掌櫃的語氣，似乎張廣泗之獲罪，由於岳鍾琪的原因多，而由於訥親的原因少，這又是怎麼回事呢？

「張大人認為他兵分十路，收功慢一點，不過穩當；岳大將軍要孤軍深入，直接撲莎羅奔的老巢，未免行險僥倖，所以不肯派兵給他。殊不知岳大將軍有他的打算，人家帶了這麼多年的兵，大小陣仗，不知見過多少，年紀又這麼大了，不比有火氣的毛頭小夥子，不是有把握，怎麼肯孤軍深入去冒險？」

「喔，那麼何掌櫃，你說：岳鍾琪的把握在那裡？」

「在他跟莎羅奔的老交情。」何掌櫃說：「當那莎羅奔帶士兵從征，就歸岳大將軍指揮，後來保他當安撫司，待莎羅奔很不壞。就算孤軍深入，讓莎羅奔活捉了，也不至於會殺他，說不定還可以勸他歸順。」

「啊，啊！他這不算冒險。」順福問道：「岳鍾琪的這些情形，張制軍知道不知道呢？」

「知道。」

「既然知道，何以不派兵給他呢？」

何掌櫃與張貴乾又不作聲了。不過，不說反更明白，自然是張廣泗不願岳鍾琪立功。順福心裡在想，好些人私底下在議論這幾個月以來，有關責備訥親、張廣泗的上諭，說皇帝吹毛求疵，過於嚴苛，但實在怨不得皇帝；為了張廣泗師心自用，不願別人搶他的功勞，以至於老師糜餉，還賠上朝廷的威望，皇帝如何不惱？

「訥公呢？」順福又問：「上諭裡面，一再提到，說張制軍明知訥公不懂軍務，會壞事；故意裝糊塗，隨他去胡亂發號施令，似乎幸災樂禍，有意藏奸。」

他的話沒有完，張貴乾激動了，「皇上既然知道訥公不懂軍務，為甚麼派他去督師？」他問：「順大叔，你倒仔細想一想。」

他的聲音很大，何掌櫃急忙搖手阻攔，「輕點，輕點！」他埋怨著說：「這是甚麼事！甚麼地方！」

「我——，」張貴乾強抑著聲音說：「皇上是借刀殺人；現在連那把刀都成了『罪人』了。」

這話的意味就深了，順福不敢隨意搭腔，只看著何掌櫃，希望他有所解釋。

「我聽張大人說，訥公這幾年紅得不得了，自己有點兒忘其所以了。皇上很討厭他，可又翻不了臉，所以一直派他出差，最後派到大金川，要看他打敗仗，才好殺他。既然如此，就不必去指點他了。」

「原來如此！」順福沉吟了一會，突然開口：「我倒懂了——。」

嘴剛張開，硬生生又閉住。他想懂了的事，只好在肚子裡作功夫，一說出來，對甚麼人——包括他自己在內，都沒有好處。

何、張二人自然要追問。這便使得順福大感為難；原來他識透了皇帝的手段厲害。訥親在皇帝有尾大不掉之苦，想甩甩不掉；張廣泗又何嘗不是功高震主，為皇帝所忌？因而才使出這條一石兩鳥的毒計——如果張廣泗領悟到了皇帝的深意，坐視訥親僨事，那一來，訥親固然難逃死罪，張廣泗又何嘗不該負懷私藏奸，坐視成敗之罪。倘或張廣泗拿出主張來，依訥親那種剛愎偏執、妄自尊大的性格，一定不肯見聽，將帥不和，而訥親位尊，則必痛劾張廣泗不服調度，甚至驕恣跋扈，那樣便是借訥親的刀殺張廣泗，而訥親不知兵，沒有張廣泗必敗，於是又可將訥親置之於法了。

「順爺，」何掌櫃很世故，也很厲害，故意用反激的法子說道，「如果是有不便說的話，不說也不要緊。」

這一下，順福覺得再不說，就會引起猜疑，人家是否肯將上萬的銀子交給一個已被猜疑的人，亦就大成疑問，迫不得已，只好把心裡的話說了出來。

「我是覺得我所想到的也許不怎麼對，這一點關係極重，我得仔細想一想再說。現在我說一說我的看法，兩位倒看，還有點道理沒有？有就有，沒有就沒有，千萬不能客氣。」

「是，是！順爺，你也不必關照，這是件大事，絕不會客氣。」何掌櫃也打招呼，「不過談起理來，也許話會說得重，順爺可千萬別放在心上。」

「當然，講理嘛！」順福看著張貴乾說：「你的話提醒了我，令叔是皇上的一把刀；訥親也是皇上的一把刀！」

此言一出，張貴乾與何掌櫃相顧失色；眼睛中流露出同樣的詢問：要殺張某人？

「我想，皇上的打算是這樣子的——。」

等順福一層一層地剖析，張貴乾與何掌櫃的臉色也越來越凝重。等他說完，他們兩人都沒有話，是在從頭細想他的話。

「順大爺，」終於是張貴乾開口了，「你老看得很深，也看得很準，不過有一點我不大明白；家叔跟訥公弄得兩敗俱傷，這局面怎麼收拾？都打了敗仗，於國家又有甚麼好處？」

這就顯得何掌櫃老到了，立即接口說道：「不會打敗仗，有岳東美這一著棋在。」

順福一直疑心何掌櫃的身分，不是一個鉅商，而是張廣泗布置在外的心腹；如今聽他的話，不但顯得他政事武略，兩皆熟諳，特別是先稱「岳大將軍」，此刻稱岳鍾琪用別號「東美」，更是無意間洩漏的馬腳；因而不免另眼相看了。

張貴乾還有些將信將疑的神情，何掌櫃便又說道：「皇上是不是安了這一著，不久就可以見分曉。照我看，傅中堂這回去，一定奉有密旨，到了大金川，那個仗該怎麼打，都聽岳東美的。咱們看著好了，看傅中堂的軍報怎麼說！順爺，你說是不是？」

「一點不錯。皇上如果沒有把握，不會派傅中堂去；不然，皇上不是跟自己過不去？」

「這話，」張貴乾老實說道：「我就不大懂了。」

「很明白的。」何掌櫃接口：「你想想傅中堂是皇上甚麼人？尤其是皇后駕崩以後，皇上看在皇后的分上，應該格外照看傅中堂，如果沒有把握，傅中堂也跟訥公那樣，皇上不治他的罪，滿朝不服；要治他的罪，又對不起皇后。那樣子，豈不是自己跟自己為難？」

張貴乾怔怔地聽著，好一會才冒出一句話來：「照這麼說，家叔是死定了？」

「不一定，不一定。」順福是安慰的話。

「現在還不知道。」何掌櫃說，「就看這兩天的軍報；如果不是照我們推測的那樣，就有活路。」

「還有，」順福接著何掌櫃的話說：「傅中堂這一回去，當然也奉有密旨，要查一查張制軍跟訥公的情形；如果傅中堂肯說幾句好話，力量也很大。就怕他聽了岳東美的話。」順福緊接著又問：「張制軍跟岳東美，到底處得怎麼樣？」

一聽這話，何、張二人都是深鎖雙眉；然後何掌櫃握著手，不勝痛心地說：「我勸過張大人好幾回，要敷衍敷衍人家，就是不聽。」

「唉！」順福嘆口氣：「張制軍結的怨太多了。」

張貴乾默無一語，突然間舉起杯來，一飲而盡；酒的性子很烈，他又喝得太猛，嗆了嗓子，好一陣才平下來。這時雷掌櫃也回來了，何掌櫃為他引見了順福，隨即將他拉到一邊，略說經過；雷掌櫃點點頭，向順福道聲「少陪」。往外而去，約有一盞茶的功夫，復又回座，手裡已握著三張票據；經由何掌櫃的手，轉交給順福。

三張票據都寫著「寄存」的字樣，數目是一張四千，兩張三千。順福考慮了一下說道：「我暫且收下。是怎麼個情形，明後天就有回話。」

「是！」何掌櫃用殷切的眼光看著他說：「靜候好音。」

「那，我就告辭了。」

回到平郡王府，慶恆正在等候回話，順福向他細說經過，話很多，一直談到上燈；裡面派丫頭出來通知，說：「王爺請。」

「知道了，我就去。」慶恆打發了丫頭，向順福說道：「這件事，很麻煩，該怎麼跟王爺說，咱們明兒再商量。」

順福答應著，出府回家；這天很累，喝了點酒，正想早早歸寢，門上來報：「玉五爺來了。」玉朗就跟在後面，因為是極熟的人，他逕自排闥而入；順福從臥室中迎出來，一把拉住他說：「老五，堂屋裡冷，到裡面來坐。」

一進臥室，順福的姨太太避到後房；丫頭來倒了茶問道：「姨太太問：要不要給玉五爺預備酒？」

「好！」順福接口說道：「弄點酒來，反正我也不睡了，好好兒聊一聊。」

等丫頭一走，玉朗便問：「你真的在宮裡有路子？」

「沒有。」順福又說：「而況這是甚麼事？誰能說得上話。」

「既然如此——」

「你別說了，老五！」順福使勁作了個切斷的手勢：「我是為府裡打算。看樣子，張敬齋帶了不少銀子來，府裡一直鬧窮，不如弄幾文來貼補、貼補。不過，這會兒我的想法又不同了。」

「怎麼呢？」

「原來以為張敬齋總不至於有死罪，現在看起來，他這條命，八成兒已經送掉了。用那個錢會燙手。」

說著，順福起身從桌前抽斗中，取出潤豐成所開的三張票據，交給玉朗看。

「這是怎麼回事？」玉朗問道：「我似乎也聽說過，潤豐成出票可以當現銀使。」

接著順福便細談與何掌櫃及張貴乾在一起的經過；這比他告訴慶恆的話又多得多——多的是皇帝以張廣泗與訥親相互為「刀」的策略；這話他沒有告訴慶恆，是怕他會想到平郡王與皇帝的關係，因而引起不必要的憂慮。

但玉朗又何嘗不憂慮？既憂張廣泗，亦憂平郡王，「照此看來，張敬齋是無救的了！」玉朗問道：「你是不是也是這麼個看法？」

「是的。」

「如果是死罪，多半還會抄家；誰用了張家的錢誰倒楣。」

話很率直，卻是當頭棒喝，順福頓時驚出一身冷汗；從雍正初年到現在，二十多年之中，皇親國戚，文武大臣，問斬籍沒的，少說也有三、四十個，抄家時最留意的一件事，便是有無隱匿家財寄頓在別家的情形？被寄頓的人家，固然也有抹殺良心「黑吃黑」而發了橫財的，但大部分都被查了出來。判處重刑。而況這一萬兩銀子，中間還經過潤豐成出票，知道的人必不在少；張廣泗果然遭遇了家破人亡的厄運，這一萬兩銀子一定會被查出來。

「老五，多虧你提醒，明天我就得把錢去還給人家。」

「還，還得當著潤豐成的掌櫃還，人家只知道票子是出給你的。」

「說得不錯。」順福躊躇著又說：「可是對何掌櫃，似乎不大好交代；老五，你倒替我出個主意看。」

玉朗想了一會，慨然說道：「明天我陪你一塊兒去，就說咱們倆商量過，覺得『走宮裡路子這件事，沒有十足的把握，如果把潤豐成的票子給了人家，說不定就會變成行賄的證據，所以沒有敢給。票子先奉還，事情我們還是照辦。等說成功了，再商量過付的辦法。』」

「好，好！這個說法比較婉轉；也是實話，只要有辦法，你我還是要替張敬齋奔走。」順福又說：「票子不是還給人家，是把何掌櫃請了來，當面拿票子註銷作廢，這樣子才沒有後患。」

玉朗深深點頭；接下來便談到平郡王了。

「王爺跟皇上是從小的交情，掉句文，是『總角之交』。」玉朗惋惜地，「可惜，乾隆四年那一案，沒有弄好。」

這指的是乾隆四年理親王弘晳爭位的案子。雖說後來殺的殺、關的關、削爵的削爵，皇帝完全占了上風，但他的出身，以及應該讓位而不讓，變成「久假不歸」，卻已是天下皆知。給人的感覺是，原來皇帝也會耍賴！這當然是件很壞的事。這回皇后跳河自殺，大損天威，以至於皇帝必須殺大臣立威，與乾隆四年那一案，是有因果關係的；倘或想到平郡王當年有負委任，心裡一起了「可恨」的念頭，平郡王就危乎殆哉了。

可是順福的想法不同。以前他也跟大家一樣，都認為平郡王那年的差使辦得不好，以至於寵信大不如前；否則還會更上層樓，倘說能由郡王晉封為親王，亦非全無可能。但從這天中午，他與何掌櫃及張貴乾，將皇帝的心理，抽絲剝繭地一層一層探索到底，想法就完全變過了。

「老五，我倒覺得王爺從乾隆四年冬天以後，皇帝慢慢跟他疏遠，倒是一件好事。其中的道理，你倒想想看。」順福賣關子似地，「你應該想得到的。」

「咦！」玉朗大為詫異，「你的說法跟以前完全相反！我怎麼會想得到其中的道理？這個道理只怕只有你自己明白。」

是反唇相稽的語氣，但順福不以為忤；因為其中的道理，他也只是這天才明白，如今要跟玉朗說明白，不妨拿一個人來作譬仿。

「皇上即位以後，你說最紅的是誰？照我算，我們王爺排列第三；你說第一是誰，第二是誰？你好好想一想。」

玉朗果然很冷靜地想了才回答：「第一是訥公，第二是莊親王。是嗎？」

「不錯。」順福點點頭，「如果不是早就失寵，王爺現在至少會升到第二，甚至第一。那一來就危險了。」

玉朗開始領悟了，「有道理。」他說：「你說皇上對訥公，有點兒覺得尾大不掉，這一點咱們王爺還不至於。」

「就是這話。」順福這才進一步談他新獲的領悟：「你想禮親王當年不就是因為自己覺得是長輩，從前對皇上也照應過，見面的時候，禮貌不大周到，以至於皇上早就借禮親王身子不好這個理由，不要他在御前行走。咱們王爺，可是從沒有這種表示，所以皇上看待他，跟看莊親王差不多。」

將平郡王當作莊親王同樣看待，應該絕無禍事；可是實際上情形是不同的，莊親王雖說由於聖祖親自教導，精於火器，每年八月間，皇帝在熱河慶萬壽、會藩屬，然後打圍，總是莊親王獵獲的虎鹿獐兔，遠較他人為多，可是，他從來沒有參預過軍務，因此論征戰得失，與他無關，平郡王就不同了。

當玉朗提出這個看法時，順福仍舊認為無礙，「皇上也只是張敬齋征苗的那幾年，讓王爺參贊軍機；當然也有迴護張敬齋的地方，可是那幾年打的是勝仗啊！」

他停了一下又說：「而況，張敬齋的態度，你亦看見的，他不會胡亂牽涉到王爺，就絕不要緊。」

玉朗沉吟了好一會說：「既然絕不要緊，那，王爺面前乾脆就瞞到底吧！」

順福同意照此辦法。第二天將他們琢磨下來的結果，告訴了慶恆；正在談著，有個護衛在書房外面，掀開門簾一角，向裡張望；慶恆眼尖，大聲喝問：「誰？」

那護衛叫雅爾哈，在外面應了一聲，掀簾進來，請了安等候問話。

雅爾哈是守大門的護衛，何以來到書房？慶恆便問：「你不在大門口，到這裡來幹甚麼？」

「大門口來了一個人，要見順老爺。」

「誰要見我？」順福問說。

「是——。」那護衛吞吞吐吐地。

見此光景，順福覺得事有蹊蹺，通報賓客，並非雅爾哈的職司，而又行蹤詭祕、言語閃爍；他怕慶恆見了起疑，便即罵道：「混帳東西！有話不好好說，幹麼這麼鬼頭鬼腦的！」

「是，是張制台的姪子張大爺。」

原來是張貴乾！順福陡地想到，身上揣著人家一萬銀子的票據，這件事是慶恆所不知道的；如今這雅爾哈的行徑又令人可疑，如果兩下合在一起，變成無私有弊，那時的嫌疑，跳到黃河都洗不清了。轉念到此，認為從此刻起就當澄清，當下沉著臉問：「門上為甚麼不來通報？」

「門上說順老爺有事，不便進去回；要他等；那張大爺說有很急的事，我跟張大爺認識，所以多事進來看一看。」

「那就大大方方說好了，為甚麼要弄成這個鬼樣子！」

「是怕——。」

「好了，」慶恆不耐煩地：「你別嚕嗦了。」接著對順福說：「你倒去看看，張貴乾是甚麼急事？」

「是。」順福不肯錯失消除可能會有的誤會的最佳時機，自懷中取出潤豐成所開的取款憑證，交給玉朗說：「老五，你把經過情形，先跟六爺談一談。我去會了張貴乾再談。」

「順大叔，」張貴乾說：「有兩件事，要跟你稟報。第一件岳大將軍來了緊急軍報，家叔的意思，能不能打聽一下？」

「喔，」順福問說：「你是怎麼知道的？」

「提塘官告訴我的。」

原來各省都有駐京的提塘官，照例由各省督撫選派本省的武進士、武舉人，保送兵部派任；各省驛差遞到的奏章，都交本省提塘官，轉送內奏事處，上達御前。凡有批覆，亦由內奏事處發交給提塘官，再交驛差送回本省。四川駐京的提塘官，名叫馬起龍，武舉出身，官居守備，原由張廣泗所保送；張貴乾跟他很熟，幾乎天天見面去打聽消息，這天由四川遞到的奏摺只有一件，便是岳鍾琪的；他此刻的官銜，不過是四川提督，應歸署理四川巡撫班第所節制。提督有事，往往由督撫轉報；專摺上奏，事所罕有，而且只有他一件奏摺，可知所派的是專差，倘非特別重要的軍報，不至於如此。

「家叔的看法是，岳大將軍的奏摺，一定是談重新部署進攻莎羅奔的策略，其中的措詞，對家叔的案子，很有關係。」張貴乾放低了聲音說：「能不能抄個底子出來，讓家叔知道他說些甚麼，將來親審的時候，比較容易分辨。」

「這——，」順福吸著氣說：「這得找兵部的路子，等我想想看，有甚麼熟人。」

「不，順大叔，這得找軍機處。」

「軍機處，那就更不容易了。」

「順大叔，」張貴乾的聲音越發低了，「有個人，是一條很好的路子。」

「誰？」

「方老爺的姪子。」

「啊！」順福不由得失聲而呼，「怎麼把這個人忘掉了！」

一聽這話，張貴乾面有喜色，即時蹲下身來請了個安，笑嘻嘻地說：「事不宜遲，你老多費心吧！」

「慢慢，這也不必這麼急。」順福說道：「我跟方受疇說不上話，這件事，我還得先跟六爺談。」

「是。」張貴乾躊躇著又問：「順大叔，你看，我要不要進去給六爺請個安？」

「不必，不必！」

「是。」張貴乾停了一下又說：「還有件事，不知道順大叔的意思怎麼樣？四川的提塘官馬起龍，跟內奏事處的馬太監很熟，而且他們都是回回，情分格外不同，順大叔看這條路子怎麼樣？」

「千萬使不得！」順福正色相告，「皇子最恨太監干預公事；也最討厭有人跟太監去打聽甚麼。你知道不知道，太監都要改姓了？」

「改姓？」張貴乾詫異地：「為甚麼？」

「為的是叫人不便打聽，內奏事處的太監，聽說都要改姓王。你如果去找王太監，人家問你是那個王太監，你一定沒法兒回答，都是光下巴、雌嗓子，根本就分不出來。」

「這樣子，宮裡統統是王太監，皇上、皇后、太后，不也分不出來了嗎？」

「不，只有內奏事處的太監改姓王；另外，聽說要改三個姓。」

「那三個呢？」

「姓秦、姓趙、姓高。」

「秦趙高？」張貴乾是個秀才，肚子裡有點貨色，當即說道：「這是皇上把太監們都比做指鹿為馬的趙高，好叫大家警惕。是嗎？」

「就是這意思。你趁早少惹他們；別自找倒楣。」

「是。」張貴乾問：「順大叔，我甚麼時候來聽信兒？」

順福想了一下說：「明兒上午。你不必來，我們在潤豐成會面好了。」

張貴乾答應著告辭而去，順福便又到慶恆的書房，恰好玉朗也談完了，而票據是捏在慶恆手裡。

「這錢絕不能使他的。倘或事情真的糟到要抄家了，一定會徹查，那時候吃不了兜著走，後患無窮。就這樣子，只怕風聲已由潤豐成傳出去了。」

順福不作聲，覺得當初是失於考慮。不過他的本意是為王府，並非私下有何圖；因為如此，就更覺得窩囊了。

那知慶恆還將這件事看得極其嚴重，「光叫潤豐成的掌櫃註銷，似乎還不是頂妥當的辦法。」他說：「知道這回事的人，只怕不少，你能一個個去告訴人家『我把錢退回去了』嗎？」

「不會。」順福答說：「張貴乾、何掌櫃不用說，當然不會告訴人家；雷掌櫃，看樣子也是很靠得住的。做他們這一行買賣，都知道事情輕重，絕不會胡說八道。」

「不見得。」

「那麼，」玉朗問道：「六爺看，應該怎麼辦呢？」

「總要自己先占住地步。」慶恆想了一下說：「我看不如把這筆款子，送給刑部汪大人，看他怎麼處置？」

「那，」玉朗抗聲地說道：「那不是送了張敬齋的忤逆？」

「我的意思是，得找個人證明，咱們沒有使人家的錢。」慶恆很勉強地說：「或者跟汪大人說明了，請他代為把錢退了回去。」

「汪大人有這個擔當嗎？」

這一問將慶恆問住了，「你們看呢？」他反問一句：「該怎麼辦？」

「我看，我剛才跟六爺談的辦法，就很妥當。」

慶恆沉吟了一會說道：「好吧！不過事情馬上就要辦。」

「是。」順福接過了票據又說：「還有件事，恐怕得六爺費心。」

原來方觀承的遠房姪子方受疇，由內閣中書考充軍機章京，在軍機處是紅人。

慶恆跟他相熟，張貴乾所託之事，由慶恆去打聽，應該會有圓滿的結果。

慶恆聽完經過，沉吟了一會說：「照道理說呢，咱們自然得幫張敬齋的忙，替他去打聽、打聽。不過方受疇是很謹慎的人，他如果不肯透露，可就沒法子了。」

「不管怎麼樣，請六爺先去問了，看人家怎麼表示，咱們再想法子。」

「是的。」玉朗附和著，而且作了一個暗示：「張敬齋的事，怎麼樣也得幫忙，不然鬧開來了，於王爺面子上也不好看。」

慶恆不作聲；息了半晌才說：「你們去寫個帖子，晚上請他來吃飯。」

「是。」順福趕緊又說：「潤豐成得明兒上午去，他們那掌櫃不在家。」

「你怎麼知道？」

「剛才我問了張貴乾了。」

其實不是雷掌櫃不在他店裡，而是順福已跟張貴乾約好，第二天上午才能見面，此時到潤豐成是看不到張貴乾的。

方受疇赴約之前，恰好曹雪芹奉了馬夫人之命，去給太福晉請安，同時探望平郡王的病情。世家的規矩重，禮節嚴，照例省問以後，閒話不能多說；略坐一坐恰好辭了出來，迎面遇見慶恆。這就不同了，因為慶恆年紀輕，又是晚輩，曹雪芹便不似見了太福晉與平郡王那樣拘束。而且慶恆為人圓通隨和，也好文墨，當下拉住曹雪芹說：「表叔，你別走，我請你替我陪一位客。你請先到我書房坐一會，我馬上就來。」

說完，不由曹雪芹分說，先進上房回事去了。曹雪芹便在慶恆的書房等候，約莫有一盞茶的功夫，方見慶恆回來；緊接著門上通報：「方老爺來了。」

「請，請！」慶恆轉臉又對曹雪芹說：「是方受疇。」

「喔，是他。」

「你們很熟吧？」

「不，見過而已。」

「我以為你們是熟人。」慶恆倒有些躊躇，他以曹雪芹跟方觀承辦過事，一定跟方受疇很熟，所以邀他作陪，說話方便；如果僅僅見過面，方受疇或許有所顧忌，談到軍機明明肯說也要緘口了。

看出慶恆的心事，曹雪芹便老實說道：「他是小軍機，為人一向謹慎，如果是閒談呢，我不妨奉陪；倘或有事要談，我在座就不相宜了。」

「是為張敬齋的事，想跟他打聽一件軍報。」慶恆答說：「其實也無所謂。」

說「無所謂」正是有所謂，不過因為既已邀了他，不便再辭謝而已。曹雪芹很知趣地說：「這樣好了，我先替你陪一陪，談談他老叔的情形。到中途，我先告辭，你們就可以私下談了。」

「好，好！就這麼辦。」慶恆又說：「表叔，你跟他多談談他老叔，套套交情。」

「好，我明白。」

一面談，一面相偕出迎。方受疇是穿了官服來的，見面先給慶恆請安，執晚輩之禮——方觀承為平郡王拔之於窮途末路之中，久在門下，自居後輩；方受疇以此關係推論，比慶恆又矮一輩。

「這位，」慶恆手扶方受疇，指著曹雪芹問：「見過吧？」

「見過，見過。芹二爺，一向好？」說著，方受疇已撈起袍子下襬。

稍作寒暄，丫頭來請到花廳中入席，又是謙讓了一會，方受疇畢竟是主客，坐了上首，對面是曹雪芹；慶恆在主位相陪。

肴饌豐腆，酒是窖藏的佳釀，方受疇頗有受寵之感；但因曹雪芹的談鋒很健，不使席面冷落，所以主客很快地也就談笑風生了。

「令叔常有信來吧？」曹雪芹問起在浙江當巡撫的方觀承。

「是的。前幾天摺差來，還有信。」

「令叔行遍天下，不但山川形勝，羅列於胸，而且裝滿了一肚子的奇聞異事。」曹雪芹神往地說：「跟他在一起，真是有趣。」

「問亭先生本身就是一部傳奇。」慶恆接口問道：「最近可有甚麼奇遇？」

「奇遇倒沒有。」方受疇喝了口酒，爽朗地說道：「不過倒是有一樁快舉。」

「要請教。」

「杭州有位沈廷芳先生，雍正元年恩科的進士，官至道員，今年秋天告假回籍掃墓，有一天——。」有一天巡撫衙門派了一名差官，到沈廷芳家拜訪，手持一份方觀承的請帖，自稱「教愚弟」，請沈廷芳赴宴。

沈廷芳性情狷介，與方觀承素無往來；他省道員請假回籍，亦並非一定要拜會本省長官。因而婉言辭謝，無奈差官執禮極恭，又說，如果連請位客都請不動，足見一無用處，妨礙他的前程，無論如何請沈廷芳勉為其難。

迫不得已，沈廷芳只好答應，到了那天公服踐約；不道方觀承開中門迎接，延入花廳，首先就請換便衣相見，並請「升炕」，延在上座。沈廷芳執意不肯，正在謙讓之間，又報「客到」。方觀承仍舊是開中門親自迎接，進來一看，沈廷芳大為驚異；竟是他的會試同年，已經告終養回海寧州原籍的陳鑣。

相顧愕然之際，方觀承開口問道：「兩公可還記得二十五年前，雨雪載途之際，邯鄲道上有個又瘦又小的窮書生？」

此言一出，沈陳兩人，恍如夢寐，不約而同地問道：「那就是方大人？」

「不敢！不敢！兩公叫我問亭好了。」

原來雍正元年是清朝開國以來，第二次開恩科。這是宋朝開的例，凡遇國家有慶典，而又在承平之時，考試加開一科，稱為「恩科」。在清朝，直到康熙五十二年癸巳，才開第一次恩科；此非開國七十年中，沒有甚麼值得慶賀的事，而是為了慎重名器，勿使太濫。康熙四十二年，聖祖五旬萬壽，在位四十年以上，沖年即位，享祚久長，亦是史書上罕見之事，應該要開恩科，但以這年本有正科——三年大比，子午卯酉之年秋闈鄉試；辰戌丑未之年，春闈會試，這年干支癸未，人才有限，既有正科就不必再舉恩科。

到了康熙五十二年癸巳，聖祖六旬萬壽，這年鄉會試都輪空，徇群臣之請，特開恩科，恩科以會試為準，如果這年癸巳秋闈鄉試，會試在明年甲午，聖祖六十一歲，與六旬萬壽開恩科慶賀的原意不符，所以禮部奏准，鄉會試在同一年舉行，而春闈秋闈也倒過來了，二月舉行鄉試，八月舉行會試。

雍正改元，當然亦可以開恩科，但這年癸卯正科鄉試，加上恩科的鄉會試，一年開三次科場，是無論如何辦不到的事，所以這一回的恩科，大可不必舉行；改為恩正併科，增加取中的名額，是最妥當的辦法。

那知世宗別有用心，即位只有幾天，便授意禮部具奏，雍正元年癸卯恩科，於四月鄉試，九月會試，十月殿試；雍正二年甲辰正科，於二月鄉試，八月會試，九月殿試。加開一科，多一次脫穎而出的機會，這籠絡天下士子的苦心，是很容易看得出來的；而另有一層作用，卻只有極少數的人知道。

這極少數的人之中，有一個便是世宗的第一號心腹張廷玉。在開恩科上諭頒布的第三天，他便接替陳元龍而為禮部尚書；因為只有他在這個職位上，才會使得派出去的考官，發生世宗所想發生的作用。

世宗所想發生的作用是，派赴各省的鄉試主考，能夠考查他那一省士林中的輿論，是不是在議論他得位不正；有沒有反抗的跡象？甚至於皇八子允禩、皇九子允禟等人，有沒有甚麼祕密活動？

雍正元年的鄉試，改在四月，而不是像雍正二年的鄉試改在二月，是因為鄉試主考，按途程遠近，一批一批的放出去，最遠的先放，在試期三個月，甚至四個月以前，其時已經年近歲逼，馬上放主考，亦得初夏才能舉行鄉試；所以雲南主考鄂爾泰，一過了「破五」便已出京——派鄂爾泰到雲南，主要的是就近偵察年羹堯的言論行動。

此外陝西及山西，為通西北必經之地，亦是必須監視查察的地方，因此，陝西正主考放了王國棟，此人是漢軍鑲紅旗人，康熙五十二年的翰林；當世宗居藩時，便在門下。山西正主考放了內閣學士查嗣庭，副主考則是鄂爾泰的胞弟左庶子鄂爾奇。查嗣庭當時與張廷玉一起入值南書房，參與密勿，亦為世宗視作心腹，所以派到由西北往還京師，中途必經之地，而且常作逗留的山西太原。

這是雍正元年的部署；第二年補行鄉會試，又可以再派一批主考出去作耳目，像王國棟，由於元年在陝西頗為賣力，不但由翰林院侍講升為侍講學士，而且再度放為主考，派到海防要地且又為考差中最肥的廣東。

當特開恩科的上諭到浙江時，正逢新年；沈廷芳與陳鑣都是監生，得到這個喜訊，急急收拾行裝，進京應試。先循運河到清江浦，渡過黃河。改走旱道。兩人都是寒士，湊合川資，用四十兩銀子雇了一輛車，往北到紅花埠，便入山東省境了。

由此過郯城、沂州、蒙陰、泰安，過河到了禹城；第二天北行時，發現有個瘦瘦小小、穿一件破棉袍的少年，跟著車走，看他步履矯健，懷疑他有所為而來。於是沈廷芳關照車伕停下來；等那少年走近了，攔住他問：「貴姓？」

「王。」方觀承往返省親，羞於陳述身世，所以不肯道破真姓。

「喔，王兄，」沈廷芳看他目光尚尚，頓起好感，便又問說：「從那裡來？」

「從邯鄲來。」

「王兄，」沈廷芳問道：「聽你口音是南方人，何以會從邯鄲來；又要到那裡去？能不能見告？」

「是，是到邯鄲去訪友；如今想到京師去觀光。」

赴科場又稱「觀光」，沈廷芳心想，將來可能跟此人同榜，又多了幾分親切之感；想了一下問道：「王兄，我有句很冒昧的話要問，想來邯鄲訪友未遇？」

「何以見得？」

「倘非不遇，則令友理當為足下稍治行裝——。」沈廷芳將下面那句「何以一寒至此」嚥住了。

見此光景，方觀承笑笑答道：「老實奉告，到邯鄲亦非訪友，只是看看能不能像盧生那樣遇見呂翁而已。」

他說的那個典故，出於唐朝李泌的〈枕中記〉，說開元年間，有個盧生在邯鄲旅舍中，自嘆窮困；呂翁便從行囊中取出一個枕頭給盧生，說是枕此而臥，自會榮通如意。盧生聽他的話，著枕入夢，夢見作了當時有名的世家、清河崔氏的女婿，中進士入仕，官至河西隴右節度使，入閣拜相，封趙國公，富貴三十餘年，告老辭官，皇帝不許，卒於任上。一驚而醒，才知是個大夢；看旅舍主人蒸黃粱未熟。這就是所謂「黃粱夢」，那呂翁據說就是呂洞賓，在邯鄲有他的祠堂。

陳鑣一向迷信呂洞賓，因而對方觀承亦就大感興趣了，「王兄，」他笑著問道：「此行可有奇遇？」

「沒有。不過——。」

沈廷芳打斷了他的轉語：「前面就是尖站。」他說：「奉邀王兄，小飲數杯如何？」

「萍水相逢，便要叨擾，未免難為情。」這是方觀承的客氣話；不必沈、陳二人再邀，便已跟著他們走了。

走不多遠，便是一家荒村野店，打尖的人卻不多，也沒甚麼可口的食物；但自製的村釀並非新酒，相當醇厚，更妙的是辰光充裕，因為宿站在平原縣的二十里鋪，至多一個時辰，便可到達，不妨從容。

「王兄，」陳鑣迫不及待地問：「你剛才的話，沒有說完。」

「是的。」方觀承答說：「奇遇雖沒有，不過也算不虛此行，看了許多古蹟。」

「邯鄲是趙國的都城。」沈廷芳說：「應該有趙武靈王的墳墓吧？」

「豈止趙武靈王，還有藺相如、樂毅、程嬰跟公孫杵臼的墳。」

「你都走到了？」

「不，我只是瞻祠而已。」方觀承答說：「邯鄲有三賢祠，還有三忠祠。三賢是廉頗、藺相如、李牧。三忠就是救趙氏孤兒的程嬰、公孫杵臼，還有助晉稱霸的韓獻子。」

「王兄，」陳鑣的興趣在呂翁祠：「呂翁祠的香火盛不盛？」

「不盛。」

「規模如何？」

「也不大。其中的古蹟是一座『夢亭』，據說就是當年盧生臥處。亭中有副楹聯，很有意思：『睡至二三更時，凡功名都成幻境；想到一百年後，無少長俱是古人。』」

陳鑣功名心熱，聽到這副警世的楹聯，未免掃興。但沈廷芳卻覺得這個「王姓少年」，人頗不俗，因而動問身世。

「少小孤寒——。」

方觀承自編的「假身世」很多，隨口胡謅了一篇；也談起許多「頻年飄泊」所遇見的奇聞異事，倒替沈、陳二人消了好些酒。

「謝謝，謝謝！」方觀承將杯中餘瀝，一飲而盡，從桌上抓了兩個黑麵的饃，起身說道：「我要趕路了。有緣京中再見。」

「不，不！」陳鑣一拉抓住他，「王兄，何不跟我們結伴同行？」

方觀承心想一輛車坐兩個人，加上他們的鋪蓋與考箱，已經很侷促了，那裡還容得下一個人。莫非他們乘車，自己步行，如此結伴，不結也罷。

看他微笑不答，陳鑣便又開口了，不過不是跟方觀承說話，「椒園，」他喚著沈廷芳的別號說：「車上只能坐兩個人，我想只有像打牌『做夢』那樣，輪流步行，你看如何？」

「很好，很好！」沈廷芳欣然贊成：「趁此練練筋骨也不壞。」

於是約定，每人每日輪流步行三十里，晝夜餐宿，亦多半是沈、陳作東，白晝辛苦，到晚來把杯暢談，極盡友朋之樂。

就這樣到了北京，方觀承卻不進城，在崇文門外向沈廷芳、陳鑣二人道謝辭行。

「咦！」陳鑣問道：「你不是要觀光嗎？」

「不！」方觀承笑笑，也不說原因。

「那麼，此行何往呢？」

「隨緣而止。」方觀承拱一拱手：「後會有期。」說完，飄然而去。

多少年來，陳鑣一直以為他遇見的就是呂仙，但亦了無他異。如今才知道，當年邂逅的王姓少年，如今竟是本省的父母官了。

「久聞桐城方先生是有名的孝子，曾七度出關省親。」陳鑣欣慰地說：「當年雖不曾遇仙，得與孝子如公者，作旬日盤桓，也實在是平生之幸。」

方觀承連連謙稱不敢。當下延請入席，殷殷話舊，一頓酒喝到起更方散；這一夜自然留宿在巡撫衙門。第二天，方觀承復又大張筵席，將兩司——藩司、臬司、杭嘉湖，以及首府、首縣，還有杭州將軍及學政都請了來作陪。盤桓了三天，方將沈、陳二人送回家。

進門一看，方觀承的禮物已經送來兩天了，一枝老山人參，一盒燕窩，十個縛著綵色絲線、剛出爐的「官寶」，一共是五百兩紋銀，另外一幅方觀承親筆寫的字，上面一首七律，題目是「述舊感懷」，描寫的就是二十五年前平原，邯鄲道上的那番奇遇。

方受疇談得淋漓盡致，曹雪芹亦聽得眉飛色舞，「千金報德，人生一快。」他舉杯向慶恆說：「咱們為問亭先生浮一大白。」

慶恆欣然乾杯，但卻抛過來一個眼色；曹雪芹會意，跟方受疇又閒話了片刻，起身告罪，說是原有一個約會，因為慶恆約他陪客；他亦很想見一見方受疇，所以暫作勾留，此刻是不能不走了。

於是慶恆送客出花廳，回席以後，便開門見山地談到張廣泗。

「咱們是世交，休戚之間，跟別人不同。方世兄，有件事，得請你幫忙。」

「言重，言重！六爺，你有話儘管吩咐。只要受疇力所能及，一定效勞。」

「就是張敬齋的事。」慶恆問道：「你有甚麼消息？」

「消息沉悶得很。」方學疇皺著眉說：「皇上似乎有點兒舉棋不定。」

「怎麼呢？」

「皇上的本意是想嚴辦，但又怕辦得太嚴，立下一個例子，以後萬一有同樣的情形，要想從輕，就很為難了。」

「喔，」慶恆想了一下問：「所謂以後同樣的情形，是指傅中堂而言？」

「是的。」

這就更顯得岳鍾琪的那個奏摺重要了。傅恆打仗靠岳鍾琪，這是皇帝決定的方針，因此大金川軍務有無把握，皇上要聽岳鍾琪怎麼說？如果有把握，可以讓傅恆坐致大功，皇帝就會嚴辦張廣泗與訥親；倘說需要緩緩以圖，那表示仍將曠日持久，那時傅恆少不得會有處分，而此處分，必然比照張廣泗與訥親的罪名辦理，他們罪名重，傅恆的處分就輕不了，這是皇帝必須要顧慮的。

聽慶恆作了這番分析，方受疇亦以為是；於是慶恆便即問道：「聽說岳東美這兩天有個單銜具奏的軍報，方世兄，經了你的手沒有？」

「沒有。」

聽得這兩個字，慶恆大為沮喪；但方受疇下面那句話，卻又重新鼓舞了他。

「不過我知道有這麼一個摺字。六爺如果想要知道，我可以去打聽。」

「好極了！」慶恆舉杯說道：「重重拜託。」

「言重，言重。」方受疇乾了酒又說：「六爺，有一種情形，似乎不太妙。皇上對傅中堂，是刻意籠絡；倘或出事，也一定是刻意迴護。」

「喔！」慶恆用一種期待的眼光看著他。

方受疇便再說下去：「說實在話，有些上諭，簡直叫人肉麻，我唸一件給六爺聽。」他一面想，一面低聲誦述：「『經略大學士傅恆，奉命前赴軍營，征途遙遠，衝寒遄發，計每日程站，遠者竟至二百五六十里，卯初就道，戌亥方得解鞍。且途次日有朕頒發諭旨，商辦機務，又須逐一籌畫陳奏，如此迅速，如此勤勞，而所奏事件，無不精詳妥協。其經過地方，吏治民瘼，事事留心體察，據實敷陳，自非經略大學士秉性忠誠，心同金石，才猷敏練，識力優裕，安能如此？國家任用大臣，若人人似此公忠體國，不辭勞瘁，方無忝股肱心膂之寄。朕於經略大學士此次之奮往急公，實為欣慰，亦實為不忍。足見人自不同，有負恩者，即有知恩者，而朕賞罰公當，究未大誤也。』」

「這，」慶恆聽得牙齒險些發酸，「是皇上的親筆嗎？」

「也跟親筆差不多。」方受疇答說：「軍機述旨，一送上去，往往改得體無完膚。」

慶恆沉默了一會說：「這恐怕不是好事。」

「怎麼？」方受疇愕然相問。

「當年先帝對年亮工，不也是這種口吻嗎？俗語說：爬得高，摔得重。反過來看，要摔人摔個半死，就得先把他撮弄到高處去。方世兄，你以為我這話如何？」

照方受疇的看法，傅恆絕不致成為年羹堯第二，因為彼此相待的情形不同。在當今皇帝，早已顧慮到傅恆或會無功而還，所以一再替他預先開脫，曾經兩次表示，如果到明年四月仍難了結，暫且撤兵，徐圖再舉。

「皇上有一回跟大家說：『金川亦不是非剿平了不可，為的是面子丟不起。』又說：『早知如此，當初給岳鍾琪一萬人馬，事情早就辦妥當了。』從這兩句之中，六爺，你可以想像一切。」方受疇接著又說：「至於傅中堂，前車之鑑，且不說當初的年亮工，眼前的訥公，就是一個榜樣。皇上只是要讓他懷威感德；傅中堂亦深知明哲保身之道。再說，還有，還有裙幅的蔭庇。」他笑笑說道：「還有裙幅的蔭庇。」

「啊！」慶恆有些失悔似地，「你如果剛才提到這一點，倒可以聽聽我雪芹表叔，談一談當初他對那位中堂夫人的所見所聞。」

「是啊！我也聽說過，芹二爺跟那位夫人很熟；有機會再聽他聊。」

「對！那是閒聊。咱們那兒丟了那兒找，剛才你提到皇上的話，意思是第一，金川的軍務，見好就收。是不是？」

「是。」

「第二，皇上懊悔早不用岳鍾琪，就是說錯用了張廣泗？」

「不是說錯用。」方受疇答說：「皇上覺得起初用張廣泗並沒有錯；是張廣泗自己不肯好好地幹，一誤再誤，弄成今天這種難以收拾的局面。」

「那，豈不是把錯處都推在張廣泗頭上。」

「原就是如此。」

慶恆默然久久，嘆口氣說：「張敬齋這一關一定過不了；如果定個充軍的罪名，就算上上大吉了。」

「訥公恐亦不免。」方受疇喝乾了杯中餘瀝說道：「酒夠了。有粥賞一碗。」

等吃完粥，離席閒坐；慶恆亦站起身來，向丫頭使個眼色；不一會捧來一件狐裘、一個紫貂帽簷，說是平郡王送方受疇的。

「真不敢當；可又不敢辭。」方受疇說：「我想當面給王爺請安道謝。」

「謝謝，改天吧！」慶恆答說：「方世兄盛意，我說到就是，奉託之事，請你擺在心上。」

「我明天就辦。」

軍機章京分為兩班，方受疇在頭班，恰值輪休之期；不便到軍機處去打聽，只能約同事出來談。

約的時刻是未末申初，也就是午後三點鐘前後。軍機章京入直，如遊戲文章中，擬八股文所說的，「辰初入如意之門，流水橋邊，先付衣包於廚子；未正發歸心之箭，斜陽窗外，頻催鈔摺於先生」，軍機處的雜役，都叫「廚子」，而專司謄錄之職的，稱為「先生」。下直早晚，全看奏摺多寡，這天方受疇等到申正，方見所約同事，姍姍而來，便即問道：「怎麼，今天摺子特別多？」

「唉！」二班章京的領班陳兆崙，嘆口氣，「言之可慘！」

方受疇一驚，「又是誰伏法了？」他問。

「你看。」

陳兆崙從懷裡掏出一張紙，遞了過來；是一道上諭的抄本，一開頭便是「訥親自辦理金川軍務以來，行事乖張，心懷畏懼，」接下來指責「對士兵死傷，毫不動心，只圖安逸，而且頗講享受，至於道路險阻，兵民疲憊，一切艱難困苦，未據實陳告。」

接下來說：「朕因軍旅重大，不容久誤，特命大學士傅恆前往經略，滿漢官兵飛芻輓粟，籌畫多方，設令訥親、張廣泗早行奏聞，朕必加以裁酌，不致多此一番勞費矣。今朕於此事，頗為追悔；但辦理已成，無中止之勢。即此而論，訥親、張廣泗誤國之罪，可勝誅耶？」

看到這裡，方受疇不由得在心裡要細想一下，明明自己都「追悔」用兵金川，大張撻伐「此事」是錯了，用人不當也是錯了，就不應一味歸咎於訥親、張廣泗，倒要看看以下是如何說法？

下面是「快刀斬亂麻」的斷然措施：派侍衛鄂賓，攜帶存在庫中的「遏必隆刀」，斬訥親於軍前。當然，這是為了振作「切齒」於訥親的「勞人憊卒」的士氣。

看完這道上諭，方受疇心想，訥親如此下場，張廣泗那裡還有活命的道理？岳鍾琪的奏摺，當然已經發下來了，但看不看摺子中說些甚麼，已不重要，反正欲加之罪，何患無辭，訥親既死，張廣泗又何能獨活？

軍機章京對刑賞誅罰之事，見多識廣，所以方受疇只默默地將上諭抄件交還陳兆崙，不發一言；接著肅客入席。所談的是湖北湖南的鄉邦文物。

這因為二班的軍機章京，以兩湖籍居多；談起本省的長官，很自然地提到了當年以湖廣總督而為欽差大臣，奉旨兩湖、兩廣、提督、總兵以下，全歸節制的張廣泗。

有個軍機章京叫陳輝祖，湖南祁陽人，是兩廣總督陳大受的兒子，是親眼見過張廣泗的威風的，「那年他歸葬父母，奉旨賜祭一壇；『天使』到武昌來宣旨，四省提鎮早幾天都到了武昌，來接待天使，我數一數紅頂子，諸公猜多少？」陳輝祖自問自答地說：「好傢伙，四十八顆！」

「那有這麼多？」方受疇笑道：「足下眼睛看花了吧？」

「有。」陳兆崙接口，「光算廣東好了，提督一員，總兵七員，副將十三員，就是二十一個人了。」

提督正一品，總兵正二品，副將從二品，都戴紅頂子。照此算來，合四省二品以上的武官，有四十八顆紅頂子，並非虛言。

「那時的張敬齋，睥睨顧視，意氣發揚，真令人興起『大丈夫不當如是耶』之感，誰知昔日雄風，而今安在？」

「唉！」二班的領班趙翼說道：「詩酒之會，別提這些令人不愉快的事。」

「對！」與方受疇一班的王昶說：「既是詩酒之會，不可無詩；咱們分韻吧。」

「分韻不如聯句。」陳兆崙說：「只是題目不好找。」

「我倒有個題目。」方受疇說：「我在想，老杜禁中夜宿的詩，首首都好，但有老杜這種機緣的卻真是不多，就算大軍機，也難得有住在大內的時候；倒不如我輩小臣，反能夠領略老杜當時的心情。這不是一個好題目？」

「呃，」王昶說道：「細細想來，確是難得的好題目：軍機夜直。」

題目就算決定了，但有幾個人自覺於此道不甚在行，首先是方受疇，「我是『謄錄』。」他說：「有闈中的差使，例免應試。」

「我來監場，數到二十尚未成句，罰酒。」有個叫歐陽正煥的湖南人說：「『外簾』御史根本不入闈。」

此外有那詩做得不錯，但欠捷才的，自願以同樣的題目另做一首，數一數只有四個人聯句，公推陳兆崙為首，等於是「令官」。

「詩題有了。體裁是七律，多亦不必，做兩首好了。淑之，」陳兆崙叫著歐陽正煥的別號說：「抓一把瓜子看。」

「八粒。」

「八是偶數，奇為陽，偶為陰，韻是陰平『八庚』，這個韻寬得很，應該有佳作。」陳兆崙又說：「淑之，再抓一把，多抓些。」

歐陽正煥放手一抓，數一數是十九粒。楊平、陰平都是十五部，十九減十五得四；第二首便是陰平的「四豪」。

其時方受疇已從靴頁子中掏出一枝水筆，喚飯館的跑堂取來一張白紙，提筆在手向陳兆崙說道：「都預備好了。」

「我起句。」陳兆崙唸道：「『鱗鱗鴛瓦露華生。』」

下面該陳輝祖，聽歐陽正煥數到十五，方始開口：「我占便宜，不必對仗。」接下來唸他的句子：「『夜直深嚴聽漏聲。地接星河雙闕迴。』」

「好！前面三句，扣題很緊。接下來——，」趙翼說道：「應該談身分了。夜直到底是軍機夜直呢？還是侍衛宿夜？」說著，便唸了一句：「『職供文字一官清。』」

「清字押得好。」陳兆崙說：「公賀一杯。」

「勾老，勾老！」陳兆崙字星齋，號勾山，年紀又長，所以歐陽正煥稱他「勾老」，「你別打岔，耽誤了雲崧的功夫。」接著便繼續用筷子輕敲桌沿，口中報數，十三、十四、十五……。

趙翼卻是好整以暇地，直到數到十九，方又唸道：「『鑾箋書剪三更燭。』」

這就該王昶了。他的詩與趙翼不相上下；看陳兆崙誇讚趙翼，不免存著個好勝的念頭，所以凝神靜思，渾不似趙翼那種優閒瀟灑的神色。

數到十一，他欣然笑道：「有了！我占了西陲用兵的便宜：『神索風傳萬里兵，所愧才非船下水。』」

「好個『神索風傳萬里兵』。足與雲崧匹敵。」陳兆崙接著唸結尾一句：「『班聯虛忝侍承明。』」他唸完，方受疇也寫完了，唸了一遍說：「確是趙、王兩公居首，賀杯成雙。」

於是各乾兩杯，重新聯句，這回是陳輝祖起句：「『清切方知聖主勞。』」

「既然是頌聖，索性就往這路去寫了，」趙翼隨口唸了兩句：「『手批軍報夜濡毫。錦囊有兵策機密。』」

「『金匱無書廟算高。』」王昶對了這一句，略作沉吟，又往下唸：「『樂府佇聽朱鷺鼓。』」

「這『朱鷺』不大好對。」陳兆崙喝了一口酒，氣閒神靜地想了一會，等快數滿時才說：「沒法子，只好用『紫貂袍』對『朱鷺鼓』。」接著便唸：「『尚方早賜紫貂袍。書生毦筆慚何補？』」

「勾老，」錄詩的方受疇問道：「『書生』下面是個甚麼字？」

「耳字傍一個毛字。《隋書．禮儀志》：『文字七品以上毦白筆』。就是這個毦。」

陳兆崙引了出處，方受疇才想起，以羽毛裝飾筆管，謂之毦，錄完了說：「該老陳收了。」

陳輝祖早已想好了，既言筆慚何補，當然該用刀劍，從容唸道：「『不抵沙場殺賊刀。』」

方受疇將第二首唸了一遍，大家都說紫貂袍對得好，該公賀一杯。

「不，不！」陳兆崙推許王昶，他說：「蘭泉第一，漢朝鐃鼓中有朱鷺，用這個典預祝凱旋還朝，典雅之至。至於軍機往往恩澤先沾，可是蒙賜的是貂褂；為了遷就韻腳，改褂為袍，諸公不罰我酒，已經寬容了，再說賀我，更覺汗顏。該賀的是蘭泉。」

「勾老這番話很公平。」趙翼舉杯說道：「蘭泉該賀。」

就這樣持杯談藝，不知不覺，暮色已起；陳兆崙說：「差不多該散了吧！我已經不勝酒力了。」說著，站起身來。

於是紛紛各散。方受疇在送完時，悄悄將陳兆崙拉了一把，他的腳步便放慢了，落在最後，直到諸客皆行，方始動問，是否有話要說？

「是的。」方受疇老實答說：「平郡王府上，想打聽、打聽，岳東美單銜的那個摺子，說些甚麼？」

「是奏報進取的方略。」

「他怎麼說？」

「一時那裡記得？要查『廷寄檔』。」

這在方受疇便為難了，因為奏摺存檔，分為兩種，一種是交內閣「明發上諭」的「明發檔」，無機密之可言。

另一種是由軍機處奉上諭寄交某省某大員，指示重大事件的處理辦法，謂之「廷寄」；而列入「廷寄檔」的，頗多機密，除了領班以外，不能無緣無故去查「廷寄檔」，尤其是方受疇的資格淺，更覺不便。

正在躊躇時，陳兆崙又開口了，「明天不是你們接班嗎？」他說：「值夜不就看到了？」

「啊，啊！」方受疇恍然大悟，抱拳說道：「多謝勾老提醒了我。」

原來軍機章京分做兩班，每班兩天，隔一天一早交班，通常自辰初至未末便可散值，留下兩人值夜，宿於大內。這值夜的兩人，稱為「班公」，向例資深、資淺者各一，稱之為「老班公」與「小班公」，各值一夜。頭一天是老班公，第二天是小班公；因為第二夜過來，便須交班，有許多事要交代，比較麻煩，所以資深的老班公揀便宜占了第一夜。

方受疇的資格淺，可以自告奮勇值夜——資淺而肯上進的軍機章京，常自願值夜，因為方略館專貯歷朝用兵的檔案，要明瞭一次大征伐的前因後果、糧餉如何轉輸、兵員如何徵集，以及將略得失、進退影響等等，最好就是看這些檔案。

不過這一回原是輪到他值宿，無須自告奮勇，但他是小班公，為了能早一天檢閱他所想看的文件，因而特地跟老班公，也是一時名士的常州莊培因情商，說他第二天晚上有事，能否換一換班？莊培因慨然相許，又提醒他說：「今天是十六，別忘了供土地。」

「土地」是當方的守護神，京師如衙門都有土地，而且有各種有趣的傳說。禮部與翰林院都有「韓文公祠」，但翰林院說韓愈是他們的土地，所以那裡的韓文公祠，便是土地廟；此外有名的土地，有戶部的「蕭相國祠」，戶部的書辦，奉蕭何為他們的祖師，而也是戶部的土地。軍機章京值宿的方略館，土地的名氣更大，就是與蕭何同為「漢初三傑」的張良；「留侯祠」便是方略館的土地廟。

留侯祠每年有一次大祭，由方略館提調——往往就是軍機章京領班來主持，平時初二、十六，由值宿章京上供，香燭以外，祭品非常簡陋，一盞白酒、四個白煮而剝了殼的雞蛋。奇怪的是，那白煮的雞蛋，每每不翼而飛。有人說是為「大仙」所攘奪；所謂「大仙」便是《聊齋志異》上所描寫成了精的狐狸。

由於時間不湊巧，方受疇以前從未在初二、十六值宿過，這天是第一回在留侯祠拜供；想起「先生」、「廚子」他們的傳說，一時好奇心發，拜完供逗留不走，想著也許有機會能躬逢其異。

閒等無聊，四面瀏覽，發現壁上有人題詩，是一首七律：「泗上真人唱大風，運籌帷幄掃群雄。報韓未遂椎車志，輔漢終成躡足功。黃石授書謀逐鹿，赤松辟報羨風鴻。建儲聊借商山皓，脫屣榮名一笑中。」

正在看題壁詩的署名時，只聽得「承塵」上「轟隆隆」一陣奔馳之聲，灰塵紛紛，從空而降；方受疇大吃一驚，急急向外疾走。

他的僕人顧忠就在祠外走廊上，迎上來扶住腳步踉蹌的主人，下階出祠；停住了腳，輕聲說道：「『大仙』肚子餓了。」

驚魂已定的方受疇，已能領會這話；顧忠的意思是，「大仙」急於來攘奪供「留侯」的白煮雞蛋，只以有人在不便現身，因而惡作劇地逐客。是否如此，雖不可知，但從顧忠的神態語氣中卻可以看出來，這是常有之事；顧忠見過不止一回了。

原來顧忠的舊主，也是軍機章京，原缺是工部郎中，「京察」優敘，外放知府；顧忠不肯到任上，寧願伺候京官，恰好方受疇初入軍機，便經人介紹，順理成章地仍舊為軍機章京作跟班。

向例軍機處不管是「大臣上行走」，還是章京，都不准入「外朝」與「內廷」界限所分的「內右門」，所以軍機章京的跟班，隨主人入宮，只能在隆宗門以南、咸安宮之東的方略館作為休憩待命之處。因此，顧忠對於留侯祠，甚至方略館的故事，比他的主人所知道的多得多。

「廚子快來了吧？」方受疇問說。

這是真正的廚子。軍機章京的飯食，就歸他供應。方受疇聽同事談過，這真正的軍機處的廚子，亦須在內務府花了錢，才能來承當；一經奉派當差，每天可領五兩銀子，其中一兩銀子，包括供應所有章京、「先生」，以及章京的跟班的早點。在廚子口中，章京叫「老爺」，「先生」還是「先生」，章京的跟班尊為「二爺」。而早點的供應，「先生」最差，只能吃燒餅麻花；「二爺」向例吃炸醬「餄餎」——用蕎麥製的麵條；「老爺」們就神氣了，燙麵餃、餛飩、麵條，甚至「臥果兒」隨便要。

「這，這麼多人，一兩銀子夠嗎？」方受疇問。

「當然不夠，起碼得賠個兩把銀子。」顧忠答說：「不過，另外的那兩頓飯，可就賺老了去了。」

「對了！我正要問你。」

方受疇聽同事說過，值夜章京的飯食，每日領銀四兩；這是清寒人家一個月的澆裏之費，用來供應值夜章京主僕二人的頭一天的晚餐、第二天的午餐，照常理說，便兩頓都供應魚翅燒方，亦不為過，但據說有時粗糲不堪下嚥，此又何故？

「廚子黑心，自不必說；不過能謀到這個差使，可也真不容易，內務府先得花一筆錢。」

「不過，」顧忠又說：「那還是看得見的；每天看不見的花費，才真叫厲害。」

「喔，」方受疇問說：「是花在那些地方呢？」

「第一是進西華門，看門的護軍那裡要過關；第二是方略館西面有咸安宮，前面有武英殿，兩處的太監都得應酬。倘或敷衍不好，隨時可以找麻煩，差使混砸了不說，鎖拿到內務府慎刑司挨一頓板子，也是有的。」

「原來有這些苦楚！」方受疇頗好口腹之欲，有些失悔地說：「早沒有想到，早想到了，應該家裡帶菜來。」

「這一回倒不用。」顧忠答說：「今兒一早，開點心的時候，我就告訴廚子了：我們老爺是頭一回吃你的飯菜，你可小心一點兒，我們老爺有脾氣，你太馬虎了，我們老爺會摔傢伙。廚子說：既是頭一回，我格外孝敬一個一品鍋，一瓶南酒。大概也快來了。」

冬天晝短，天色已黑，看自鳴鐘上才不過五點，照例酉正開晚飯，還有一點鐘之久，閒等無事，方受疇四處瀏覽，打開抽斗，發現一本連史紙釘成的簿子，上題「戲墨」二字，忍不住翻開來看。

原來這都是過去值夜的章京，偶遇空寂，戲弄筆墨作為排遣。膾炙人口「辰初入如意之門」那幾句八股文，就是「戲墨」；不過口傳已減去了好些，原文共有二股，第一股是：「辰初入如意之門，流水橋邊，換去衣包於廚子，解渴則清茶一碗，消閒則畫燭三條，兩班公鵠立樞堂，猶得於八荒無事之時，捧銀毫而共商起草。」這是在西苑值班的情形；不過雖是苑值，因為相去不遠，宿夜仍回方略館，所以能留「戲墨」於此。

第二股是：「未正發歸心之箭，斜陽窗外，頻催抄摺於先生，封皮則兩道齊飛，『隨手』則雙行並寫，八章京蟻旋值廬，相與循兩日該班之例，交金牌而齊約看花。」前面是「兩班公鵠立樞堂」等候軍機大臣從容商量起草，是「八荒無事之時」；第二股則是「八章京蟻旋值廬」，廷寄要分寄，所以「封皮兩道齊飛」；摘錄上諭事由的簿子，稱為「隨手」，上諭太多，便須「雙行並寫」，一閒一忙，對照鮮明。方受疇想起值班時手不停揮，或者腳不停步的忙迫情形，不由得啞然失笑。

再翻下去，是兩首七律，一首「詠紅章京」，道是：「玉表金鐘到卯初，烹茶洗臉費功夫，薰香侍女披貂褂，傅粉家奴取數珠；馬走如龍車似水，主人似虎僕如猴，昂然直入軍機處，笑問中堂到也無。」

那「詠黑章京」的一首，不但疊韻，而且句法也相同：「約略辰光到卯初，劈柴生火費功夫，老妻被面掀貂褂，醜婢牆頭取數珠；馬走如牛車似碾，主人似鼠僕如豬，驀然溜到軍機處，悄問中堂到也無。」

這兩首詩的對照，比那八股文更為尖刻，也更俏皮，但方受疇卻不覺好笑，但有感觸。因為他雖然不似黑章京那樣窘迫潦倒，但離紅章京「昂然直入軍機處」的境界卻還很遠。

正在沉吟之際，廚子來開飯了，果然有個金銀肘子加黃芽白的一品鍋，未揭鍋蓋，便知煨得火功到家了。

另外還有一瓶酒，但方受疇因為飯後尚有許多公事，淺飲即止，吃完了飯，讓顧忠收拾乾淨，沏上茶來，另外換了一條新燭，略歇一歇，方受疇開始料理公事。

公事——各項檔冊、摺件，都裝在一個大籮筐中，由廚子從軍機處背負而來的；方受疇一項一項取出來，鋪滿兩張大方桌，然後坐下來先將「隨手」攤開。

「隨手」是簡稱，正式的名稱是「隨手登記檔」，是用連史紙裝訂成的一大冊，厚有兩寸，因為一季只用一冊，非這樣厚不可。記檔的規矩是，頂格大書「某人摺」，傅恆就是傅恆、岳鍾琪就是岳鍾琪，不寫官銜；以下摘錄事由；接下來便是所奉的硃批：不外乎「閱」、「知道了」、「該部知道」、「交部」，以及「另有旨」等等。方受疇查到了岳鍾琪所上的那一道奏摺，是五天以前收到的，欄下註「另有旨」；他此時還沒有功夫去查，究竟另外頒了甚麼旨意？只好暫且擱下。

「隨手」是值班時隨到隨辦的紀錄，彷彿流水帳；到此時便須分門別類，記入小冊，以便查考，這種小冊名稱就叫「記載」，除了上摺人名事由以外，上面另加一個記號，「明發」是一個「圈」，「廷寄」是一個尖角。

這份工作不甚費事；只是照錄而已，接下來寫「知會」就得費點腦筋了。這知會實際上就是工作日記，首先寫一「起」字，除軍機外，寫明這天皇帝召見了那些人；其次是「旨」，指皇帝主動頒發的上諭而言，這不是每天都有，像這天就是，但不註「無」而註一「搖」，方受疇曾請教過前輩，都不知出典何在？

接下來便是記京內各部及各省督撫的封奏，京內寫明衙門，京外則簡寫省名，直魯晉豫，下註數目——京外封奏都用夾板以黃絲繩綑住，一來便是好幾個夾板，每個夾板之中，可能在奏摺之外，還有夾片，一摺最多可附四片，所以一個夾板之中，可能有五件事要辦，兩個夾板便是十件。軍機章京對夾板最頭痛，每天入值時，蘇拉先報告有夾板多少，倘這天竟無夾板，那就清閒了；曾有個章京，十年不調，作一副諧聯，叫做「得意一聲『無夾板』；傷心三字『請該班』。」

這三件事做完，本可歇手了。但因這天是十六，尚有一件額外的差使，即是將上半月按日歸鈔的奏摺，用皮紙包裹，稱為「月摺包」，規制是半月一包，上面註明「上半月」還是「下半月」。

當然，這件事可以找顧忠來做，而且不必交代，他就能做得很好。但當顧忠包裹妥當，拿漿糊封緘得結結實實時，方受疇突然想起一件極要緊的事，不由得失聲說道：「不對，不對！」

顧忠愕然，停手問道：「那兒不對？」

「不是你不對，是我忘掉了。」方受疇說，「月摺還不能包。你把它打開。」

等顧忠打開月摺包，方受疇已經查明，岳鍾琪的奏摺，是十一月十一日發下來的，便將那天的那包奏摺拆開，找出原摺；剪一剪燭花，定睛細看。

這道奏摺，附了三個夾片，事由都比較簡單，方受疇便先看夾片。第一個是岳鍾琪奏報，已調士兵二千，一等到營，便即進攻，接下來自陳：「臣昔剿西藏、青海時，年力正壯，身先士卒，官兵無不共見，今年力已衰，進藏時染受寒濕，左手足痲木不仁，後雖痊癒，時時復發。」接下來細陳金川的地勢，說「山高路險，不可乘騎」，因而以前所經的三十餘仗，「俱策杖扶人，徒步督戰」，至於目前待攻的康八達要隘，須由「山僻小徑，攀藤附葛，滚崖而下，臣實未能親臨。」硃批是：「以後應勉之」。

就這一個夾片，方受疇便頗有感慨，岳鍾琪「策杖扶人，徒步督戰」，老將親臨戰陣，可憐可敬如此，但皇帝似乎還不以為然，也未免太苛求了。第二個夾片是奏報由雜谷檄調的士兵兩千人，已到五百餘名，隨即展開攻擊，目標是木耳、金岡兩山之間的一座吊橋。

這座吊橋位在塔高山，如能奪獲，可斷莎羅奔的援軍，進而攻擊他的老巢，但吊橋的防守非常嚴密，有木城、石城、土卡，一共三道防線，非用奇不足以制勝。

因此，岳鍾琪調集一千兩百人，大舉進攻木耳山、莎羅奔必須防守的一座寨子；其實那是聲東擊西之計，正當木耳山的官兵，鼓譟前進，殺聲震天，而莎羅奔緊急赴援之時，另一支精壯的隊伍，亦已開始進攻塔高山的吊橋。岳鍾琪在奏片中說：「我兵賈勇上前，奪獲土卡平房三處，水卡一座，斃賊百餘，臣等親臨督陣，見守備馬化鼇，千總馬漢臣，俱奮不顧身，各帶槍石等傷，賊勢大挫，塔高之賊漸移，木耳、金岡為自守計。」正可乘虛攻取，不意天不作美，這天黃昏下雪，雪深二寸；雖不太快，但道路泥濘，前進有陷於泥淖之虞，所以須等天晴，方能進攻。

硃批是：「欣悅覽之。汝調度有方，實可嘉悅；總俟克成大勳，從優議敘。」第三個夾片，參劾一名守備，作戰不力，請旨革職，帶罪立功。硃批當然照准。

奏摺是陳報分兵五路進攻的情形，木耳、金岡兩山的敵壘，以及康八達的木卡，分別獲勝；然後合兵直攻塔高山吊橋之前的木城與石城。木城之前有一道深壕，敵人守在壕外，由於將士用命，敵人棄壕守城；官兵雖已越過深壕，但木城卻攻不下來；原因有二，第一是城內戰備充足，箭如雨下，無法迫近；第二是莎羅奔命部下在木城上潑水，在那天寒地凍之時，水一潑便是一層冰；這樣潑了又潑，冰一層一層加厚，不但將木城凍結得堅固異常，而且還無法用火攻，所以自三更至黎明，一連攻了八次，均未得手，火把一投到木城上就熄了；其間有一批特別挑選出來的死士，曾經冒死到達城下，但雲梯無所依附，攀城則因木城已成冰城，滑不留手，無功而返，孤軍露處，沒有深壕，如果不趕緊撤兵，便是自陷絕地。

奏摺敘到此處，上有眉批：「不意水潑木城而成冰，竟有如此妙用，賊酋實不可輕視。於此亦見戰陣貴乎善用天時地利，岳武穆所謂『運用之妙，存乎一心』，良有以也。卿其勉之。」在「撤軍」兩字旁批：「甚是。」

奏摺的後半段，仍是敘戰事。這回是因為木城難攻，派兵一千，沒法迂道抵達一座高山，改攻石城，弓箭無用，是帶一種類似硬弩，滿洲話叫做「扎卡」的土炮，「炮彈」是布袋中盛土夯實的土囊。當用扎卡轟城時，敵人兩次出城，都有效地作了壓制；另外有一支莎羅奔所派，來自八達的援軍，亦被擊退。

如是連轟三日，石城居然為土彈轟垮了，但石城之中另有一道「棘圍」，卻比石城更厲害，轟了兩天，只打穿了一個大洞。

當出奏之時，岳鍾琪因為奉到傅恆的命令，赴成都議事，故爾暫停進攻。但岳鍾琪信心十足地說：占據了那個居高臨下，俯瞰石城的山頭，地利形勢之優越，無可比擬；假以時日，一定可以攻破石城。至於木城，一到隆冬過去，天時回暖，層冰融化，將不攻而自破。總之，此次進取的方略不誤，成功只是遲早間事。

奏摺上的硃批很長，大致除了嘉許岳鍾琪之外，且悔錯用訥親與張廣泗，但亦因訥、張兩人過去皆有可稱道的功績，故而亦不能說他用錯；只好歸咎於訥親、張廣泗福薄，不能長承恩澤。字裡行間，充滿了信賞必罰、有罪不因過去有功而姑息；有功亦不因以前有過而不賞，就事論事，黑白判然那種彷彿明智，而實無情的語氣。

「張敬齋難以倖免了！」方受疇嘆口氣，另外取張紙，將一摺三片原奏與硃批的大意，記了下來；原件歸入月摺包，方始就寢。

到得卯初時分，顧忠來喚醒了他；漱洗剛罷，廚子來了，帶來了麵食點心，帶走了盛放文件的籮筐。方受疇匆匆果腹，在黑頭裡趕往軍機處，已由各處來接頭公事的官員在等著了。

「老班公」顧培因還沒有到，其他同事更要到天亮以後才會來；方受疇便往「班桌」後面一坐──「班桌」是軍機處辦公的樞紐，凡有公事，不論奏摺、硃諭、「明發」、「廷寄」都匯集在班桌上；文件來了以後，先登「隨手」，然後看性質，廷寄要加封皮，更須檢點附件，有的要分寄，有的要附抄件，有的要標明緊急限程，日行三百里，還是四百里，錯不得一點，否則就很可能誤了大事。

若是「明發」就比較好辦了，由內閣派人將上諭領了去，即或有錯，也還容易補救。

就這樣忙到辰初，軍機大臣與章京都到了；等養心殿的蘇拉來「叫起」，軍機大臣進見的那一段辰光，是「南屋」──軍機大臣與軍機章京，在一個四合院辦事，軍機章京在南面，所以簡稱「南屋」；在軍機大臣正在「承旨」，而「述旨」尚未開始時，比較清閒的一刻，吃點心的吃點心，談事的談事，當然，如是「交金牌而相約看花」的約會，只訂在此時。

「你今天不必值班了。」方受疇的一個同事問道：「下班以後，有約沒有？」

「約是沒有。」方受疇答說：「不過我得到平郡王府去一趟。」

「喔，平郡王，聽說出事了，你知道不？」

據說平郡王昨夜突然發病，來勢甚凶，只是語焉不詳，令人懸念不已。方受疇守在「班桌」上，時時留意，可有平郡王所遞的「遺摺」；直到未時公事結束，始終不見，略略放了些心。

「培公，我有下情奉陳──。」

「不必，不必！」莊培因搶著說道：「你昨天已經說過了，今兒你有事，回頭等把班桌上的公事，料理清楚了，你就先走吧。」

「是這樣，」方受疇囁嚅著說：「聽說平郡王得了急病，我想這會兒就去打聽一下看。」

「喔，好！你們叔姪跟平郡王的情分不同，應該，應該。你請吧！」

「培公真是體恤下情！」方受疇作個揖說：「明兒一大早，我來交班。」

說罷，匆匆先到方略館；顧忠已經打好了鋪蓋捲，另外收拾了一個小網籃，一見主人來到，將鋪蓋捲掮起，左手提著網籃，迎了上來。

這一下，走路就不能快了，方受疇便說：「鋪蓋捲寄在方略館好了；你趕緊去找了車，到西華門外接我。」

顧忠依言照辦，等方受疇到西華門，車已在等，他上了車說一聲：「石駙馬大街平郡王府。」又加一句：「要快！」

「我知道。」車伕答說：「老爺要去探病。」

「喔，」方受疇趕緊將揚起鞭子，便待策馬驅車的車伕攔住：「你也知道平郡王得了急病？」

「是。聽順承郡王府的轎班說的。」

「怎麼說？是甚麼急病？」

「中風。」

「要緊不要緊？」

「聽說病險得很。」車伕又說：「剛才聽人說，皇上已派了太醫去了。」

照此說來，平郡王還在；便說一聲：「快走吧！」

進了石駙馬大街東口，看到平郡王府門前的車馬，比平時多了些；及門下車，護衛、聽差都是面帶愁容，門上認得他，迎上來悄聲問道：「方老爺來探病？」

「是啊！王爺怎麼樣？」

「是——，」門上嚥唾沫，吃力地說：「是痰症，已經不能言語了。」

「那，」方受疇問：「大夫怎麼說？」

「有張方子在這裡。」

原來這也是仿照宮中的辦法，皇太后、皇帝、皇后倘或違和，脈案方子皆存內奏事處，三品以上大臣，都可以去看；平郡王急病，來探問的人一定很多，留方子在門房，便不必在延醫求藥，雜亂無章之中，還要接待賓客。至於探病的人，除非交情格外深厚，要一臨病榻以外，無非是一種關切或者禮貌，看了方子，心意也就到了。

方受疇也略通醫道，到門房裡去細看方子，脈案上寫的是：「心脾不足，痰與火塞其經絡，猝然卒中，牙關緊閉，四肢不舉，兩手握固，痰涎壅盛，中風十二候，有其最著者四，中風有脫、閉二種，閉證為重，而以滌痰為急，當以導痰湯調下蘇合香丸。福體實重，痰吼如潮，恐難挽回；宜另延高明酌之。」

脈案寫得很切實，用到「恐難挽回」、「另延高明」這樣的措詞，在平常人家，已是關照預備後事，不肯開方子的了。

「很不妙！」方受疇在心裡說，想起他叔叔受平郡王知遇之恩，似乎應該留下來照料才是。

正在轉著念頭，只見慶恆送一個六品官兒出門，另有個跟班，提著藥箱跟隨在後；方受疇恍然大悟，這就是王太醫。

這倒巧！方受疇心想，且見了慶恆再定行止。慶恆亦已發現他了，先作個招呼的手勢，等送客回來，一把將他拉住。

「你來得正好，有大事要拜託。」

「是。」方受疇問道：「剛才是王太醫？他怎麼說？」

「凶多吉少。」說著，慶恆又扯了他一把，急步往裡而去。

方受疇亦就緊隨不離，曲曲折折地到了一座院落，只見護衛與男女僕人，都悄悄地站在牆邊屋角，一個個愁眉深鎖地在待命。

「你，」慶恆停住腳步說：「你就在窗外望一望吧。」

「是，是。」

方受疇答應著進了垂花門，尚未走近平郡王臥室，就聽見氣喘如牛，夾雜著「呼嚕，呼嚕」的痰響，為了透氣，有一扇窗戶，斜開一半，恰好望見紅木大床上的平郡王，上痰不宜臥倒，由一名健碩的僕婦自後抱著腰，平郡王的頭便半靠在僕婦的肩上，側面向外，但見口眼緊閉，臉紅如火，眼看是不可救藥的了。

由於屋中帷帳掩映，隱隱可見有女眷在內，方受疇不便細看，其實也不必再細看，回身向外，心裡惻惻然地，說不出來的一種哀戚。

「方老爺，」有個聽差走來，輕輕說道：「我們六爺有請。」

「六爺在那兒？」

「在王爺的書房裡。」

聽差帶領，越過穿堂，有個花圃，西面兩間打通了的廂房，上懸一方藍字木匾，「息齋」二字，這自然就是平郡王的書齋了。

聽差將門簾一揭開，方受疇大出意料，迎面就看到一位旗裝的老太太；以前雖未見過，但可以猜想得到，一定是太福晉，同時也想到該行大禮。

於是進門站定，抹一抹衣袖，便在極光滑的磚地上跪了下去，口中說道：「方受疇拜見太福晉。」

「呃，方老爺，不敢當，不敢當。」太福晉站起身來，照旗下規矩，手扶「兩把兒頭」，作為還禮。慶恆已搶步上前，將方受疇扶了起來，親自端了張椅子，放在太福晉所坐的軟榻旁邊，肅客落座。

「我跟方老爺是初見，令叔倒是很熟的。」太福晉問道：「他在浙江很好吧！」

「是，託府上的福。」

「多謝方老爺來探病。」太福晉眼圈發紅，「郡王是不行了。」

方受疇無言以慰，只嘆著氣說：「真沒有想到。」

太福晉眨著眼，不讓淚水外流；屏風後面閃出來一個梳著長辮子的姑娘，手持一方繡帕，塞到太福晉手中。方受疇看不出這個姑娘的身分，只好把頭低了下去。

「如今有件事，要請方老爺費心。」太福晉喚著慶恆的小名說道：「小六，你要請方老爺辦的事，說一說。」

「方世兄。」慶恆說道：「家祖母的意思是，遺摺應該預備，是備而不用，家祖母想到幾件事，該怎麼敘進去，要請方世兄多費心。」

「方老爺，」太福晉補充著說：「先要請你斟酌，那些事可以說，那些事不必提，只有你們在軍機處的最清楚。」

「是。」方受疇心裡明白，太福晉是要他辨別皇帝的愛憎忌諱，因而很鄭重地說：「我會好好斟酌，請說吧。」

「家祖母的意思，第一、談當年跟皇上一起在上書房念書的情形；這一層，方世兄你看應該怎麼敘？」

「方老爺，」太福晉又開口了，「郡王當年跟皇上一塊兒念書的情形，你總聽令叔談過吧？」

「是，聽家叔談過。」方受疇說：「這一段可以提，但話不必多，只說自幼便受皇上的特達之知好了。」

「嗯。」太福晉點點頭，「不錯，有些話不必提。小六，你再往下說。」

「第二、要談雍正爺的恩典；第三、」慶恆改了徵詢的語氣：「乾隆四年冬天的那件事，方世兄你看該不該提？」

接下來便要琢磨張廣泗的事了。慶恆與他祖母的意見一致，認為平郡王對於張廣泗的獲罪，耿耿於懷，病情日漸沉重，都因為心境欠開朗之故；所以此事如不澄清，只怕雖死而不瞑目。

「這，」方受疇一時頗為困惑，「要辨白的是甚麼呢？」

「張敬齋雖隸本旗，可是從來沒有包庇過他。」慶恆說道：「張敬齋所受的恩典，都出自先帝跟今上親自裁定的。」

「皇上並沒有說王爺包庇鑲紅旗的人，這麼一敘，不是無的放矢嗎？」

「就怕，」慶恆很吃力地說：「就怕一審張廣泗，會追究其事；那時候，連辯解的機會都沒有了，只剩了皇上的——。」他嚥了口唾沫，硬把最後一句話吞了下去。

不過，從語氣中可以猜想得到，方受疇問道：「六爺，你是說只剩了皇上的一面之詞。」

「我怕會如此。」

「不！」方受疇說：「我覺得張敬齋的事，不提為妙。因為，第一皇上正討厭這個人，不必去提他；第二，很難措詞，而且不管怎麼說，都顯得心虛似地。太福晉，你老看我的話是不是。」

太福晉很沉著地想了一會說：「不提也好。不過，這件事郡王不能不關心吧？」

「那當然。」方受疇接口說道：「遺疏本來就要表示惓惓的忠愛之忱。如果確有見地，亦可直諫；所謂『人之將死，其言也善』，皇上看遺疏，跟看生前的奏章，心境是不同的。」

「不錯，那麼，方老爺你看該怎麼敘呢？」

方受疇凝神想了一下說：「皇上前一陣子，有一道硃諭，倒不妨拿來作個題目。」接著，他唸硃諭的第一段：「『朕御極之初，嘗意至十三年時，國家必有拂意之事，非計料所及者，乃自去年除夕、今年三月，迭遭變故，而金川用兵，遂有訥親、張廣泗兩人之案，展轉乖謬，至不可解免，實為大不稱心。』」

去年除夕，皇后所出的皇七子永琮以出痘薨逝，皇后誕兩子，先後不育，而年已三十有七，難以期望再育皇子，因而鬱鬱寡歡，終於有這年三月十一日深夜，在德州暴崩這件震驚滿朝的大事。而皇帝竟在登極之初，就能預感十三年後的不幸，說起來實在有點不可思議。

「方老爺，」太福晉說道：「皇上這話不假，七、八年前，他跟郡王談過；另外有幾位王公也知道有這回事，你知道是甚麼道理嗎？」

「我的見識淺，要請太福晉教導。」

「這話不敢當。」太福晉忽然住口，停了好一會才說：「禍從口出，而且這會兒也沒法子跟你細談。」

方受疇頗為悵惘，「不明原委，上諭中的那段話，就沒有文章好用了。」他看著慶恆說，仍舊存著能打破疑團的希望。

「是八字上的道理。」慶恆答說：「這在奏摺上談，似乎也不大妥當。」

「這段話還是可以用，不必談八字好了。」太福晉接口，「只說皇上雖早就算到今年不大順利，好在今年也快過去了；一用了傅中堂，否極泰來，自然鴻福齊天。」

將傅恆接到「否極泰來」這四個字上面，倒是個極好的說法；方受疇心想，都說「織造曹家」的姑太太、少奶奶、小姐、丫頭都通翰墨，有見識，看來這話不假。

他在這樣轉著念頭，太福晉已在催問了，「方老爺，」她說：「我是這麼想，不一定能用，你有更好的意思，當然要聽你的。」

「那裡，那裡！」方受疇謙謝不遑，「太福晉見解高超，我實在佩服。」

「方老爺太客氣了。」太福晉接著轉臉對慶恆說：「你先出去！我有話跟方老爺談。」

「奶奶，」慶恆說道：「我看不必談了吧？」

「你甭管。」太福晉冷冷的三個字，就將慶恆攆走了。

方受疇心裡有些嘀咕，甚麼祕密語言，連自己孫子都不得其聞，卻要跟作為外人的他來談？因而不免起了戒心。

「方老爺，咱們不外，且不說令叔跟郡王的那份緣；再往上數，至少也是三代的交情，『文頭武尾』那一輩是你甚麼人？」

這是指方觀承的曾祖父方玄成弟兄；方受疇答說：「那是我高祖父一輩。」

「唷！這麼說，咱們是五代的交情了。」太福晉說：「當年方學士跟先父亦常有往來的。戴名世那件案子，我聽先父親口跟我說：『皇上把「方學士」弄錯了，幫吳三桂造反的是另外一個姓方的；今年我進京，一定要跟皇上面奏。』我就說：『何不就寫個摺子密奏呢？』先父跟我說：『這一案很纏人，幫吳三桂的是方光琛；另外又有個方以智，聽起來像「方學士」，三個方牽扯在一塊，非面奏不能明白。再說又有噶禮跟張伯行互控一案，皇上也煩得很，只有見了面，當面分解，好在這一案牽連甚廣，今年一定結不了案，等我年下進京，替方學士雪冤，一定來得及。』那知道，就這年七月裡，先父在揚州去世了。」

這些話在方受疇聽來，又親切、又困惑；一面聽，一面不斷地在想，太福晉這樣深談兩家的交情，是不是會出甚麼讓他交不了卷的難題？

「方老爺，因為咱們是這樣子的交情，所以我想跟你談談我的心事。」太福晉將聲音放低了說：「郡王身後，本來應該我的長孫襲爵，可是，他的身子太壞，襲了爵不能當差；這個家，怎麼能在他手裡興旺得起來？」

原來是打算廢長立幼；她的孫子有幾個，是看中了誰呢？

這樣轉著念頭，驀地裡想起慶恆退出去以前的那句話，便即問道：「太福晉是打算奏請以六爺承襲？」

「對了，我就是這個意思。不過，在摺子上，這話似乎很難說。」

方受疇心想，只是說措詞不易，並沒有徵詢他的意思，可見太福晉已經打定主意了。但這樣做法，實在很不妥當；考慮了一會，覺得還是應該進忠告。

「太福晉雖沒有問我，該不該這麼辦——。」

「啊，啊！」太福晉發覺自己的疏忽，急忙打斷他的話說：「方老爺，我原是要跟你請教，既然把我的心事跟你說了，當然是想請你替我拿個主意。」

「太福晉言重了。既然咱們是五代的交情，我不敢藏私，應該知無不言，言無不盡，才不負太福晉抬舉我的這番至意。」

「不錯，不錯。你請說吧！」

「我覺得這件事不大合適，第一，恐怕不是郡王的本意；第二，大爺跟六爺之間，只怕因此會生意見，手足不和，家也興旺不起來；第三，襲爵如果是立嫡立長，誰也沒有話說，倘或是立賢，皇上就得先查考、查考，那時候也許會有變化。」

「甚麼變化？」

「皇上另外在太福晉的孫子當中，挑一位來承襲。那一下，豈非弄巧成拙。」

「這話倒也是。」太福晉沉吟著。

「都是太福晉嫡親的骨肉，手心是肉，手背也是肉。如果照太福晉的辦法，皇上也許會疑心，大爺不是身子不好，豈非人才欠佳；那樣子，大爺一輩子都難望邀皇上的恩典了。這一層關係很重，太福晉得琢磨以後相處的日子。」

最後一句話是很含蓄的警告，太福晉憬然省悟。本來詩禮世家，看起來融融洩洩，天倫之樂，令人生羨；但亦須親慈子孝，方能維持一個安和靜謐的局面，倘或做長輩的有私心，或者不體恤晚輩的苦衷，即不免暗生怨心，即令口中不說，那分孝心也就有限了。

轉念到此，倒很感激方受疇為人謀，真能不負所託，所以用很有決斷的聲音說：「方老爺，我聽你的話，這層不必提了。反正宗人府有規矩的。」

「是。」方受疇問：「太福晉還有甚麼交代？」

「就這樣了。」太福晉問：「能不能勞駕，就在這裡起稿子？」

「當然，當然。」

「那我就不打攪你的文思了。」

太福晉退出，慶恆復又進來招呼；喚了個俊俏丫頭來伺候茶水筆墨。方受疇略略構思，提筆便寫。遺摺不是賀表，用不著甚麼詞藻；不過敘到戀君之忱，要懇摯親切，少不得停下筆來，捧著茶碗好好想一想。

「方老爺，你的茶涼了吧？要不要換一換？」

方受疇這時才發現，這個丫頭明目皓齒，長得極甜，便一面放下手中的茶碗，一面答說：「不用換了。」緊接著問：「你叫甚麼名字？」

「叫儀方。」

「禮儀的儀，芬芳的芳？」

「不！就是方老爺你貴姓的方。」

「喔，這個無草之方比有草之芳來得好。『儀態萬方』，起得有學問。」方受疇問道：「是誰給你起的？」

「是曹家的芹二爺。」

「曹雪芹？」

「是的。」

方受疇還想跟儀方多談一會，但剛才入內的慶恆，復又出現，不能不重新將心思放在筆墨上。

「六爺，」他擱筆說道：「你看看，行不行，有不妥之處，咱們再改。」

「是，是，一定妥當。」

話雖如此，慶恆接過奏稿，還是很仔細地看了，而且提出幾點文字修飾的意見，方受疇一一照改；但還不算定稿。

「方世兄請略坐一坐，我拿大稿讓家祖母過一過目。」

「好，好！我在這裡等。」

慶恆一走，方受疇不由得想起儀方，一言一行，腦中清晰如見，而且牽連不斷，自然而然地會回憶得那麼真切。

正想得出神時，慶恆又回來了，一進門便拱拱手說：「費心，費心！家祖母要我跟方世兄道謝，稿子很好，很切實，真不容易。」

「那裡，那裡！」方受疇說：「索性我來謄正了它。」

「寫摺就不敢勞動大駕了。」

一語剛畢，只見儀方姍姍而來，後面還跟著個小丫頭，兩人手中都端著朱漆托盤，進門站定，儀方向慶恆看了一眼，示意他該說話了。

「方世兄，這是家祖母送你的潤筆，莫嫌菲薄。」

「不，不！原是備而不用的一個稿子；等——。」方受疇忽然發覺，客氣得沒有道理，便把話頓住了。

「都是現成的東西，不過方世兄大概都用得著。」

那份禮物一共四樣，一套寧綢的袍褂料，一個紫貂帽簷，一掛奇南香的朝珠，還有一支花翎——軍機章京在一次大征伐以後，常有蒙賜花翎的機會；這有預賀的意思在內。

方受疇少不得要謙虛一番，「蒙賞花翎的日子，還早得很。」他說：「太福晉的期許，感激之至。」

「這也是盼望早奏凱功。」慶恆說道：「但願金川的軍務，早早成功了吧。」

「是，大家都這麼在盼。」方受疇問道：「王爺這會兒好點了？」

「剛撬開牙關灌了藥，居然沒有吐出來。」

「能受藥，就是好兆頭。」方受疇起身說道：「我明天再來請安。」

「本來要留方世兄便飯，這樣子——，我也不客氣了。」

套車回家天已經黑了，不過冬至前後，白晝最短，其實還早；心裡想起皇帝登極時，便預料到十三年後會有拂逆之事；道是八字上看出來的，不由得便想起了莊培因。

原來莊培因經學深湛，精研《春秋》，對董仲舒的《春秋繁露》，特有心得；而精於《春秋繁露》，就必定深通五行生剋之理。不妨請教請教他，看皇帝的八字中，有何奧妙？

為了打破疑團，他在寅時便已起身；到得方略館時，不過卯正時分，莊培因剛剛起身。

「何必這麼早來？交班也還早。」

「今天這一班原該是我的，應該早來。」方受疇又說：「還有件事要跟你請教，談起來是件很有趣的事。」

莊培因也不解上諭上的這段話從何而來，如今聽說是八字上的奧妙，當然大感興趣；漱洗完了，連早點都顧不得吃，便坐下來取張素箋，將皇帝的八字寫下來。

皇帝的八字，朝中大臣以及在內廷行走的人，幾乎無人不知；而且莊培因不但深通五行生剋之道，而且亦精於子平之學，所以很快地，不但寫下「四柱」干支；而且連「五行」、「十神」都註明白了。

寫完擱筆，他將雙手籠在衣袖中，凝神看了半天，自言自語地讚嘆：「真是，這樣整齊的八字，拿本『萬年曆』來挑，只怕一時挑不出來。」

「我對此道是外行。」方受疇說：「都說皇上這個八字，『坎離震兌，貫乎八方』，坎離震兌，不是就北南東西嗎？」

「不錯，也就是子午卯酉，方位四正。」莊培因指著「辛卯、丁酉、庚午、丙子」這四柱的地支說：「卯木、酉金、午火、子水，五行缺土，就是缺得好。」

「這話怎麼說？」

「回頭你就知道了。」莊培因說：「咱們先看天干；皇上是庚命，也就是金命，南方丙丁火，鍊西方庚辛金，銖兩相稱，乃成利器，所以火不能旺，金不能少。地支上這四個字，午火緊貼酉金，午火至強，而酉金軟弱；午火剋酉金，必至消鎔，何況更有卯木生午火，那知子午一沖，午火不能破酉金；卯酉又一沖，卯木不能助午火，然後才有銖兩相稱的火鍊秋金；造化之奇，嘆為觀止。」

「閣下這番道理，在我這外行來說，是太深奧了，只請你談一談為甚麼缺土缺得好？」

「土居中央。東西南北，馳驟如風，如果當中有座山擋在那裡，老兄倒想，那裡還談得到『貫乎八方』的那個『貫』字？」

方受疇深深點著頭說：「這道理倒是很明白；不過，我不懂，為甚麼今年不利？」

「今年不是戊辰嗎？中央戊己土、辰戌丑四季土，干支上下皆土。所謂『土重金埋』，就是普通金命的人，倘或他的命很強，亦不宜於多見土。」

「原來有這麼一個講究。」方受疇細細體味，又扳著手指算了一下說：「乾隆四年己未，不也是干支上下皆土嗎？」

「不錯，此所以有那年冬天，理親王弘晳想逼皇上退位那一案。」

「那一案似乎比今年要麻煩得多；然則皇上何以不提己未年、只說戊辰年呢？」

「這因為己未之土，與戊辰之土不同。土生金，所以在『十神』裡面，土就是金的『印』，印者蔭庇，父母長官，以及其他有關係、能幫我忙的長輩，都可以稱之為印，可是印有正印、偏印之分。在庚金、己未是正印；戊辰是偏印。這偏印，名為『梟神』，又稱『倒食』，討厭得很！」

「閣下說的這兩個名目，我可真是莫名其妙了！」

「一說就明白。生剋以『我』為主，『生我』、『我生』，你不能不懂吧！」

「這還能不懂？『生我』者父母；『我生』者子女啊，」方受疇突然領悟：「『生我』是『印』，擴而充之，長官亦是；『我生』為子女，則部屬亦算在內。是嗎？」

「對！『生我』有『正印』、『偏印』之分；『我生』亦有兩種，名為『食神』、『傷官』，這是幫我生財的兩個兒子，亦就是兩個幫手，多主聰明穎秀，但性情有正邪之分。『食神』講理，『傷官』就講手段了。」莊培因談到這裡，停下來想一想說道：「我這麼談，怕你不大明白；舉個譬仿吧。州縣官辦事，頂要緊的是靠那些人？」

「幕友當然是少不了的；此外——，要一個好捕頭。」

「你懂竅門了！」莊培因欣然說道：「這一文一武，就是『食神』、『傷官』。再說『偏印』就是州縣衙門的『官親』。這其中的關係，你去細細參詳好了。」

在這方面，方受疇的見聞很廣，因為他學過刑名，也曾隨他的老師在縣衙門幫過忙；「官親」——刑縣官的岳父、舅舅、叔叔的臉嘴看得多了。此輩仗著是州縣官的長輩，勾結書辦、捕快，包攬訟事，浮收錢糧，多方斂財。不用說，對州縣官絕無好處。

「我懂了。」方受疇恍然大悟，「官親要做壞事，幕友一定要提醒『東家』，不可縱容。所以只要有持正的幕友在，官親就不容易暢所欲為，但捕快、書辦巴不得跟官親勾結；書辦還有幕友約束，捕快可是沒有不巴結官親的。」

「偏印之所以別稱『梟神』、『倒食』，就因為偏印專剋食神之故。」莊培因說：「咱們回過來再談皇上這個八字。皇上的『正印』，自然是皇天后土，祖宗神祇，無時無刻，不在庇佑皇上；但皇上有了『偏印』，好比跟州縣官在任上的老丈人、叔太爺，只會添麻煩，不會有好處。此所以乾隆四年己未不足為慮，可慮的是今年戊辰的兩個『偏印』。」

「那麼，」方受疇問，「誰是皇上的『偏印』呢？」

「這不過是命理上虛託的說法，不必真有其人。」

「依我看，似乎真有其人。」

莊培因有些詫異，細想了一下問道：「你說是誰？」

這時廚子來開點心，蒸餃、小米稀飯、燒餅果子，還有醬菜，「兩位老爺趁熱吃吧！」廚子大獻殷勤，「今天的蒸餃是三鮮餡兒的。」

「吃著聊吧！」莊培因又問了一句：「你說是誰？」

「閣下倒猜上一猜。」方受疇也沒有太大的把握，所以先虛晃一招。

「莊親王？」

「不大對吧！」方受疇說：「莊親王這幾年，唯皇上之命是從；從沒有做過掣肘的事。」

「那麼，」莊培因遲疑著說：「莫非是今年正月才晉封的恂郡王？」

恂郡王名為晉封，其實是復爵；他早在康熙年間便封過恂郡王。皇帝對這位「十四叔」頗為尊敬；自大金川軍務一開始，因為恂郡王曾經用兵西陲，對川邊的情形，相當熟悉，皇帝更是常常向他請益；恂郡王亦盡心指點，是皇帝最佩服的一個人。

「恂郡王本身就像『食神』，像用岳東美，聽說就是恂郡王的建議。他不是偏印。」

「既然都不是，只有請你自己說了。」

「我看當今的皇太后倒有點像。」

莊培因大感意外，但細細想去，卻又似乎有點道理。皇后的鬱憤難宣，最後竟致投河自沉，說起來跟當今的皇太后、以前的聖母老太太，不無牽連。皇帝與傅太太的那段孽緣，成於她侍奉太后之時；生下福康安，又是太后庇護，養育在慈寧宮，這一切使得孝賢皇后傷心的事，推原論始，都由太后而起。

正想得出神時，莊培因突然警覺，定定神站起身來，走到書桌旁邊，將寫有皇帝八字的那張素箋，扯得粉碎，捏成一團，又放入口中咬嚼了幾下，方始吐入廢字簏中。

「咱們就談到這裡吧！」他莊容說道：「多言賈禍，我輩日侍禁中，尤當深戒。」

這是前輩告誡的語氣，方受疇悚然警惕，站起來答一聲：「是，是。謹受教。」

於是飽餐早食，冒著凜冽的西北風，由方略館到軍機處「南屋」；莊培因陪著方受疇交班，檢點文件，頗為費時，頭班的章京陸續也都到了。

剛交完班，有個蘇拉進門，略略提高了聲音報道：「來中堂請方老爺。」

「來中堂」便是武英殿大學士來保；他是傅恆統兵西行以後才入軍機，同時接替傅恆在內務府「掌印鑰」的職司。方受疇跟他素無淵源，忽然請去見面，頗有突兀之感；但念頭一轉到平郡王府，心裡便有數了。

「平郡王昨兒晚上出事了。」來保問道：「只怕你還不知道？」

「是。」方受疇蹙眉答說：「真不幸。」

「聽說平郡王的遺摺，是你的稿子？」

「是。」

「是怎麼寫的？」

方受疇不知他問這話的用意？但仍舊據實而答；將內容要點說了個大概，只是未提到他跟平郡王太福晉曾經細細商量的話。

「有沒有提到，讓誰襲爵？」

「這是不必的。」方受疇答說：「國家自有制度；而且恩出自上，亦不宜妄請。」

「好！」來保點點頭，「很妥當。」

方受疇不作聲，略停一下，看來保沒有再說甚麼，正想退出時，來保卻開口了。

「今兒是你該班？」

「不！已經接了。」

「那你就歇一會兒再走。」來保說道：「回頭我面奏皇上，看有甚麼恩典，你可以順便給平郡王府送個信兒。」

話剛完，蘇拉來報，「叫起」了。於是由張廷玉領頭，全班在養心殿西暖閣進見。

「剛才我聽侍衛面奏，平郡王去世了？是嗎？」

這應該由領樞的張廷玉回奏，但他不知其詳，便略略挪一挪身子，回頭看了一下，示意跪在他後面的來保答話。

「是。」來保答說：「昨兒晚上亥初一刻去世的。」

「遺摺遞進來沒有？」

「還沒有。不過據奴才所知，奏稿已經預備好了。」

「平郡王也是個福薄的人。」皇帝嘆口氣，「我原想重用他的，那知道他太忠厚了。」

忠厚就不能重用？彷彿這倒是一種惡德。臣下都不敢接話。

「處世待人要忠厚，為國家辦事就不同了。忠厚乃老實之別名，老實乃無用之別名。」

如此轉彎抹角來解釋忠厚，仍舊使得臣下不能贊一詞。但作為首輔的張廷玉，不能始終沉默，便即迎合著皇帝的語氣說：「平郡王雖老實無用，不過忠心耿耿，一生勤敏，亦是一位賢王。」

「敏則有之，賢則不足；他亦自有可取的地方。」

張廷玉將這話記住了。擬謚是內閣的職掌；他已決定，擬平郡王的謚，將「敏」字列在最前面。

「平郡王天性很厚，從小在上書房就看得出來，先帝亦是因為他沒有一般少年親貴驕矜浮誇的惡習，是訥爾蘇的跨灶之子，所以命他襲爵。後來派他帶傅爾丹主持北路軍務，就顯出他的無用來了。當年除了獻馬、築城兩事以外，可說一無表現。不過，他雖無用，尚未僨事，較之訥親、張廣泗又強得多了。」

「是。」張廷玉答說：「當時平郡王從烏里雅蘇台上奏，說行軍以駝馬為先，喀爾喀扎薩貝勒等人，遠獻駝馬，不求償值，是不私所有。如今王公貝勒，圈地之中都有牧場，養得有馬，莫非就沒有內愧之心。因此，平郡王也獻了五百匹馬。先帝當時很許他能實心為國。至於張廣泗，不獨辜恩，而且亦有負平郡王的栽培。」

張廷玉這話，對張廣泗是落井下石。張廣泗為鄂爾泰所識拔，而張廷玉與鄂爾泰不和，張廣泗便不大賣張廷玉的帳；想起舊恨，加遺一矢，但亦不免傷及平郡王了。

「張廣泗是鑲紅旗。平郡王不能破除情面，遇事總替他說好話，正受忠厚之累，亦是他無用的明證。」皇帝接著又說：「張廣泗誤國之罪甚重，解送到京，我一直沒有問他，就是怕親鞫的時候，以他的奸狡好諉過於人，會有對平郡王不利的話，那時候我就很難處置。」

「皇上保全平郡王的恩德，平郡王地下有知一定會感激涕零。」

「我倒真是想保全他。可是，他有病的人，這件事念茲在茲，心情寬不下來，怎麼能調養得好。『我雖不殺伯仁，伯仁由我而死』，平郡王的性命，可說一半送在張廣泗手裡。」

「如今平郡王既已去世，皇上保全他的苦心，亦為臣下所共知，則為端正紀綱起見，張廣泗的處置，應早請聖裁。」

「說得不錯。」皇帝點點頭，喊一聲，「汪由敦！」

「臣在。」汪由敦將身子略略往中間一移，俯伏在地。

「你回去告訴阿克敦，預備親鞫。」

「是。」汪由敦說：「日子定在那一天，請旨。」

「你們去挑好了。」

第三章

方受疇一出了宮，驅車直投平郡王府，但見重門洞開，人來人往，忙忙碌碌地在布置喪儀，正院高搭蓆棚，裡外白茫茫一片，布幔為西北風吹得「卜落、卜落」地作響；正門石獅子兩旁正陳設郡王的儀衛。照牆下有七、八個剃頭挑子，王府官員護衛，顧不得露天風大，趁未成服以前，趕緊都先剃了髮。門房剛剛剃完，一眼看見方受疇，急忙上來招呼。

「六爺呢？」方受疇說，「我有要緊事跟他談。」

「是，請跟我來。」

門房將方受疇帶到二門內的一個院落，是治喪之處；慶恆正在忙著，方受疇只好在南面一間空屋等候。

滴水成冰的天氣，屋子裡又沒有生火，方受疇凍得快無法忍受時，才見慶恆露面，他兩眼紅腫，形容憔悴，進門便跪下給方受疇磕頭。

「請起來，請起來！」方受疇避在一旁，攙起慶恆問道：「遺摺遞了沒有？」

「正要遞。」

「來大人關照，得改一改。」

「喔！」慶恆茫然地望著他，有些神思不屬似地。

「六爺，」方受疇忍不住直說：「這兒太冷，請你換個地方，我好動手改奏稿。」

「喔，喔，真正對不起！」慶恆這才想到，「先伯父之喪，我亦是苫塊昏迷，慢客之罪，該死，該死。」

換到北面的屋，在火爐旁邊喝了口熱茶，方受疇緩過氣來，方能從容道明來意。

原來來保因為皇帝談起平郡王當年獻馬，頗有嘉許之意；他知道平郡王在關外有一大片牧場；老平郡王生前管過上駟院，挑了一班好手到他的牧場去經營，將馬養得極好，如果遺摺中再一次獻馬，當能寬邀恩典。

「多謝來中堂，更要多謝方世兄。」慶恆沉吟了一下說：「這件事，我亦不必請示家祖母了，就這麼辦；勞方世兄的駕，改一改奏稿。」接著，便叫人去將謄稿的筆帖式找來。

「當初王爺獻馬的原奏，總有存稿，不知道能找得到不能？」

「這，怕難找了。」

「那就算了。」方受疇問：「聽說當初是進五百匹，如今呢？」

「這得問一問。你請寬坐。」說完，慶恆走到對面屋子裡，問清楚了來說：「如今只能進兩百匹。」他問：「方世兄，你看是不是少了一點？」

這話問得奇怪！是多是少，只有他自己看情形，才能判斷，旁人何能置喙。轉念又想，大概慶恆是想多進，而有人不贊成，所以他才這樣問；如果答一句：「好像少一點。」他就可以再去爭了。

因此他問：「六爺的意思呢？是不是覺得少了一點。」

「是的。我覺得最好這一回也進五百匹。可是——」他沒有再說下去。

那種欲言又止的神情，很明顯地看得出來，王府的意見很多；慶恆已不能像從前那樣，凡事都可作主了。

遺摺一遞上去，第二天一早便奉到硃批：「平郡王宣力有年，恪勤素著，今聞患病薨逝，朕心深為軫悼。著賜銀二千兩治喪，派大阿哥攜茶酒往奠，並輟朝二日，其應得卹典，仍著察例具奏。」

緊接著卹典也下來了，諡敏，祭賜兩次，照例建碑。就一般王公的例子來說，不算菲薄，但以平郡王與皇帝的感情而論，似乎還應該優厚些；太福晉為此，頗感委屈，不過往來的女眷們大多不解其中有甚麼講究，太福晉亦就只跟少數至親，透露了心裡的感覺。

「那時你還沒有過門。」她向馬夫人說：「如今的太后，那時候跟她娘老子一起從杭州到江寧，長得又醜，又不愛乾淨，到處惹厭，我跟丫頭們說：『人家是好人家女兒，別虧待她。』丫頭都說她蠢，話又聽不懂，不愛理她。她老子看她不得人緣，想把她送回去，交給她叔叔。她哭著不肯，後來還是我說了一句，她老子才不作聲。為此，她娘還叫她替我磕過頭。那知道——。唉！」太福晉嘆了口氣，沒有說下去。

除了宮中先朝的妃嬪以外，再沒有受過當今太后大禮的人，但這不足以為榮，因為無法炫耀。馬夫人心想，怪不得太福晉從沒有朝見過太后；一年三節，命婦進宮參見時，總是先期諭免；當時以為太后對太福晉有甚麼不滿之處，到此刻才知道這麼相見彼此都會覺尷尬的曲折在內。

「當今皇帝在上書房念書的時候，都被欺侮，尤其是他三哥，更瞧他不起。只是咱們家照應他；皇上八、九歲的時候，常到咱們家來，見了我叫『嬸嬸』，有一回跟我說：『我的親哥哥就是福彭。』可是如今也忘記了。」

聽太福晉發牢騷，馬夫人不敢搭腔，故意把話扯了開去，「聽說皇上小時候是養在勤妃宮裡？」她問：「勤妃的老太爺、老太太，我們是都見過。」

「勤妃跟密妃，都是老太爺去物色來的。勤妃蘇州人，姓王；密妃還是海寧陳家的。不過——，」

太福晉說：「皇上養在勤妃宮裡，也不怎麼痛快。」

原來勤妃王氏與密妃陳氏，同時進宮，而且幾乎亦同時得子，密妃生的便是皇十六子允祿，繼承了莊親王的爵位及家財；勤妃生的是皇十七子允禮，便是已薨逝的果親王。

「勤妃是蘇州美人，照例應該比密妃得寵，但康熙爺倒是常在密妃宮裡傳晚膳。為甚麼呢？」太福晉自問自答，「因為十六、十七兩個阿哥，雖都一樣聰明，癖性不同，十七阿哥好文墨，十六阿哥人比較實在，腦筋很清楚，康熙爺教他甚麼『勾股』、『開方』之類的算學，一學就會，這對了康熙爺的勁；康熙爺常說他的天文、算學、火器，得了西洋的真傳，在咱們中華是失傳的絕學，可惜阿哥之中，除了三阿哥誠親王略知皮毛以外，竟沒有一個皇子想傳他的絕學。到了晚年，居然有這麼一個小兒子能做他的學生，自然很高興。這就是康熙爺常住在密妃宮裡的緣故。」

「聽說，」馬夫人問道：「當今皇上也是康熙爺的學生？」

「勤妃不高興就在這裡。」太福晉說：「當今皇上只好說是他爺爺的徒孫，那時他常常去找十六阿哥，問這問那的，十六阿哥也肯盡心教他，尤其是練火器，一定得有伴兒，有較量才有趣。侍衛都會火器，好手也不少，可是陪著十六阿哥練，總是讓著他，不肯把本事使出來，這樣十六阿哥很不痛快；可是真要一比，又差著一大截，也沒有意思。只有他這個小姪兒陪著他練，才能把他的興致給引了出來。有時候康熙爺也在一起打火器，祖孫三個玩得挺帶勁的。」

「怪不得說當今皇上從小蒙康熙爺寵愛；這話，也不是沒影兒的。」

「那——，」太福晉搖搖頭，「咱們就不提雍正爺的說法了。只說勤妃，看當今皇上常到密妃宮裡，便不大高興，說他沒有良心；不大有好臉子給他看。當今皇上小時候受的氣可多著吶。」

馬夫人也聽說過，皇帝對他的兩位叔叔，表面上似乎無分軒輊，其實待莊親王比待果親王好得多；原來這也是有緣由的。

正在談著，丫頭來報：「六爺有事要跟太福晉當面回。」

於是有兩個親友家的女眷起身迴避，馬夫人卻為太福晉一把拉住了說：「你是舅婆，坐著。」

慶恆進門招呼過了，看一看馬夫人，躊躇了一會還是開口說了來意：「宗人府通知，明兒大阿哥來奠酒。有人說：得備一份禮酬謝勞步；奶奶你看呢？」

「無例不可興，有例不可滅，咱們照規矩辦，你又何必來問我？」

「是——，」慶恆囁嚅著說：「這份禮不能太寒蠢。」

「喔！」太福晉問：「你跟你大哥說了沒有？」

「說了。」

「他怎麼說？」

「他讓我來跟奶奶回。」

「哼！」太福晉冷笑一聲：「他總想把我剩下的一點東西挖光了才甘心。」

慶恆不作聲，馬夫人不便插嘴，局面冷在那裡，有些發僵了。

終於還是太福晉自己打開了僵局，「你打算送點兒甚麼呢？」她問。

「不能送錢，也不能送太花俏的東西，總得要雅致而貴重的東西才好。」

「皇上的大阿哥，甚麼貴重的東西沒有見過？」太福晉想了一下問：「大阿哥喜好甚麼？」

這一下將慶恆問住了，「倒沒有聽說過。」他說：「得打聽一下。」

「打聽明白了再說。」太福晉交代：「馬上去打聽。」

居然一下就打聽到了，大阿哥喜好的是字畫古書；而平郡王府少的就是這兩樣，太福晉想「投其所好」的打算，看來行不通了。

「只有跟舅舅家去商量了。」太福晉轉臉向馬夫人問道：「老太爺留下來的東西，總還有吧？」

這是指曹寅的收藏。經過雍正五年的抄家，便有剩餘，也都歸了曹頫；馬夫人不便說實話，只好這樣答說：「我得回去問雪芹。」為了表示她急人之急，便即站起身來說道：「我馬上就回去查一查；回頭讓雪芹來回話。」

「不必這麼急。」太福晉向慶恆說：「看你四舅公在不在？」

這是指曹頫。他從平郡王去世那天起，便每天到王府來照料，主要的職司是陪弔客，這天也在，一請就到。

「咱們先商量、商量。」曹頫明白了事由，從從容容地答說：「送些甚麼，看現成的有甚麼，缺甚麼再想法子找。」

「要送總得四樣。」慶恆說道：「一幅字、一幅畫、一部古書，再配上一盒好墨，或者一方有來歷的硯台，也就差不多了。」

「提到硯台，我倒想起來了。」馬夫人說：「咱們家的那方紅絲硯，也是有來歷的吧？」

「怎麼？」太福晉驚異地問：「紅絲硯找到了？」

「是。」馬夫人歉疚地答說：「大前年到張家灣理舊東西，在一口書箱裡找到的。當時就想，太福晉問過這方硯台，既然找到了，應該來告訴太福晉；後來不知一混，竟把這件事，丟到九霄雲外，該打！」

太福晉點點頭，臉上是很難令人索解的表情，彷彿欣慰，又彷彿感慨；也還有些若有所思與迷惘的神色。

「這方紅絲硯不能送人；也不必留在你那兒，給我吧！」

「是。」

「提起這方紅絲硯，不知道老太太跟你談過它的來歷沒有？」

「沒有。」

「老四呢？」太福晉看著曹頫說。

「我只知道是祖傳的。至於這方硯台的好處，記得雪芹做過一篇考據。」曹頫又說：「對了！我還聽雪芹說過，《樸村詩集》裡面有一首詩，似乎也是談這方紅絲硯。」

「我回去就問芹官。」馬夫人接口說道：「明天我讓他跟太福晉當面來回話。」

費了好些功夫，曹雪芹終於將他所作的那篇〈青州紅絲硯考〉，在一本詩集中找到了。

這篇考證中說，首先引證宋太宗朝的狀元蘇易簡，所著〈文房四譜〉之一的〈硯譜〉的記載：「天之下硯四十餘品，青州紅絲石第一。」接著又引順治年間余懷所著的〈硯林〉，說「硯之美者，無出端溪之石，而唐彥猷作〈硯錄〉，乃以青州黑山紅絲石為冠。」指出「黑山」有誤。

他說，山東青州府多山，益都縣東南青山、黃山；亦有黑山，是在益都西南、博山之東。青山、黃山、黑山都以本山所產石頭的顏色命名，黑山之石皆黑；青山之石深青細潤最有名；黃山之石，其色黃赭。而唐彥猷記紅絲石說：「理黃者其絲紅；理紅者其絲黃。」恰與黃山之石具黃赭兩色相合。因而考定紅絲硯出於黃山而非黑山。

紅絲硯的好處，蘇軾、陸游的筆記中都談過，但卻都引用唐彥猷的話，至於唐彥猷本人的說法是：「文之美者則有旋轉，其絲凡十餘重，次第不亂。姿質潤美發墨，久為水所浸漬，即有膏液出焉。」

曹家祖傳的這方紅絲硯，正就是唐彥猷所說的美石，底子是深黃色，硯面上一大圈紅絲，好像老木的年輪那樣，一重又一重，細數一下，計有十七圈之多。

曹雪芹試過，將紅絲浸入清水中一天，取出陰乾，硯上一直有滋潤的水氣，說「膏液出焉」，似嫌誇張；不過貯入硯盒，三、五天墨瀋不乾，卻是事實。

這是曹雪芹的舊稿，如今舊事重提，聽曹頫說到張雲章有一首詩，其中亦有關於紅絲硯的描寫，便須找出原作，作一番新考了。

張雲章其人，曹雪芹聽他祖母談過，是當年曹家全盛時，眾多清客之中，往來蹤跡較密的一個。他是江蘇嘉定人；康熙初年，嘉定有個縣官陸隴其，是雍正年間從祀文廟，與湯斌齊名的理學名臣，張雲章便是由陸隴其「縣試」取中的秀才，執贄拜師，學問很有些根柢，所以頗為曹寅所看重，他的《樸村詩集》便是曹寅在揚州開書局刻《全唐詩》時，附帶替他刻印的。

《樸村詩集》中與曹寅酬唱的詩很多，一首一首翻過去，終於找到了，題目叫做「聞曹荔軒銀台得孫卻寄兼送入都」，荔軒是曹寅的別號，他加銜至通政使，這個官職在宋朝稱為「銀台司」，所以有此稱呼。計算這首詩應該作於康熙四十八年。

看第一句，曹雪芹便知所謂「得孫」，是指他出生未幾便夭折的長兄，那句「天上驚傳降石麟」詩下有註：「時令子在京師，以充閭信至」，賀人生子，稱為「充閭之慶」；其時他的父親曹顒正在京師當差，當他祖父準備進京述職時，恰好有得孫的喜信；預定回江寧後，舉行湯餅宴，所以這首詩的結句是：「歸時湯餅應招我，祖硯傳看入座賓。」

這方「祖硯」便是紅絲硯。但它的來歷，似乎「母親」與「四叔」都不甚了了；最使曹雪芹不解的是，祖母在世之日，何以亦從未談過？那麼，如今還有甚麼人，能為他解說呢？

這就自然而然地想到了何謹，「老何，」他說：「既然『祖硯傳看入座賓』，見過的人一定不少，怎麼我從未聽人提過這方紅絲硯。」

「詩是那位張先生這麼說說而已。當時老太爺本來打算回來之後，做『雙滿月』大大請一回客；那知道，等老太爺到京，你大哥已經驚風不治，沒有湯餅宴，亦就無所謂『傳看』了。」

「可是，」曹雪芹仍有疑問：「老太爺的《楝亭十二種》，有一篇《硯箋》說：『紅絲硯為天下第一石，有脂脈助墨光』；這樣一件難得的珍物，為甚麼老太太亦從來沒有跟我提過。」

「提起來不是甚麼好高興的事，何必提它？」

一聽這話，曹雪芹越發詫異，急急問道：「莫非其中還有一段不如意的經過？」

年高八十的何謹，精神矍鑠，記憶不衰，從容答說：「提到這段經過，只怕太太跟四老爺都未必清楚；太福晉或許有點知道，也不會多。」

「那，我是找對人了。」曹雪芹欣慰地，「你快說吧！」

「不忙。你先得把《楝亭詩別集》找出來——。」

「那是現成的。」說著，曹雪芹便走向書架，待去取他祖父的詩集。

「不對！這是第三回刻的，連第二回的都不行，要初刻本。」

「為甚麼？」

「老太爺有一首詩，只有初刻本才有。」

這可費事了，找秋月、找杏香一起幫忙，尋尋覓覓，始終不見有初刻本。

「初刻本原來就刻得不多。」何謹思索了好一回說：「我彷彿記得錦兒奶奶夾絲線的那本書，好像是初刻本。」

曹雪芹心急，當時便打發桐生送杏香去看錦兒；果然桐生帶回來一本《楝亭詩別集》的初刻本。何謹接過來，略為翻一翻就找到了，那首詩在第一卷第十五頁上，題目叫做「詠紅述事」，是一首五言排律；曹雪芹一眼望去，最怵目的是，詩中有兩個「墨釘」，亦就是挖去了兩個字，不言可知，這兩個字是犯忌諱的。

「『誰將杜鵑血，灑作曉霜寒。』」曹雪芹唸了兩句，停下來說：「是詠的紅葉。」

「不光是紅葉，你再往下唸。」

於是曹雪芹又唸：「『客愛停車看，人悲仗劍寒。昔年曾下淚，今日怯題箋。』」他又停下來了，「這首詩很怪。『停車坐愛楓林晚，霜葉紅於二月花』，後面又用紅葉題詩的典故，應該六句一氣呵成，何以中間又夾上一個蘇武的典故，『蹈其背以出血』？」

「這首詩的毛病就在血上面。你再唸。」

「『寶炬煙銷盡，金爐炭未殘。小窗通日影，叢店雜焰燃。睡久猶沾頰，羞多自倚欄。愛拈吳線濕，笑潤蜀絲乾。一點偏當額，丹砂競搗丸。彈箏銀甲染——』」

唸到有「墨釘」的地方了。這首排律是照試帖詩的做法，用各種情景來描寫一個「紅」字，剛熄的燭芯，在燃的爐炭；窗紙殘陽，旅舍烤火；睡得太久或者少女害羞，避人倚欄，臉貼在柱子太久而生的紅暈；以及用「爛嚼紅絨，笑向檀郎吐」的詞意，還有女孩用丹砂點額，搗爛鳳仙花染指甲。下面對「彈箏銀甲染」的那一句，挖掉了第二、第三兩個字，成為「刺背□□圓」。

「這兩個是甚麼字呢？」曹雪芹想了一下，很輕鬆地說：「對了！應該是『金針』，用岳母刺字的典故，金針刺背，是一個個的紅點，所以叫做『刺背金針圓』，啊，不對！平平仄仄，仄仄平平，這第三個字非用仄聲不可，不能用『金』字。」

「芹官，你說得不錯，不是『金』，不但平聲，而且前面有『金爐炭未殘』，也犯重了。」

「那麼應該是甚麼『針』呢？」

「這很容易，你多想一想。」

「繡針？」

「對！繡針。」

「這兩個字何以犯忌諱呢？」

「忌諱的不是兩個字，是一句詩；這句詩的典故，實在是典故中提到的一個人，在當時是犯忌諱的。」

曹雪芹恍然大悟，原來「岳母刺字」中的岳飛犯忌諱。清朝皇帝出於女真族，「愛新覺羅」的本意是金；清朝之清，實由遼金之金而來，岳飛與金對敵，亦就變成清朝的仇敵了。

「當時正是老太爺最得意的時候。還有件事，就不但是咱們包衣人家，連真正滿洲八大貴族都很眼紅，那就是咱們姑太太配了老王爺——。」

這一段緣由，曹雪芹倒是聽過不止一遍了。平郡王是世襲罔替的八個「鐵帽子王」之一，多少滿洲世家巨族，想跟平郡王聯姻；但聖祖「拴婚」，將曹大小姐指名許配平郡王訥爾蘇。

包衣家的女兒成為王府的嫡福晉，真正是「飛上枝頭作鳳凰」，不知羨煞了多少出身於內務府的顯宦。

「老太爺一向謙和好客，不論甚麼人的緣都要結，皇上左右的人，更是沒有一個不敷衍到的，可是到底太滿、太盛了，就有人在康熙爺面前進讒，說的就是這首詩。」何謹又說：「明朝的遺老，沒有一個不跟老太爺好的，這原是當初老太爺奉旨籠絡——。」

籠絡前明遺老，以及名雖不彰而矢志反清的巖壑之士，原是聖祖的偉略遠見，除了特開「博學鴻詞」制科以外，曹寅受命祕密活動，為清朝所收攬的人心，更是聖祖削藩治河、打定清朝基業的一個很重要的原因。

可是進讒的人，並不明瞭其中的原委，竟拿「刺背繡針圓」這句話，指控曹寅鼓動前明的遺民志士「精忠報國」。幸而聖祖英明，深信曹寅的本意無他，置之不問。

「話雖如此，老太爺怎麼敢大意？本來書板剛刻出來，就有清客說這句詩不妥。」何謹又說：「這句詩之不妥，是第一，芹官你剛才看出來的，前面六句應該一氣呵成詠紅葉，來入『刺背』見血這一句，格外顯眼。其次，這首排律一共二十二句，變成十一夾——。」

「是啊」曹雪芹插嘴說道：「從來排律那怕多到一百韻，總是成雙的，何以會變成十一韻。」

「這是老太爺搜羅『紅』的典故，再沒有得可說了，馬馬虎虎就變成十一韻。無心之失到了有心人嘴裡，就又是一番說法了。老太爺一想不錯，因為板已刻成，只好拿『繡針』兩字，換上『墨針』。後來覺得還是不妥；書也沒有多發，毀了板再印第二次，乾脆把這首詩拿掉了。」

「怪不得！」曹雪芹說：「第一次印的本子，連我都沒有。」

「回來再說那方紅絲硯，是康熙爺『拴婚』不久以後的事，蘇州有個賣骨董的，姓胡，外號『胡老實』，來兜這方硯台——。」

「慢來，慢來！」曹雪芹急忙插進去問：「不是祖傳的嗎？」

「你別打岔，先聽我說完。」何謹接下去說：「那胡老實一張嘴能把死的說活了，他說他久知這方紅絲硯的名氣，想覓了來賣給老太爺，機緣不巧，未能如願；這回聽說大小姐嫁了貴婿，心想那方紅絲硯不就是『鑲紅旗』的好兆頭嗎？於是再去找那收藏的人家。他說：『我跟人家說，凡是寶貝都有它的主兒，不該得的得了，是禍不是福，這叫「庶人無罪，懷璧其罪」，這方紅絲硯天下第一，不錯；不過他的主子姓曹，人家女婿是鑲紅旗的王子，早就應在這方紅絲硯上了。合該是人家的東西，你不如脫手得個善價為妙。』那家人家肯了，不過開的價嚇人一跳。」

「怎麼呢？」曹雪芹說，「就算漫天要價，也可以就地還錢，而且總也得有個說法。」

「自然有說法，據胡老實說：原主自以為這方紅絲硯，底子跟『田黃』一樣，田黃是論金子算的，多少重就是多少兩金子，他也得論金子算。」

「好傢伙！那方紅絲硯，怕不有幾斤？」

「不多，四斤半，七十二兩金子。」

「老太爺照給了？」

「明擺著是敲竹槓，也只好讓他敲。」何謹說道：「為了鑲紅旗王子買這方紅絲硯，還讓人家敲了竹槓，這要說出去有多寒蠢！所以託名祖傳。」

「是這麼回事。」曹雪芹想了下說：「當時的經過，太福晉當然知道？」

「大概知道。」

「如今她要這方紅絲硯，我得給她送去，要問起當年的情形，我怕說不完全，最好你陪我一塊兒去。」曹雪芹又問：「後來是不是因為那首詩的緣故，連帶紅絲硯也給冷落了？」

「可不是。人家已經在妒嫉鑲紅旗了，何能再拿鑲紅絲的硯石來炫耀？」

何謹的話在曹雪芹的心湖中，激起一陣又一陣的漣漪，自從抄家歸旗以來，淡忘的辛酸，又讓他感受到了。多少年來，他有個根深柢固的想法，家門不幸，是從祖父在揚州病故以後才開始的，在他生前都是好日子，甚至直到他嚥氣的那一刻，聖祖專差賞賜來自西洋的、治瘧的特效藥，親筆標明服用的方法，以及比遞送緊急軍報還要嚴格的程限，祖父是死在應該一無所憾的浩蕩皇恩之中；那知即令是全盛之時，也是充滿著種種令人不安的疑懼。這樣說起來，祖父可能沒有一天過的是舒坦的日子。

對於他的從未見過的祖父，曹雪芹覺得從沒有像此時這樣感到親切過，他忽然覺得心頭發酸，眼眶發熱，有生以來，第一次為他祖父垂淚。

「芹官，」何謹打開了塵封的記憶，亦頗為傷感，「天地無情，以萬物為芻狗。一個人，不管你怎麼樣想把自己的命跟運抓在手裡，可是辦不到！富貴榮華，轉眼成空；橫逆之來，往往事先毫無徵兆，到你發覺不大對勁，還來不及細想一想，變化已經來了。這兩天，我看兆頭又不妙了。」

「你是說王爺去世？」

「芹官，這件事你別小看了！」何謹很認真地說：「關係很重。」

聽他這麼說，曹雪芹就無以為答了。他想不出有沒有平郡王福彭，會有甚麼重大的關係；這幾年平郡王已不大管事，曹頫與曹震的差使不壞，都是他們自己巴結，受內務府大臣的提拔，說起來他也出過一臂之力。既非由於平郡王的奧援，當然不會受平郡王去世的影響。

何謹從他的臉上看到他心裡，便用略帶開導的語氣說：「人在大樹下面，只覺得蔭涼，不會想到是託大樹的福。王爺這幾年雖沒有甚麼照應。可是咱們也沒有甚麼不如意，這就是有王爺的影兒遮在前面；倘或有甚麼風吹草動，總還可以請王爺出來擋一擋。以後呢，你看著吧！」

「怎麼？」曹雪芹問：「只要自己多小心，不出錯！也沒有甚麼可以擔心的。」

「你能保得住不出錯？而且，就算不出錯，也不能包你無事。我看得多了，內務府的人，天生下賤，看不得人好；一看人好了，就會打主意。」

這話入耳心驚，但亦不免將信將疑，「真的是這樣子嗎？」他問。

「老太爺就是一個例子，他在世的時候，得罪過誰了；用了個岳母刺字的典故又算得了甚麼？就有人打算扳倒他。喔，我又想起一個人，岳大將軍，不也是同樣的例子嗎？」

何謹是指岳鍾琪，曾有人說他是岳飛之後，亦是天生與清為敵的。這重公案出在雍正年間，曹雪芹當然很清楚。

事在雍正六年九月，代年羹堯而為川陝總督的岳鍾琪，手握三省重兵，駐節西安，有一天有個名叫張熙的人，到總督衙門投書，岳鍾琪拆開來一看，函中有函，稱岳鍾琪為「天吏元帥」，自稱「南港無主游民夏靚」；函中列舉雍正的過失九條：弒父、逼母、殺兄、屠弟、貪財、好殺、酗酒、淫色、誅忠用佞。又說，清朝是金人的後裔，而岳鍾琪是岳飛的後裔，與金世仇，如今手握重兵，身居要地，應該乘時起義，恢復明室，且為宋朝復仇。

岳鍾琪大吃一驚。在此以前，成都已有謠言，說他要起兵造反，亦是拿為宋明復仇作為他要造反的理由；岳鍾琪上疏自辯，雖蒙皇帝諒解，說這幾年讒言岳鍾琪的「謗書盈篋」，但他深信岳鍾琪忠貞不貳。並命四川巡撫嚴究謠言的來源。

但岳鍾琪知道，雍正的疑心病極重，而且向來使用先獎許，後翻臉的手段，眼前的安撫，並不表示他真正的信任；現在又有這樣一個人來投書，越發會加重雍正的懷疑。

因此，他對處理這件事，非常慎重，處處站穩地步，先把臬司碩色請來，說明經過，將碩色安置在一間密室中；而相連的另一間密室，則是他接見張熙之處，命坐賜茶，頗為禮遇，然後和顏悅色地問他夏靚是甚麼人。

張熙只說是他的「老師」。再問他以及他的老師的住址，張熙便不肯說了，只說「老師」只命他來投書，他非所知；至於他本人，連年飄泊，並無一定的住址。

其時陝西巡撫西琳，得信趕到了，此人是個草包，貿貿然闖入密室，大聲喝問：問不出實話，一怒之下，叫僕役動手「掌嘴」。岳鍾琪雖是總督，但漢人遇到跋扈的旗人，即令是屬下，也只能容忍。好在他的目的只求表明心跡，便任憑西琳去處置。

倒是碩色頭腦比較清楚，急忙出面阻止，悄悄勸告西琳，此人有備而來，莫說「掌嘴」，便行杖，亦未見得能有實供。雖說「三木之下，何求不得」，但如所本無供，熬刑不過，胡說一通亦是常有之事。那時他的話無從判斷真假，如何覆奏？

岳鍾琪亦認為這樣的大案，如果不能以實情覆奏，不但是他本人，巡撫與臬司亦脫不得干係。因而建議，仍舊由他來處理，只請西琳與碩色從旁監視好了。

於是岳鍾琪好言相慰，推衣解食之餘，提議與他一起在神案前焚香設誓，這樣才把張熙的實話騙了出來。

原來所謂「南海無主游民夏靚」本名曾靜，字蒲潭，湖南郴州永興人，在安仁縣設館教書，由於偶然的機緣在郴州得讀浙江遺民呂留良評選的詩文，內有嚴夷夏之防及井田、封建等等論說，曾靜大為傾倒，特遣他的學生張熙專程到浙江石門縣呂家，訪求呂留良的遺書。

呂留良的兒子呂毅中，送了他一部《呂子文集》，其中多慷慨不平之鳴，曾靜大受影響，反清復明的念頭，油然而生；而且進一步與呂留良的弟子結成至契，談劍論兵，大義凜然。

其時雍正殺年羹堯，殺允禩、允禟；王府屬下，多充軍到滇桂邊瘴之地，而入西南必經湖南，沿途宣揚雍正的種種惡德，使曾靜越發覺得這樣的無道暴君，應該推倒，於是想到岳鍾琪，因而特派張熙到西安來投書。

內幕既明，岳鍾琪一面敷衍張熙，一面飛遞密摺，雍正派刑部侍郎杭奕祿、正白旗前都統海蘭，馳驛到湖南，會同巡撫王國棟，拘提曾靜，連同張熙一併解到京裡。當然，呂家亦是大禍臨頭，呂留良的子孫門生，都是浙江巡撫李衛奉旨抄家搜捕，鋃鐺入獄。

曾靜到京後，雍正命六部九卿，反覆審問。雍正還有個破天荒的舉動是，以皇帝之尊，與自稱「彌天重犯」的曾靜辯駁，硃筆親書「問訊曾靜口供」，先是十三條，隨後又加二十四條，曾靜一一服辯；不但如此，雍正還特地檢出岳鍾琪的奏摺及他的硃批十來件，交曾靜閱看，表示他們「君臣一德」，絕無如曾靜所想像的，岳鍾琪因為是岳飛之後，可能會起兵為宋明復仇。

這一件清朝開國以來，最駭人聽聞的「欽命案」，從雍正五年秋天開始到雍正七年秋天結案，整整辦了兩年，內閣九卿共同擬議的罪名是，曾靜謀反大逆，凌遲處死，祖父以下親族，男丁十六歲以上皆斬立決；十五歲以下及母女、妻妾、姐妹、其子的妻妾，給付功臣家為奴。張熙共謀，照律亦應凌遲處死。

此奏一上，誰也想不到的，雍正竟赦了曾靜與張熙，說是曾靜、張熙「誤聽人言，今已悔悟，情有可原，特加寬宥」。又說他「望天下之人改過，過大而能改，勝於過小而不改。如實能改過，則無不可赦之罪。」可是呂留良的子孫親族，以及門生故舊受牽連的，皆殺無赦。

對於雍正的處置，舉朝駭異，私下議論紛紛，最有力的一派看法是，曾靜該不該殺，姑置不論，但與呂家的情形比照，執法顯失其平，由而由怡親王領銜，抗疏力爭，說曾靜師徒「梟獍性成，陰謀不軌，誣謗悖逆，罪惡彌天。律例開載，十惡凡謀反、叛逆及大不敬，皆常赦之所不原，是曾靜等之罪，乃三宥之所不及」，因而請求「按律處決，碎屍懸首，查其親屬逆黨，盡興殲除。」

在此以前，雍正曾特召親貴大臣至乾清宮，親口宣諭，說他之不殺曾靜，另有隱衷，張熙投書以後，對他的來歷，堅不吐實，岳鍾琪無可如何，只得「許以同謀，迎聘伊師，與之盟神設誓」，張熙始將實情供出。上諭中說：「彼時岳鍾琪具奏前來，朕披覽之下，為之動容。岳鍾琪誠心為國家發姦摘伏；假若朕身曾與人盟神設誓，則今日亦不得不委屈，以期無負前言。朕洞鑒岳鍾琪之心，若不視為一體，實所不忍。」意思是岳鍾琪當日與張熙有同生共死、禍福同當的誓約，鬼神昭鑒，不可違背。如果曾靜、張熙伏法，岳鍾琪亦將應誓，不能獨生，冥冥中將為鬼神所誅。

雍正自覺話已說得很透澈，而怡親王等仍舊重申前請，使得他深感困擾，只好斷然抹殺一切了，他說：「曾靜這件案子，本來是臣下所無法表示意見的，天下後世，以我的處置為是，或以為非，都是我自己負責，與大小臣工不相干。我的決定是再三考慮過的，以前諭旨，剖析詳明，諸王大臣，不必再奏。倘或各省督撫、提督、總兵等等，凡有類似陳奏，由通政使將原本發還，不必呈進。」

這些上諭，輯成專書，題名《大義覺迷錄》頒行各省，每逢朔望，由當地的學官，集合生徒講解。

這本書曹雪芹亦曾讀過，當時的困惑，不止一端，此刻跟何謹談了起來，勾起重重疑雲，併作一句總話問道：「先帝到底是為了甚麼原因，居然赦免了曾靜？這氣量實在也太大了。」

「他沒法子！非表示氣量大不可。為甚麼呢？」何謹自問自答，「為的是要表示曾靜的話，毫無蹤影，都是八阿哥允禩、九阿哥允禟門下所捏造的；曾靜隨口附和，就像『犬吠鴞鳴』，不必理他；

世上豈有聽見狗跟夜貓子在叫，就要殺狗、殺夜貓子的。不但如此，他還得謝謝曾靜。」

曹雪芹越發詫異，「老何！」他問：「你這叫甚麼話？」

「一說你就明白了。當時宮裡鬧得天翻地覆，雍正爺以為外面不知其詳，也不敢說；等看到曾靜親筆所寫的口供，才知道已經通國皆知了。不是曾靜，永遠沒有那個大臣或者督撫，敢把外面有這麼難聽的話告訴他。如果不是曾靜，他不知道真相，更沒有借曾靜這一案來辯解的機會。豈非要謝謝曾靜？」

「原來是這樣的用心。不過假得太過分了。」

「做官的，沒有一個不假的；當皇上的，假仁假義，更是天經地義。」

「此所以我對做官，一點興致都沒有。」

「這話——，」何謹沉吟了一回，搖搖頭說：「咱們這會兒不談它。」

為了平郡王的喪事，曹家累病了兩個人，一個是馬夫人，一個是錦兒。

旗下貴族的風俗，遇有家主之喪，至親好友都要送席；意思是孝子哀毀過甚，水米不進，以至於日漸消瘦，送席便是勸進飲食之意。這一送，當然不是一桌席，而且也不止一次；關係越深，交情越厚，送的次數越多。曹家是至親，一個月之中，馬夫人與錦兒各送過三次，每次都忙得人仰馬翻，馬夫人首先支持不住，氣喘的老毛病又犯了，這一來錦兒的責任越重，因為曹頫家的兩個姨娘，名分不正，上不得正場面，而錦兒扶正以後，便等於是「冢婦」的身分，馬夫人不能去作主人，就應該由錦兒去照料，最後一次累得幾乎暈倒，一回家躺下來，就得請大夫了。

曹雪芹得到消息，特地去探望；曹震雖不在家，但因跟錦兒親如姐弟，所以直入臥內，坐在床前說話。

「瘦得多了。」曹雪芹問：「大夫怎麼說？」

「沒有病。」錦兒的聲音很微弱：「多睡多吃喝，沒有甚麼煩心的事，兩三天就好了。可是——。」她搖搖頭，沒有再說下去。

這就表示，還是有煩心的事。曹雪芹知道，平郡王府可以不過年，他們兩家還是照常，年下事多，卻又分不開身來辦，心裡當然會煩。

「虧得你還有幫手。」曹雪芹說：「我們家也虧得有秋月跟杏香，總算把該送的節禮都送出去了。唉，這些繁文縟節真累人。」

「是啊！」錦兒說：「我真恨不得一家一家去吵架；吵斷了拉倒。」

原來旗人的世家大族，最重儀禮，沾親帶故，都得應酬，往往有中人之家，因為結了一門貴親而傾家蕩產的，唯一的辦法，便是上門吵架，大罵一通，從此斷絕往來。習俗如此，不必定有仇隙，彼此遇到有危難，需要親戚援手時，照常可以往來。

「不過，這不過煩而已。」錦兒又說：「過去了也就好了，不會老揪著心；我是別的事煩。」

「甚麼事，能不能告訴我？」

「告訴你也沒有用。」

「何以見得？」

「你不肯聽我的。」

「我聽。」曹雪芹說：「你要我替你辦甚麼事？你說。」錦兒沉吟了一會，忽又搖搖頭說：「算了。說了也沒有用。」

「怎麼回事？」曹雪芹有些不悅：「倒像不相信我似地。」

錦兒是故意用這種盤馬彎弓的神態，要惹得不高興了，才會下決心發憤；因而又接一句：「你不能怪人不相信你；知道你不肯聽人勸，我又何必多說廢話？」

「從那裡看出來，我不肯聽人勸？只要是好事，我一定聽。」

「好！我問你，讀書是不是好事？」

「當然。」

「做文章是不是好事？」

曹雪芹覺得語有蹊蹺，但不能說做文章不是好事，只好點點頭。

那知錦兒非要他開口不可，催促著說：「說啊！是不是好事？」

「是的。」

「那好，眼下過年了，不必提它；一過了元宵，你就得替我讀書做文章。我打聽過了，後年庚午是鄉試的年分，你就打算著下場吧！」

果不其然，曹雪芹一聽讀八股文章，就像揭開一個陳腐的墨盒一般，鼻端便有一股中人欲嘔的氣味，便即陪著笑說：「念八股——。」

「你不必講理由，」錦兒打斷他的話，「你就乾淨說：我不聽勸。」

一句話將曹雪芹的口堵住了，停了一下便說：「我又沒有進過學，那有資格下秋闈？」

「你當我老趕不是？」錦兒立即駁他：「你雖不是秀才，捐個監生不就下場了？」

也不知她是那裡打聽來的？曹雪芹料知唬不住她，只好先敷衍著再說，「好吧，我明年就捐個監生，後年下場。」他特意聲明：「不過，我可沒有把握說一定能中。」

「你要不中，就得給你派差使了。像三房那幾位那樣，派到茶膳房去當差，你就伺候皇上的飲食吧！」

原來曹家當初落籍在遼陽時，一共是五房，曹寅一支是老四房；老三房也是上三旗包衣，有幾個派在茶膳房，倒是有油水的差使，但讓人當作下人看待，實在不是件光彩的事。

「雪芹，你別在那裡作夢。」錦兒正色警告，「你以為內務府子弟都能像你一樣，在武英殿掛個名，逍遙自在，做你的大少爺？你震二哥跟我說過了，武英殿管御書處的郎中，已經發話了，說你終年到頭不見人影，太不像話。如果不願意在御書處，他打算回了堂官，把你的名字拿掉，讓內務府另外派你差使。你不想做官，就當蘇拉。兩條路隨你自己去挑。」

閒散旗人，名為「蘇拉」，內務府的蘇拉倒是能派在內廷，不過只是供奔走之役，比茶膳房的差使又下一等。曹雪芹心裡倒又有些嘀咕了。

「太太這兩天又好多了吧？」

「嗯。」曹雪芹點點頭，很欣慰地，「今兒起床，不然我還抽不出空來看你吶！」

「嗐！」錦兒大為振作，「我也起床了吧。」

「不，不！你還是躺著，多休息。」

「不要緊。」錦兒答說：「我把憋在心裡的話說了出來；你又答應我下場，精神好得多了，這會兒心裡發空，得吃點兒甚麼才好。」說著，掙扎著要起身。

他們叔嫂的情分雖不同，但這種場合卻不便插手去扶她；便走出房門去叫丫頭來照料。趁這需要迴避的功夫，問知翠寶在廚房蒸糕，便逕自找了去。

「你怎麼來了？太太怎麼樣？」

翠寶一面在忙，一面跟曹雪芹說話；等把一籠蜜糕蒸了出來，他便代替丫頭的差使，捧了一盤回到錦兒屋子裡。

錦兒正洗了臉在攏頭髮，曹雪芹將蜜糕擺在梳妝台上，自己先拈了一塊吃。

「今兒晚點回去不要緊吧？」錦兒問說。

「不要緊。」

「那你就在這兒吃飯。回頭得替我開幾張單子。」

「是開送禮的單子？」

「可不是？」錦兒答說：「你那裡的都送了，我這裡還沒有動呢。再不送，就要落褒貶了。」

「好吧！趁早動手。」

「不行。一定得吃完了飯，等翠寶閒了來商量。家家有本難唸的經，又要看自己的力量，又要顧交情的厚薄，一年三節的應酬，真煩死人。」錦兒又關照丫頭，「你跟翠姨去說，留芹二爺在這裡吃飯，要添兩個菜。」

曹雪芹看時候還早，便即說道：「我上震二哥書房裡看看去，記得我有一本《試帖詩集萃》，他借了來看了；如今我得收回。」

說罷起身到曹震書房，在書架上翻了半天，沒有找到他所要找的詩，便又回到了錦兒那裡。

「管御書處的郎中有兩個，」曹雪芹問：「是那一個說我終年到頭不見人影？」

「姓哈的那個。」

「嗯，嗯，應該是他，他佩鑰匙，凡事該由他作主。不過，」曹雪芹有些困惑，「御書處我雖不大去，平時應酬也常遇見，總是客客氣氣的，何以一下子會打這種官腔？」

「那還不是因為王爺出事了！聽你震二哥說，武英殿一帶的事，皇上常跟王爺要主意；如今不能出主意了，自然就沒有人看他的面子了。」

曹雪芹嘿然無語。息了有一會，只聽門外有腳步聲，接著簾鉤微響，有人說道：「原來芹二爺在這裡，怎麼不說說話；一點兒聲音都沒有？」

是翠寶的聲音，錦兒在鏡子裡看著她說：「說到教人不痛快的事，他就不開口了。向來是這樣子的。」

「甚麼事不痛快？」

「還不是官場勢利四個字。嗐，別提了。」曹雪芹問：「今兒請我吃甚麼？」

「今兒來得巧，我做了松子核桃肉末，回頭吃火燒。」

那是曹雪芹最喜愛的一樣食物，做起來很費事，先用極小的火炒松子與核桃，炒酥自然有油滲出來；然後把用陳酒泡過的肉末倒進去，仍舊是小火炒，直到水分快乾了，加一杓清醬與磨得極細的花椒粉。

曹雪芹一想起那種香味，不由得口角流涎；正要從袖筒裡掏手絹擦嘴時，翠寶已抽出她腋下的手絹拋了過來，揶揄著說：「真正是！看你饞得那樣子。」

曹雪芹不好意思地笑了一下，拿起手絹，聞到一股香味，心中一蕩；急忙將手絹遞回給翠寶。

「別把你的弄髒了。」他說：「我自己有。」

「這蜜糕怎麼樣？」翠寶一面幫錦兒摘去肩上的髮絲，一面問說。

「還沒有吃呢？」錦兒答：「剛才倒有點兒餓，這會兒又不想吃了。」

「我弄那肉末，就是想給你開胃。回頭還有爐鴨絲熬粥。」翠寶又問：「還想吃點兒甚麼？」

「行了。」錦兒答說：「咱們早點吃飯，吃完了再讓雪芹把單子開出來。」

「好！」翠寶轉身正待離去，忽又站住腳，聽了一下說：「二爺回來了。」

果然，曹震大聲咳著，走了進來，曹雪芹起身迎了出去；他見面先問馬夫人的病，然後進屋，一見錦兒又驚又喜地說：「你能起床了？」

「還是起來的好。睡在那裡氣悶，反而添病。」錦兒問道：「你不是到西苑去了？」

「去了。」接著，曹震長嘆一聲：「唉！」頽然倒在椅子上不作聲。

「怎麼回事？」倒了茶來的翠寶問說。

「你不知道。」

見他如此，大家都不開口；翠寶也悄悄退了出去，曹雪芹茫然不解，低聲問錦兒：「震二哥今天有西苑的差使。」

「你問他自己。」

「本不該是我的差使。來爺爺偏偏指名要我去照料，有甚麼法子？」

原來是來保特派的。聽曹震的口氣，便知不是甚麼好差使；但在內廷入值，便吃點辛苦，也是應該的，而況有了苦差使，才會有好差使調劑，這怨言發得沒有道理。

他正在這樣轉著念頭，曹震卻又開口了，「這種差使，但願以後再也不會有。」他說：「不是說我自己不願意當這種差使，而是根本沒有這樣的差使，太慘了！」

這一下連錦兒都忍不住要問了：「說了半天，到底是甚麼差使啊？」

「伺候皇上親審——。」

「啊，」曹雪芹急忙問說：「是張敬齋？」

「不是他，還有誰？」曹震又說：「王爺是早過去了，不然知道了今天這種情形，他也會嚇死。」

「怎麼啦？」錦兒一哆嗦，「你可別嚇人！」

聽這一說，曹震就不打算往下談了，但曹雪芹急於知道下文，便看一看錦兒，回過頭來說道：「震二哥，咱們上你書房裡談去。」

「好！」曹震問錦兒：「書房裡生了火沒有？」

「我不知道。」

「沒有火。」曹雪芹剛去過，知道那裡的情形，「不過也不算太冷。」

曹震最畏寒，聞言便有瑟縮的神色，錦兒知道曹雪芹急於想知道這件事的心情，便即起身說道：「我到廚房裡看看去，順便叫他們在書房裡生火，你們哥倆先在這裡談。火生好了再挪過去。」

於是曹震談親鞫之事。這個差使名義上歸御前大臣舒靈阿主辦，實際上都推了給武英殿大學士來保，因為他不但管理兵部，而且也是內務府大臣，內廷差使有種種方便。

「刑部的『八大聖人』，就數湖廣司的姚青如最厲害。他說《大清律例》並無親鞫這一條，所以除了案卷之外，甚麼事都不能管，當然更不用說把刑具拿到瀛台。可又私底下跟舒公說，內務府有慎刑司，他們可以伺候親鞫行刑的差使。舒公一想不錯，就交代了來爺爺，來爺爺推不掉就派我去照料。」

「這就奇了。」曹雪芹問，「為甚麼不派慎刑司的人呢？」

「慎刑司當然也派了。」曹震答說：「誰教我是堂主事呢！說派我去看著點兒，才不會出錯，我怎麼能推。」

「嗯，嗯。」曹曹雪芹問：「出錯了沒有呢？」

「可不是出錯了！」

「怎麼回事？」曹雪芹向窗外望了一下，怕錦兒或是翠寶走來，聽見了會著急。

「唉！窩囊得很。」曹震恨恨地自責，「我從來都沒有這麼糊塗過。」

他因為提起來很痛心，說話少卻常度，不願意說的吞吐其詞；憤慨之處，卻又一再重複，曹雪芹很仔細地聽了好一會，才將來龍去脈弄清楚。

原來當曹震奉派照料親鞫行刑的差使以後，慎刑司郎中便派了個主事來跟他要主意，應該攜帶些甚麼刑具？曹震如果答一句，「該帶甚麼帶甚麼」便沒事；因為他只不過受命在親鞫時照料，事先該如何預備，慎刑司職有專屬，當然知道，何用來問別人？

錯就錯在曹震作了多餘的一問：「平常甚麼刑具？」

「還不就是打屁股的板子，掌嘴的『皮巴掌』之類。」慎刑司主事，輕描淡寫地說。

「那就帶上這些好了。」

那知到了親鞫之時，張廣泗答供時，口如懸河，滔滔不絕；皇帝問一句，他答十句都不止，而十句之中，沒有一句是皇帝愛聽的，總而言之，便是死不認錯。

「你狡辯！」皇帝怒斥，「莫非真要行刑，你才肯話真說？」

「奴才原是真話！皇上就一頓板子打死奴才，也還是這幾句話。」

這下便如火上澆油，皇帝抑制盛怒，冷笑說道：「你打算著我會把你立斃杖下，好安上我一個無道暴君的惡名。你的居心險惡，由此可見。我不用刑，刑具便是虛設了。」他轉臉對侍立在旁的來保說：「我要看看，所謂『大刑』有多大威力。」

「是！」來保便向站在柱子下面的曹震吩咐：「傳夾棍！」

曹震一聽傻了。誰知道皇帝會像縣官坐堂審江洋大盜那樣用夾棍？一時不知所措，只好跪下來囁嚅著說：「夾棍沒有帶來，得回去拿。」

來保一聽這話，臉色鐵青；此時此地當然不容他來訓斥部屬，只好轉回身去，單腿下跪，輕聲說道：「皇上請暫且歇一歇。諒張廣泗是何心肝，逃不過皇上明見萬里，回頭再問吧！」

殿廷深遠，皇帝未曾聽見曹震說些甚麼；只聽來保的話，料知其中必有緣故，便一言不發地從寶座中站起身來，到便殿去休息。

這時曹震已悄悄溜了出去，找到慎刑司的主事，不說一句埋怨的話，只兜頭作了個揖說：「我的親老子！勞你駕，趕快把夾棍取了來吧！」

「唉！曹二爺，」那主事答道：「夾棍原是帶了來的。你怎麼不問一聲，就跟來大人回說，沒有帶來呢？」

「我，」曹震向曹雪芹說：「當時差一點兒昏過去。回來問慎刑司的那傢伙：『來大人吩咐傳夾棍，你怎麼不搭腔呢？』你知道那傢伙怎麼說？他說：『來大人問的是你，你站在前面，我不便越過你去。』你聽聽，這不是存心的嗎？」

曹雪芹心想，曹震做人一向圓滑，應酬手段更是一等，照常情說，慎刑司的人不應該這麼陰損暗算。看樣子是有意跟他為難，只不知是他自己得罪了人呢？還是另有原故。

其時堂屋裡已在鋪排餐桌了；曹雪芹不便深談，只泛泛地勸慰著說：「在內務府當差，常有不痛快的時候。這算不了甚麼，丟開喝酒吧！」

餐桌上只有曹震跟他兩人；錦兒跟翠寶帶著孩子在另一處吃。不過，錦兒不久便捧著一杯茶，坐在一側陪著說閒話，有她在便覺得熱鬧得多了。

「二爺，告訴你一個好消息，也要讓你做個見證人，雪芹已許了我了，一過了元宵就要開始用功，後年下場。」

「喔！好！」曹震抬頭看著曹雪芹，眼中所閃耀的那種充滿了興奮與期待的神色，讓曹雪芹留下了極深刻的印象。

「我那本《試帖詩集萃》，你擱那兒了？我剛才沒有找到。」

「是——，」曹震想起來了，「是朋友借去看了，明兒我就要回來。」曹震又問：「雪芹，你是打算先進學呢？還是捐個監生？」

「捐監生好了。」錦兒插嘴，「進學中了秀才，少不得還要開賀甚麼的，耽誤他用功。」

「也好！這件事歸我替你辦。」曹震對曹雪芹說：「你只管用功好了。後年秋闈，有一年半的功夫，把好時文念熟個百把篇在肚子裡，做詩，你原來就有底子的，更不用擔心了。雪芹，你無論如何得在這條路上好好下一番功夫。」

「盡力而為。」曹雪芹神情肅穆地答說。

「還有，」曹震又說：「我以前對你的想法錯了。老想跟你提，見了面又想不起來；這會兒可想到了，趕緊說吧！」

曹雪芹愕然，「震二哥，」他問：「我不知道你指的是甚麼？」

「我記得我跟你說過，你不當差也不要緊，當個八旗名士，自成一格也不錯。你還記得吧？」

「記得。話不是這麼說的，不過意思也差不多。震二哥，這個想法怎麼錯了呢？」

「以前在外面當差，不覺得怎麼樣，自從當了堂主事，天天在內務府，我才知道『包衣』兩個字是怎麼寫的？先帝常說『包衣下賤』，罵得實在不錯。」曹震有些激動了，「一個人不覺得自己下賤，還不許人不下賤，這才是真正下賤。」

接著，曹震便說了許多在內務府的所見所聞，誣陷、傾軋、口是心非、暗箭傷人，無所不有；曹雪芹沒有想到人心是如此險惡，錦兒更是嗟嘆不絕。

「咱們曹家，早已忘記自己是包衣人家了；從老太爺當織造到現在，六十年的功夫，只當自己是書香世家。這四個字跟包衣二字，怎麼樣也扯不到一起。我倒問你，書香世家有些甚麼東西？」

「那還用說？」錦兒接口，「自然是書。」

「還有呢？」

「總還有點兒字畫骨董。」

錦兒又說：「就算敗落了，值錢的字畫骨董都改了姓，總也還有幾件先人寫的畫的破軸子。」

「還有呢？」

「『故家喬木』，」曹雪芹答說：「必有老樹。」

「好了，書、舊字畫、老樹；既然是世家，房子當然也是舊的。可是人家笑上三旗的包衣說：『樹小房新畫不古，此人必是內務府。』這不跟書香世家的情形，正好相反？」

錦兒笑了，「那裡來的這兩句話？」她說：「真缺德透了。」

「還有缺德的呢！」曹震又說：「有人說，內務府的人家，一定有四樣東西，『魚缸石榴樹，肥狗——。』」

錦兒不知道他是頓住了，「只有三樣。」她問，「那裡來的四樣？」

曹震看一看剛買了半年，一個名叫荷葉的小丫頭笑笑說道：「荷葉，我可不說你噢。」接著便補充了未說完的那句話：「魚缸石榴樹，肥狗胖丫頭。」

曹雪芹跟錦兒同時大笑；荷葉卻一溜煙躲開了，原來這十三歲的荷葉，正就是個胖丫頭。

「震二哥，」曹雪芹言歸正題，「你說的都是暴發戶的情形；內務府到底也還是有書香世家的。」

「不錯！不過不多，而且他們的情形，跟咱們家也不一樣。」曹震停了一下又說：「咱們名為旗人，其實跟漢人有甚麼兩樣？」

「原是漢人嘛。」是錦兒接口。

「可是，有的連姓都丟掉了。」

這是指包衣及漢軍改名而言。曹家則不但保存著漢姓，而且按漢人舊家的倫序起名按字輩排行；名字亦都取義於《尚書》或《詩經》。凡此在內務府包衣中，都顯得有些格格不入。這原是曹雪芹早就察覺到的，但此刻聽曹震細說，才知道竟受排斥。

「算了，」錦兒聽得煩了，「不管人家怎麼說，只要自己爭氣，就不必理那些閒言閒語。」

「談些別的吧！」曹雪芹換了個話題問：「張敬齋怎麼樣？」

「他，真夠狠的！就算上了夾棍，還是不改口，不求皇上開恩。」曹震比著手勢說：「數九寒天，臉上的汗，黃豆那麼大，始終不吭一聲，真能熬刑。」

「『三木之下，何求不得？』這句話看來也不盡然。」曹雪芹問：「不認罪，是不是就可以免死罪。」

「他希望如此，只怕未能如願。皇上親鞫也沒有問出甚麼來，還是得交軍機跟刑部會審。」

曹雪芹默然，錦兒卻有意見，「越是問不出甚麼來越糟糕。」她說：「費了好大的事，一點兒用處都沒有，皇上的面子可往那兒擱啊！」

曹雪芹點點頭說：「張敬齋死定了。」

「過兩天看軍機怎麼覆奏吧！」

第二天上午軍機大臣會同刑部尚書，在內閣大堂審問張敬齋，只是過一過堂，隨即具稿覆奏。奏稿是刑部預備的，按律擬議，說他「失誤軍機，洩漏軍情，煽惑人心，守備不設，為賊所掩襲，因而失陷城寨，毀棄軍器，罪皆應斬。加以種種負恩，有心誤國，實刑章所莫逭，應將張廣泗擬斬立決。」

覆奏是前一天下午遞進去的，第二天一早就會批覆，「斬立決」是絕不待時，旨下即行，刑部都已經預備好了，阿克敦與汪由敦、漢滿左右侍郎，所謂「六堂」都一大早趕到部裡，準備接旨。那知上諭未到，來了個軍機處的蘇拉，氣喘吁吁地求見汪由敦。

「奉張中堂面諭，請汪大人馬上進宮。」

「喔，」汪由敦奇怪，前一天就跟張廷玉說過，為了接旨，這天不到軍機處，何以派急足特召，「是甚麼事？」

「皇上今兒個『叫大起』，張中堂說，汪大人非到不可。」

軍機大臣進見，平時除領班的張廷玉以外，往往只有來保、汪由敦等少數人奉召；「叫大起」是全班進見，而汪由敦又非到不可。

阿克敦便猜想到，或許有張廣泗的恩旨，便即說道：「你趕快請吧！坐我的車；我的車快。」

汪由敦點點頭，立即起身，趕到軍機處一看，張廷玉、來保，以及協辦大學士吏部尚書陳大受、戶部尚書舒赫德、理藩院尚書納延泰，都在焦急地等他。

「好了！」張廷玉吩咐，「通知養心殿總管，說可以『叫』了。」

「叫」進養心殿西暇閣，皇帝問道：「張廣泗這一案的覆奏，是誰主稿？」

「刑部。」張廷玉答說。

「汪由敦！」皇帝喊。

「臣在！」跪在陳大受後面的汪由敦，膝行兩步，聽候垂詢。

「覆奏的稿子，你總看過？」

「是。」

「你們引的是那一條《大清律》？」

「引的是『領軍征討，逗留觀望，因而失誤軍機者斬』這一條。」

「這一條是斬監候？」

「是。」

「照你們這麼說，張廣泗罪只斬監候，斬立決是你們加重的？」

汪由敦不知道皇帝的真意何在？不敢造次回答，想了想說：「張廣泗種種負恩，斬監候不足以蔽其辜。」

「你們知道張廣泗自己怎麼說？」

這一問，汪由敦張口結舌，無以為答。因為張廣泗的口供很多，不知道皇帝指的是那一句話。

「張廣泗自己都說，他的罪應該立斬，而你們以為只是斬監候的罪。領兵逗留觀望，不過提督、總兵的罪；不是張廣泗這種身分的罪。如果他的罪不過斬監候，我何必親自來審？」

聽得這一番指責，穿了狐皮袍的汪由敦，背脊冒汗；唯有連連碰響頭，表示承認過失。

「你們軍機六大臣，合辦一件事，潦草錯誤，一至於此。實在讓我不能不想到傅恆。」皇帝又問：「以前年羹堯的案子，一共引了多少斬條？」

這是雍正三年，也是臘月裡的事，由怡賢親王允祥，以議政王的身分，會同大學士、六部、九卿，在內閣會審年羹堯。那時汪由敦在翰林院還未散館，不知其詳；而張廷玉正由協辦大學士署理大學士，而且覆奏即由他主稿，年羹堯一共有多少「斬條」，他當然非常清楚。

「回皇上的話，」張廷玉從容陳奏，「年羹堯大逆之罪五；欺罔之罪九；僭越之罪十六；狂悖之罪十三；專擅之罪六；貪黷之罪十八；侵蝕之罪十五；忌刻之罪六；殘忍之罪四，總計九十二款大罪。謀反凌遲；斬罪一共十條。有一於此，法所不宥。」

「張廣泗固然沒有年羹堯那麼罪大惡極，可是罪名亦絕不至於只有斬監候一條。」

張廷玉心想，那九十二款之中，不少是欲加之罪，就是張廣泗處以斬立決，亦稍嫌過分。皇帝認為需要他來親鞫，一定是極重之罪，先有成見在胸，那就無從分辯了。因而沉默不言，但臉上不自覺地流露出不以為然的神色。

這種神色，十三年來，皇帝見得多了。以萬乘之尊，竟要看臣下的嘴臉，他不止一次，怒火填膺，但以投鼠忌器，不能不忍。這一回有點忍不住了，但就在快要爆發的一剎那，想到他是先帝面許配享太廟，而且經由自己用明發上諭宣布過的。凡是襄助皇帝取天下，或者有安邦定國，不世之功者，方能配享太廟；這樣的人不但殺不得，而且還不能不禮遇，否則就會引起極大的麻煩。

這一轉念間，皇帝還是忍住了，但覺得不妨拿話刺他幾句。

「你們六個人辦這麼一件事，還辦不妥當，我不知道其故安在？」皇帝又說：「如果傅恆在這裡，一定用不著我來操心。由此看來，我就不得不更期望傅恆克奏膚功，早日還朝了。」

「傅恆蒙皇上指受方略，必能如皇上的期望，肅清西陲。」張廷玉說道：「萬一時機不順，亦請皇上早抒廟謨，把傅恆調回來，為皇上分勞，似猶勝於師老無功，逗留在外。」

這話亦含著譏諷之意，皇帝自然聽得出來；但這亦正是他自己平時說過的話，張廷玉用的是以子之矛，攻子之盾的手法，毫無可駁之處，皇帝只能生悶氣。

「張廣泗一案，臣等辦理欠當，請皇上治罪。」張廷玉又說：「不過張廣泗請旨斬決，刑部已經預備妥當；請皇上即賜裁決，以伸國法。」

「我另有旨。」皇帝吩咐：「你們跪安吧！」

皇帝吩咐「跪安」，即等於一二品大員接見屬下時的「端茶碗」，是一種結束會面的表示。張廷玉便即領先磕頭，然後起身退出。

「謹堂！」張廷玉回到軍機處，吩咐汪由敦說：「你替我擬個摺子，我非告老不可了。」

汪由敦是張廷玉的門生，他深受老師的提攜，但對老師亦很照料；誼如子姪，說話很直率，悄悄說道：「老師，犯不著這麼做。」

「怎麼叫犯不著？」

「彷彿跟皇上賭氣似地，何必？」

「當然不是馬上就遞。」張廷玉又說：「反正年裡一定要遞。」

「過了年不行嗎？」

「像我這樣告老，自然不能說走就走，總得有一段部署的辰光；皇上亦可早為之計。」

「老師——。」

剛喊得一聲，便讓張廷玉攔住了，「我志已決。」他說：「你不必再多說。」

「老師」有些生氣了，汪由敦自然不能再說下去。其時養心殿總管太監已將會審張廣泗的覆奏送了回來，上面的硃批是：「張廣泗著即處斬，派德保、勒爾森前往監視行刑。」汪由敦急於趕回刑部去料理，便說一句：「下午我給師母去請安。」表示若有未盡之言，要跟張廷玉細談。

到得刑部，阿克敦才知道有張廣泗的「恩旨」的想法，直可說是妄想；不過，他的「妄想」也不是憑空而生的，「從皇上決定瀛台親鞫，我就想到是把張敬齋比做年亮工了。」他說：「那時我是兵部侍郎，定罪的時候，我亦參與末議；張中堂主持，一共定了九十二條大罪，結果呢，不但沒有剮，而且沒有斬，賜令自盡。張敬齋不過一個斬罪，以彼例此，賞他一個全屍，亦不為過。不道皇上還嫌擬得輕了。」

「天威不測。」汪由敦說：「咱們只能法內留情，看張敬齋有甚麼未了的心願，替他辦一辦。」

「說得是，張敬齋是一條漢子；咱們當面去跟他訣別吧！」

於是由提牢廳主事，引領兩尚書親臨囚禁張廣泗的火房；他已經得到消息了，果然是條硬漢，神色之間，非常平靜。由於足脛被夾傷了，只能直挺挺地躺在高鋪上。聽說阿、汪二人連袂而至，便叫人將他身子翻了過來，用兩肘撐得將腦袋仰了起來，在枕上頓首。

「敬齋兄，不必如此，不必如此！」阿克敦避到側面，拱手答說：「太不敢當了。」

這時已有人端了兩張凳子，擺在高鋪前面；等他們坐定了，張廣泗喊著他的姪子說：「貴乾，你給阿大人、汪大人磕頭，代我道謝。」

「慢慢，慢慢！」這回是汪由敦搖著手阻攔，「這就更不敢當了。」

「兩公的大恩大德，我張廣泗命在頃刻，無可言報，只有來生結草啣環了。」

這時張貴乾已跪倒在地，恭恭敬敬地磕下頭去，於是阿克敦與汪由敦雙雙起立，連連哈腰，作為答禮。

等行完了禮，張廣泗又吩咐：「貴乾，你給何老爺也該磕個頭；我多虧何老爺照應，這份恩德，你們也該緊記著。」

「何老爺」是指提牢廳的何主事，他急忙拉住張貴乾的手說：「萬萬不可！」但是張貴乾手不自由，雙膝卻能自主，已遵他叔父之命，跪了下去，到底還是磕了一個頭才罷。

「貴乾，人之將死，其言也善，我還有幾句用兵的腑肺之言，要請兩位大人密奏皇上。你先迴避。」

一聽「密奏」二字，何主事也要迴避了。張廣泗的本意，就是用「密奏」二字當「逐客令」，他要說的話，是不宜讓何主事知道的。

「我已經聽說了。」張廣泗伏枕說道：「刑部主稿，引的是斬監候的律；加重變斬決，我全家大小，還能苟且活命，全出兩公成全。我張廣泗的滿腔委屈，總算還有人知道，死亦可以瞑目了。」

阿克敦正想答話，汪由敦拉一拉他的衣服；然後提高了聲音說：「張將軍，你這番感激天恩，至死不變的忠忱，我跟阿公一定替你面奏皇上。至於西陲用兵，你有所見，不妨細細陳述。」

阿克敦明白，張廣泗更明白，這是故意掩飾的話，便即放低了聲音說：「從奉召進京，我就知道我的命，絕不能保，皇上要殺大臣立威；借我殺訥公，反過來又借訥公殺我，自古雄猜之主，常有這樣的作為。今上雖是先帝的親骨血，但如是劉阿斗，先帝亦不會以大位相付。兩公以為我的看法如何？」

「張將軍，」汪由敦答說：「你不必問我們，你心裡有話，儘管說你的好了。」

「是。」張廣泗繼續往下說：「當時我心裡想，欲加之罪，何患無辭？但『誣服』，誣雖在人，服則由己；我亦不信『三木之下，何求不得』這句話。如今，總算過來了。」

聽得這句話，阿克敦畢竟忍不住了，「敬齋兄！」他說：「你真是忍人！」

「我想到一家妻兒老少，不能不忍。」張廣泗說：「皇上問我剋扣了多少軍餉？我回奏，軍餉由班第經管，何從剋扣？上了夾棍再問，我還是這句話。如果我鬆一句口，兩公亦就無法成全我了。」

阿克敦與汪由敦到此時才知道他熬刑的本意，不求免死，只求不抄家；如果承認剋扣軍餉，甚至不是有意剋扣，只是虧空公款，亦必依律籍沒家財來賠補，不足尚須追比家族，後患無窮。

「兩位恩公，」張廣泗又問：「以後如果尚有餘波，譬如有人訐告我如何扣軍餉，請問刑部如何處置。」

「此案已結，無須再論。」阿克敦轉臉問道：「是這樣嗎？」

「是。」汪由敦答說：「皇上親鞫之案，是真正的定讞。皇上英明過人，亦絕不會『貳過』。」

「蒙兩公始終成全，這是真的可以瞑目了。」張廣泗說完，雙眼一閉，眼角立即出現了黃豆大的淚水；這是張廣泗被逮以來，頭一次哭。

阿克敦與汪由敦都覺得心中惻惻然地很難過；但此時實在不宜動感情，「張將軍，」汪由敦輕聲說道：「關於西陲用兵，你到底也要稍為談一談，以便密奏。」

這是他格外謹慎之處，因為「有幾句用兵的腑肺之言」，請他們代為密奏，是張廣泗自己公然宣布的，這話輾轉達於天聽，就一定會查問，倘無下文，追究起來，又是一樁極大的麻煩。

「是。」張廣泗拭去淚痕，定定神說道：「皇上一再宣諭，金川用兵之期，不可過明年四月初旬；傅中堂回奏是，非成功，不班師。請兩公密奏皇上，兵機瞬息萬變，固不宜遙制；而長治久安之計，更非身經其地、身歷其事，不能細心策畫。是故只請皇上密諭傅中堂，凡事不必勉強，只拋開功過之心，純任自然，若拘定期限，反而會僨事：譬如說，本來五月裡可以收功，只為皇上有四月上旬的限期，傅中堂自然不肯無功而還，急於圖功，提早發動攻擊，時機未到，一定不能成功。這真正是我的膈肺之言，請皇上勿存張廣泗飾言巧辯之心，虛衷以聽；那樣，即令我覺得委屈，在九泉之下，總還有可能自解自慰之處。」

聽得這番話，阿、汪兩人，都為之動容；阿克敦答說：「敬齋，我一定把你的話，據實密奏；不過，我不能騙你，你那最後幾句話，說了反而壞事，我想把它拿掉。」

「是。謀國之忠，誰不如我？全在兩公自己斟酌，反正我的心是盡到了。」

阿克敦正要開口回答時，聽得身後一聲咳嗽，回頭看時是何主事進來回事。

「德侍衛到部！」

是奉派監視行刑的御前侍衛德保來了；何主事是暗示，德保在催促處決，以便覆命。這便真的到了訣別的時候了。

「敬齋兄，還有甚麼未了之事要交代？」

張廣泗黯然無語，而且看得出來，是強忍著眼淚；於是汪由敦便說：「張將軍，你請放心，此案到今天為止了。」

張廣泗點點頭說：「一切拜託。」

這時何主事便橫身過來，雙臂一張，隔斷在中間；汪由敦便將阿克敦一拉，很快地退了出去。但阿克敦走到門外卻站住了，喊一聲：「何老爺！」

等何主事應召而至，他特別交代，不必上綁。此與定制不合，言官參奏，即便是奉堂官之命，何主事職責所在，亦脫不得干係，因而面有難色。

「回頭我跟德侍衛說明白，不會有事。」

聽得這麼說，何主事勉強答應了。阿、汪兩人回到白雲亭，御前侍衛德保及刑部左侍郎勒爾森這兩個監斬官，都在等待，阿克敦將特許張廣泗不上綁這一點，跟德保說了，希望他略作擔待，回奏時勿提此事。

「阿公交代，我不能不聽；不過，有句話我得聲明在先，皇上不問我不提，皇上要問到，我可不敢隱瞞。」

「我明白。」阿克敦答說：「不然豈非欺罔之罪？」

汪由敦冷眼旁觀，心知皇帝不但欽派御前侍衛監視；而且監斬向來是刑部右侍郎的職司，特旨派了左侍郎勒爾森，其中必有緣故，因而悄悄派人去通知何主事，仍舊按規矩明正典刑，該上綁仍舊要上綁，不過不可凌虐。

原來刑部從前明以來，就有一種胥吏斂財的積習；凡是秋後處斬，事先「勾決」時，已知某人「情實」，罪無可逭；某人「可矜」，得以不死，但處決之前，仍舊一例上綁，到了菜市口，等京畿道御史齎到「駕帖」，上面沒有名字的，只是「陪斬」，但已經嚇得半死，而在此以前，先已吃過一番苦頭，如果家屬事先不託人打點，上綁時，雙臂反捩，表面皮肉不傷，而筋骨已受重創，即令不死，亦必終身殘廢。

至於斬立決的囚犯，當然並無陪斬的人，可是上綁時，一樣要吃苦頭；汪由敦交代不准凌虐，何主事自然不准胥吏胡作非為。其實亦不至於如此，因為張貴乾在獄中跟胥吏差役混得很熟，「得人錢財，與人消災」，上綁只是鬆鬆地籠住雙手，作個樣子而已。

等囚車一出刑部，汪由敦便已得報，他當然不告訴阿克敦，他對張廣泗的那番厚待之情，人家只是「心領」；而且張廣泗其人其事，在他自然而然地一下子就拋開了；因為他雖不曾學過幕，也不曾做過州縣官，但久在刑部，自然而然地受了刑幕心傳的兩句祕訣的影響，能很快地將已死的人忘掉。

那兩句祕訣：「救生不救死，救大不救小。」照學刑名的幕友的說法：天下所有的幕友，尤其是

「縣大老爺」尊為「老夫子」、實際上也是左右兩臂的「錢穀」、「刑名」兩席，他們唯一的使命，也就是游幕的最高的名聲，是在既能助東家升官發財，又能為百姓除害伸冤；其次是襄助「東家」，一切之一切，以東家的前程為重。既然如此，「救生」則生者感激再造之恩，必然有所報答；同樣的道理「救大」則「大」者的感激涕零，與「小」者無異，但論到報答，「大小」之別懸殊。幕友既然要報答相處無間的東家，「大」者與「小」者的餽贈是大不相同的。

汪由敦與阿克敦對張廣泗都很幫忙，但在感情上卻完全是兩回事，阿克敦在白雲亭「會食」之時，對張廣泗的遭遇，還在那裡嗟嘆不絕，而汪由敦「救生不救死，救大不救小」，心裡想到的，只是一個年將八旬、精神如昔的首輔張廷玉。

未正剛過，得報知道張廣泗已在「西市」——宣武門外菜市口畢命以後，便即起身說道：「我先告辭，這裡就請阿公偏勞了。」

「你上那兒？」阿克敦道：「萬一有事，總還有一定的地方可以『搜索』到你。」

「那，那就鴻印軒吧。」

「以後呢？」

「以後，」汪由敦答說：「當然是回舍下。」

「好，我知道了。」

於是汪由敦出西華門，直驅張廷玉的賜第——張家賜第在北京城內的有兩處，一處在西安門大街的蠶池口，是張廷玉之父、文華殿大學士張英的賜第；張廷玉的賜第在護國寺西，這天是十二月十八，恰逢護國寺廟會之期，車馬喧闐，熱鬧非凡。汪由敦想起來了，每逢廟會，張廷玉為了避囂，每每移往蠶池口；到門一問，果不其然，汪由敦原車轉往蠶池口。

到了張家，汪由敦先看張若澄——張廷玉有三個兒子，除姨太太生的小兒子還在讀書外，老大張若靄是雍正十一年的傳臚，官至內閣學士，乾隆十一年病沒；皇帝因為張廷玉在內廷行走，需要有人扶掖，特命前一年方成進士，分部當司官的張若澄改為庶吉士，並派在南書房當差，以便張廷玉進宮後，有人照料。

張若澄跟汪由敦讀過書，而且乾隆九年他在北闈中舉人時，汪由敦是主考，所以稱他「老師」；但汪由敦卻因張廷玉的關係，跟他兄弟相稱，問起張廷玉近來的情形，張若澄不由得便皺緊了雙眉。「這幾年總是想回桐城，逢年過節，鄉思更甚。」張若澄說：「這幾天又在鬧著上摺子了。」

「我今天就是為這件事來的。」汪由敦說：「二弟，你該切切實實勸一勸老師；今年正月裡那個摺子，說起來是碰了個軟釘子。而且，那時孝賢皇后還沒有出事。二弟，你在內廷行走，總看得出來；孝賢皇后生前身後，皇上變成兩個人了，這會兒如果再碰一個釘子，那——。」

汪由敦雖不說，張若澄也能意會得到，第二次碰釘子，可能碰得頭破血流，絕不能像這年正月裡那樣「優詔褒答」。

原來張廷玉年已七十有八；自七十五歲以後，並常在口頭上表示想告老，而皇帝總是很懇切地慰留。

這年正月裡，過了元宵，命張若澄寫了一個乞休的摺子，面呈皇帝，談到鄉思，至於淚下，因而皇帝跟他展開了一場辯論。

皇帝不准他告老還鄉的理由是，張廷玉受康熙、雍正兩朝厚恩，而且世宗遺命，將來配享太廟，豈有從祀元臣，歸田終老之理？

張廷玉的回奏是：宋明配享之臣，亦有告老而奉准的。而且舉了幾個人，如司馬光等等為證。又引《漢書．薛廣德傳》，說「七十懸車，古之通義」——七十歲退休，戶懸車，不預政事。又引《老子》「知足不辱，知止不殆」，認為年將八旬，不應戀棧。

皇帝辯才無礙，說「知足」「知止」，是就一般臣子而言；張廷玉與國同休戚，不當引用此論。至於說「七十懸車」為必然之事，則又何以有「八十杖期」這句成語。如果張廷玉必以泉石徜徉，高蹈才能適意，那麼諸葛武侯「鞠躬盡瘁」這句話，又該怎麼解釋。

接下來又動之以情，說日日同堂相處，一旦遠離，雖朋友亦有所不忍；且不說康、雍兩朝相待之厚，即是皇帝這十三年中，種種眷顧，亦不應言去。他如果真的忍心要走，亦當為皇帝想一想捨不得跟他分離之情。

不過總算還有體恤之意，其實也是削權，命張廷玉不必管理吏部，「俾從容內直，以綏眉壽。」

「二弟，」汪由敦問道：「你知道不知道，皇上為甚麼不願老師退歸林下？」

「怎麼？」張若澄詫異地問：「莫非還有內幕？」

「怎麼沒有？皇上用心極深，凡是不平常的舉動，無一件沒有內幕。」

「那麼，老爺子的事，是甚麼內幕呢？」

「皇上是怕老師去掀內幕。」

「這，這話怎麼說？」

「嗐，二弟！你怎麼這麼老實，說到這裡還不明白？」汪由敦將聲音放得極低，「雍正十三年、乾隆十三年、這二十六年之中的宮闈祕辛，還有誰比老爺子更清楚的？」

張若澄駭然失色，「這不是『以小』──。」他急忙將「以小人之心，度君子之腹」這句成語噤住。

「事實確是如此。」汪由敦說：「他怕老師回到桐城，優游林下，少不得常跟田里野老閒話麻桑，一談到兩朝得位經過，老師未必就能跟王文靖公那樣。」

「王文靖」指順治朝的內閣學士王熙。世祖因為自童年開始，便飽經滄桑，富貴榮華、悲歡離合，歷人世感情之極致，加以不堪親裁大政的沉重負荷，由虛幻之感，而生逃禪之想，決定到五台山出家，而且親自為親信太監吳良輔祝髮，預備帶到五台山作個伴當，那知「房星竟未動，天降白玉棺」，突然出痘，以致不起；臨終以前，一直神智湛明。召王熙至御榻之前，口授遺詔，其時皇二子福全、皇三子玄燁，皆在沖齡，而初得天下，大局未定，外有三藩，內有諸王，正是「國賴長君」之時，因而決定傳位給他的堂兄安親王岳樂。

及至這道遺詔呈上孝莊太后，她跟她的「教父」德國天主教士湯若望商量，決定還是傳位給已出過痘，由曹雪芹的曾祖母帶著住在宮外的皇三子玄燁接位，便是後來的康熙。此與世祖的本意不符，但太后作主，沒有人敢反對，仍由王熙秉筆，改動遺詔。這段祕密，王熙終身不洩，連他子姪面前都從未提過。

張廷玉能做得到這一點嗎？這是連張若澄都不敢斷言的事；他嘆口氣說：「照此看來，有孝賢皇后那件大事，如今比正月裡更難得如願了。」

「著！二弟，你總算明白了。」

「那麼，」張若澄沉吟了一會說：「能不能想個辦法，表明心跡，一定跟王文靖公一樣；同時——。」

「二弟，你別往下說了。」汪由敦亂搖雙手，臉都變色了，「這個念頭，動都動不得。這樣的忌諱，怎麼好碰？一碰，」他嚥口唾沫，吃力地說：「只怕還有不測之禍。」

看他如此緊張，張若澄也是把臉都嚇黃了，好一會神色稍定，「老師，」他說：「咱們一塊兒見老爺子去。」

「見了怎麼說？」

「能不能將你的看法，跟老爺子挑明了說？」

汪由敦緊閉著口，考慮了半天，搖搖頭說：「不妥！說明了只有讓老師的心境更壞。如今倒是有個法子，不妨試一試。」

汪由敦因為皇帝屢次表示，張廷玉精神矍鑠，足資倚畀；如果召見時，顯得老境頹唐，精力大衰，也許皇帝一念惻隱，准他回鄉養老。

張若澄別無善策，只好很婉轉地稟告老父。張廷玉認為此計大妙，第二天便即照計而行，在養心殿晉見時，下跪時故意裝作扭了筋的模樣，仆倒在地。喘息不止。

汪由敦不知是計，還當真的摔倒了，但面君之時，未曾奉諭，不敢起身去攙扶，只是急得憂形於色，欲語又止。

於是隨手拿起寶座扶手旁的一具金鐘，隨手搖了兩下；這是召喚太監、宮女的信號，但幾乎絕少用到，因為皇帝到處，總是有人不離眼地在伺候，目動眉語，先意承志，不勞用金鐘相召。但在養心殿召見軍機時，太監皆須遠遠迴避，因而進出殿廷打門簾時，亦須資淺的軍機大臣執役。此時要召太監扶掖張廷玉，很難得地用了一次金鐘。

「你們把張中堂扶出去息一息。」

養心殿總管遵旨督率另兩名值殿的太監，去攙扶張廷玉時，他伏在地上先磕了個頭，顫巍巍地說：「臣尚可支持。容臣仍舊在這裡承旨。」

「不，你去息一息。」等將張廷玉快扶出殿門時，皇帝又喊：「高廣德！」

「喳！」總管回身跪下來答應。

「把我這碗茶，端了去給張中堂喝。不必謝恩。」

御案上的這碗茶，其實是參湯；高廣德答應著，站起身來，雙手捧著那隻內盛參湯的康熙窯五彩藍碗，小心翼翼地向殿外走去。

皇帝又開口了：「汪由敦！」

「臣在。」

「你看看你老師去。」皇帝又說：「傳旨：派御前侍衛一員，護送大學士張廷玉回賜第。」

「是。」汪由敦站起身來，退後數步，轉身出殿。

張廷玉是在養心殿西，總管太監的屋子中休息，臉色已見緩和，正在啜飲御賜的參湯。等汪由敦傳了旨意，張廷玉少不得在原處望著西暖閣磕頭謝恩。接著，汪由敦找到相熟的御前侍衛三保，傳宣綸音，將張廷玉託付了三保，方又回殿覆命。

「張廷玉精力是差了。」皇帝說道：「我想，他亦不必天天入直；宋朝文彥博十日一上朝，有前例不妨援引。」

「是。」

接著，皇帝講了大篇不能，亦不必讓張廷玉回桐城的大道理，命汪由敦：「寫旨來看。」

回到軍機處，汪由敦照皇帝的意思，寫好上諭，用黃匣子裝了，遞上御前；等發下來時，上諭隻字未動，不過另外附了一頁素箋，是用硃筆寫的一首詩。

這是汪由敦的一項特殊差使，皇帝有時用誅筆，有時用墨筆，有時甚至是口述，都由汪由敦以楷書謄正，附帶作一番詞句上的修飾，失粘不合韻之處，都要改正；然後送呈覆閱，稱之為「詩片」。

由於這首詩是賜張廷玉的，所以汪由敦改好了詩，還要在上諭結尾加一句：「御製詩一章，以勸有位。」

這道上諭，由內閣「明發」，一開頭說：「大學士伯張廷玉，三朝舊臣，襄贊宣猷，敬慎夙著，朕屢加曲體，降旨令其不必向早入朝，而大學士日直內廷，寒暑罔間，今年幾八秩，於承旨時，朕見其容貌少覺清減，深為不忍。」

這段話，體恤老臣，情見乎詞，但下面那句話，便顯得有些輕薄了，「夫以尊彝重器，先代所傳，尚當珍惜愛護，」等於將張廷玉當作骨董看待。承旨時皇帝特別指示，這句話不可漏掉，所以汪由敦述旨時，照樣書寫；接下來便是轉筆：「況大學士自皇考時倚任綸扉，歷有年所，朕御極以來，弼亮寅工，久遠一致，實乃勤勞宣力之大臣，福履所綏，允為國家祥瑞。」說張廷玉的福祿壽考，為國家的瑞徵；再配上「勤勞宣力」四字，無異暗示張廷玉不過福氣好、恩澤厚而已，並沒有甚麼了不起的相業，接下來便又談到歸田之事：「但恭奉遺詔，配享太廟，予告歸里，誼所不可。」

然則「年幾八秩」，且「容貌少覺清減」，既覺「不忍」，應有處置；因而提到宋朝文彥博的先例：「考之史冊，如宋文彥博十日一至『都堂』議事，節勞優老，古有成模。」宋朝「中書、門下、尚書」三省長官議事之處，名為「都堂」；這裡當然是比作軍機處，上諭中交代：「著於四五日一入內廷，以備顧問。」

上諭中重要的文字是，反覆申言，張廷玉並無歸田的必要，先說：「大學士紹休世緒，生長京邸，今子孫繞膝，良足娛情，原不必以林泉為樂」，這是說，張廷玉想回桐城，毫無理由，人之既老思鄉，或者由於少時游釣之地，魂牽夢縈；或者子孫居鄉，舐犢之情，不能自已。張廷玉從小生長京師，子孫繞膝，兩個思鄉的理由，都不存在。倘真以林泉為樂，則「城內郊外，皆有賜第，可隨意安居，從容几杖，頤養天和，長承渥澤，副朕眷待耆俊之意。」

此外，上諭中還有期勉張廷玉為朝臣作個榜樣之意，道是「且令中外大臣，共知國家優崇元老，恩禮兼隆，而臣子無可已之，自應鞠躬盡瘁，以承受殊恩，俾有所勸勉，亦知安心盡職。」

凡此規勸，如果不聽，一下子反過來，都可以成為罪狀。最後所附的御製七律一章，便等於提出警告；頭兩句是：「職曰『天職』位『天位』，君臣同是任勞人」，用《荀子》與《尚書》的典故，說張廷玉與皇帝為臣為君，任勞皆由天定。中間第一聯說「休哉元老勤宣久」，不過「允矣予心體恤頻」，這「允矣」二字出於《詩經》，「允矣君子」乃誠信之意，張廷玉雖然勤勞王事已久，但他亦有足夠的報答。

第二聯用了兩個典，一個是封潞國公的文彥博，「潞國十朝事堪例」，這裡的「十朝」是皇帝獨創的用法，意味「十日一朝」，並非經歷了十個朝代。另一個是唐朝平安祿山之亂的汾陽王郭子儀，道是「汾陽廿四考非倫」，這個警告就嚴重了。

本來郭汾陽「二十四考中書」，是說他久任中書令，歷經二十四次考績，以年資而論，張廷玉拜相二十餘年，不能說是「非倫」。因此所謂「非倫」者，是郭子儀與張廷玉的相業不同，郭子儀身繫唐室安危二十年，張廷玉不能與之相比。換句話說，他實在並無配享太廟的資格。

最後便是公然告誡了：「勗茲百爾應聽勸，莫羨東門祖道輪。」祖作送字解，送別之筵稱為祖餞；祖道便是送行。勸張廷玉莫作歸田之想。

這道上諭除明發以外，還特繕一份，派御前侍衛頒賜張廷玉；照例擺設香案跪接，高供大廳正中。接下來還有件事，便是繕摺謝恩。

「你把謹堂去請來！」張廷玉這樣吩咐次子。

「這個謝恩摺子，也不必他來擬。」張若澄說，「快過年了，刑部本年該定讞的案子，趕著要出奏；不必找他了吧。」

「不！我另外有話問他。」張廷玉說：「等他刑部的公事完了，請他來喝酒。」

於是張若澄寫封短簡，派人送到刑部；汪由敦直到上燈時分，方應約而至。「聽說這道上諭，是你擬的？」

「是。」

「詩呢？」張廷玉又問：「每一個字都是御筆？」

「皇上的詩，老師知道的，除了失粘、出韻，要想動也無從動起。」汪由敦答說：「而況這首詩是給老師的，我更不敢動了。」

「我也看得出來。」張廷玉點點頭，「不通之處仍在，足徵為原作。」

批評皇帝「不通」，雖在私室，亦不宜出口；汪由敦沉默不答，暗示為一種規勸。

「謹堂，『莫羨東門祖道輪』，連羨慕都不行嗎？」

聽老師咬文嚼字，足見對這首詩很在意，汪由敦出言便越發謹慎了，「我想，這個羨字沒有甚麼深意。」他緩慢地說：「這裡要用仄，羨字去聲，比較來得響。」

「皇上的詩，還用得著講聲調嗎？」

「爹！」張若澄也覺得需要勸阻，所以為皇帝辯護著說：「前一陣子，皇上還特地到南書房來要過趙秋谷的聲調譜。」

「好。不談這一句了。謹堂，」張廷玉有些激動了，「『汾陽廿四考非倫』，是指的甚麼？」

汪由敦何能直說；勸慰似地說：「老師何必看得這麼認真？」

「不！我要弄弄清楚，因為皇上的詩，常有以詞害義之處，說不定是詞不達意。」

這「非倫」兩字是很清楚的；汪由敦無法曲解皇帝是如何措詞不當，便依舊只好保持沉默。

「皇上，另外還說了甚麼沒有？」

談到這裡，張廷玉忽然咳嗽大作；後房出來兩名女子，年紀都在三十左右，卻依舊是青衣打扮。

這使得汪由敦想起了他的「太老師」張文端的一則傳聞。文端是張英的謚，他是康熙六年丁未科的翰林。但三藩之亂以前，人才出在他以後的一科，康熙九年庚戌的徐乾學、李光地、趙申喬、王掞、陳夢富、邵嗣堯、張鵬翮、郭琇，還有旗人牛紐；而且庚戌科一榜二百九十九人，丁未科只有一百五十五，眾寡之勢，亦不相敵，因此張英頗受排擠，幸而他甘心自下，始獲保全。

自康熙三十五年以後，諸皇子爭位引起朝局的大翻覆，黨爭更為激烈。張英是東宮保傅，看太子失父皇之歡，情況不妙，因而在康熙四十年，以衰病請放歸田里；其時他才六十五歲，平時養生有道，體氣一如壯年。聖祖亦知他之告老，是因為在東宮未能善盡輔導之職，內心不安而求去，有引咎之意在內，便准如所請，容他優游林下。

張英既有終老林下之志，自然要興土木來娛老；好在他的身子好，年過七十，依然能夠親到工地，指點經營。這年——康熙四十七年夏天，花園中有座正廳要上梁，梁木植置路口，那知有個十六、七歲的丫頭行經此處，跨梁而過。那時在許多重忌諱的地方，連婦女的褻衣都不准在露天曬晾的；正梁是何等重要之物，這丫頭膽敢如此，工頭大為惱怒，厲聲喝住：「你簡直要造反了，你怎麼可以跨過正梁。」

「咦！為甚麼不能跨過？」

「賤物，你真不懂、假不懂？你那個『東西』跨過正梁，陰氣衝犯，這根梁不能用了；稟告老太師，一頓板子打死你。」

那丫頭失笑了，「你儘管去稟告。」她說：「我的『東西』怎麼樣，公侯將相不都是從這裡出來的？」

工頭為之氣結，果然去稟告「老太師」；張英覺得這個丫頭，出語不凡，找來一看，生具貴相，心中一動；有天丫頭服侍他「更衣」時，成就了一段「一樹梨花壓海棠」的韻事。

誰知到了這年九月裡，接到京中的信息，太子為皇帝所廢。據說在熱河行宮回鑾途中，太子每夜逼近皇帝所住的「布城」，撕開一條縫，往內偷看，有弒父的逆謀。

皇帝特召王公大臣，面數太子之罪，且哭且訴，有「朕不卜今日被鴆，明日遇害，晝夜戒慎不寧，似此不孝不仁，太祖、太宗所締造，朕所治平之天下，斷不可付此人。」哭訴到此，仆倒在地，幾於昏厥。

信是張廷玉寫來的，他在南書房行走，又兼日講起居注官，凡有巡幸，例必隨扈，信上所寫，都是親見親聞，格外真切。因此，張英看完這封信，亦像聖祖一樣，「幾於昏厥」——從康熙二十六年起，他一直兼管詹事府；這個衙門是「東宮官屬」，其中有個官職叫做「洗馬」，而正式的職稱卻是「太子洗馬」。太子的教育，歸詹事府負責；不道教出來的太子，竟是如此大逆不道！怎生交代？

而且聖祖凡事皆能循理衡情，作出公平寬恕的處置，獨獨一牽涉到皇太子，便有牢不可破的成見，橫亙胸中；而且早年溺愛不明——由於元后在生太子時，難產而死，以悼念愛妻之情，寄於其子；再則太子長得英俊而聰明，讀書過目不忘，做得極好的詩，為他的曾祖母孝莊太后視如心肝，聖祖亦不知不覺陷於溺愛之中，為了便於他需索，將他的乳母之夫凌普派為內務府大臣。但當太子成年，種種乖謬荒唐的積習，已成無藥可治的痼疾以後，聖祖竟歸罪於凌普及跟隨在太子左右，滿洲話名為「哈哈珠子」的一班小太監，很殺了一些人。

這就是張英驚悸的由來，在聖祖認為太子是第一等的資質，所以不成材，都是他左右的人教壞的；如今壞到竟要弒君，試問多年任「東宮官屬」之長的人，該當何罪？

張英越想越害怕，驚悸成疾；而且不肯服藥，只求速死。可是他的那個「出語不凡」的侍兒卻有孕了。

世家大族，最怕這種事；尤其是在退歸林下的大老去世之後，才爆發出來的事件，更為棘手，首先是不知未出生的嬰兒，究竟是不是老主人的骨血？事實上惡僕設計誣賴的情形，亦多得是；素車白馬，弔客紛紛之際，忽然出現一個身穿重孝的少婦，拖個披麻戴孝的孩子，到靈堂大哭，說孩子是老主人所生，且有惡僕出來作證，說老主人生前確有此外室。於是要歸宗、要分家；有些「詩禮之家」，認為析產事小，「亂家」事大，到談判不成時，不免涉訟，這種無頭官司，遇到心狠手辣的「滅門縣令」，非破家不可。

但亦有確是老主人的親骨肉，而門生故舊，認為死者的清譽，必須維護，所以教唆死者家人，狠心不認，當然也要動用官府的力量，硬壓軟騙，乃至治以誣控之罪。那懷孕的侍兒，所恐懼的便是這一點。

據說，張英雖在病中，神智湛然，問那侍兒：「你的打算怎麼樣？要不要生這個孩子？」

「當然要生。」

「生了以後呢？」張英問道：「是不是另外替你擇配？」

「不！我請少爺撥一處房子給我，帶髮修行。」

「這是你終身大事。」張英鄭重提醒她：「你再想想。」

「不用想。老太師得病那天起，我就打定主意了。如今只請老太師作主，跟大少奶奶說明白。」

張英的長子，亦就是張廷玉的胞兄，名叫張廷瓚，是康熙十八年的翰林，去世好幾年了；大少奶奶便是他的妻子，現在當家。

「你別傻了！告訴了大少奶奶，還不是把你弄到小產了事。」

「可是，我這肚子鼓——。」

「你回娘家去生。」

張英密密地囑咐了一番話，然後把大少奶奶找了來，說那侍兒不聽話，讓他生氣，非攆走不可。

「喚她父親來，把她的契約給他，叫他領回去。」

大少奶奶不疑有他，檢出那侍兒的賣身契，還附送了幾兩銀子，喚她的家人來將她領了回去。

不多幾天，張英去世，遺疏去京，恤典甚優，謚文端，表示皇帝承認他是正人君子，輔導東宮，並無不端的行為。張廷玉兄弟亦就能安心在原籍守制了。

到了第二年，那侍兒遣她的父兄來告，說為「老太師」生了個遺腹子。有老太師生前所寫的一首詩為證，這首詩是遺囑，且已為未生的兒子或女兒命名，生的是兒子，命名按照「廷」字輩，第二字「玉」字旁排行，叫做「廷璣」。

這件事在張家是個忌諱，雖以汪由敦這樣親近的關係，亦從沒有打聽過「太老師」的這樁韻事，只是聽說而已。這時候忽然想到，是看到那三十上下的兩名青衣女子，知道「老師」亦不免有內寵，杖朝之年，這種情形不是好事，但又從何規勸？

正在這樣想著，張廷玉的咳嗽已經止住了，「你跟謹堂在這裡，我有幾句擱在心裡的話，不吐出來，只怕要帶入泉台了。」他看一看左右說：「叫大家都出去。」

這是囑咐他兒子的話，張若澄奉命唯謹，交代下人迴避，而且親自去查看，確知絕無隔牆之耳，方始回進房來，端著椅子放在張廷玉左首，這是為汪由敦預備的座位，他自己在門背後取個小板凳，坐在他父親右膝旁邊。這樣都坐攏來，張廷玉說話就可以省好些氣力了。

「照現在的情形看，想終老『龍眠』，必成妄想。而且，就算有恩旨，許我回籍掃墓，恐怕亦只能心領了。」張廷玉停了下來，看一子一門生都只是用期待的眼光看等而未發問，便又接下去說道：「這話，何以言之？長途跋涉，就算安然到家，可是涉歷江河，雖無風濤之險，而方寸之間不能無風濤之憂。你們現在年紀還輕，還不能體會我的心境；到了六十年以後，你們就會知道了。」

沉默了片刻，汪由敦開口問了：「老師的意思是，憚於遠行？」

「是的。」張廷玉說：「不過這『憚』與不憚，不可執一而論，『境由心造』，在思鄉正切、歸心如箭的時候，不憚冒險；倘或已經到了我覺可以安身立命之處，再叫我回京，那時我就會覺得渾身不自在了。」

「老師的意思是，一回桐城，就憚於回京供職了。」

「是啊。我所顧慮就是這一點。」

「老師這話，我斗膽要駁，如果皇上格外優遇，老師酬主心切，回京亦就會像回籍一樣自然而然地不會擔心風險。」

「但願如此，而究竟不是如此。此生我已不作回鄉之想，而且自覺有朝不保暮之勢，心裡有些話，不止是發我自己的牢騷，也讓你們自己有個抉擇。」

「太老師要訓誨的是——，居家之道？」

這是汪由敦故意這樣說，實際上他所希望獲得的訓誨，是「居官之道」。

「我要訴訴我的委屈。」張廷玉說：「有人在皇上面前說：鄂文端配享太廟，是說得過去的，因為至少還有在雲貴征苗，『改土歸流』，不妨說有開疆拓土之功。至於張某人，不過筆墨之勞，述先帝之旨稱職而已，如此而入太廟，名器未免太濫。皇上把這話聽進去了。進讒的人是誰？我不知道你們知道不知道？知道，擱在肚子裡；不知道也就不必去打聽了。」

汪由敦與張若澄，可說是知道了一半，他們都聽人談過，但不便去問張廷玉，此刻似乎有了澄清的機會，便都靜靜聽著。

「先帝一向重視翰林，對庚辰一榜，更加注意，為甚麼呢？」張廷玉問：「謹堂，你總明白其中的道理吧？」

「是。」汪由敦答應著，不多說甚麼。

「我們那一榜，三甲點翰林的，有史鐵崖、我、年亮工。那年我二十九，史鐵崖小我十歲，也是一榜之中年紀最輕的；他是三甲第一，而且口才極好。至於年亮工，他之點翰林，大家都知道的，是因為他的出身的關係。」

張廷玉說得很含蓄。年羹堯是世宗封雍親王「分府」時，歸入門下的包衣；後來進妹封為側福晉，以此雙重淵源，託了人情，才得點為翰林；這是個公開的祕密，汪由敦與張若澄都很清楚。

「年亮工自己知道，他是當督撫的材料；當督撫必須朝中有人，所以最看重同年。史鐵崖少年大才，前程無量，年亮工跟他很投緣；不過史鐵崖絕頂聰明，看先帝待年亮工的情形，每有出乎情理之處，就存著戒心。雍正元年，年亮工入覲，那份威風，舉朝失色；唯獨對史鐵崖特假詞色。陛見的時候，先帝問起人材，年亮工回奏：『史貽直才堪大用。』於是先帝召見，說是『年羹堯保你。』他說：『保臣者年羹堯，用臣者皇上。』你們聽他的回奏，是不是很得體？」

這是很有名的一個故事；但相傳史貽直——字儆絃，號鐵崖，江蘇溧陽人——是在年羹堯事敗後，召見時如此回奏，現在才知道，早在被薦時，便已向世宗輸誠了。

「他是真心話嗎？不是。他心裡還是感激年亮工的舉薦之德的。因為如此，他對我就有誤會了。」

汪由敦與張若澄都曾聽說，史貽直跟張廷玉不和，如今是證實了；而且還知道了，事由年羹堯而起。

「辦年亮工是先帝的意思，我不過述旨而已；而且有些地方我還絞盡腦汁，為他父兄開脫。這份苦心，唯天可表，不求人知；但史鐵崖認為我對年亮工落井下石，我不能承認。」張廷玉停了一下又說：「我自己覺得我事先帝，咎在未能犯顏直諫；但果真如此，只怕你們也不能過今天這種日子。」

他的意思是很明白的，如果「犯顏直諫」，忤世宗的意旨，以後的遭遇就會不同，張若澄固不能靠他的蔭庇；汪由敦亦不知是否能在雍正二年中進士，成為他的門生？原來聖祖在康熙六十一年壬寅十一月駕崩，相隔一個多月，便是雍正元年癸卯，應舉鄉試，但改元例開恩科，兩科並開，先恩後正，如照鄉試秋闈，會試春闈的常例舉行，前後需要三年才能完事。因而世宗特命仿照康熙五十二年聖祖六旬萬壽開恩科之例，春天鄉試，秋天會試，恩正兩科都是如此。

其時為了網羅人材，亦為了偵察各省對他的得位不正，是否有反抗的情形，對鄉試主考的人選，非常慎重。順天的正主考是以講理學著稱的朱軾；副主考便是張廷玉。到了秋天會試，向例遣派四總裁，而世宗為了以專責成，特旨仍派朱軾、張廷玉兩人主持，殿試以後，三鼎甲皆派在南書房行走。

第二年甲辰，補行前一年的正科，會試四總裁，仍以朱、張居首，汪由敦便是經張廷玉的識拔，在這一科成進士，入翰林。如果張廷玉不是主眷優隆，就不會連著兩年當會試總裁，汪由敦能不能脫穎而出，便頗成疑問了。

「現在要談我如何入南書房了——。」

在未設軍機處以前，南書房翰林承旨撰擬上諭，並備顧問，即等於後來的軍機大臣。康熙中葉，朝中的人材，非楊即墨，不是擁護皇太子，便是為皇八子胤禩所羅致；以後奪位的糾紛擴大，皇太子與皇八子兩敗俱傷，而聖祖選定了皇十四子恂郡王胤禎居儲位，胤禩傾心擁護，舉朝人材，皆歸門下。世宗既然是奪了他的同母弟皇十四子的大位，便成了舉朝皆敵之勢，要想物色幾個能不受胤禩影響，而一意為己所用的人，非常困難。

當然，他是早就在留意的，張廷玉便是世宗所看中的一個人；因為他承老父遺教，深知捲入奪位的糾紛中，是件非常可怕的事，所以平時跟胤禩一系，頗為疏遠；而由於張英曾是廢太子的保傅，所以張廷玉亦自然而然對胤禩有一種敵視的傾向，世宗認為用他是一定可以寄以腹心的。

其時還有一個人，被選入南書房，參與密勿，此人是海寧「三查」之一。三查的老大查慎行，本名嗣璉，字夏重，他是朱竹垞的表弟，詩名甚盛，早就點了翰林；康熙二十八年，發生一件國喪期間演戲，朝士紛紛獲罪的大案，查嗣璉亦被革職。後來改名慎行，自號悔餘，應康熙三十二年的鄉試；復由大學士陳廷敬的舉薦，入直南書房修書，康熙四十二年再度成為翰林，未幾請假回籍，就不再入京了。

老二叫查嗣瑮，字德尹，與張廷玉同榜，亦是翰林。老三便是為世宗所選入南書房的查嗣庭，字潤木，他是康熙四十五年的翰林；世宗用他，別具深心；其中內幕，汪由敦是第一次聽他老師揭露。

原來查氏兄弟應該算是胤禩一黨。胤禩黨中有一員大將，為權相明珠之子，詞壇大名家納蘭性德之弟揆敘，他在詩詞上的造詣，雖不及納蘭，但亦是八旗有名的詩人，詩筆通敏，而且篇章甚富；他學詩的老師便是查慎行。

至於查嗣庭，是因為世宗發現了一首詩，才知道他跟胤禩的關係不淺。這首詩是胤禩送一個椒房貴戚的壽詩：「柳色花香正滿枝，宮庭長日愛追隨。韶華最是三春好，為近龍樓獻壽時。」這一貴戚是領侍衛內大臣，長日追隨，而生日在「柳色花香正滿枝」的三月，恰與聖祖三月十八日壽辰相近，所以結句有「龍樓獻壽」的話。

詩不是胤禩做的，代筆的就是查嗣庭。胤禩的門客，世宗居藩時都有偵察的紀錄，從未見查嗣庭上門，但居然為胤禩代筆作詩，可見得別有祕密的交往途徑；世宗用查嗣庭，便是想從他口中打聽胤禩的祕密。

但是查嗣庭不承認與胤禩有交往，他說那首壽詩是有人來託他作的，只說是替某皇子代筆，並不知就是皇八子胤禩。

「先帝是何等樣人？就有心試他了。因為隆科多曾經保過他，就先試他跟隆科多的關係。」

張廷玉談到這裡，停了下來，抬眼環視一子一門生，很認真地告誡：「你們記住，『受祿公堂，拜恩私室』在先帝跟今上，是最犯忌的事！舉薦人才是大臣分內應為之事，不應視為市恩；做官做的是朝廷的官，要感的恩是皇上，不是舉主。史鐵崖至少在表面上，能把這番道理現出來，是他最聰明的地方。謹堂，你將來是要大用的，更不可忘記我這幾句話！」

「老師的訓誨，門生絕不敢忘。」汪由敦站起身來，恭恭敬敬地答說：「不過東漢風義，門生是最仰慕的。」

這就是張廷玉教汪由敦的居官之道，要以「受祿公堂，拜恩私室」為戒，但特意提出史貽直的

「聰明」，暗示只是「表面」應該如此。汪由敦答以「東漢風義」，便是充分領會的表示；因為東漢最重「舉主」，一旦受恩，終身不忘，甚至有棄官為舉主服喪的。汪由敦特拈此義，張廷玉當然深慰老懷，連連點頭；接著又談查嗣庭。

「查橫浦就沒有史鐵崖那麼聰明了。」他說：「先帝有時候召見我跟查橫浦，有意無意批評隆科多，或者處置失當，或者太不經意，過個兩三天，隆科多就會找機會跟先帝辯解，認錯時少，自以為是之時居多。你們想呢！」

「那當然是查橫浦把先帝的話透露給隆科多了。」汪由敦說：「不過隆科多『認錯時少』，查橫浦就要糟糕了。」

「糟糕的事還在後面呢！」張廷玉說：「有一回先帝交代查橫浦，擬上諭斥責漕督，其中有一句話應該是：『廉親王曾向朕稱道該督處事精敏』，查橫浦竟把這句話刪掉了；皇上問他，他默不作聲。」

「這不太傻、太糊塗嗎？」

「糊塗不在這裡。」張廷玉說：「我也是聽人說，有人問他，皇上既然這麼交代，你照寫就是。沒有寫是疏忽，就承認了也不要緊。你們道他怎麼說？」

「他是不承認疏忽？」

「不但不承認，竟是這麼回答：那天皇上召見皇八子廉親王，問起張大有為人如何？廉親王答說：『漕督張大有亦不免有糊塗的時候。』這是我親耳聽見的，皇上交代的話，與事實不符，所以我略而不書。你們看世界上有這麼糊塗的人。」

「那就怪不得他要獲罪了。」

賦性率真、處事輕率，只是說他易於獲罪，究非獲罪真正的原因。汪由敦對這件荼毒至慘的文字獄，一直覺得有許多不可解之處，以前不敢談，如今難得張廷玉自己提到，當然要問個明白。

於是張廷玉談了許多內幕。查嗣庭兩主鄉試，雍正元年癸卯主考山西；到了四年丙午又放江西主考，副主考叫俞鴻圖；他的父親俞兆晟是康熙四十五年查嗣庭那一榜的傳臚。

由於彼此通家之好，而且俞鴻圖自京師至南昌，始終以「年家子」的身分，處處尊敬查嗣庭，所以查嗣庭在他面前，言論毫無避忌，日夕相處，視如家人，幾乎沒有甚麼隱密之可言。

在出京之前，俞鴻圖間接奉有密旨，要一路留意查嗣庭的言語行為；這本來不過是防備查嗣庭言語失檢，或有或無，俞鴻圖只要據實密奏，便已盡到責任，那知俞鴻圖不是這樣的想法。

「他是怎麼個想法呢？在他以為查橫浦為先帝之所必去，叫他留意查橫浦的言論，可有甚麼不當之處，就是要他搜羅查橫浦有甚麼悖逆的證據。有一天動手打開查橫浦的箱子，翻了翻他的日記；大獄由此而起。」

汪由敦記得，當時的上諭是這樣說的：「查嗣庭向來趨附隆科多，由其薦舉，朕令在內廷行走，授為內閣學士，後見其言語虛詐，兼有狼顧之相，料其心術不端，從未信任。今歲各省鄉試屆期，朕以江西大省，需得大員以典試事，故用伊為正考官，今閱江西試錄，所出題目，顯露心懷怨望，譏刺時事之意，料其居心澆漓乖張，必有平日記載，遣人查其寓所及行李中，則有日記二本，悖亂荒唐，怨誹捏造之語甚多。」當時覺得奇怪，因為那年江西鄉試三場題目，除第二場為副主考所出以外，第一場、第三場的題目，為「不以人廢言」等，說是心情怨望，已屬牽強，至於由於出題不甚妥當，而即「料其居心澆漓乖張」，推測他「必有平日記載」，而派人搜查他的寓所及行李，更是自唐太宗開科以來，從未有的怪事。如今聽張廷玉所說，方知是俞鴻圖先下的手，按他的行為來說，先已犯了竊盜之罪，先帝不便說破真相，因而才有「遣人」之語。

「查橫浦遇見他這麼一個『年家子』是大不幸；又遇到李靖達這麼一個『父母官』，更是不幸中的不幸。」

雍正四年的浙江巡撫李衛，謚靖達；當時他奉旨到海寧查家去搜查，大事張皇；原來很小的一件事，變得非常嚴重，便非從重處置不可了。這就是張廷玉說查嗣庭「不幸中之不幸」的緣故。可是外傳所謂試題的「維民所止」而「維止」二字為「雍正」斬頭去足之象，因而被指為大逆不道，但並無「維民所止」的試題，則此語由何而來？

「查橫浦著過一部書，叫做《維止錄》，這部書曾經進呈，大意說，明亡如大廈之傾，得清維之而止，先帝還很嘉許他的立論。到得一旦獲罪，有人進讒，說此書明為頌揚本朝，其實詆斥滿洲，這話亦無根據。真正的原因是，查橫浦的日記中有幾句話替他惹來了殺身之禍。其實只得兩個字。」

據張廷玉說：查嗣庭在聖祖崩於暢春園的第二天的日記中，有這樣幾句話：「天大雷電以風，予適乞假在寓，忽聞上大行，皇四子已即位，奇哉！」「惹禍的只是『奇哉』二字，俞鴻圖入告，亦就因為有此二字，先帝疑心他得位的經過，查橫浦必有詳細記載，於是革職拿問，一面搜查他在江西的行李；一面旨下浙江，派人到海寧去查。結果呢，如說有謗訕之語，僅僅只有『奇哉』二字，可是此案已成騎虎，要小也小不下去了。」

汪由敦到此方始恍然大悟，全案之起，是由於俞鴻圖誤會了意旨，希圖出賣查嗣庭邀功；而世宗因為有心病，而又有查嗣庭一直不大聽話，疑心他私下必有祕密記載，因而遽然下令嚴辦；而李衛與俞鴻圖的想法相同，推波助瀾，真的將查嗣庭認作大逆不道。及至幾乎通國皆知，查嗣庭犯了十惡不赦的大罪時，才發覺他的文字，根本就沒有甚麼有關世宗得位不正的記載，亦找不到有何謗訕怨望的話；這一來就成了一個無可再僵的僵局了。

「試問，到此地步，先帝怎麼辦？既不能偃旗歇鼓，也不能輕描淡寫。總而言之，此案如果辦輕了，就表示自己辦錯了；如果不肯認錯，就非重辦不可，查橫浦這一案，也是千古以來少有的冤獄；不過，先帝到底是英主，後來處置俞兆晟父子那一案，無異表示認錯，而查家的沖霄冤氣，亦不至於變成戾氣。」

這一案在汪由敦是記憶得很清楚的。俞兆晟、鴻圖父子，後來都很得意，俞兆晟早就升到了戶部侍郎，是「當家」的堂官；俞鴻圖由翰林院侍講，外放為湖北學政。這個差使稱為「學差」，三年一任，只要平平穩穩地做去，三年下來僅是收受秀才的贄敬，便足以償還「京債」而有餘；倘或放到富庶而文風盛的大省，更是「班生此行，無異登仙」。至於貪心不足，受賄讓文武童生進學成為秀才，亦是常有之事，只要不太過分，至多風評不佳，不至於會出「參案」。

但俞鴻圖的情形就不同了。湖北亦是大省，所派學政，縱不如江蘇、浙江文風特盛之區，每以二品大員的侍郎或內閣學士充任，至少也要底缺是侍講學士、侍讀學士方夠資格；俞鴻圖以侍講派充湖北學政，恩出格外，而世宗另有打算。

他的打算是，俞鴻圖在查嗣庭這一案上，所犯的過失極重，世宗簡直是吃了一個有苦難言的啞巴虧。公然懲處既不可，索性給他一個將功贖罪的機會，派他出任湖北學政；如果能夠實心任事，且又能夠用學政得以專摺奏事的權力，將湖廣的官吏賢否、政事得失，密密奏報，那就不但可以原宥他在江西的過失，進而還可重用。

如果俞鴻圖不明此意，敷衍塞職，那就懲處有名了。因此，在派俞鴻圖為湖北學政的同時，便在湖北巡撫王士俊的密摺中批示，要他留意俞鴻圖在湖北的所作所為。王士俊是田文鏡一路人物，好以訐告博主知，等俞鴻圖到任，第一次「按臨」湖北各府，巡迴歲試生童，尚未回省之前，便臚列證據，舉劾俞鴻圖有賄賣情事。

這一下，世宗便決定要殺俞鴻圖了。但不宜出之過遽，因為俞鴻圖之被重用，是舉朝皆知的事，如果剛一重用，便加誅戮，為情理所不容，便會有無數的流言出現；同時，他也可以說還稍存恕道，或者俞鴻圖由於負債太多，急於清償，賄賣之事，偶一為之；完清了「京債」，或許就會奉公守法。因此，密諭王士俊不動聲色，繼續密查密奏。

這俞鴻圖利令智昏，不知死期將至，只以為自己在江西出賣查嗣庭，是立了一件大功，因此在湖北大貪特貪，甚至不必王士俊密奏，皇帝在京裡都能找到證據——俞鴻圖經常派他的一個名叫曹楷的家人，將在湖北所得的賄銀，運送到京，交給俞兆晟存放在殷實的典當中生息。

到得雍正十一年九月，終於東窗事發了。俞鴻圖贓私纍纍，固屬罪有應得，但上諭中說他「原係查嗣庭案內獲罪之人，朕格外寬宥，復加任使」，不免使得知道當年內幕的人，大為詫異。查嗣庭獲罪的表面原因是，兩場的題目，一題出於《論語》：「君子不以言舉人，不以人廢言」，當下詔命各省督撫保舉人才時，認為此題意存譏刺；另一題出於《孟子》「今茅塞子之心矣」一章，指為「不知何指，居心殊不可問」。即令是欲加之罪，畢竟也還要有個說法，至於俞鴻圖出第二場題，並無不妥，且副主考對正主考並無監督之責，如果查嗣庭出題差錯，與俞鴻圖毫不相干。當時明詔免罪，如今卻又說他「原係獲罪之人」，煌煌上諭，前後矛盾，豈非怪事。

到得細看上諭，進一步探究，便不免要為俞鴻圖捏一把汗了。上諭中認為俞鴻圖必當「感激黽勉，考校公明，以圖報效」，而竟如此，實出意外，且正當「天下學政澄清之會，俞鴻圖一人，首先犯法，納賄營私，甚屬可惡」。這意思是很明白的，要拿俞鴻圖來開刀，做個殺雞駭猴的榜樣了。

結果是「獲罪之人」，加上「首先犯法」，一共八個字，為俞鴻圖帶來了僅次於「凌遲」的苛刑「腰斬」。傳說俞鴻圖處決後，一時不死，以指濡血，連寫七個「慘」字，方始氣絕。這當然是齊東野語，但亦不難想像俞鴻圖死狀之不忍令人目睹。

在世宗看，俞鴻圖當年欺君罔上，誤導他入於歧途，大傷他英明的名聲，也摧折了他刻意籠絡士林的苦心，一死尚不足蔽其辜，於是俞鴻圖便「禍延顯考」了。

俞兆晟治罪是在雍正十二年三月，刑部以「平日不能教子，家人曹楷來往京中送銀，俞兆晟懵然不覺，應降三級調用」覆奏；世宗勃然震怒，命軍機大臣擬了一道明發上諭，說「俞兆晟向來品行不端，與李維鈞結為姻親，又依附年羹堯門下，皆朕所深知，因伊痛自悔過，辦事尚有才幹，用至戶部侍郎。自怡賢親王仙逝，復萌故智，弊端種種，將王數年苦心整理之成規，任意更張，甚屬可惡。」這便見得當初之重用俞兆晟父子是別有淵源的。

接下來又說：「今伊子俞鴻圖納賄婪贓，紊亂學政，非尋常私弊可比，伊有此逆子，豈真一無見聞，而欲脫然事外乎？」然後便是責備刑部堂官：「刑部審理時，祇引失察家人子弟之條，希冀從輕完結，大徇情面，著將刑部堂官交都察院嚴察。」

刑部滿漢兩尚書、四侍郎，都為此案受到申飭。俞兆晟雖不至於死，紗帽當然亦保不住了。

「你們想，先帝是這樣子猜疑的性情，又有查橫浦這個例子在那裡，我能不小心嗎？」張廷玉又說：「我當時最有利的一點是，從不捲入黨爭的漩渦，無榮則無辱。這句話，你們千萬要記住。」

「是。」汪由敦與張若澄同聲答應。

「可是，有時候事不由人。」張廷玉的語氣忽然一變：「既有榮辱之分，就一定要爭！」

這話便使得他的一子一門生，無從贊一詞了；只都用眼色催請他說下去。

「今上即位之初，刻意籠絡幾個他用得著的人，首先，當然是鄂文端跟我。此外，今上當然自己要培植幾個人，平郡王是一個、訥親是一個，傅中堂以椒房貴戚，更是一個。我當時心裡在想，一個人要籠絡人的時候，唯恐人家不受籠絡，示好無所不至；到得人家既受籠絡，想想優待太過，就有悔心了。因此，對於皇上加恩，我屢次辭謝；那知皇上錯會了我的意思，以為以退為進，反而疊施恩沛。這一來，我只好受之不辭；那知皇上又疑心了，覺得有尾大不掉之勢。於是而有劉延清乾隆六年一疏——。」

「啊！」汪由敦不由得失聲而將他老師的話打斷；藏之心中已久的一個疑團，開始要打破了——

劉延清便是現在署理漕督的劉統勳，他是山東諸城人，雍正二年的翰林，循資升至詹事府正詹，由於在上書房行走多年，當今皇帝居藩時，便已默識在心，所以一即位便將他升為內閣學士，派到浙江修理海塘；第二年調為刑部侍郎，丁憂回籍，服滿起復，升為左都御史，真所謂「官符如火」；劉統勳感恩圖報，便上了一個張廷玉所說的「乾隆六年一疏」。

奏疏中說：「大學士張廷玉，歷事三朝，遭逢極盛，然晚節當慎，責備恆多。竊聞輿論，動云：『張、姚二姓占半部縉紳』，張氏登仕版者，有張廷璐等十九人，姚氏與張氏世婚，仕宦者姚孔鋠等十人。二姓本桐城巨族，其得官或自科目薦舉，或起襲廕議敘，日增月益。今未能遽議裁汰，惟稍抑其遷除之路，使之戒滿引嫌，即所以保全而造就之也。請自今三年內，非特旨擢用，概停升轉。」

「謹堂，你知道的，這完全是為我而發。姚家從端恪公以後，並無顯宦，何足與我張家相提並論？惡毒的是『姚氏與張氏世婚』這句話，意思是姚家的仕宦，都由於我的提拔。當然，這也是實情；但又何足為奇？」

張廷玉所說的「端恪」是桐城姚文然的謚，此人前明兩榜出身，入翰林不足一年，明朝便已亡國；在清朝被薦仍是庶吉士，改授禮科給事中，又轉工科，遷兵科，告終養起復後，復補戶科。六科給事中掌封駁，上諭在窒礙難行之處，姚文然侃侃而言；尤其對前明的折辱大臣及士林，深以為非，曾多次力爭，康熙十年，中過狀元的滿洲麻勒吉，在兩江總督任上，因案逮捕，仍舊是鎖拿到京，姚文然上疏抗論，從此定下規制：命官到案，概免鎖繫。因此滿漢官員都很佩服他。

姚文然不僅尊重體制，尤其注重刑獄，康熙十五年當刑部尚書時，正在修改律例；他認為「刃，殺人一時；例，殺人萬世」，所以主持這件事，非常慎重，反覆研討，務求其平。決獄時有所平反，是他最高興的事：有一次是一件疑獄，上疏力爭而不得，回到家長跪自責，認為自己有虧職守。明朝刑罰慘酷，南北鎮撫司如同人間地獄，入清後數數有大臣爭議免除，但直到姚文然當刑部尚書時，方始禁絕。

姚文然清介絕俗，深研性命之學，他因為沒有當過外官，所以在民間的名氣，沒有湯斌、陸隴其、于成龍、張伯行等人來得大，但卻是真正的理學醇儒。但他的子孫，並非顯宦，兩子都只是知縣。至於劉統勳所提到的姚孔鋠，本身就是雍正十一年的翰林；劉統勳自己也說：「或自科目薦舉，或起廕襲議敘」，出身不為不正，而且姚氏仕宦，亦僅得十人，就算都出於張廷玉的援引，以他二十年入閣拜相，久掌樞要的經歷來說，亦確是無足為奇的事。

「論姚為攻我的陪襯；攻我又是攻他人的陪襯。此人誰何？就是訥公。那才真是尾大不掉，為甚麼呢？」

張廷玉細說訥親的家世，他的曾祖父額亦都，比太祖小三歲，在四大從龍元勳中居首。他有十六個兒子，第六子名遏必隆，生女就是聖祖的元后；遏必隆又是世祖顧命四大臣之一。訥親是遏必隆的孫子，家世貴盛無比。當今皇帝居藩時，雖然早為世宗默許為繼統之子，但出身寒微，須引親貴以自重，除了平郡王福彭，從小便親密以外，後來所要籠絡的便是訥親。

但訥親一得勢，許多沾親帶故的勳臣之後，亦都位居要津；此輩由廕襲而來，升騰容易，黜陟卻難；同時訥親意氣驕溢，處事深刻，皇帝對他早就不滿了，所以劉統勳在論張廷玉以後，又論訥親：「尚書公訥親年未強仕，綜理吏、戶兩部，典宿衛，贊中樞，兼以出訥王言，時蒙召對，屬官奔走恐後，同僚亦爭其鋒，部中議處事件，或輾轉駁詰，或過目不留，出一言而勢在必行，定一稿而限逾積日，殆非懷謙集益之道，請加訓示，俾知省改。其所司事，或量行裁減，免曠廢之虞。」

「謹堂，」張廷玉談到這裡，忽然說道：「你是吃過訥公的苦頭的。以前大家都不談公事，所以若澄有好些不明白的地方，正好趁今天這個機會，跟他講一講訥公的荒謬。」

汪由敦知道，老師即令不能回鄉。從明年起，也會不常入宮，希望張若澄能漸漸大用，他雖亦在內廷行走，但現在的南書房，不是雍正初年的南書房；政事全出於軍機處，老師的意思便是要將樞要之地的種種規制，以及大有出入的關鍵之處，教導張若澄。這是他義不容辭的事；而且他也願意這麼做，因為張若澄如果能擔當得起大事，不僅是報答了老師，而且自己能添一個得力的幫手。

但軍機處經緯萬端，一時也談不盡，只好依老師的話，先談訥親，「訥公還不止剛愎自用，說得率直一點，叫做愚而好自用。譬如議覆事件，歷來所奉諭旨，或者成例，有可以兩用的，司官一定兩引，請他去決定，再說得率直一點，就是讓他去『過癮』。他是過了大權在握的癮，事往往就弄糟了。」

汪由敦接下來便教導張若澄：「部裡凡百事務，無例不可興，有例不可滅，這是最穩當的辦法。不過，有時候也要看情形不同，不能援用成例，必得另定新章，這一來，就有兩個例並引，可是要說明何以只引一例的道理，才算是好司官。對皇上來說，兩請亦是非萬不得已不可用——。」

所謂「兩請」是按道理應該這麼辦；但因為有特殊原因，或許在皇帝的意思應該這麼辦，那就只好「兩請」。譬如說，某大臣犯法，按例應處死罪。但此大臣為某妃嬪的親屬，是否可按「八議」中的「議親」這一條，稍從末減？這是顧慮到皇帝想施恩，但不便開口，預為設想。當然，此妃嬪如已失寵，這一「兩請」就一定會受斥責。汪由敦很含蓄地用「識時」二字，指點張若澄「做官要懂行情」。

「訥公就是不大懂行情，有時候用不著兩請，他也要兩請，皇上就覺得很為難。本來用他是要他來分勞，結果還是要皇上自己來操心，又何必用他。二弟，」汪由敦很懇切地說：「你要知道，兩請由於兩引。所以將來你當堂官，遇到司官兩引的『堂稿』，你一定要問個清楚。照常理兩引之例，往往後勝於前；就因為前引行不通，才創新例。明白這個道理，就知道引新例復引舊例，簡直是不明事理。」

「嗯，嗯。我明白了。」張若澄問道：「老爺子說的吃他的苦頭，是怎麼回事？」

「當時我承老師栽培，也在軍機大臣上行走。早晨，大家一起見面，皇上說甚麼，我也聽清楚了的，要我述旨，當然不會文不對題；可是，訥公『宿衛』的日子，皇上往往在黃昏晚膳以後單獨召見，第二天由他轉述，話說不清楚，擬的上諭當然就不是皇上的意思，非打回來重擬不可。有時一而再，再而三，那苦頭真是吃足了。」

「這就是傅中堂比他高明的地方。」張廷玉說：「知之為知之，不知為不知，是知也。求知如此，作事亦是如此，自己估量辦不了，不如薦賢為是。這一點，你也要緊記在心；有時求榮反辱，就因為沒有自知之明之故。」

「傅中堂」是指傅恆。訥親出差，傅恆宿衛，亦常有單獨召見的情形，有一次散值時，他跟汪由敦說：「請你慢點走，皇上也許會召見。」

及至皇帝召見傅恆，是談修濬運河，傅恆率直陳奏，說他未去過兩邊，運河所經的許多地名記不住，述旨只怕有誤；汪由敦尚在直廬，請賜同時召見。

開了這個例，傅恆固然很輕鬆了，皇帝也覺得傅、汪同召，處事迅速順利，是個好辦法。這一來，訥親便更失寵了。

「訥公之敗，敗在既無自知之明，又不識時務，更壞的是他愚而好自用，儘管皇上一再告誡，他始終不懂甚麼叫『君子聞過則喜』。因此，就從沒有人敢跟他說一句真話；如果他知道劉延公那一疏是為他而發，急流勇退，就不至於會有今天的下場。」

「他還有一個毛病，」張廷玉接著汪由敦的話說：「皇上的話，有時是故意說反了的；有時取瑟而歌，別有絃外之音，他一概不作理會，只從正面去想。謹堂，你道我的話，是與不是？」

「是。」汪由敦答說：「譬如他跟人說：『皇上只擔心我膽子大，我如何當得起？』我不知道皇上是怎麼跟他說的？不過即令有這話，只可認為是體恤之意，益當奮發，如果皇上只擔心專征之將，膽子太大，奮不顧身，怕會陣亡，那乾脆就不必用兵了。」

「我也聽人談過訥公不明事理，到了可笑的地步；說他在西邊跟派去的雲梯兵說：『這都是我的罪過，沒有把軍務辦好，以至於聖心煩躁，又把你們派到這裡來吃苦。』把士兵派到前線去打仗，應該說是建功立業的好機會，如何說是吃苦？照他這麼說，皇上派雲梯兵，就是有意叫他們去吃苦？這還成話嗎？」

「訥公是完了，平郡王去世了；鄂文端以外，我即使不能歸田，也只是朝廷的一樣擺設；當初皇上刻意籠絡的人，就只剩下一個傅中堂了。」張廷玉又說：「其實刻意籠絡傅中堂，也只是今年的事，他只能說是皇上培植的人。還有，」他問汪由敦：「謹堂，照你看，皇上栽培的人，還有那幾個？」

「有——，」汪由敦屈著手指說：「方問亭是一個；尹望山自然是一個；舒、孫兩公，似乎也是。」

汪由敦所列舉的方觀承、尹繼善、舒赫德、孫嘉淦，確都是正在紅的時候。這四個人，大致明敏通達，內外皆可。孫嘉淦字錫公，山西興縣人，康熙五十二年中的進士，他跟方觀承的洞達洽體，都得力於平生行萬里路，不過方觀承熟悉的是由南徂北，以達關外的風土人情；而孫嘉淦徒步於東南數千里，所至考風問俗，早就存著做官的打算，因而在人情世故上，不如方觀承的練達。但皇帝卻偏賞識他那份「戇」態；有時奏事激切時，皇帝便會提醒他說：「你又拿出古大臣的面目來了。」

「談到古大臣之風，我倒是佩服兩個人，一個是尹望山。」張廷玉說：「皇上愛巡幸，尹望山曾有密奏，說國家危機，多伏於昇平之日，請皇上宵衣旰食，未可馳驛觀山。這種直諫，現在也很難得了。」

「可是，」張若澄說：「皇上定在大後年，聖母皇太后六旬萬壽南巡，尹制軍不是奉旨辦差嗎？」

「一定會把他調開。」張廷玉問道：「謹堂，你看呢？」

「是。皇上曾經提過，想把川陝劃開，分設兩督。尹望山不是調陝甘，就是派到四川，大概一開年就會這麼辦。」汪由敦也問：「除了尹望山，老師還嘉許那一位。」

「劉延清。」

居然是劉統勳！汪由敦便不便贊一詞；張若澄只當他不以為然，因而沉默，剛要開口相詢，張廷玉卻還有說詞。

「方、尹、舒、孫雖見重用，多少是先帝所識拔，只有劉延清是皇上自己看中的，此人的將來，不可限量。」他看著張若澄說：「你們不要以為他議論過張家，心存芥蒂！」

這意思是應該結納劉統勳，張若澄尚未意會到，有些不知所措的模樣；汪由敦便答一聲：「是！我會提醒二弟。」

「好！」張廷玉說：「至於說他有古大臣之風，我想謹堂應該首肯吧？」

汪由敦點點頭說：「不愧延清二字。」

劉統勳亦很清廉，但勝人之處是在並不將清廉二字擺在臉上；汪由敦是很佩服此人的，但畢竟他與師門不協，所以不肯多說。

「我的話到此為止。」張廷玉說：「從明年起，我一個月進宮三趟，一切聽其自然；你們自己好自為之吧！」

第四章

總有三四天，曹雪芹一直覺得心頭像壓著一塊鉛似地，氣悶得難受；晚上還做噩夢，一下子驚醒了，上半身硬挺起來直坐著，渾身冷汗淋漓，心跳不止。

「不行！」送灶那天的半夜裡又是如此，被鬧醒了的杏香說：「明兒得找老何給你開一服安神的藥，快過年了，你這樣子會讓老太太擔心。」

「不必服藥，再過兩三天，把那一片血光忘掉了就好了。」

「都幾天了？」杏香數著：「十九、二十、二十一、二十二、今兒二十三，五天功夫——。」

五天之前是十二月十八，曹雪芹到琉璃廠去買了紙筆，又到菜市口的西鶴年堂，為馬夫人去配一服膏滋藥，正跟夥計在議論方子時，只聽得人潮洶湧，往外一看，宛平縣的差役，正在攆開十字路口的攤販。

「這是幹麼？」

「自然是刑部有差使。」夥計也詫異，「都快過年了，怎麼還殺人？」

「啊，不好！」曹雪芹失聲驚呼。

西鶴年堂的顧客與夥計，把視線都投了過來，臉上皆是狐疑之色；似乎每一個人都在心裡問：要殺的是這個人的甚麼人？

曹雪芹警覺自己失態，不免有些發窘，定定神，索性大大方方地說：「只怕是川陝總督張廣泗要處決了。」

「芹二爺跟他是熟人？」有個夥計問。

「認識而已。」

這時便有許多顧客到門外去看熱鬧；有的就爬上櫃台，從高大的石庫牆門望出去，視線頗為醒豁。夥計因為曹雪芹是熟人，特意端了一張「瞭高」用的梯椅放在門邊。曹雪芹安坐在上，居高臨下，十字路口那三、五丈方圓的一片刑場，看得非常清楚。

不久，車走雷聲，直駛菜市口南端的半截胡同，那裡有個敞棚，向來是監斬官休息之處。接著，刑部司官騎馬率領一批差役，押著露頂的囚車到了，車中兩名差役夾護張廣泗，他穿一件黑布棉袍，雙手反剪，背後插著斬標。頭上當然沒有帽子，花白頭髮在凜冽西風中，往上亂飄著。他的臉也往上揚著，神色自不免悲憤，但曾綰五省兵符的氣概猶在。

但只一瞥之間，曹雪芹就看不到張廣泗的臉了，因為這家相傳「西鶴年堂」四字為嚴嵩所書的明朝老店，在菜市口北面；囚車駛到十字路口正中停了下來，張廣泗面南而跪，曹雪芹只能看到他的背影。

就這時人叢中閃出來幾個人，踉踉蹌蹌地奔到張廣泗兩旁跪下，一個個涕泗橫流，且哭且訴，只以隔得遠，聽不清是何言語？但張廣泗面前的情形卻一看即知——已有人在他面前鋪下一張蘆席，陳設酒菜香燭，是要生祭張廣泗。

果然，點燃了香燭，那些人自兩旁擁向正中，下跪磕頭，號啕大哭，然後有個後生從蘆席上奉起一大鍾酒，走到張廣泗面前，復又跪下，將酒鍾送到他唇邊，但見張廣泗仰起脖子，杯底慢慢朝天，是把那鍾酒都喝乾了。

這時刑部的司官，率領差役上來干涉了；須臾之間，移去祭品與蘆席，與祭的人亦驅回人叢之中。紮束得乾淨俐落的劊子手，亦已抱著行刑的鬼頭刀，徐步而上。最後是等監斬官一到，便是張廣泗伏法之時。

監斬官便在半截胡同口的敞棚之中，刑部司官將他們去請了來。

兩人都是行裝，前面一個戴亮藍頂子，腦後拖著一條花翎；後面一個卻戴著紅頂子，這是御前侍衛德保與刑部侍郎勒爾森，品級是勒爾森高，但德保以御前侍衛奉旨監刑，算是「欽差」，而勒爾森雖亦奉旨，卻以本身職責便有監刑一項，所以跟隨在「欽差」之後。

兩人到了張廣泗面前，是斜站在他西南面，面向東北，正對乾清宮那個方向。曹雪芹看到他們跟張廣泗曾作交談，猜想是問他有何遺言？問得少，答得多，想來不是訴說冤屈，而是臨刑以前，還有一番君恩未報的話，託監刑官代奏。

問答完了，德保、勒爾森往前走了數步，轉過身來，在張廣泗身後，面向東南，這才是監刑。劊子手便從張廣泗身後閃了出來，先向監斬官行禮，只見德保開口說了話，不知交代甚麼？然後，劊子手走到張廣泗面前，屈膝打個扦，也說了句話——這句話曹雪芹知道，凡是命官處斬，劊子手一定先說一聲：「請大人升天！」有的人只聽得這一句話，三魂六魄就出竅了。

張廣泗卻身子不動，似乎神色如常。劊子手起身走到他身後，將左手抱著的刀，交到右手，反握刀把，刀口向外，刀背貼臂，手向內一彎，刀尖長出肘彎，曹雪芹心想：這該如何「砍」法？

一個念頭尚未轉完，答案已經有了，只見那劊子手起左手在張廣泗肩頭一拍；張廣泗似乎受了驚，上半身往上一挺，脖子自然伸直了，那劊子手是預備好了的，彎起的右臂往胸前一帶，刀鋒切入張廣泗脖子後面的關節，然後輕輕一拖，腦袋便往前垂落，但並未身首異處，喉管斷了，喉頭那部分卻連皮搭肉，吊住了腦袋——這是張家事先花了錢的；劊子手的好處也就在這裡，出一趟「紅差」照例領四兩銀子，三四個月不出差是常事，但只要遇到「伺候」有錢的死囚，看身家弄個幾百銀子是很容易的事，因為腦袋一切下來，皮肉向外翻轉，很難再縫得上去，必得斷而不斷，有一部分連著，才易於措手。當然，這也是憑本事掙錢，手法不到家，多使了一點勁，人頭落地，那就不但一文落不到，而且還得挨中間人的罵。

使得曹雪芹受驚的是，張廣泗的腦袋往胸前垂落的同時，血往上漂，激射如箭，那一片血光深印在他腦中，很難抹得掉；以致得了這麼一個略如怔忡的毛病。

第二天一早把老何找了來；杏香說道：「芹二爺那天在菜市口看殺張廣泗，受了驚；老何，你給看一看。」

「喔！」老何望聞問切一步一步來；細細切完了脈說：「血不歸脾，不要緊。杏姨，有人參沒有？」

「怎麼？」杏香一驚，「要服人參！人虛得這個樣子？」

「不！『歸脾湯』一共十味藥，人參只要二錢就夠了。」

「老何！」曹雪芹說：「要是一服湯頭，讓太太知道了，可不大好。」

「血不歸脾則妄行，所以治婦人經期不準，也可以用『歸脾湯』，就算杏姨服的好了。」

「此計大妙。」曹雪芹說：「你索性寫幾句脈案在上頭，太太問起來，更容易搪塞。」

老何的醫道真不錯，一服「歸脾湯」，藥到病除。年底下全家皆忙，反倒是他逍閒無事，整天只是逗著兒子玩。

臘月二十八那天一早，門上來報：「四老爺來了。」迎出去一看，曹頫神態安閒，彷彿有了甚麼很得意的事。

「你今兒有功夫沒有？」他一開口就這樣問。

「有，有。」曹雪芹問道：「四叔有甚麼事？」

「回頭再說。先看看你母親去。」

於是到了馬夫人那裡，在堂屋中落坐，全家包括秋月在內都來見禮問訊，「太太你看，」秋月笑指著曹頫說：「四老爺的氣色真好，印堂多亮！又要走運了。」

「是啊！」馬夫人也說：「我也覺得四老爺彷彿越來越後生了。精神好，凡事有勁，自然就會走運。」

「走運倒不見得，不過一過了年，大概會動驛馬。」

「怎麼？四老爺要放出去了？」

「不是。」曹頫答說：「要出一趟差，大概二月裡動身，端午才能回來。」

「是差遣到那兒？」

「江南。」

「那好啊！」馬夫人笑道：「這趟差使，一定又要得了多少首好詩。」

「詩是一定有的，也不會少，好不好就難說了。」

杏香性子比較急，插嘴問道：「說了半天，四老爺倒是甚麼差使啊？」

「這話說來就長了。」一個急，一個偏偏緩緩道來；曹頫看著曹雪芹說：「和親王府快完工了，回頭你去看看。」

為何要曹雪芹去看？一個啞謎未破，一個疑團又生；秋月知道「四老爺」說話，有時道三不著兩，「跑野馬」扯得很遠，便提醒他說：「四老爺，你說你江南的差使吧！」

這回曹頫倒是很痛快，簡捷了當地答說：「去勘察行宮。」

原來和親王府的工程已近尾聲，本主去看過幾次，深為滿意，當時便跟曹頫表示，乾隆十六年聖母皇太后六旬萬壽，皇帝奉侍南巡，已經定議。江南各處的行宮，皆須重修，他決定保舉曹頫充任這個差使。

「如果沿運河一路勘察過去，那快得一年的功夫，所以決定分頭派人。」曹頫欣然說道：「派給我的是幾個好地方。」

「有南京沒有？」馬夫人問。

「當然有。從揚州開始就歸我了。」曹頫一個一個數：「揚州、鎮江、南京；往回走是無錫、蘇州、嘉興、杭州，還有海寧。」

「那是看潮的地方。看潮是在八月裡。」

「不是去看潮。」曹頫答說：「南巡總得有個冠冕堂皇的題目，總不能說是陪太后去大逛一趟；所以說是巡視海塘。不過，這回駐蹕最久的地方，是在杭州。聽說還要到紹興。」

「到紹興幹甚麼？」杏香問說。

話一出口，曹雪芹便拉一拉她的衣服；因此曹頫未曾回答，杏香也就會意而不問了。

「二嫂，」曹頫說道：「這回我仍舊想把雪芹帶了去。行不行？」

聽得這話，曹雪芹立即面有喜色；馬夫人自覺朝不保暮，不願愛子遠行，但看到曹雪芹的臉色，毫不遲疑地答說：「行！怎麼不行？」

曹雪芹倒想到了，「四叔，」他說：「到時候看，如果我娘沒有甚麼，我才能放心跟了四叔去。」

「當然。」曹頫點點頭，「春暖花開的時候，我想舊疾也不會復發。」

「是。」秋月接口，「太太的病，從沒有在春天發過。」

「那好。我也放心。」

接下來便談往事了。馬夫人提到當年「康熙爺」南巡的種種故事，杏香從未聽過，竟出神了。但曹頫卻有些心不在焉的模樣；秋月發覺了，乘馬夫人談得告一段落時，便即提醒：「四老爺只怕有事？」

「我想帶雪芹到和親王新府去看看。」

「有事嗎？」馬夫人問。

「是的。」

曹頫終於揭開了疑團，原來和親王弘晝，已定在「人日」——正月初七那天，大宴賓客，暢遊新園，亭台樓閣，畫橋曲沼，都待貴賓賜嘉名，題楹聯，其中主客是和親王的叔父慎郡王允禧，他是聖祖的第二十一子，別號紫瓊道人，又號春浮居士，性喜翰墨，已有兩部詩集刻出來了，一部是早年所著，題名《花間堂詩鈔》；一部在去年才問世，名為《紫瓊巖詩鈔》。

他與果親王允禮同為勤妃陳氏所出，與曹頫也很熟，知道和親王邀他遊園，是要請他題名製聯，這彷彿有「面試」的意味在內，當著眾多賓客，如果不能即時「交卷」，未免與面子有關。

偏偏慎郡王作詩，才氣雖高，卻屬於「島寒郊瘦」的苦吟一路，少的是捷才；可也不便先去逛一逛，有了宿構比較容易應付，因此，他將曹頫找了去，除了細問新園景致以外，又交下一樁差使，希望先虛擬幾個匾額聯對，供他參考。

這就是曹頫這天邀他姪子去看和親王新府的原因，為的是為他「捉刀」，也是為慎郡王「捉刀」。講明了緣故，不但曹雪芹自己有些得意，大家也為他高興，都覺得這是很有面子的事。

「王府有王府的規制，」馬夫人告誡愛子：「雖說不能俗氣，可也得富麗堂皇，你別胡言亂道，帶出不妥當的字眼來。」

「我明白。」曹雪芹笑道：「娘這『富麗堂皇』四個字，我斗膽改兩個字：『典雅堂皇』。」

「不錯，就在這四個字上下功夫。」曹頫又問：「你見過慎郡王沒有？」

「沒有。」曹雪芹又說：「不過我聽人談過，慎郡王學鄭板橋的字，可以亂真。身在朱邸而有江湖之思，想來是容易相處的。」

「他外家是海寧陳家，所以好跟南士交遊。幾時我帶你去見見他。」

「是。」曹雪芹說：「等交了差再說。四叔，咱們這會兒就走吧。」

王府的正屋有一定的規制，格局方正，呆板無比；只有在所用的材料上來分好壞。但花園爭奇鬥妍就大不相同。

朱邸大宅的花園，不是在後，就是在西；因為東為上首，為建家廟祠堂之地，昭敬肅穆，既不宜游觀，更不宜住眷屬。和親王新府的花園，占地甚廣，包括北、西兩面，有一道迴溪，縈繞樓閣——京城的名園，不光是有錢就能修建的，因為園中池沼，須有活水，而這一脈有源頭的活水，是「無價之寶」，不是花錢買得到的。

京師的水源，在西郊玉泉山，曲折東南流，稱為「玉河」，又稱「御河」，從元朝以來便歸皇家嚴格控制，怕拿玉河的水弄髒了，據說連在河中洗手都是禁止的。

玉河水由德勝門入城，匯成三個大湖泊，稱為「外三海」，又稱「海子」，最北面的稱為「積水潭」，經過德勝橋，在德勝門之東，外三海中最大的「後海」，自東北至西南，水流漸狹，通過銀錠橋折而往南，偏東擴張，便是「前海」，又稱「什剎海」。後海與前海接壤之處，恰在鼓樓西面，這一帶在明朝稱為「西涯」，為李東陽故居所在之地。和親王新府，便在「西涯」之東。

曹雪芹隨著曹頫，遍歷全園，最後登上一座仿照蘇州拙政園中見山樓而建的橋樓——橋上建樓，形如水榭，西南至東北，一共五間，開窗遠眺，西山歷歷在目，這是異於其他名園的一處主要構築，曹頫關照好好題個名稱。

「名之為『延爽樓』，如何？」

「太泛了。」

曹雪芹左右回顧，但見樓台照影，波平如鏡，在他所到過的京師名園中，像這樣大的池子，實在少見。念頭轉到這裡，想起他母親的話，立即問道：「四叔，閘口加大，是不是亦要奉旨？」

「當然。引玉河水入園，必得奏准。想多引玉河水，把閘口加大，更非奉特旨不可。」

「那，就紀恩好了，叫做『恩波樓』。」

「好！」曹頫連連點頭，唸了兩句唐詩：「『束帛仍賜衣，恩波漲滄流。』」

「這應該拿宋之問的晝鶴詩來解釋：『騫飛竟不去，當是戀恩波。』」

「恩波的典很多，慎郡王自己會解釋。」

「我想，」曹雪芹又說：「『延爽』二字，仍舊可用。西面是『延爽』，東面就叫『迎紫』，製兩方匾掛起來也很好。」

「也行。」曹頫又出題目了，「還得來副對子。」

「這要集句才好，得回去翻翻書。」

「你集字好了。」

集句為聯，早就有的；集字為聯是近來的風氣。當然是照唐玄宗出古人真蹟，命集賢院集字為文的例子，須專集碑帖；曹雪芹想一想說：「我集褉帖吧。」

「褉帖」便是王羲之的〈蘭亭敘〉。曹雪芹臨窗靜坐，先將〈蘭亭〉默誦了一遍，約有一頓飯的功夫，可以交卷了。

「我集了兩聯，一聯八言，一聯七言。」

「先唸八言的。」

「是。」曹雪芹唸道：「幽氣若蘭，虛懷當竹；閒情在水，靜氣同山。」

「不佳，不佳。」曹頫兀自搖頭：「『幽、閒』兩字都不妥。這裡沒有竹，山又太遠，完全不切。看七言那一聯怎麼樣？」

曹雪芹便又唸：「人品若山極崇峻，情懷與水同清幽。」

「也不見得好。」曹頫說道：「且留著再斟酌。」

曹雪芹好勝，凝神沉思了一會說：「這一聯如何？『會文人若在天坐；懷古情隨流水生。』」

「上聯好，『人若在天坐』寫景甚妙，也切合主人的身分。下一聯還得琢磨，憑空來個『懷古』，太突兀了。」

曹雪芹還想構思把下聯改妥當，但新油漆的氣味極重，而且遍地刨花木屑，尚未收拾，除了這座橋樓以外，連個坐處都沒有，只好回家再作商量。

「四叔，你還是請到我那裡去喝酒；等我把稿子都弄出來，你好帶了走。」

「對！我也是這個主意。不過，」曹頫望著樓下說：「等我先交代工頭幾句話。」

工頭叫黃三，就在樓下待命，由小廝喚了上來，他先開口問道：「四老爺、芹二爺，飯已經備好了，是不是現在就開？」

曹雪芹來過兩回，知道飯是開在雜亂無章的工寮中，這種朔風凜冽的天氣，坐在四面通風的工寮中，吃那冷飯冷菜，實在受罪，所以不等曹頫有所表示，先就辭謝。

「多謝，不必。」

「黃三，飯不在你這兒吃了。」曹頫也說：「有件很要緊的事，得告訴你，王爺定在年初七請客，你得把未了的工程都趕完，收拾乾淨。」

「年初七？」黃三頓時緊張，「回四老爺的話，年初七萬萬來不及；中間還要過年——。」

「年就別過了。」曹頫打斷他的話說：「趕一趕工，我另外有賞。」

「就不過年也來不及。請四老爺趕緊跟王爺去回，無論如何得改期。」

曹頫還在沉吟，曹雪芹便說：「真來不及可也是沒法子的事。」

「那麼，」曹頫問道：「甚麼時候可以趕出來呢？」

「最快也得正月初十。」

「好吧！」曹頫無奈，只好點頭。

「說實在的，我的工人可以不過年，反正大魚大肉，犒勞加豐，他們不能不賣我的老面子。可就是一樣麻煩，四老爺看，」黃三伸直手臂，轉著身子，環指四周，「到處都是刨花兒、碎木頭，掃齊了得運走；大正月裡，照媽媽兒經，條帚簸箕都不准動的，那有一車子、一車子往外運東西的，王爺的新府，不要圖個吉利嗎？總得破了五才能弄乾淨。」

他這一番說詞，畫蛇添足，反倒壞事，曹頫立即收回承諾，「即使你這麼說，那就初七交屋好了。」他說：「人家定了初七請客；如今請客雖不能不延期，初七到底把屋子接過來了，在我也算有個交代。」

黃三自悔駟不及舌，既然「破了五才能弄乾淨」，初七當然可以交屋。只好苦笑著答應下來。

不過，曹頫為人卻很厚道，回到專供他辦事而臨時搭成的小木屋中，關照「請德老爺來」——工部營繕司派到工地來的三個筆帖式之一，名叫德振，專司工款出納，在三筆帖式居首。

「德大哥，」曹頫很客氣地問：「黃三的工料款支了多少了？」

「快支淨了。」德振答說：「還剩下一個尾數，三千多兩銀子。」

「喔，」曹頫想了一下說：「在『公帳』裡面支五百兩銀子，犒賞工人。這筆款子，記在我的名下。」

「這不必了，就算『公帳』好了。」

所謂「公帳」是照例所提的，最少二成的回扣，清繕司及工部沾得上邊的官吏，皆能分潤，但曹頫所提的是大份；犒賞記在他名下，意思是由他一個人負擔，將來俵分時如數照扣。

德振的話，當然是好意，不過，他亦微有不滿要提醒曹頫，「四爺，向來工程沒有驗收以前，工款最多發七成，你老格外寬厚，黃三的工款支到九成五了。」他略略放低了聲音說：「只怕會有『都老爺』說閒話了。」

「咱們滿洲的都老爺，誰沒有得了好處？工程總算很不錯。就因為款子撥得快，撥得多，黃三才能實心實力，不肯偷工減料。」

「話是不錯。」德振答說：「不過再好的工程，也有人挑眼兒。」

「只要王爺不挑眼兒就行了。」

德振說一句，曹頫駁一句；曹雪芹冷眼旁觀，看出來德振言外有未盡之意，曹頫卻未能體會，忍不住插嘴說道：「四叔，你聽聽德大爺的；也許有那個都老爺年過不去了。」

曹頫會意了，「喔，喔，德大哥，」他改容相謝，「你必是得到甚麼風聲了，說出來咱們商量。」

「還不就是『臭都老爺』——。」

「臭都老爺」姓崔，正紅旗漢軍，是北城的巡城御史，專好弄權使威，吹毛求疵，不近人情，只有白花花的銀子才能封他的嘴，因而用他的姓諧音，得了個「臭都老爺」的外號。

查街的規矩是在轄區內的大街小巷兜個「喜神方」，每逢轉彎之處，最前面抗風燈的兵丁便會高聲喊道：「老爺往西查了下去囉！」這是給「梁上君子」報信，以便趨避。轄區內有那幾個慣竊，「廳兒上的老爺」胸中雪亮；尋常人家失竊報案，以「姑妄聽之」應付，倘或是有來頭的人家，原物很快地可以追回。慣竊亦是盜亦有道：第一、不動「大牆門」，免得替「老爺」找麻煩；第二、贓物到手，須等三天，不來追贓，方可送到專收贓貨的「鬼市」中去。「聽兒上的老爺」查街，只是巡行，也不必開口；巡城御史查夜就不同了，隨處可以駐留，也隨處可以查問，查「聽兒」、查「堆子」都要問話。

深更半夜，「聽兒上的老爺」跟「堆兒」上的兵丁不能坐等「都老爺」來查，便有個偷懶的法子，入睡以前，把頂緯帽門楣上掛了下來；再取一件破青布袍，仿照估衣鋪的辦法，用根竹竿橫穿雙袖，掛在緯帽下面，遠看既像有人站在門口；又像有人上吊。巡城御史的騾馬轆轆而來，「老爺」或「堆兒兵」便從被窩裡伸出頭來，隔窗大聲報名：「卑職王得勝伺候都老爺。」

巡城御史不必下車，在車子裡答一聲：「免！」接著便問：「今兒個安靖不安靖；有沒有人喝醉了酒胡鬧？」

「都沒有。」

「好！小心當差。」

「喳。」答了這一聲，這一夜便可安睡到天亮了。

巡城御史乏了、餓了，便得找人家休息；這也方便得很，半夜裡還在做買賣的吃食店很多。潔身自好，吃完了，照數付帳，不然抬腿就走，也沒有誰敢去跟他算帳；但如為這種人品的「都老爺」，光是「吃白食」還有些不屑於此，此輩最喜歡歇足的地方是「樂戶」。這些地方是姦宄出沒之地，巡城御史照例可以盤查；「樂戶」如果開罪了「都老爺」，真能將熱被窩中的狎客，一個一個叫起來查問。

原來京師的地方官，與他處不同，王公大臣無數，每家的下人少則七、八，多則上百，倚仗主人的勢力，強橫霸道，不是大興、宛平兩縣官所能籠罩得住的，因此在順治二年，仿前明御史不時巡皇城之例，特設東南西北中各一人，俗稱巡城御史，定期一年輪派。御史有專摺奏事之權，如有豪家縱容或包庇惡奴，那怕是親王大學士，亦可指名參奏，而且逢參必准。

因此遇到爭道相持不下，以致塞車時，只要聽得「刷，刷，刷」，清脆嘹亮的「淨鞭」抽地的聲音，知道「都老爺」來了，無不各尋去路，避之唯恐不及。一百年來，巡城御史摧折豪強的佳話，不知凡幾。

但巡城御史可成勢家豪奴的剋星；亦可變為本城百姓的禍害，仗勢欺人之事，時常發生。因為巡城御史管的事很多，白天巡街還好，晚上查夜，便每每形成騷擾。

照《會典》規定，巡城御史的職掌是「綏靖地方，釐剔姦弊」，因此，下設五城兵馬司指揮、副指揮、吏目各一人；另有步軍統領衙門派來的把總及兵丁，亦歸巡城御史管轄，人數甚多，遍布城根及通衢。

在城根上，每若干步便有一座小平房，一明兩暗，共是三間，名為「堆子」，駐衛的兵丁，俗稱「堆兒兵」。到得大街上熱鬧之處，「堆子」加大，稱為「廳兒」，屋子雖仍是一明兩暗的平房，但兩進連在一起，中間打通便是「廳」，照樣也有衙門的氣派，門外左右「肅靜」、「迴避」的虎頭牌各一；入門高掛五、六尺長皮製的淨鞭兩條；門後懸著梆子銅鑼，為小兵巡更之用。虎頭牌兩邊，另外豎著數枝高過屋頂，上裝鐵鉤的竹竿，有那小毛賊上了屋頂，只拿這名為「鉤竿子」的竹竿鉤住了衣服，就很難得脫了。

這「廳兒」中必有一個官，或者是兵馬司副指揮，或者是步軍統領衙門的把總，皆稱之為「廳兒上的老爺」；這些老爺每夜要「查街」捉賊，查街的威風還很不小，前面兩盞風燈帶路，後面四名荷戈跨刀的兵丁，「老爺」便走在中間，再後面又是兵丁四名，兩個扛著「鉤竿子」，兩個敲鑼擊梆。

「廳兒上的老爺」查街，當然不會晚上到和親王新府來，但官拜巡城御史的「臭都老爺」，卻常到這裡來，一坐好半天。曹頫聽得這話，不免詫異。

「他來幹甚麼？」

「歇歇腿，喝喝茶。」黃三答說：「這一陣子趕夜作，總有消夜，都老爺來了，少不得打壺酒，熟食擔子上切點羊頭肉甚麼的，請請他。花不了幾個錢，得個照應也不壞。」

「哼！」德振冷笑說道：「光是這麼著，當然沒有甚麼；可就是你那個副手老于嘴太快了。」

黃三訝然地問：「德老爺，有這種事嗎？」

「你去問問你的工人去。」德振深致不滿：「老于這個碎嘴子，能說的說，說不得的也說。真是可恨。」

黃三也頗為生氣：「這老小子！」他也罵于三：「我非好好兒說他一頓不可。」說著，便往外走。

「慢走！」德振喊住他：「你這會兒跟他去吵也沒用，只會生是非，反正工也快完了，你乾脆就叫他別來了。」

「是！是！」黃三說道：「我這會就去料理。」

等他一走，德振低聲說道：「老崔可沒有安著好心。我看，還得敷衍敷衍。」

「怎麼著，他是年過不去了？」

「大概是吧。」

「那，德大哥你瞧著辦吧，送他幾兩銀子好了。」

「我想送他二十兩銀子。」德振又說：「臭都老爺是茅廁裡的石子兒，又臭又硬，還不能就這麼拿給他；得我去一趟，備四色水禮以外，裝著給他家孩子壓歲錢，留下一個紅包。」

「好！好！你多辛苦吧！」

都料理妥當了，方始告辭。等上了車，曹雪芹說：「四叔，家裡亂糟糟的，你喝酒也不安心，不如出城吃個小館兒，回頭沒有事逛一逛廠。」

「不行！」曹頫答說：「我得先到鐵獅子胡同通知人家；我只跟和親王的長史說一聲就走。」

鐵獅子胡同在東城，由安定門大街往南走；曹雪芹心想，這樣一周折，再去逛琉璃廠，繞的路太遠，花的功夫也太大，不如去逛隆福寺。

「四叔，」他說：「咱們回頭到隆福寺的『三堂一閣』去看看，不必出宣武門了。」

「這主意好！順便去買點兒花。」

於是先到和親王府辦事，然後由南剪子巷穿出去不遠，便到了隆福寺。寺建於明朝景泰年間，名為「朝廷香火院」，號稱「第一叢林」。

由於工程浩大，而欲期速成，因而將在英宗幽居的「南內」中，撤一座翔鳳殿的木石，移建為「大法堂」。落成以後，正好山西巡撫朱鑑入覲，他懂風水，說隆福寺的方位不吉，須當避忌；避免之法有三，一是正門不開；二是拆除寺門、上標「第一叢林」字樣的牌坊；三是禁鐘鼓聲。但終於還是發生了「奪門之變」，英宗復辟、景帝不壽。太監為景帝祈福而建的隆福寺，風水真個不佳。

入清以來，隆福寺與護國寺並稱東西兩大廟市，隆福寺是逢九、逢十開市，但其中有四家書店，則終年常開，這四家書店是：「三槐堂、向立堂、寶書堂、天繪閣」，即所謂「三堂一閣」。曹雪芹一年總要來個幾趟。

到了隆福寺街，先找個小館子吃飯；然後到寺左右的「唐花局」去看花，唐花以非時為貴，曹雪芹愛好天然，對人工培育，多少是矯揉造作的唐花，不甚在意。曹頫卻好此道，挑了好多種，派車伕先送了回去。

然後入寺巡投「三堂一閣」。寶書堂的沈掌櫃，跟曹家叔姪都很熟，聽得小徒弟來報，親自趕出來，在路上將他們叔姪攔了下來，請到客座去款待。

「我們剛吃了飯，你甚麼都不用張羅。」曹頫問題：「最近有甚麼好東西沒有？」

沈掌櫃知道他所說的好東西，不是指宋元精槧，而是附帶所賣的骨董字畫，便一迭連聲地說：「有、有。」

接著叫夥計，先取幾幅字畫來看，一個是王維的〈江山雪霽〉絹本手卷，曹頫略略看了一下，便即笑道：「董香光說這個卷子，可稱『海內墨皇』。我還沒有那麼大的福，供奉『墨皇』。」

沈掌櫃默不作聲，知道曹頫已看出來，此卷不真；打開另一卷說：「這卷〈清明上河圖〉，四老爺看看，怎麼樣？」言語神色中帶著試試人眼光的味道。

宋朝張擇端畫的〈清明上河圖〉長卷，摹本最多，一路上形形色色的人物，各本詳略不同，曹頫只知道其中有一處正上演雜劇，劇中的丑角是諷刺宋徽宗的佞臣，一個叫林靈素的佞臣。但畫中人物眾多，每個長不及寸，要去細細分辨，實在很費功夫。

幸好後面題著一首詩：「妙繪難從東武尋，流傳摹本重兼金；誰知藝事存規諫，下降仙卿記姓林。」曹頫知道此幅就是。

「是了。『東武』指張擇端，他是東武人。」他問：「你這個卷子開價多少？」

「不說『流傳摹本重兼金』嗎？只有四老爺識貨，貨賣識家，我不敢多要，五百銀子。」

曹頫微微一笑，隨手將畫一捲；順口又問：「還有甚麼別致一點的東西？」

「有、有。」沈掌櫃答說：「有一幅明宣宗的手卷。」

「好！拿來看看。」

這個手卷是紙本，高約九寸，長約六尺，題名「松雲荷雀圖卷」。湖石平坡，蒼松之下，紫芝萱草，遠處青山掩映於白雲之間，多用花青赭色，但著色很淡更顯得氣韻幽遠秀潤。

「怎麼不見荷雀？」旁觀的曹雪芹發問。

「看下去就知道了。」

原來這個卷子是兩張畫接起來的，後面一幅湖石水草，石上小鳥，湖中殘荷敗葉，初秋蕭瑟之氣，浮現紙上。再看題字，前面一幅楷書「宣德二年五月御筆賜趙王」，上蓋「皇寶尊親之寶」朱文大璽，後面一幅只書「御筆」二字，上有一方「安喜宮寶」的朱文方璽。

曹頫很喜歡這個手卷，問價也是五百銀子；不由得皺眉說道：「明畫要這個價錢，元畫、宋畫該怎麼說？」

「畫以人重。」沈掌櫃答說：「我有四幅宋徽宗的，三百銀子一幅，聽憑四老爺挑；四幅全走，一個整數。」

明宣宗與宋徽宗都擅丹青，但君臨天下則賢愚不同，所以沈掌櫃才有「畫以人重」的說法。但兼收並蓄，則可為收藏家增重。曹頫本藏得有宋徽宗畫的鷹跟「瘦金體」的書法立軸，不過沈掌櫃取來的那四幅畫，其中兩幅可稱精品，一併議價，共是一千銀子，最後兩幅畫等於贈品。

接著轉往「天繪閣」，看招牌便知以出售字畫為主；曹頫在這裡出手更豪，滿載而歸以外，還為曹雪芹買了好些珍奇的「小玩意」。

「四叔，真是闊了。」曹雪芹向他母親說：「今天在隆福寺，花了八千三百銀子。給我的小玩意，也值一千多；他說今年不另外給我壓歲錢了。」

曹家的規矩，遇到年節，晚輩有孝敬；長輩有賞賜。曹雪芹沒有甚麼入息，孝敬只是自己寫的字、畫的扇子之類的「秀才人情」。曹頫、曹震則每送必是一兩百銀子，這年是例外，曹震送了五百銀子，曹頫更是逾千。銀錢多寡還在其次，意味著曹家大大地興旺了，這才是值得告慰於白髮滿頭的馬夫人的事。

「太太看！」

杏香拿起一片青磁，上有白色字跡及卦象，曹雪芹便作解說：這是山東益都一個姓翟的進士，作江西饒州推官時，命窯戶所造的青磁《易經》，可惜只剩一片了。

一片磁之後是一片鐵，其形如瓦，是明朝的「鐵券」。明太祖朱元璋，自命如漢高祖劉邦，因而天下既定，大封功臣之時，便仿漢高剖符作誓的制度，頒賜鐵券，不過漢朝的鐵券，是用朱漆，亦即所謂丹書：「使黃河如帶，泰山若礪，國以永存，爰存苗裔。」而明朝的鐵券是鑿鐵填金，正面是「制詞」，背後刻上受賜者的爵位姓名，本身及子孫免死次數，除謀反大逆以外，任何死罪，皆獲赦免。

馬夫人聽得很仔細；等曹雪芹講完，嘴唇微動，大家都看出她是有話要說，便以眼色相戒，靜聽究竟。

「這，鐵券，那些人才能得這個鐵券？」

「開國功臣。」曹雪芹答說：「像徐達、胡大海不必說，封公、侯、伯的也有。」

「那麼像——，像張制台呢？」

「張制台？」曹雪芹想了一下才明白，是指張廣泗，「以他的功績而論，應該有鐵券。」

「這樣說起來，他應該生在明朝。」

張廣泗犯的只是老師糜餉、貽誤軍機，不是謀反大逆的罪，如有鐵券，即不至於死。大家都懂她的意思，但卻沒有人接口。

「大家都說明太祖刻薄，看起來對功臣還是忠厚的。」

這感慨就更明顯了。曹雪芹覺得不能再不搭腔，便即說道：「這也怨他運氣太壞，正趕上『借人頭開刀』。」

杏香不懂這句話，悄悄問道：「甚麼叫『借人頭開刀』？」

秋月聽得這話，連連假咳，示意曹雪芹不宜公然談論皇帝「殺大臣立威」之事，怕下人們聽了，到處傳說，惹出是非來，是場大禍。

「好！」曹雪芹向秋月答了個表示會意的眼色，趁機會把話題移了開去，「我講個運氣不好，在劫難逃的故事給你聽。唐朝黃巢起兵造反，開刀得要殺個人，那時他住在寺廟裡，大小和尚聽說黃巢要開刀，嚇得都逃了，只有一個和尚不逃，因為他跟黃巢最好，不信黃巢會不顧交情，拿他開刀——。」

「黃巢偏要借他的人頭？」杏香插嘴問說。

「不！」曹雪芹說：「黃巢殺人八百萬，不過對朋友倒還講交情，他跟那和尚說：開刀的時刻快到了，你躲開吧！這一下，那和尚也害怕了；方寸大亂之下，不知躲到甚麼地方好？最後看見菜園裡有株大樹，樹身中間枯了一個大洞，心想這倒是個絕妙的藏身之處。那知黃巢找不到人，拿那株枯樹開刀，一刀下去，把那和尚砍死了。」

「能藏一個人的大樹，一刀能砍得透嗎？我不信。」

「原是說笑話，認真就沒有意思了。」秋月又找了一個話題，「四老爺得了甚麼得意的東西？」

「每一樣都得意。最得意的是，文天祥寫的一個匾，叫做『慈幼堂』，後面有明朝弘治年間好些大臣的題跋，不過我看這幅字半真半假，不太靠得住。」

「怎麼叫半真半假？」這回是馬夫人開口發問。

「『慈幼』二字真，那『堂』字，是後來別人加上去的。」

「這又是甚麼講究？」

原來曹頫所得意的是，除了字以人重，是一代孤忠文天祥的真跡以外，亦因為後有明朝宣德、弘治兩朝，好些名臣的題跋；這方匾的來歷，源遠流長，據說蘇州的小兒科陳家，自宋及明，累世儒醫，到元朝有個叫陳本道的，是兒科名家孟景陽的贅婿，陳家之專精「小兒醫」，自此而始。

明朝開國，孟景陽不知怎麼犯法被誅，不久陳本道亦去世了，遺孤名叫彥斌，由他的母親傳授醫道，年紀稍長，讀他外祖父孟景陽傳下來的醫書，成為此道名手。這方「慈幼堂」的匾額，便是從陳彥斌的醫室中掛出來的。

陳彥斌的兒子叫陳仲和，陳仲和的兒子叫陳公尚，父子二人相繼於宣德、弘治年間被徵入京，成為御醫；陳公尚手段更為高妙，因而被擢升為太醫院院判。名公鉅卿的幼子愛孫得病，都請陳公尚來看，往往藥到病除；為了報答起見，應陳公尚之請，為「慈幼堂」作題跋時，即令看出「堂」字是後加的，亦不好意思說破。

馬夫人不懂字畫，不過這段故事卻是極好的閒談，很容易地明白了以後，自然而然會有一問：「那麼，你又是從那裡看出來的呢？」

「我看『堂』字的筆跡不大相同；而且隱約看得出在『慈幼』後面接了一段紙。回來跟老何一談，他說不錯，他看過一部書，可以作證據。」

何謹的醫道跟賞鑒骨董字畫的眼光，是大家都信得過的，所以馬夫人點點頭說：「那就是了。世界上原有些愛招搖、愛標榜的人，得了這麼兩個字，又正合他小兒科的身分，就拿來作為他家的堂名，也是有的。」

「不過，」秋月心細，想到了一件事，「四老爺收了甚麼好東西，都要找老何去品評；他要說破了，豈不掃了四老爺的興？」

「我來告訴他——」

曹雪芹的話還沒有完，馬夫人就說：「不必，掃掃四老爺的興也好。老太太在的時候，勸過他幾回，說玩物喪志，應該在公事上多巴結。說一回好幾個月，到後來到底出事了。這幾年四老爺很得意，只怕老毛病又要犯了；掃掃他的興，讓他冷一冷也是治病的一法。」

曹雪芹不甚以為然，但母親的話不能不聽，答一聲：「是。」打消了關照何謹的念頭。

不過，他自己卻未忘了這件事；從馬夫人那裡退出來，特地去找何謹；因為何謹所說的那部書得要找一找，此時特地去討回音。

「找到了沒有？」

「找到了。」

接過來一看，這部書名為《遂昌雜錄》，作者署名「遂昌山樵」。曹雪芹知道這個人，名叫鄭元祐，生在元朝；不過《遂昌雜錄》這部書卻沒有看過。「這部書專記宋末元初名臣高士的遺聞軼事。芹官，你看這一段。」

這一段雜錄，是記宋朝京畿各郡的善政，有「激賞庫」，內貯現銀，遇到棘手的盜案，地方官開「激賞庫」，懸賞招募勇士捕盜，所以盜案破得很快。

又有「慈幼局」。貧家子女太多，無法養活，可以寫明生年月日及時辰，抱送到慈幼局，專門雇有奶媽撫養這些棄兒；沒有子女的，亦可到慈幼局去收養。這就是後世育嬰堂的由來。

照何謹的推斷，陳彥斌是將文天祥所題的「慈幼局」，割去「局」字，添上一個「堂」字。曹雪芹亦以此說為然；將《遂昌雜錄》這部書借了回去看。

一看看到午夜時分，杏香已睡過一覺，特地又披衣起身，到書房裡來探望；曹雪芹便問：「你怎麼不睡？」

「我也要問你，怎麼不睡？」

「這兩天沒有我的事，看書，看晚一點兒也不要緊。」

「有件事你辦好了？」杏香問說：「四老爺託付你的事。」

「啊！」曹雪芹這才想起，急忙掩卷，取筆鋪紙，要將白天在和親王新府中擬的匾額、對聯寫下來；打開墨盒一看，已經凍住了。

「現磨吧！」杏香將火盆移近來，烘一烘手，一面磨墨，一面說道：「你們家在南京的事，我不大清楚。聽太太的口氣，彷彿當時是四老爺耽誤了公事，以至於遭禍？」

「也不能全怪他。」

「還要怪誰呢？」

「震二爺也有責任。」

「太太說四老爺玩物喪志；其實，你倒是該勸勸震二爺。」

「怎麼？」曹雪芹停筆，抬眼問道：「勸他甚麼？」

「我聽翠寶說，震二爺最近賭得很厲害，輸了一兩萬銀子。」

「那大概是應酬賭吧？」

「應酬賭？」杏香說道：「這個名目我還是頭一回聽見。」

「這是內務府才有的花樣。」曹雪芹說：「公然送錢，跡近行賄，所以賭錢故意輸給人家，這就叫應酬賭。」

「應酬賭要輸一兩萬銀子，足見震二爺平時的好處不少。」

「好處是不少，不過擔的心事也不輕。」曹雪芹說：「宦海風波，常不可測。過了年我倒要勸勸他，他那樣子拚命摟錢，遲早會出事。」

「你自己呢！」杏香說道：「過了年該用用功了吧？你答應過人家的。」

「我不是天天在看書嗎？」

杏香拿起曹雪芹剛放下的書，看一看書名說：「看這種閒書，有甚麼用處？」

「開卷有益，不管看甚麼書，都是有用的。」曹雪芹說：「你別跟我說話了，等我趕緊把四老爺的東西弄完了，替我弄點酒來喝著再聊。」

看看墨夠了，杏香喚起一個小丫頭來，到廚下去收拾酒肴，預備曹雪芹消夜。

快走完夾弄，轉個彎便入廚房時，只見前面閃出來一盞風燈，兩下走近了一看，才看出是秋月的小丫頭雙玉，右手持燈，左手提著一銅銚子的熱水。

「杏姨，」雙玉側身讓路，笑嘻嘻地說道：「是替芹二爺預備消夜來了？」

「是啊！」杏香問道：「你怎麼這麼晚才來提熱水？」

「秋姑還沒有睡——。」

「秋姑還沒有睡？」杏香問道：「在幹麼？」

「拿紅紙在開單子，不知寫甚麼？」

「噢！」杏香略停一下說：「你問問秋姑，要不要吃點兒甚麼？我一塊兒替她預備。」

「是了。我馬上來給杏姨回話。」

廚房旁邊有間下房，是廚娘王四姑的住處；聽見腳步聲在內問道：「是杏姨不是？」

「是我。」杏香說道：「你不必起來！我替芹二爺找點現成的吃的，馬上就走。」

「是了。」王四姑說道：「砂鍋裡燉好一塊火腿，應該還是熱的。」

「我知道。你甭管了。」

抽開屜戌，進了廚房，先把油燈點了起來；食櫥裡大碗大缽預備下的年菜很多；杏香正指揮著丫頭在調理時，雙玉去而復回，帶來秋月的一句話：「待會請杏姨去坐一坐；有點事要問杏姨。」

於是杏香將酒肴檢點齊了，找雙玉幫忙帶著她的丫頭先送回去，然後轉往秋月那裡。

秋月跟馬夫人住一個院落，由於馬夫人睡得早，晚上出入怕驚擾了她，所以秋月在她的後院另外開了一道便門；進門由後房到前房，臨窗伏案的秋月，聽見背後的聲音，轉身過來說道：「你坐一下，我還有兩行字，再問你兩句話就完事了。」

杏香點點頭不作聲，坐在書桌側面，探頭望過去，才看出秋月是在開一張供馬夫人拜年用的單子。這是年常例規的差使，只要拿舊單子出來，改正謄清便可；只是這年比較吃力，因為至親世交，禮不可失的人家，變遷的情形，倍於往年，調出京的，要看他家還有甚麼人在京？調進京的，更得細查老親在不在，有幾個孩子？去拜年時，一一都要照顧到。秋月要問杏香的話，就是她怕自己記不周全，找杏香核對一下，比較妥當。

「走吧！」秋月終於完工了；擱筆說道：「咱們家沒有甚麼官場應酬，明天小年夜清閒無事，去看看錦兒奶奶去。」

「好！」

說著，都站起身來，由雙玉拿風燈照著，走的是捷徑——由馬夫人所住的北堂，到曹雪芹與杏香雙棲的夢陶軒，穿過桃花塢那個山洞，遠比繞行曲折長廊來得近。

「今年是冬旱。」秋月指著地面說：「住了四年——。」

「五年。」杏香立刻糾正。

乾隆八年秋天，曹雪芹為要娶石小姐買的這所噶禮的舊居；秋月計算了一下，確是已有五年，「不過，馬上快六年了。」她說：「五年多的功夫，像地面上這麼乾燥的，怕只有兩三回。」

「就因為地上乾了，我才走這條路的。」雙玉接口說道：「天旱、風又大，火燭要小心；不然可不得了。」

「咄！」秋月輕喝：「過年了，你可得懂點兒忌諱。」

原來桃花塢上便是假山，地震震開了一條裂痕，經常有水滴滲出來，所以地上總是潮溼的；杏香覺得雙玉說的話雖不中聽，但實在是好話。

「真的，過年了，凡事容易疏忽，明天我倒得跟大家提一提，火燭要小心；尤其是廚房裡。」

就這樣談著走著，已經出了山洞，從月洞門中望夢陶軒，只見燈火通明，曹雪芹冒著風在廊上等候。

「幹麼，站在風頭裡？」杏春又問：「你寫好了沒有？」

「好了。」曹雪芹對秋月說：「聽說你要來，特為叫他們把燈都點起來，在這裡等你。」

「怎麼啦？」秋月笑道：「忽然這麼客氣起來了？」

「這有個緣故，咱們進去說。」

一進堂屋，中間方桌上已將消夜的酒食都陳設好了，三副杯筷；桌前爐火熊熊，將茶几上供著的一大枝綠萼梅，催得盛放，香氣極濃。

「秋月，今天該你上坐。」

「這又是甚麼道理？」

「剛才我翻了一翻皇曆，才知道子時一刻立春，這會兒就算己巳年了。你倒想想，不是你的整生嗎？」

這一下連杏香都明白了；秋月肖龍，生在康熙三十九年庚辰，到己巳年是五十歲。

「真的，秋姑，該你上坐。」杏香推著她說：「咱們倒商量、商量，明年怎麼給你做整生日。」

「別鬧了！」

話雖如此，她還是在上面坐了下來；曹雪芹替她和杏香斟滿了玫瑰花冰糖泡的甜酒，自己用南酒相陪。

「來，來！」杏香舉杯說道：「添福添壽。」

「多謝！多謝。」秋月感傷地笑著，「誰想得到，都五十了。」

「那裡看得出來？看上去不過比我大個七、八歲。」

杏香二十八，說大七、八歲，便是三十五、六。這自然是有意奉承的話，但說秋月已經五十歲了，卻真的不能教人相信。

「秋月生日在三月，那時候我跟四老爺在南邊。」曹雪芹看著杏香說：「咱們倒琢磨琢磨，提前給她慶生。」

「不、不！千萬別鬧。」秋月又說：「倒是太太，明年五十九；做十不如做九，得好好兒熱鬧、熱鬧。」

「太太生日在九月裡，那時候我一定已經回來了。」曹雪芹說：「先談你的生日。」

「斷乎不可。」秋月搖著手，很堅決地，「不像話。再說——。」

「怎麼？」曹雪芹問：「怎麼不說下去？」

「再說——，」秋月終於說出口了，「我也不願意讓人家知道我是個老婆子了。」

這話別有涵蓄，曹雪芹與杏香對看了一眼，都不作聲。

「咱們還是商量怎麼給太太做生日，倒是正經。」

「兩件事合在一起辦，如何？」曹雪芹問。

「別把我扯進去。」

「合在一起辦，也未嘗不可。」杏香說道：「反正咱們自己知道就是了。」

「到時候再說吧！」秋月很坦率地說：「我不大喜歡談這件事。」

曹雪芹頗為掃興，也深深失悔，不該無端觸動秋月的愁緒。其實只要多想一想，就不難了解她的心境，雖說她的品格朗如秋月，凡是曹家的親友，只要知道她的，沒有一個不敬重的；可是大好青春，等閒虛度，如今美人遲暮，白髮已生，猶是丫角終老的青衣身分，五十歲有何可慶可祝之事？

秋月恰也是同樣的想法。但接下來，兩個人所轉的念頭，就不大相同了，曹雪芹心想，秋月不願意人家知道她五十歲了，也許還有得諧花燭的願望；這個願望實在也不是奢望，他設身處地想一想，如果自己是五、六十歲的達官，悼亡以後續絃，一定希望娶她這樣的人作繼室。過去也曾為她作過這樣的打算，但都為她拒絕了；也許現在的想法，已經不同，只是說不出口而已。如果真是這樣，不妨暗中替她物色，到時候強納她進花轎好了。

在秋月的想法是，耽誤青春只為受老太太的託付：「無論如何要照應芹官。」而所謂「照應」，絕不是現在這個樣子，縱不說功成名就、耀祖榮宗，至少也得在正途上討個出身——包衣人家只有兩條路，不做官就是做奴才，眼前雖是「閒散白身」，但保不定那一天會派上一個卑賤的職司，那時再想上進，為時已晚。

兩個人各有心事，臉上便都是心不在焉的神氣，杏香不免納悶，忍不住問曹雪芹：「你在想甚麼？」

「我在想，明兒要去看一看錦兒姐。」

「這真巧了。」杏香看一看秋月笑道：「怎麼都想到她了呢？」

曹雪芹不知道秋月已跟她約好，第二天要去看錦兒；茫然地問道：「你們剛才在談她？」

「對了。她那兒應酬多，我打算跟秋姑去看看，能不能替替她的手。」杏香又說：「如果你也要去，我跟秋姑就得留一個人看家。」

「秋月看家吧！」曹雪芹馬上就說。

「行。」秋月毫不遲疑地答應；緊接著便談她的心事，「芹二爺，你剛才說開了年要跟四老爺到南邊，我倒想起一件事來了，你不是答應了震二爺，明年要進考場的嗎？」

曹雪芹楞了一下，不過馬上想到了，「三年兩考，明年己巳，正好輪空。」他說：「要後年庚午，才有秋闈。」

「可是，你得趁早用功啊！跟著四老爺遊山玩水，不耽誤了功課？」

「有一年半的功夫，儘來得及。再說，需要用功那兒都可以，不一定在家。」

這句話讓秋月抓住了，「好！路上也得把你的功課規定出來。」她說：「趁明兒個，我請太太跟四老爺說明白，跟他去辦事可以，他得督著你用功，八股文啊，試帖詩啊，得按時寄回來查驗。」

「好傢伙！」曹雪芹吐一吐舌頭笑道：「可真厲害啊！」

看他那嘻皮笑臉的樣子，秋月便正一正臉色說道：「你說要替我作生日，有這份閒心思，不如擺在書本上面。你能按時寫功課回來，我就覺得我這五十歲算是不白活了。」

說到這樣的話，第一個感動的是杏香，紅著眼跟曹雪芹說：「你可千萬記著秋姑的話。」

曹雪芹也收斂笑容，慢吞吞地說：「好吧！到時候我自己立個功課單子就是了。」

果然，一如秋月所預料的，錦兒與翠寶倆忙得不可開交，不過秋月與杏香去了，未見得能幫得上多少忙，得力的倒是曹雪芹。

曹震從一交臘月，便有內廷差使；送灶以後，更是一天忙於一天，因此，上門的男客，都是總管接待，但有事卻無法作主，到上房來請示以後再出去回覆，這樣一轉折，不免耽誤功夫；有曹雪芹代為應付，每每幾句話便可打發，門庭頓覺清閒得多了。

「你明天還得來，幫我對付告幫的。」錦兒說道：「這些人非得有正主兒出面不可；不然爭多嫌少，一遍遍蘑菇，賴著不走，真煩透了。」

「我莫非不煩——」

「我知道，我知道。」錦兒搶著說道：「不過對你總好得多，總還顧個面子；不比對曹福或者何誠，動不動就是：『你進去跟你們二奶奶說，我跟你家二爺是過命的交情，她這十兩銀子是打發要飯的不是？』想想看，真氣人。」

「好吧！」曹雪芹無奈，「我上午來，回家吃午飯。」

「不！你在我這裡吃午飯，晚上我們全家上你那兒，陪太太吃年夜飯，好好兒樂一樂。」

「怎麼？震二哥怎麼辦？」

「他明天還是內廷差使。皇上過年，臨時也許會要甚麼東西，得有人伺候在那裡。」錦兒又說：「他們約好了，年三十是他的班；年初一起，直到破五都沒有他的事，那兩天你們哥倆可以好好敘一敘。」

「震二哥的局面，我擠不上去；搖攤推牌九，上千銀子的進出，我玩不起，我也不愛擠那個熱鬧。」

「我來找一天，教他請幾個文靜一點兒的朋友；把四老爺也請來，你們喝喝酒，看看骨董、字畫。如何？」

「那好！」曹雪芹又問：「你這會兒有功夫沒有？」

「怎麼樣？」

「有功夫，我想跟你聊一聊秋月的事。」

「好！我交代翠寶幾句話，馬上就來。」

等她去而復回時，原來在幫著翠寶包壓歲錢紅包的杏香，也跟了來了。於是，曹雪芹細談前一天晚上的情形。

「說起來倒真是，她那裡像五十歲的人。」錦兒又說：「老小姐心靜，所以不顯老。」

「老小姐脾氣乖僻的居多，」杏香接口說道：「秋姑就是脾氣不怪，這最難得了。」

「你們別扯閒白兒了，言歸正傳。」曹雪芹說：「錦兒姐，你看她不願意讓人知道她的年紀，是不是還有、還有——。」

看他訥訥然無法出口的神情，錦兒便搖著手打斷：「你別說了，我懂了。」她略停一下說：「她這件事，談過也不止一回了；每回談，都是人家挺熱心，她自己打退堂鼓，把我都打得心灰意冷了。」

「咱們以前都錯了！」曹雪芹說：「儘管她自己心裡願意，嘴上可是說不出來；咱們這回是『拿鴨子上架』，就告訴她一聲兒，說要替她找女婿了！別的都不用跟她說，反正臨了兒是太太作主；說定了，她願意是願意，不願意也得願意。錦兒姐，你看我這個主意，能不能用？」

錦兒最熱心的是兩件事，一件是替曹雪芹正娶；一件就是為秋月找歸宿，但曹雪芹自從有石家小姐未及過門而歿那件事以後，便不再談；秋月的事，亦早就覺得時機一誤再誤，應該死心了。如今曹雪芹舊事重提，又提出了新的手段，那顆心一時間又升升騰騰熱了起來；想了又想，終於按捺不住地說：「要做，這回就非把它做成功了不可。」

「錦兒奶奶，」杏香問道：「你心目中有沒有人？」

「人，有的是。只要是填房，憑她那份人材，風聲一傳出去，來求的人真可以抓一把揀一揀。不過，到底也要使她自己真還有那麼一種心思，咱們才能動手。」

「我敢說，她確有那種心思。」

「你說不管用。」錦兒答覆曹雪芹說：「咱們得好好探一探她的口氣；把她的顧慮都想周全了，才能說得心服口服。」

「口服只怕很難。」

「口服不是要她自己說一聲願意；說得她不作聲了，就是口服。」

「是了。」曹雪芹很興奮地，「能做到這一步，便算大功告成了。」

「也沒有那麼容易。」杏香接口，「到底物色的人，也是要緊的。男女之情，本來是最難說的；本來不想出嫁，看中合意的人，一下子變了心思的，也多得是。」

「這話不錯。咱們自然先物色好了，再跟她去談。」錦兒又說：「好在這幾年滿漢通婚，也不像早先限得那麼嚴了，漢人娶個大腳姑娘，只要說是旗下出身，就沒有人會笑話了。」

正在談著，門上來報：「仲四掌櫃來了。」

「早說要來的，不想一直到小年夜。」錦兒對杏香笑道：「不過他倒也來得巧，正遇見你在這裡。」

「我先出去。」曹雪芹交代杏香：「你一會兒也來打個照面。」

杏香是拜了仲四奶奶作義母的，義母雖已去世，「乾爹」還是乾爹；杏香點點頭說：「我知道。」

「雪芹，」錦兒叫住他說：「你問問他，吃了飯沒有？」

一見了面，看仲四爺滿臉通紅，是暢飲以後的神色，那就不必問了；不過他跟仲四一年多未見，很有些寒暄的話，同時細看他的神氣，依舊一臉精悍，毫不顯老。

「仲四哥是前年做的六十大慶，今年六十二；精神是越來越好了。」

「到底不行了。」仲四答說：「前幾年還是一覺睡到天亮，跟小夥子一樣；打從去年拙荊一死，得了個後半夜失眠的毛病。」

「那是伉儷情深之故。」曹雪芹說：「上了年紀，也不能沒有人照應。」

曹雪芹是意在言外，仲四卻沒有聽出來，「是啊！本來鏢局子裡，內裡都是拙荊照管，逢年過節，不用我費點心，如今可是非我親自動手不可了。」他緊接著又說：「本來早要來看震二爺！只為今年各路鏢頭，都回來得晚，到昨天才算到齊，我這顆心才算踏實，趕著來一趟。」

說到這裡，伺候客廳的何誠，便向曹雪芹遞過來一張紅單子，輕聲說道：「這是仲四掌櫃送的禮。」

曹雪芹接過禮單來，略為看了一下，全是各地有名的土產；當然是他的鏢客們帶回來的，便隨手交了回去，並又交代：「你到上房跟你們二奶奶回吧！」

「我另外備了一份，孝敬太太的，已經派人先送到府上去了。」仲四歉疚地說：「實在是窮忙，我得馬上趕回去；今天我就在這兒給芹二爺辭歲，等過年再給太太去請安。」

「好說，好說。過年那一天來，先給個信兒，咱們好好喝一頓。」

「是。」仲四想了一下說：「就是年初四吧。」

「好，我跟震二哥說，讓他把功夫勻出來。」

「聽說震二爺今天、明天都是內廷差使。」仲四從大毛皮袍子中掏出來一個信封說道：「這東西請芹二爺轉交。」

曹雪芹知道，曹震跟他合做買賣，這是年下結算的一篇帳；接過來看都不看地塞入口袋，同時答說：「我馬上就交給錦兒姐——。」

「不！」仲四低聲打斷，「請芹二爺交給震二爺本人。」

看來是有代曹震所付，而不能讓錦兒寓目的帳在內，那當然不是嫖帳，便是賭帳；曹雪芹心想，要規勸曹震，在交這個信封時，便是最好的機會。

「芹二爺，我得走了。」

曹雪芹還來不及答話，屏風後面杏香就發聲了，「乾爹，慢走。」她閃出來說道：「正在替你燙酒，讓芹二爺陪你喝一盅。」

「喔，姑娘，多謝。酒是絕不能喝了——。」

「那總得吃點兒甚麼才好。」

仲四不便堅拒，稍一躊躇，欣然說道：「姑娘，你真要請我，就做一碗醒酒的湯。」

「好，好！這可是我拿手。」說完，杏香掉頭就走。

於是仲四又坐了下來，談他鏢局的近況，首先提到的當然是王達臣，他已經回江寧了，主持一家「聯號」，運氣很好，設局走鏢以來，從未出事，「萬兒已經闖出去了。」仲四說道：「雖說運氣好，到底也是他人緣好，才能到處吃得開。加以我那位弟妹，又能幹、又賢慧，真正是好幫手。」

提到夏雲，不由得使曹雪芹想起一件事，「前一陣子，接到她的信，說九月裡病了一場。」

他問：「如今身子怎麼樣？」

「很好哇！據江寧回來的鏢頭說，說話仍舊是大嗓門兒，又快又急，足見中氣很足。」

「那好。」曹雪芹說：「我也很想念達臣的，明年春天大概能跟他見得著面。」

「怎麼？芹二爺要到南邊？」

「是──，」曹雪芹略想一想說：「四老爺明年春天要出差到南邊，要我跟了去。」

「四老爺外放了？」

「不是外放，臨時的差使，要走好幾個地方。到時候也許得請你招呼。」

「是。到時候我派兩個老成得力的人跟了去；一路有他們招呼，管保妥當。」

「好極！我先替家叔跟你道謝。」

談到這裡，只見小ㄚ頭提來一個食盒，裡面是熱騰騰的一大碗湯──雞湯中飄著切得極薄的筍片與豆腐衣，加上山西白醋與交趾黑胡椒，入口極爽，仲四頓覺精神一振，「噓噓」地吹著氣，把一大碗熱湯喝完，從腰際取出汗巾，摘了帽子，一面擦滿頭大汗，一面連聲說道：「痛快，痛快！從來沒有喝過這麼美的湯。」

聽他如此讚美杏香，曹雪芹當然也很得意，少不得還要謙虛兩句，「那裡、那裡！」他說：「杏香也不過三腳貓的手藝。」

「三腳貓的手藝，就這個樣了。真正是『不是三世做官，不知道穿衣吃飯』，杏香若非在府上，就做不出這麼一碗湯來。」

這時杏香又回來了，曹雪芹便笑著說：「你乾爹直誇你的湯好。」

「是真好！不是我仲四淨捧乾閨女。」仲四接口說道：「沒有得甚麼說的，年初四到府上來叨擾，姑娘，你還得好好做幾個菜，殺殺我的饞。」說著，哈哈一笑，站起身來說道：「走嘍，走嘍！年初四見吧。」

曹雪芹送走了仲四，回到上房，只見錦兒與杏香正很起勁地聊著，而且翠寶也在；錦兒一見曹雪芹便說：「怎麼你也約了初四，咱們得核計核計。」

原來錦兒許了曹雪芹，找一天喝酒看字畫，日子也挑在初四，兩下撞期，得要錯開。當然，仲四已經約好了，只有錦兒改期。「改在初七。」曹雪芹說：「初七是人日。」

錦兒計算了一下答說：「好！就是初七。」卻又問道：「怎麼叫人日呢？」

「那個典故出在《北史》，正月初一為雞，初二為狗，初三、初四，一直到初六，我記不清楚，反正都是家畜。直到初七才是人日。」

「莫非人就不如畜生？」

「不錯，五胡亂華的那百十年，人不如獸。」曹雪芹又說：「這就像早年旗人見面，請安問好，一家大小都問到了，臨了兒還要問牲口是差不多的道理。」

正談著，又有客來了，就這麼一下午，曹雪芹進來出去，也不知道多少趟，直到上燈時分，才能真的閒下來。

「咱們回去吧！」

「不！」錦兒攔住曹雪芹跟杏香，「你們在這兒吃飯。回頭請杏香做碗湯我嘗嘗，倒要看是怎麼個好吃法。」

「那種湯要喝酒以後喝，才知道滋味。」

「咱們就喝酒。」錦兒說道：「有人送了四瓶羅剎國的燒刀子，咱們打開來嘗一嘗。」

「嘚嘚！那酒太烈，而且一股子怪味，也不知是拿甚麼釀的。」曹雪芹搖著手說。

「那麼還是喝花雕，你自己上地窖去挑；看那一罎好。」

曹雪芹聽說曹震在兩個月前，新闢了一個地窖藏酒，還沒有看過；因而欣然起身，讓小丫頭持著風燈，到廚房對面的柴房，揭開木蓋，拾級而下；這個地窖不大，但做得很講究，油灰糊壁，青磚鋪地，頂上刷得雪白；窖藏的酒，以花雕為主，曹雪芹挑了陳年的一小罎，向小丫頭說：「你去找兩個人來抬酒。」

小丫頭答應著留下風燈，上去找人。曹雪芹坐在酒罎上，揚目四顧，不由得想起江寧織造衙門的酒窖。

那個酒窖可比眼前的這一個大得多，也深得多，兩頭通路，夏天非常涼爽；他記得有一年夏天玩捉迷藏，跟春雨一起躲在酒窖裡，親戚家的孩子尋了來，春雨掩住他的嘴，儘往酒罎後面擠進去，他突然一陣心跳，拉開她的手，緊緊抱住她親了個嘴，那是他頭一回吃胭脂。

「那年，」他屈著手指數，「十一歲。」他在心裡說：「春雨也不知道怎麼樣了？應該早就『綠葉成蔭子滿枝』了！」他嘆開無聲的氣，心裡亂糟糟，一陣無名的煩躁。

不過，等小丫頭找了人來抬酒，他就能把心事丟開了。陪著錦兒喝酒閒談時，由一味糟蒸松花江白魚，自然而然地談到了仲四；魚是他送的。

「仲四精神還好得很；買賣做得很大，苦於仲四奶奶一死，裡頭沒有人照應。我勸他續絃，他竟沒有聽出來。」

「是啊！上回你震二哥也勸過他；他說都六十二了，還打這個主意幹甚麼？再說也很難有合適的人。」

她說到這裡，杏香的雙眼，忽然一陣閃爍；等把大家的視線都吸引了來，她輕聲笑道：「我在想，不知道我會不會管秋姑叫乾媽？」

此言一出，席上所有的人，連翠寶在內，雙眼也都像她一樣亂眨了起來。

撮合秋月作仲四的繼配，似乎有些不可思議，這道心理上不知何由而生的障礙，要打破很難；但如突破了，想想也未始不可。

「我那第二個乾哥哥是提塘官，秋姑嫁過去，是現成的官太太。」

杏香所說的是仲四的次子。仲四有兩個兒子，老大子繼父業，現在太原主持聯號，老二名叫仲魁章，弓馬嫻熟，而且還好文墨。仲四奶奶認為是做武官的材料，這亦須從考試上去取功名。仲四原籍河南，因而仲魁章應該回河南去應武鄉試，一戰而捷，但武會試卻落第了；那時正好直隸鬧水災開捐，仲四便為仲魁章捐了個守備，又在河南巡撫衙門花錢走了門路，巡撫咨文兵部，保仲魁章為本省駐京提塘官。

仲魁章曾經帶了四名馬弁到曹家來拜訪過，鮮衣怒馬，神氣得很。

「這怕輪不到秋月。」曹雪芹是懂封贈制度的，「守備是五品，封贈一代，誥命兩軸，仲四是正五品武德郎；仲四奶奶是五品宜人，那裡還有第三軸誥封來贈繼母？」

「你也膠柱鼓瑟了。」錦兒接口問道：「你說，仲四能穿五品服色不能？」

「當然能。」

「他能，秋月當然也能。誰會像你這麼去考查大清會典。」

曹雪芹駁不倒她，但覺得她的話不大中聽；細細分辨，才知道是「秋月當然也能」這句話，則彷彿她已成了「仲四奶奶」似地。

「讓她嫁仲四，總嫌委屈。」

「委屈是委屈，不過有項好處。」翠寶說道：「仲四掌櫃是熟人，又在京裡有買賣；秋姑嫁過去，不但不會受欺侮，而且仍舊常常往來，跟沒有嫁以前差不多。再說仲四掌櫃爺兒倆，常來走親戚，熱鬧得多了。」

翠寶一向不多說話，但言必有中，大家都覺得這確是極好的一件事。

「只怕秋月會嫌他是個武夫。想想總覺得不配。」曹雪芹問道：「錦兒姐，你心目中有甚麼人沒有？」

「有啊！怎麼沒有。」錦兒想了一下說：「我想到三個，兩個是內務府的，家道殷實，人也不錯；不過要說文墨事兒，比仲四也強不到那裡去。」

「那麼，第三個呢？」

「第三個是工部的司官，舉人出身，人很文雅，聽說文章做得不錯，斷絃好幾年了，人家勸他續絃，他說娶小都不願，何況續絃。問他是何道理，他說娶了個談不攏的，一天到晚拴在一起，豈不受罪——。」

「好啊，」曹雪芹說：「這要娶了秋月一定談得攏。」

「談得攏，不錯。只怕秋月要嫁了他，壓根兒就沒功夫陪他閒聊。」錦兒接著說道：「他有七十多歲的一雙老親；下面六個孩子，三男三女，大的十六、七，小的不到十歲。這還不算，家裡還有個居孀的老姐替他當家。你說秋月嫁了過去，是去當太太，還是當老媽子？」

「這——，」曹雪芹將頭搖得博浪鼓似地，「這怕不行！」

「更有一件，父母七十多，不知道那一天會丁憂。他是貴州人，扶柩回籍；過些日子，又一位去世了，三年之喪從頭開始。除非你將來點了翰林，放了貴州的考差，不然要見秋月一面就很難了。」

「這三個不必談了，還得另找。」

「遠在天邊，近在眼前。」杏香說道：「踏破鐵鞋無覓處，得來全不費功夫。」

唸喜歌兒似地，連用兩句成語，將曹雪芹逗笑了。

「杏香，」錦兒說道：「請你做湯去吧！我可得醒醒酒了。」

杏香到底是客，不能單獨一個人下廚房：翠寶也站起身來說：「我陪了你去。」

看她倆出了屋子，錦兒向前湊了一下，低聲說道：「雪芹，我看這件事可以辦。」

曹雪芹不作聲，因為由錦兒剛才所談的「第三個」，設想秋月真的嫁到了貴州，從此遠隔天涯，音信難通，更不必說見面了。那種一想念到她，魂牽夢縈的滋味，如何消受得了？

錦兒怎麼樣也想不到，他正預支著一份離愁，只以為他仍舊堅持己見，便又勸道：「咱們家的人，也不能都像我一樣的運氣；以前不都說夏雲嫁王達臣嫁得不錯嗎？仲四比王達臣可又高了一等了。」

「我倒也並沒有把仲四的身分看低了；只覺得秋月要嫁，總得嫁個讀書人。」

「世界上那裡有十全十美的事。就像我，總算出頭了吧，可是我們二爺對我，也只是表面像個樣子。」錦兒緊接著又說：「秋月如果嫁了仲四，跟我的情形一定不同，包管把她看成一個寶似地，言聽計從，百依百順。女人在世，榮華富貴，轉眼成空，只有這一件是真的。」

「這大概就是所謂『易求無價寶，難得有情郎』了。」曹雪芹笑著回答；然後正一正顏色說道：「你甚麼時候跟太太去說？」

「明天就行。」

這時杏香已將那碗醒酒湯做了來；錦兒嘗了一口，果然爽口沁脾，等喝完了，頓覺神清氣爽，非常舒服。

「怪不得仲四會喝得滿頭大汗，實在是好。啊，」錦兒突然想到，「我忘了一件大事；雪芹，還要抓你的差。」

「甚麼事。」

「春聯還沒有呢！」錦兒說道：「你少喝一點兒吧！」

「這可費事了。」曹雪芹說：「至少得七、八副；磨墨是來不及了，趕快到南紙店去買墨漿。還有紙。」

「紙有，現裁就是。」翠寶起身問道：「我馬上叫人去買墨漿，還要甚麼？」

「就是墨漿。」曹雪芹說：「順便到我那裡說一聲，今兒回去得晚。」

於是匆匆吃完了飯，在堂屋裡生起火盆，搭開桌子；曹雪芹一面裁紙，一面構思，等墨漿買到，隨即動手，一共八副春聯，連做帶寫，整整花了一個時辰，才算完事，已是二更天氣了。

回到家，馬夫人已經睡了；秋月後院的那道角門卻虛掩著，曹雪芹輕輕推門進去，秋月已經聽見了，迎出來掀起門簾問道：「春聯寫完了？」

「寫完了。」

秋月舉高門簾，容曹雪芹進了屋子，方又問道：「有甚麼得意的對子沒有？」

「沒有，陳腔濫調，雜湊而已。」曹雪芹問道：「你在家幹甚麼？」說著拿起桌上翻開的一本書，看了一下，微覺詫異地說：「你在看李義山的詩？」

「我那配看他的詩？等你們回來無聊，隨手翻翻。」秋月又說：「仲四掌櫃去看震二爺了？」

「是啊！」曹雪芹問：「你怎麼知道？」

「他派了個夥計來送禮，說今天要到震二爺那裡去，過年再給太太來請安。」

「跟他約好了，年初四到咱們家來喝酒。除了震二爺，你看再約幾個甚麼人？」

秋月想了一下答話：「咸安宮的那幾個老侍衛，你不是每年都要請他們喝頓春酒？不如併在一起辦，也熱鬧些。」

「對！那班人最愛談江湖上的事，跟仲四一定投機。」曹雪芹說：「那天，你得好好弄幾個菜。」

秋月愣了一下，過年留客吃飯，無非就現成的年菜下酒，最後是吃餃子，「要好好弄幾個菜」，首先新鮮材料就缺乏，豈非難題？

但細細一想，卻又不然；現成材料也多得是，仲四不送了好些珍貴的海味？冬筍、大白菜是現成的，開一條火腿，宰兩隻雞，也可以弄出不算寒蠢的一桌菜。

「好！明兒我先把仲四送的海味發起來。」

「好！」曹雪芹心裡在想，仲四如果知道他送的海味，是秋月所調理，好逑之心定會一發不可遏止。

「仲四送的海味很多。松花江白魚配上紫蟹，拿來做火鍋最好。」

聽得這一說，曹雪芹不覺口角流涎。關外的海味火鍋，頗為名貴；只是兩尺多口徑的一個紫銅火鍋，分量過多，吃不完糟蹋了，未免可惜，因而就有珍貴材料，平時也難得做這麼一個火鍋，曹雪芹便即笑道：「我還是大前年在王府吃過白魚、紫蟹火鍋。咱們這回好好弄一回吃；還少甚麼材料，明兒還來得及備辦。」

「都有了。」秋月突然說道：「喔，太太今兒交代，明天讓你去看看太福晉，順便把仲四送的東西，分一點送去。」

「好！我明兒上午去。錦兒姐吃了午飯就來了。」曹雪芹又說：「明兒他們全家都來，在咱們家吃年夜飯。」接著，他將曹震除夕有伺候內廷的差使，不能在家過年的緣故，約略說了一遍。

「那可熱鬧了。」秋月停了一下，嘆口氣說：「今年總算過去了！」

曹雪芹不知她何以發此感慨，忍不住問說：「怎麼？今年有甚麼不容易過得去的事？」

「不是說咱們家有甚麼過不去的事。」秋月答說：「今年這一年，打從德州出事以後，聽你、聽震二爺談，大官兒一個一個出事；最後是王爺；聽著倒像天要塌下來似地，教人心驚神跳。」

「天塌下來有長人頂。」曹雪芹笑道：「你這真叫是杞人憂天。」

「憂天也罷，樂天也罷，反正要過去了。但願明年再沒有這些事。」

「明年一定好！」曹雪芹口滑，又加了一句：「說不定還有喜事。」

「甚麼喜事？」

看秋月是很注意的神情，曹雪芹心生警惕，怕洩漏機關而僨事，便隨意編了個說法：「四老爺大概會升官或者放缺，那不是喜事？」

「喜事倒是喜事；不過總不如持盈保泰，平平安安過日子來得妙。」

話中別有深意；曹雪芹不由得想起仲四交來的那個信封，想跟秋月談一談，轉念又覺不必多事，便忍住了。

「芹二爺，請回去睡吧！明兒大年三十，可不能睡懶覺。」

曹雪芹便即起身，隨手拿起秋月在看的那本李商隱詩，這才發覺是部抄本；再翻一翻，更覺詫異，而且不忍釋手了。

於是秋月問道：「你一定奇怪，我看不懂李義山的詩，怎麼會有他的詩集？」

「對了！我正要問這話。」

「這是上個月檢舊箱子找出來的。」秋月想了一下說：「是老太太去世前一年，還是兩年前的事，有天替你繡書袱子，少一種極淡極淡的綠絲線；各處去找，顏色全不對。最後是老太太說：『我那個本子裡也許有。』我從沒有見老太太繡過花；敢情她老人家年紀輕的時候，還是一把好手呢！」

「你是說，這個抄本，原來是老太太用來壓絲線的？」

「正是。」

「那就怪不得了。」

「怎麼？這個本子有甚麼講究？」

「講究大著呢！」

原來行世的「李義山詩」三卷，向來只有順治年間吳江朱鶴齡的箋注本，而這個抄本卻是何焯所評；此人籍隸蘇州，字義門，是聖祖晚年所信任的，講理學的大學士李光地的門生，但後來由於李光地出賣他的患難之交，也是同年的陳夢富；以及發現他有一個「外婦之子」，假道學的面目敗露，因而自絕於師門。曹雪芹很佩服他的《義門讀書記》，更敬仰他的異於流俗的特立獨行，如今發現他評註的李義山詩，自然驚喜莫名。

講了何焯的為人，曹雪芹又說：「這何義門，是聖祖的文學侍從之臣；後來在皇八子府中受供養，幸虧他死得早，不然在雍正年間，一定免不了殺身之禍。他跟老太爺一定認識，這個抄本，一定是老太爺的。」

「是不是老太爺手抄的呢？」

「不是老太爺的筆跡，不過這個抄本也很珍貴了。」曹雪芹說：「我得想法子把它刻出來，分傳同好。」

「算了吧，別又弄這些不急之務，等你做了官、發了財再說。」

曹雪芹不由得皺眉，「做官就為了發財嗎？」他問。

「若非當年老太爺做官發了大財，你就看不到這個抄本；若非四老爺、震二爺做官發了小財，不用太太開口，按時總有接濟，你也不能在家當大少爺，到外面擺名士派頭。」

乾淨俐落的一頓排揎，將曹雪芹說得啞口無言。但秋月口頭痛快，心裡卻過意不去，便又換了一副神色，把那個抄本塞在曹雪芹手裡，輕輕推他的身子。

「可惜了，是個殘本，刻出來也沒有多大用處。」她說：「早知道這麼珍貴，當初跟老太太要全了就好了。話又說回來，當初比這個抄本還貴重的東西也不知多少——。」她突然頓住，不想再說下去了。

曹雪芹知道她又興了滄桑之感，不願觸動她的愁緒，所以默不作答；讓小丫頭打著宮燈送他回夢陶軒。

杏香已經卸妝，喝著茶在等門；聽得足步聲，迎了出來，將一杯熱茶交到他手裡，親自關了垂花門回來，只見曹雪芹坐在床沿上，捧著本書在看。

「你跟秋姑聊些甚麼？這麼晚才回來。」

「一聊聊開了。」曹雪芹說：「年初四倒是個很好的機會。」接著便將商量年初四請客，以及秋月須備獻一獻手藝的情形，都說了給杏香聽。

杏香想了一下說：「我得先告訴我乾爹，讓他知道菜是秋姑一手料理的。」

「對，應該這麼辦。」曹雪芹忽然想到，「如果秋月的好事成就了，你得把當家的擔子挑過來，你挑得動嗎？」

原來當家的名為馬夫人，實際上是秋月；自從石家小姐未過門去世以後，她倒跟馬夫人提過好幾回，想把帳目鑰匙都交出來，讓杏香掌管。但杏香尊重秋月的地位不肯接，馬夫人似乎也不大放心杏香，所以一直仍其舊貫。如今卻不能不跟秋月的終身，放在一起慎重考慮了。

「挑不下來也得挑，總沒有再讓太太操心的道理。」杏香沉吟了一下說道：「等過了年，你看找個甚麼機會，能讓太太交代下來，交代我跟秋姑歷練著，將來接手就比較不吃力了。」

「我知道了。」曹雪芹說：「反正跟太太提秋月的事，就一定會連帶提到這一層，不必另找機會。」

「不好！」杏香搖著頭說：「這兩件別擱在一塊兒談；不然容易起誤會，以為嫁她出門是想接她的手。」

「這是妳多心，秋月絕不會這麼想。」

「秋姑不會這麼想，太太也不會這麼想。可是，咱們家的高親令友會這麼想；那一來閒言閒語就多了。」

「當家就得任勞任怨；閒言閒語，更可置之度外。」

「哼！」杏香微微冷笑，「你這話，我也會說。」

從王府回來，曹雪芹逕自到上房，有太福晉交代的話要來稟告老母；不道馬夫人讓曹震來接走了。

「怎麼？」曹雪芹問說：「震二爺不是有內廷差使，不能回家嗎？」

「震二爺說，差使是在下午；上午沒事，特為回家接太太去吃午飯，就算提前吃年夜飯了。」秋月又說：「杏香陪著太太去了。你是在家吃飯，還是也到震二爺那裡？」

曹雪芹心想，母親這一去，錦兒一定會談秋月的事；結果如何，自然先聞為快。因而毫不遲疑地答說：「我也去。我還有東西要交給震二爺。」

他所說的，便是仲四託他轉交的那個信封；回夢陶軒換了衣服，揣上信封，騎馬來到曹震那裡，正趕上開飯。

菜是西城最大的一家清真館玉順居叫來的。玉順居本已封灶，只為「內務府曹二爺」招呼的買賣，掌櫃的親自出馬來外燴，兩家大小八口人，團團坐了一桌。曹震夫婦雙雙向馬夫人敬酒，還有一番說詞。

「今年雖有王府上的那件大事，不過四叔跟我的差使都不壞；雪芹又答應我要下場考舉人，一過了年，我就去替他捐個監生。如今但願太太身子骨兒，一天好似一天，享一享雪芹的福。」

「你說得好！」馬夫人說：「芹官，你敬你震二哥一杯。」

「是。」曹雪芹站起身來；杏香也急忙執壺為曹震、錦兒都斟滿了酒。等彼此乾了酒，錦兒走到馬夫人面前說道：「我單獨敬太太一杯，這杯酒應該是喜酒。」

「喜酒？」馬夫人問：「甚麼喜事？快告訴我。」

錦兒尚未答話，曹震出言阻止，「有孩子們在。」他說：「回頭再談吧！」

錦兒便不再往下說了，笑盈盈地喝了一大口；馬夫人卻只舉杯沾一沾唇，眼望著曹雪芹，面現困惑之色。

「娘，多吃一點兒，玉順居的菜真不壞。吃飽了回頭細談，還要請娘拿主意呢。」

馬夫人點點頭，閒談著吃完了飯；翠寶去打發玉順居的人，杏香在堂屋裡逗著孩子們，實在是看住他們，不讓他們來擾亂大人說話。

馬夫人在起坐間喝夠了茶，一面拿剔牙杖剔牙，一面閒閒說道：「甚麼喜事？這會兒可以跟我說了吧？」

在座的曹震夫婦與曹雪芹，互相以眼色詢問，最後仍是錦兒開口：「杏香替她乾爹找到了乾媽。」她說：「這件喜事，要請太太作主。」

馬夫人一時聽不懂；想一想也只懂了一半，「杏香的乾爹不是仲四掌櫃嗎？想來他要續絃了。」她問：「他續絃，怎麼要我作主呢？杏香願意替她乾爹作媒，我能攔著她不許嗎？」

「這因為，杏香的乾媽，就出在咱們家。」

「這，我可又不懂了。」

「唷，」曹震向錦兒說：「你別繞彎子跟太太打啞謎了！乾脆說吧！」

「好！先提一句總話：我們都商量過了，打算讓秋月去當仲四奶奶。」

馬夫人楞住了，看看這個，看看那個，然後問道：「你們倒是些誰啊？」

「我、雪芹、杏香、翠寶，」錦兒答說：「二爺是今兒上午才知道的，他也贊成。」

「秋月呢？」馬夫人問：「她自己知道不知道？」

「要先回太太；得太太先點了頭，才能跟她去談。」

「我當然也贊成。不過這件事不能太魯莽；先要看仲四的意思，你們跟他談過了沒有？」

「還沒有。不過，我敢寫包票，他是求之不得。」

「話不是這麼說，他的兩個兒子都大了，像這種事總要問問他們的意思。再說，人同此心，心同此理，我們覺得仲四該續絃；他的至親好友一定也是這麼想，說不定已經替他在做媒了呢？」

「仲四的兩個兒子很孝順，絕不會說個不字。」錦兒說道：「倒是太太提的第二點，我們都沒有想到；如果人家真的已經走在前面了，咱們不是自討沒趣？這一層關係很重，二爺，你務必打聽清楚。」

「年初四不就見面了嗎？」

「不！」曹雪芹說：「最好馬上打聽清楚。」

這一來就連錦兒都詫異了；不過開口的卻是馬夫人，「幹麼那麼急？」她說：「你震二哥下午就得進宮當差；明天是大年初一，那有功夫來辦這些不急之務。」

「這有個緣故。」曹雪芹問錦兒：「杏香跟你說過沒有，年初四請客的事。」

錦兒想了一下，恍然意會，「雪芹說得不錯，得趕緊打聽；如果真有那麼回事，就不能讓秋月做菜給仲四吃了。」

「你們說的甚麼？」馬夫人楞然相問。

「這裡頭巧的事多著呢！」錦兒笑著跟馬夫人說：「偏偏就有仲四送了那麼多海味；偏偏就有雪芹約了仲四年初四喝春酒，這好比做文章，題目、題材都有了，就看秋月的手段了。這篇文章呢，做出來包管中大宗師的法眼，可就有一件，取中的額子有限；果真額滿了，這篇文章大可不必出手。」

等錦兒將曹雪芹的打算講完，馬夫人忽然有個感覺，錦兒的詞令、行事越來越像她的死去的內姪女，也是她從前的主人震二奶奶。不過這個感覺一起即消，此時沒有心思去想不相干的事，要問的是秋月的那篇「文章」。

「咱們在談這件事，不論成與不成，總會有人知道。成了呢，不必說；不成可別落個話柄在外面。」

「甚麼話柄？」

「也許會有人說，咱們想把甚麼人許給甚麼人，還特為請人家吃飯，拿杓子上的功夫露了一手兒；結果呢，仍舊是鏡花水月一場空。」

「你也太多心了。」馬夫人笑道：「也越來越精明了。」

雖是帶著笑說的話，但錦兒卻已聽出絃外之音；欲待分辯，畢竟忍住了，因為一分辯不正就是精明的證據。

曹雪芹是站在錦兒這一邊的，他雖沒有聽出他母親的話中，對錦兒有規諷之意，但就秋月這件事而論，卻不能不為錦兒聲援。

「娘，是多一分小心的好。」他說：「如果真的有人替仲四做媒了，咱們就不必再提；要是沒有甚麼，娘看這件事能不能辦？」

「當然能辦。不過得仲四先來求咱們。」

「仲四一定會來求。」

「真的？」馬夫人問曹震：「通聲，你看呢？」

「一定會。」曹震比曹雪芹更為樂觀，「在他是求之不得。」

「那就讓他來求好了。」

此言一出，滿座沉默，心裡是同樣的詫異，馬夫人彷彿智珠在握，毫不在乎，這又是甚麼道理呢？仍舊是曹雪芹忍不住發問：「萬一真的不成功，是咱們讓仲四來求的，那時候對人家怎麼交代？」

「不會不成功。」

這就更令人不解了，「娘，」曹雪芹用既興奮又擔心的聲調說：「莫非，娘有把握？」

「當然！我沒有把握，能說讓人家來求嗎？」

曹震夫婦與曹雪芹相顧驚異；這回是錦兒開口了，「那太好了。不過，」她很謹慎地說：「太太能不能先跟我們說一說，是怎麼樣的一個把握？」

「我傳老太太的遺命，她不能不聽。」

越說越玄了，但卻沒有一個人敢有絲毫不信的神色；而是莊容相對，聽馬夫人說下去。

「當初老太太跟我說：秋月忠心耿耿，她答應了照應芹官，不肯出嫁；人各有志，你們不用逼她。不過，到了芹官能夠自立，又有真正合適的人，嫁過去能讓她過舒服日子，你亦別誤了她的後半輩子。當時我就請示老太太說：秋月為人，最講究邊幅，不肯落一點褒貶的；到時候大家都說合適，她倒是寧願誤了終身，也不肯點頭，那時候怎麼辦？老太太說：你就說是我的意思；秋月一輩子聽我的話，不至於我這最後一句話，她居然不聽。」

曹老太太會留下這樣的一道遺命，說起來有些不可思議；但誰也不會懷疑是否確有此事，因為馬夫人是從不會說假話的。

更不可思議的是，「秋月自己也知道老太太有過這樣的話。」馬夫人說：「是我告訴她的。」

「那麼，」曹雪芹急急問道：「她怎麼說呢？」

「她說她不想嫁；就這樣安安閒閒過日子倒不好？」

「我們都不知道有這話。」錦兒說道：「太太要早告訴我們就好了。」

「你也別埋怨我！」馬夫人平靜地說：「我也想過不知道多少回，這種事勉強不得一點；咱們當然不能委屈秋月，自然要替她好好找一份人家，可也不能太好，太好了，秋月自己覺得不配，心裡存了這麼一個念頭，也不能過稱心如意的日子。俗語說的『高不成、低不就』，正就因為有這一層難處在裡頭。」

「那麼，照太太看，秋月配仲老四，高下正好相稱？」

曹震這一問，問在節骨眼上，否則馬夫人不會宣布曹老太太的遺命，這是很容易明白的道理；首先曹雪芹就很興奮地說：「連太太都覺得他們銖兩相稱，可見得這件事做對了。不過——。」

「雪芹，」曹震打斷他的話說：「你不必下轉語了。現在是不是有人在替他作媒，這一點無從打聽，也不必打聽；那怕已經有成議了，我也能讓他退了人家來求秋月。」

「這可不大好，俗語說：『寧拆八座廟，不破一門婚。』似乎有點缺德。」

「這不是破人家的婚姻，成全仲四，是件好事。做媒本來就是比賽，有贏家就有輸家；輸了的只能怨自己種種不如人，不能怨人家缺德。」

「這話倒也是。」錦兒下了個結論，「咱們就這麼按部就班去辦吧！」停了一下她又說：「既然秋月自己也知道老太太這樣交代過，只要抬出這頂大帽子來，她再也沒有甚麼可說的。」

「何必這樣『挾天子以令諸侯』？」曹雪芹頗不以為然：「咱們勸得她自己願意倒不好？」

「能勸得她自己願意，當然最好。只恐怕到頭來，必得太太說一句，她才會點頭。」

「那也不見得。」曹雪芹說：「咱們想想，她會怎麼推辭？」

「無非說是年紀這麼大了還出嫁，不成了笑話？」

「不錯。」馬夫人說：「這話她前個十年就說過。她有這種想法，就是她心裡的一個痞塊，得要想個法子拿它化解開來。」

「那容易。」錦兒答道：「我只問她，照你這麼說：世界上就從沒有老姑娘上花轎的事？」

「我再來找它幾個典故。」曹雪芹說：「以明此事自古有之。」

馬夫人笑了，「雖是歪理，倒也駁不倒。」她說：「我擔心秋月或許會說，當初老太太託她照應芹官，到現在還是白身，甚麼也沒有巴結上，更別說功成名就了。拿這個理由來推託，應該有話說得她心服。」

「這是她沒法兒照應的。譬如說赴考吧，她又不能替我下場。」

「她雖不能替你下場，可是，」曹震接口，「她能催你用功啊！」

「我何嘗不用功？莫非一定要抱住『高頭講章』才算用功？」

錦兒看他們兄弟要起爭執，趕緊出面阻攔，「你也是！」她埋怨曹震，「雪芹已經答應要去考試了，你還嚕嗦甚麼？大年三十，幹麼抬槓？」

「我不會跟震二哥抬槓。」曹雪芹亦急急表白：「震二哥也是為我好，我知道；怪只怪我生來就不是功名中人。」

曹震不作聲了，而且有些內愧，因為他曾經說過，曹家出一個名士也不壞；雖是一時之言，但前後的態度不同，總也是個矛盾。曹雪芹說他「不是功名中人」，這是很含蓄的話，如果挑明了，又何言以對？

「好了，時候不早了。」馬夫人看著錦兒說：「你們換換衣服就走吧。」

大人、小孩換衣服，又因為這天住在噶禮胡同，還得帶上日用什物，那得好一會功夫來檢點；曹雪芹便正好邀曹震私下談話。

「仲四託我轉交的。」他將信封遞了過去，又加上一句：「他要我當面交給你，不能讓錦兒姐知道。」

「喔。」曹震接過信封並不打開，就往懷裡揣。

「是你們合夥的收支帳吧？」

「不錯。」

「說是帳單，」曹雪芹率直追問：「為甚麼不能交給錦兒姐呢？莫非你有不能讓她知道的支出在內？」

「你別誤會，以為我另外又立了個門戶。絕沒有的事。」

這樣解釋，等等承認確有不能讓錦兒知道的支出；只是這項支出不是別營金屋而已。曹雪芹想了一下說：「震二哥，今年這一年，你個人的花費大概不少；所以不願意讓錦兒姐知道。」他不容曹震分辯，單刀直入地又問：「這些錢花到甚麼地方去了呢？」

「無非應酬朋友。」

曹雪芹本想說：「賭錢也是應酬。」但說得太直，怕他老羞成怒；因而很委婉地勸道：「震二哥，閒言閒語雖不能聽，不過止謗莫如自修；平時小玩玩，犯不著傷元氣。」

這說得很明白了，曹震不願抵賴，只說：「絕不致到傷元氣的地步。」

「那總也輸得不少吧？」

「勝敗兵家常事。」

既稱「常事」，猶如常業；曹雪芹到底忍不住了，「震二哥，你勸我，我也要勸你，」他說：「消遣之道亦很多，何必非此不可？」

曹震面有慚色。弟兄規勸，亦只能到此為止，曹雪芹把其餘的話都縮了回去，卻情不自禁地嘆了口氣。

「好了。」曹震說道：「過年少不了還要應酬、應酬；以後我也就歇手了。」

「你能歇手，我一定在考試上頭下功夫。」

「好！一言為定。」

熱熱鬧鬧吃完了年夜飯，女眷由錦兒帶頭包素餡的煮餑餑，預備「接神」擺供；孩子們放過花炮擠在何謹屋子裡聽講故事，只有曹雪芹蕭閒無事，在書房裡焚一爐好香，喝著茶在燁燁的歲燭下，看何焯評註的李義山詩。

也不知道過了多少時候，聽得腳步雜沓，接著房門開了，前面是杏香、後面跟著錦兒與翠寶，嘻嘻哈哈地都走了進來。

「你們怎麼都來了？」曹雪芹問道：「孩子們呢？」

「都哄得去睡了，到半夜放爆竹時再叫他們。」錦兒說道：「我們到你這兒來找一樣消遣？」

「你們愛玩甚麼？」曹雪芹問：「鬥葉子還是擲骰子；要不下五子棋。」

「有甚麼新鮮玩意沒有？」

「要不要玩『陞官圖』？」杏香問說。

「好！」錦兒欣然答說：「玩『陞官圖』。」

「這得兩個人『執事』，一個管牌子，一個管籌碼。」曹雪芹說：「把秋月找來吧！」

這一說，大家都相視而笑；翠寶便說：「我們就是躲著她來的。」

「她在那兒？」

「太太屋子裡。」

這一說，曹雪芹恍然大悟，「喔，喔，好。」他想了一下說：「得把老何找來才玩得成。」

於是小丫頭去找何謹。書房裡搭開桌子，找出「陞官圖」與骰子，等把何謹找了來，與曹雪芹對坐；一面是錦兒，一面是杏香與翠寶。

「我先把規矩說一說。」曹雪芹手握四粒骰子，拿一粒擺在青花大碗裡，指著紅四說道：「雙四為德，雙六為才，雙五為功，雙三為良，雙二為由，雙么是贓；三四五六各為穿花。千萬別貪贓！」

「三個呢？」錦兒問。

「加倍。雙四就是二德，其餘類推。」

「有紅免贓。」何謹插了一句嘴。

「對，有紅免贓，譬如三個么，有個紅就不算了。」曹雪芹問：「咱們怎麼玩法？應該來點兒彩吧？」

「當然。」錦兒說道：「賭輸贏就應該下彩才好玩。」

於是說定了彩金的數目，派好籌碼，各出公注一百，交何謹掌管。先比骰子點數，錦兒得了一個六點，開手起擲。

「老何，」她握著骰子問道：「擲個甚麼點子好？」

「當然是四德。」

「四個紅就是四德。」曹雪芹說：「錦兒姐，你千萬別擲四紅，不好玩。」

「怎麼呢？」

「四德封衍聖公，『大賀』；你就淨等著收賀錢，看別人玩吧！」

「甚麼叫『大賀』。」

「就是告老還鄉。」

「我才不！我還不老，還甚麼鄉？」錦兒又問：「此外擲個甚麼點子好？」

「德、才、功都好。」何謹答說：「就別擲良、由，那是磕頭蟲。」

「這又是甚麼講究？」

「譬如一良是『供士』，下一把再擲個良、由去當未入流的典史，不是磕頭蟲是甚麼？」何謹又說：「起手寧願擲贓也別擲良、由；擲贓是『儒士』還可以入正途；一擲良、由，除非後來有奇遇，不然就輸定了。」

「好！」錦兒使勁一擲，口中喝道：「別來良、由！」

骰子轉定了，大家定睛一看，除了錦兒與何謹，無不大笑；兩個三、兩個二，正是一良一由。

「我怎麼這麼倒楣啊？」錦兒氣鼓鼓地說：「不要甚麼，偏來甚麼！」

「慢來，慢來！錦兒奶奶，你真是得福不知。」何謹慢吞吞地說：「素二對『鴻博』。」

「啊，啊！」曹雪芹被提醒了，「兩對見紅叫紅二對；不見紅叫素二對，起手素二對『鴻博』，恭喜，恭喜！」說著將注有錦字的名牌，置在「鴻博」這一欄上。

接下來該何謹，擲了三個兩點，出身是天文生，入欽天監供職，「注定終身！」他自我解嘲地說：「每日裡觀星望月，吃碗安閒茶飯；運氣好搶個頭賀也不壞。翠姨，該你了。」

翠寶擲個雙四，是生員；杏香是雙六監生，都上了「正途」。等輪到曹雪芹，立即為視線所集；因為雖是遊戲，亦可視作來年休咎的預兆，尤其是他正準備求取功名，便更為眾人所關心了。

這一下，害得曹雪芹也沉不住氣；他站起身來，將四粒骰子握在掌中搖著，看一看大家的臉色，突然使勁一擲，口中喝道：「我也來個素二對鴻博！」

那知使的勁過大，一粒骰子跳出碗外，「停科」一次；「欲速則不達！」何謹說道：「芹官，慢慢來！」

「你們聽見沒有？」曹雪芹看著杏香說：「你們別催我，功名前定，急不得！」

「急是急不得，不過，」錦兒接口，「你要是平時多用用功，不是急來抱佛腳，心浮氣躁，就不會出意外了。」

說著，她隨手擲了一把，三個六算二才；應「博學鴻詞」制科，多才當然是好事，一才授職翰林院檢討，再一才升為編修，這是「陸官圖」中最好的出身，升遷快、差使多，具有入閣拜相的資格；在仕途中亦是如此。

這一輪，曹雪芹「停科」，由杏香跳到錦兒，兩個六兩個三，一才升為侍讀，一良是個「起居注」的差使，亦就是以侍讀而兼「日講起居注官」。

「好快！」曹雪芹感慨地說：「我沒有出身，錦兒姐倒是能夠專摺言事的天子近臣了。」

不但錦兒，翠寶與杏香亦歷經鄉試、會試，一個是三甲點為翰林院庶吉士；一個是「榜下即用」的縣官。等曹雪芹拿起骰子時，何謹安慰他說：「大器晚成，這一把一定是好的。只要是走正途，也許來個連中三元，亦未可知。」

結果擲了個雙五，曹雪芹與何謹相視而笑；錦兒急急問道：「是甚麼？是甚麼？」

「就是我現在的身分：『官學生』。」

「是滿員。」何謹接著解釋：「除了不能放學政、當主考，甚麼都能幹；當然也能拜相。」

「那也罷了。」錦兒說道：「本來旗人只要自己肯巴結，不愁沒有差使。」

「如果從考試上去巴結呢？」杏香問說：「能不能中舉？」

「能！」何謹答說：「官學生亦可以轉為生員，那就是正途了。」

「能上正途，就能連中三元；只看他自己了。」

曹雪芹默然。很懊悔玩這「陞官圖」，無端惹起大家這麼多無謂的關切；壓得他心裡很不舒服。

擲「陞官圖」是很能磨功夫的玩意，一局未終，只聽小丫頭在廊上通報：「秋姑娘來了。」

這時正輪到曹雪芹擲，他停了下來，將骰子握在手中，眼望門口；大家亦都轉過臉去，但見秋月進門，彷彿一驚似地，腳步不由得頓住；曹雪芹驀然意會，大聲說道：「該我擲了！」

這一下方始將大家的視線吸回原處，只有錦兒，看著秋月說道；「來，跟我一塊兒坐。」

等小丫頭移了張凳子過來，秋月挨著錦兒並排坐下，望著陞官圖問道：「誰最得意？」

「我。」錦兒答說：「已經當刑部尚書了。一聽便是『協辦』。」

「好了！錦兒姐，該你了。」曹雪芹說：「看你是入閣，還是『予告』？」

「甚麼叫予告？」

「回家吃老米飯；比革職好不了多少。」

「擲甚麼點子是予告？」

「一對二。」

「加個倍，一對四！」錦兒說著將手一撒，西粒骰子出現了一紅一白，其餘兩粒滴溜溜轉個不停。」

「德，德！」杏香為她助威吶喊。

那知有一粒轉過來，跟紅的那一粒相撞，倏然而停，將紅的撞成白的，本身又是一白，變成三個么，成二臙，「壞了，」曹雪芹望著還在轉的那一粒叨念：「來個紅，來個紅，皇恩大赦。」

「索性再來個么。」何謹說道：「全色封爵。」

結果是出來一個不相干的五，曹雪芹說：「錦兒姐，可憐，你要充軍了。」

原來六部堂官貪贓，就數刑部的處分最重，別部是「交部」察議；刑部是「革留」——革職留任；再一贓是「軍台」——發往軍台效力，便是充軍。

「也許是我來壞了。」秋月歉疚地說：「妨了你。」

「不然。」曹雪芹說：「也許本來是予告，沾了你一點喜氣，才變成軍台。」

「你這話不通！沾了喜氣是充軍，不沾喜氣，不就該——。」

「砍腦袋」三字未曾出口，翠寶重重地咳嗽一聲，打斷了她的話，又補一句：「今兒大年三十。」

其實錦兒也想到了，「今兒年三十，我不往下說了。總而言之，不通，該罰！」她問：「你認不認？」

「認，認！」曹雪芹笑道：「罰我一杯酒。」

旁邊條桌上便有果碟與酒；小丫頭替他倒了一杯「狀元紅」，順手取了一碟松子為他下酒，錦兒喊道：「給我也來一杯！」

等倒了酒來，又挪出位置來安頓果碟，等桌面上安靜了，如老僧入靜的何謹方始動手。很快地一圈下來，又該錦兒擲了。

「你替我擲一把。」她向秋月說。

「為甚麼？」

「這才是真的沾你一點喜氣啊！」

此言一出翠寶與杏香相視而笑；曹雪芹裝咳嗽免得笑出聲來，何謹覺得話中有話，不免詫異，只有秋月綳著臉，強自保持鎮靜。

「擲啊！」

「你輕嘴薄舌就該充軍，我也救不了你！你自己擲好了。」

「好！」錦兒微有酒意了，「我就自己擲，不過還是得沾你一點喜氣。」說著，拿起四粒骰子，在秋月手背上碰了一下，往碗中擲去，是一對四，一對二。

「這可不妙！」何謹說道：「一德復任，一由予告。」

「命該如此？」秋月笑著說。

「有紅一對，喜氣總沾著了。」錦兒答說：「只要沾了你的喜氣，就回家吃老米飯，我也認了。」

「別說醉話！」曹雪芹輕聲喝阻。

這句話很管用，大家都不再多話，安安靜靜地終局；錦兒大贏，曹雪芹大輸。

「好了，」杏香說道：「秋姑可以上場了。」

於是重新派了籌碼，裝足公注，照例由頭賀的錦兒起手，擲得三個五的「保舉」；接下來是秋月，一把下去三個四，一個六。

「好傢伙！」曹雪芹很起勁地說：「差點當衍聖公。」

「喜氣洋洋一片紅，」錦兒問說：「三個四是甚麼？」

「是『恩賞』。」

「恩賞甚麼？賞一軸誥封？」

何謹雙目一張，定睛往他左首方看；秋月臉上有些掛不住了，拿起錦兒的酒杯說：「你不能再喝了。再喝，怕回了家連震二爺都認不得了。」

洞澈世務的何謹，雖還不知內幕，但也能猜得出來是怎麼一回事了。看錦兒玩笑開得有些過分，怕秋月真會受不了，便即說道：「留著回頭玩吧！該祭神了，得把那班小爺都弄醒了，得好一會功夫呢！」

「對了！」杏香首先響應，「叫醒了孩子我還得到太太那兒伺候去呢。」

一唱一和，暫時打散了局面；錦兒、翠寶與杏香去照料孩子，秋月要回她自己屋子，曹雪芹便喊一聲：「秋月！」意思是要留她。

「幹麼？」她說：「我得去看太太，不知道醒了沒有？」

「你不剛從太太那兒來？莫非已經睡了？」

馬夫人終年早睡早起，只有除夕守歲是例外；秋月原是託詞，只好支吾著說：「也許是靠在那兒打個盹呢！」一面說，一面往外走。

曹雪芹打開擺在條桌上的皮套小金鐘看了一下，剛十一點，離子正還有四刻鐘；一個人清清冷冷地，未免無聊，想了想，決定到他母親屋子裡去。

到了那裡一看，馬夫人正打開一隻西洋藍鋼皮的首飾箱，與秋月在商量甚麼。見曹雪芹進去了，只看了他一眼，沒有作聲；曹雪芹便坐在一旁，聽她們說話。

「翠姨一直在說，紅藍寶石、翡翠的戒指都有，五顏六色就缺紫的。」秋月看著馬夫人拈起來的一只戒指說：「太太不如把這個紫水晶的給她。」

「好！」馬夫人將紫水晶戒指擱在一邊，另外拈起一只問道：「你看這一只怎麼樣？」

曹雪芹湊過去看，是只西式的戒指，戒面是極大極好的一塊祖母綠，便插嘴說道：「這怕是男人戴的戒指。」

「男人只戴扳指。」秋月說道：「戴這種戒指，可沒有聽說過。」

「西洋男子也有戴這種戒指的。不信，你問太太。」

「這一只可是女人戴的。」說著，馬夫人將戒指放下，另外去撿。

「太太怎麼想起來要賞首飾？」曹雪芹問說。

「錦兒、翠寶在咱們家過年，我總得讓她們高興、高興。」馬夫人緊接著又說：「杏香也有。」

「我不是替杏香討東西。」曹雪芹說：「翠寶的有了；那只祖母綠的，太太打算給錦兒姐？」

「不！我——，」馬夫人看著秋月問道：「我替你留著好不好？」

秋月矜持不答；曹雪芹卻爽脆地說了一個字：「好！」

於是馬夫人將那只祖母綠的放回首飾箱，順手又拿出來兩只戒指，放在曹雪芹面前說：「你替杏香挑一只。」

兩只戒指都是紅寶石的，大小相仿，只顏色深淺不同，曹雪芹便問秋月：「你看那一只好？」秋月便拿起戒指，映著燭光細看，看完一只，又看一只，「淡的這一只好。」她說：「深的那一只稍微大一點兒，不過欠純淨，裡頭有雜質。」

「那我就替杏香挑深的好了。把好的那一只留給錦兒姐。」

「隨便你。」馬夫人闔上箱蓋說一句：「收起來吧！」接著又說：「三個小傢伙，也得替他們找點兒甚麼東西才好。」

「我來找。」秋月答應著，捧著首飾箱走了。

看她走遠了，曹雪芹低聲問道：「娘跟她談過了。」

「談過了。」

「她怎麼說？」

「她說這是個笑話——」

「那不是不答應嗎？」曹雪芹搶著問道：「娘又怎麼說呢？」

「我自然勸她，各種譬仿都說到了。」

「她呢？意思活動了？」

「不大看得出來，反正始終不肯鬆口；最後才說了句：『等過了年再說。』」

曹雪芹大失所望，愣了一會，突然想了起來，「娘沒有把老太太的遺命搬出來？」他問。

「搬出來了。」馬夫人說：「我本來不想說的，後來想想，頭一回不說，以後再說，倒像是特意編出來騙她似的；既然已經都談到了，不能漏掉這幾句要緊話，所以還是說了。」

「她怎麼樣呢？」

「那句『過了年再說』，就是聽了老太太的話以後才說的。」馬夫人接著又說：「看樣子是肯聽老太太的話的。」

「那好！」曹雪芹透了口氣，「等破了春，咱們就得密鑼緊鼓辦起來。」

「你別瞎起勁！」馬夫人正色告誡：「世界上原有旁人看來再好不過，自己倒覺得怪委屈的事，只有平心靜氣慢慢兒來；事緩則圓這句話，有時候想想，真也有道理。」

馬夫人的話，說得很明白了，在秋月仍舊情不願、心不甘。要怎麼樣才能使得她相信，大家都是為她打算，的確是件「再好不過」的事？

這個念頭不是一下子轉得通的，馬夫人看他神思茫然，不由得奇怪，「你怎麼啦？」她問：「又是那兒不對勁了。」

「啊！」曹雪芹這才發覺只怕是失態了，陪笑說道：「我是在想秋月，怎麼能讓她跟大家的想法一樣？」

「怎麼能一樣，事情是她自己的終身，嫁好了不說；嫁得不好，也不過提她的時候，抹上幾把眼淚，你還能替她去受委屈、受苦嗎？」

「苦是絕不會有的，將來要受了委屈，震二哥跟我，自然替她出頭找仲四去理論。」

「你是說『將來』，無奈她這會兒就覺得委屈了，你又怎麼說。」

「喔！」曹雪芹問：「她跟娘說了沒有，是甚麼委屈？」

馬夫人正要答話，後房起了腳步聲，是秋月來了，只好縮住口。

「你替他們找了些甚麼？」

「雜七雜八，找了好多。」秋月一面回答，一面把個細篾編花大籃子擺在地上，一樣一樣往桌上擺。

這些都是少年喜愛的文玩，一套五個的彩色木盒，內裝大小毛筆、象牙裁紙刀的緯絲筆袋等等，另外是三個一錢重的金錢。

「金錢一人一個，沒有話說；這些東西你可怎麼分配，這個好、那個嫌，吵翻天了。」

「我把它們分三堆，讓他們拈鬮，好壞憑天斷，誰也不用吵。」

「好吧！」

馬夫人便看著秋月分派，雖是孩子的東西，一樣也細細斟酌，極其用心；冷眼旁觀的曹雪芹，越看越覺得她一定能成為仲四的賢內助，忍不住便開口了。

但記起他母親的告誡，不敢造次；氣悶了好一會，才想出一句話來問：「初四請客的菜，開始預備了吧？」

秋月裝作沒有聽見，馬夫人卻又拋過一個眼色來，曹雪芹便不敢再多說了。

這時堂屋中的大自鳴鐘響了，連打十二下，時交子正，一時鞭炮聲大作，此起彼落，接連不斷；同時寺院撞鐘擂鼓，迎接己巳年來臨，孩子們奔進奔出，大呼小叫，那份太平年月的歡樂氣氛，真個令人心醉。

「龍去蛇來又一年。」曹雪芹信口吟了這一句，秋月發話了。

「別又大發詩興了，該上供了吧。」

上供祭天，供的是素餃子。當然是曹雪芹主祭；上香磕頭，接著是三個孩子行禮。這接下來就該賀年了。全家大小都集中在馬夫人院子裡，一一請安；首先是錦兒，「給太太拜年！」她行著禮說：「今年一定比去年更好，太太添福添壽添丁。」

「但願依你的話。」馬夫人笑容滿面地說：「這個給你。」說著遞過來一個小匣子。

「太太還賞東西啊！」錦兒接了匣子打開一看，喜孜孜地笑道：「我正想個紅寶石戒指戴，偏偏太太就賞了這個，倒像摸透了我的心似地。」

以下是翠寶與杏香，各人對所得的首飾，亦很滿意。然後是三個孩子，每人一個金錢以外，還有拈鬮得來的玩物，各人捧著放在空桌子上去拆開來看，你好他壞地嚷著。

「都有了，只有秋月跟我向隅。」曹雪芹說：「太太彷彿有點兒偏心似地。」

「我給留著一樣好東西。」馬夫人對曹雪芹說：「過一天找出來給你。」

「是甚麼？」

「你就別問了。」錦兒說道：「太太說是好東西，就一定是好東西；先問明白了，就沒有意思了。」

「好！我就不問。」曹雪芹說：「咱們吃餃子吧。」

「慢點！」錦兒說道：「雪芹，你向來是最衛護秋月的，怎麼這會兒只顧自己討賞，也不替秋月說句話。」

「用不著說。」

「為甚麼？」

「你自己問太太吧！」

她問的方法很巧妙，用的是抱怨的語氣，「太太偏心！」她說：「把好東西留著給秋月。」

「那不是應該的嗎？」馬夫人平靜地說，神態顯得很慈祥。

秋月知道又要說到她頭上了，一言不發，往外便走；曹雪芹便問：「你到那兒去？」

「不是該吃餃子了嗎？我到廚房看看去。」

錦兒目送她的背影消失，興奮地問道：「太太給她留著甚麼好東西？」

「你要看看不要？」

「要。」

「喏！」馬夫人從懷中取出一個棉紙包交在錦兒手裡。

她小心翼翼地揭開紙包，頓覺眼前一亮，驚喜地說：「這麼好的祖母綠，我還是頭一回瞧見。」

「剛才我本想當著大家給她的，怕她會推辭，所以沒有拿出來。」馬夫人說：「反正總還得找幾樣好東西送她，也是個面子。」

馬夫人是在談嫁妝；錦兒不由得心裡在想，應該怎麼樣好好助妝，才算不辜負三十年姐妹的交情？

「今天都別提那件事了。平平安安過完了年再說。」

「是的。」

正談著，杏香帶著老媽子在鋪陳飯桌，架起圓檯面，鋪上大紅桌布，馬夫人上坐，一面是錦兒與翠寶，一面是曹雪芹、杏香與秋月，三個孩子坐在下面；除了素餃子以外，自然還有下酒的菜。

這是馬夫人一年一回，跟兒孫輩在一起吃飯；因為是素餃子，所以不妨同桌而食，但杏香還是告誡曹綸：「你夾過肉的筷子，別往盛餃子的大盤子裡亂杵，弄髒了，奶奶就不能吃了。」

「乾脆另外給我來一盤吧！」馬夫人說：「不是有臘八醋嗎？」

「有！」秋月站起身去找臘八醋；杏香便拿乾淨碟子從大盤子裡撥餃子。

「太太飯量長了。」杏香說道：「又是錦兒奶奶包的素餃子，多吃幾個吧！」

「夠了，夠了。」馬夫人說：「雖是素餃子，也不能多吃。」

「人逢喜事精神爽。」錦兒說道：「多吃幾個不礙。」

「慢慢兒吃。」曹雪芹也說：「今年格外熱鬧，我可得好好兒喝一頓。」

「少喝一點兒吧！」秋月笑道：「已經有了一個醉貓兒了，可禁不住再來一個。」

「我的天！」錦兒也笑：「總算見了笑臉了。」

「怎麼著，連笑都不許嗎？」

秋月是故意擺出想要尋事的姿態，為的是這一來就可以封住大家跟她開玩笑的嘴。曹雪芹猜知她的心意，只為這晚上她的笑容難得，不願意出現殺風景的局面，因而提議行個酒令。

一聽這話，曹綱——錦兒生的兒子，今年應該十六了；只以父母溺愛，十分頑皮，這樣安安靜靜地坐著吃飯，幾乎是不大有的事，早就有點坐不住了；這時站起來大聲說道：「二叔，行個擊鼓催花令。」

「就是你不安分。」錦兒喝道：「坐下！」

曹綱嘟著嘴坐了下來，歪著脖子望著他母親；似此情形，翠寶看得多了，不待錦兒發怒，便伸右手過去，摟著曹綱的腦袋往裡一收，輕輕拍了兩下，將他推了回去。

「你這兒子，將來要是當了縣官，」曹雪芹笑道：「一定是好官。」

這道理就連王夫人都要聽一聽了；自然，最起勁的是曹綱，即時腰幹一直，顯得傲岸不馴似地。

原來曹雪芹是用「強項令」這個典故，意示曹綱將來會成為一個好縣官。他藉此為他解圍；加上翠寶的撫慰，曹綱很快地又浮滿一臉頑皮的笑容了。

「就擊鼓催花吧，也熱鬧些。」曹雪芹問道：「怎麼玩法？」

「先得推令官。」秋月接口：「由令官出令才是正辦。」

「就煩你，如何？」

秋月尚未開口，錦兒先就嚷道：「那一定會假公濟私。我不幹！」

「本來就沒有請你幹。」曹雪芹笑道：「你看大家都在點頭，可見秋月是眾望所歸。錦兒姐你不要逆拂民意。」

「好吧！」錦兒說道：「等她上了任再看。」

「好！」曹雪芹眼望秋月：「請上任吧！」

於是秋月咳嗽一聲說道：「做此官行此禮，這會太太都得聽我的。」

「那自然。」馬夫人答說。

「新官上任，先要訪拿訟棍。大家可安分一點兒。犯了我的法，定不輕饒。」說著，秋月的眼風，便往錦兒那面掃了過去。

「這不是衝著我來的嗎？」錦兒嚷著、笑著，「你們看她，像不像——。」

曹雪芹趕緊大聲咳嗽，裝著喝酒嗆了似地，將錦兒的話硬生生地打斷，等小丫頭拿來手巾跟溫熱的茶，假裝把咳嗽止住了，他才開口。

原來曹雪芹發現這晚上秋月的心境，不但失去平衡，而且心湖中的漣漪，一圈一圈不斷在擴大，只為是大年初一，強自克制；深恐錦兒不識輕重，且已略有酒意，放言無忌，惹得秋月忍不住，只要說出一句重話來，便是這個一向為親友讚許為和睦興旺的家庭中，一道永難彌補的裂痕。所以藉故打斷錦兒的話以後，復又提出警告：「你就少說兩句吧！酒令大似軍令，令官正在立下馬威，如果要辦你個咆哮公堂的罪名，可沒有人敢替你說情。」

他是帶著笑容說的，但眼中卻有嚴重的神色；錦兒也是極敏感的人，即時接受他的忠告，輕聲說道：「那就請令官發令吧！」

「你們親哥倆當『鼓吏』。」秋月向曹綱兄弟說，接下來要派曹綸的差使時，曹綱發問了。

堂，不是我教訓兒子的地方。」

「你就是霸道！」錦兒大喝一聲，「道」字剛出口，趕緊頓住，笑笑說道：「我忘記了，這兒是公

「喔！」曹綱原就是想這個職司，一聽好不高興，「我一個人就行了。」

「不是擊鼓催花嗎？總得有人去擊鼓啊！」

「秋姑姑，甚麼叫『鼓吏』？」

「乖！」秋月對曹綱卻是撫慰的語氣，「帶著弟弟一起玩。」接著便問：「吳媽呢？」

吳媽是專門「乾領」曹綱兄弟的女僕，從門邊閃出來說：「秋姑娘有事？」

「你帶他們下去，替他們找個鼓，在——。」

曹雪芹知道她沉吟的緣故，「鼓吏」本應在廊上設座，天冷風大，廊上不宜，便即建議：「令官看，是不是把他們擺在耳房裡？」

「不錯，耳房好。」秋月又叫小丫頭端個火盆，抓些果子。

「姑姑，」曹綸問了：「我幹甚麼？」

「你當我的『中軍官』，替我傳令。」秋月說道：「這會兒就去折一枝梅花來給我，要紅梅，剛開的。」

曹綸答應一聲，拉著平時照料他的丫頭小玉去折梅花。

「回頭鼓聲一住，花在誰手裡，就是誰接令，唸一句詩，或者說個笑話；兩樣都不會，喝杯酒過關。」秋月又說：「詩要帶個『花』字，數到誰，誰喝酒。」

「那不是『飛花』令嗎？」錦兒問說。

「不錯，我行我法，把兩樣合在一起。有甚麼不明白的，趁早問。」

「能不能代酒？」翠寶問說。

了。」

秋月想一下說：「不妨陳情，聽我斟酌。」

「你別打算著要替我代酒。」錦兒問翠寶說道：「但盼鼓槌子長眼睛，別讓花到我手裡，鼓聲就住了。」

「嘿！」秋月笑道：「你這一說倒提醒我了，我得防人教唆鼓吏作弊。」說到這裡便四面望著。她是在看曹綸回來了沒有？望到門簾，只見曹綸折回來一枝含苞初放的紅梅，她接到手中，端詳了一會，指點小玉，將杈枒翦除，取張紙裹住近根處，以便傳遞。然後向曹綸說道：「你又有差使了，端張小凳子坐在耳房門口，不准人進出。還有，你是替我傳令，鼓聲甚麼時候停住，你別管；重新打鼓，你得看我的手勢傳話。」

圓桌上這時只剩了六個大人，為了便於傳花，將座位疏散開來坐勻了；杏香因為秋月不時有話跟曹雪芹商量，便跟她換了一個座位，跟翠寶挨著坐。

鼓聲在秋月發令後響了——曹震平時有應酬，倘或主人家設台演戲，每每帶了曹綱去赴席，所以他對打鼓倒不外行，緊一陣，慢一陣，抑揚徐疾，居然頗有法度，相當動聽。

錦兒見大家都在傾聽鼓聲，臉上都有見許之色，心裡自然得意，聽到出神之處，忘了將馬夫人傳過來的梅花，立刻遞送下家，那知鼓聲戛然而止。

馬夫人不禁破顏，「這鼓槌子可沒有長眼睛！」她笑著說。

「你是頭一位，」曹雪芹說：「可不能喝酒過關，太沒有意思。說個笑話，讓大家再笑一笑。」

「說笑話容易得罪人。我唸句詩吧！」接著便唸：「『人面依然似花好！』」

秋月一聽，略略皺眉，轉臉問道：「這是一句詞吧？」

曹雪芹想了一下說：「不錯，記得宋詞中有這麼一句。」

「詩詞一體，免罰。不過，還得喝酒才能繳令。」

「既然免罰，怎麼又要喝酒？」

「你自己數。」

她下家是翠寶，接著是杏香、秋月，由曹雪芹、馬夫人連下來，周而復始，轉到第六，那「花」字正落在她自己頭上。

這一下，連老媽子、丫頭，哄堂大笑；曹綱兄弟溜出來看熱鬧，自然也跟著笑。

「媽，怎麼頭一個就是你吃罰酒啊？」

「是秋姑姑敬我的酒，」錦兒和顏悅色地答說：「不過，沒有你，秋姑姑也不會給我敬酒。」

她這一面說，曹綱那一面便一步一步往後退；聽完，拔腳便奔，逃回耳房。他不怕他母親罵；怕他母親在這種時候，用這種語氣跟他說話，因為接下來往往是冷不防一把撈住了他，夾頭夾腦兩巴掌。

看他們母子爾虞我詐的模樣，大家都覺得好笑。曹雪芹說：「錦兒姐，我教你一個訣竅，六個人行令，最好用五言詩，那就怎麼樣也數不到自己頭上了。譬如說，你若是唸一句『感時花濺淚』，令官就得喝酒。」

「你們聽聽，」錦兒手指著說：「肚子裡有墨水兒，連行個酒令都占便宜。」

說完她舉杯到口，馬夫人揚一揚手說：「令官可許我說一句公道話？」

「當然。」

「她是恭維令官的一句好話，受罰未免冤枉。」

一語未終，錦兒拍著手大聲說道：「真正是，到底出了位青天大老爺！」

大家想一想那句「人面依然似花好」，真個別有深意；即使是秋月，亦不免投以感激的一瞥，但同時亦覺得很為難，因為不罰徇情，罰則無情。

看大家都默不作聲地望著，似乎有意要看她如何處置？便越發不敢掉以輕心，凝神想了一下說：

「咱們公私分明。錦兒奶奶，該你喝的酒，你還是得喝：你誇獎我，我得敬杯酒謝謝你。」

「好，有學問！」曹雪芹說：「我陪一杯。」

於是三個人同時乾杯；秋月作個手勢，鼓聲便又響了。

這回的鼓聲特長，曹綱有心要顯顯本事，把從崑曲場面中學來的一套〈夜深沉〉，緊緊慢慢地打了起來，中間也有不完全的地方，但也悠揚可聽；快到煞尾之處，鼓聲忽停，大家一看都忍不住要笑，原來那枝梅花，又是落在錦兒手裡。

她楞住了，正在思索，不知何以有此巧合；還是曹綱在鬧鬼？卻又聽得「鼕、鼕」兩響，驀地會意，急忙將花枝傳了過去。

「是你的，你接著吧！」

翠寶再想傳給杏香，已無機會，「這鼓打得像打擺子。」她說：「我說個笑話吧！」

「這可新鮮。」曹雪芹說：「從沒有聽翠寶姐說過笑話，可真得洗耳恭聽。」說著，喝了一大口酒。

「她的笑話不說則已，」杏香接口，「一說準能逗笑。厲害的是，別人笑疼了腸子，她能忍住不笑。」

「不，不！」翠寶已經想過了，說笑話的忌諱很多，誠如錦兒所說，容易得罪人，所以翻然變計，「我還是唸句詩吧！」

「還是說笑話吧！」曹雪芹慫恿著。

「再輪到我，一定說笑話。」她虛晃一槍，接著說道：「我請芹二爺喝口酒：『一片花飛減卻春。』」

數到第三是曹雪芹，他喝完了酒朗吟著：「『細推物理須行樂，何用浮名絆此身。』」

原來翠寶唸的是杜甫〈曲江〉兩首的起句；他便隨口吟了這首詩的結句；這時秋月發話了：「今

天大年初一，可不准帶出頹唐的字眼來。這一回免議，下次可要照罰不誤了。」

「原是我不好。」翠寶笑道：「肚子裡火燭小心，實在沒法子，我罰一杯吧！」

「慢點。」曹雪芹說道：「翠寶你再唸一句好的，我喝一杯；唸得不好你再罰你自己。」

「這可是考好了。」翠寶想了好一會，突然高興地說：「有了，『今年花似去年好。』」

「這句好。我喝。」

「你，」杏香拉著翠寶的衣袖，低聲說道：「你不是自己編出來的吧？」

「不是杜撰的。」曹雪芹代為辯白：「岑參的詩：『今年花似去年好，去年人到今年老。』」

「本來很好的詩，讓你多唸一句，就殺風景了。」錦兒說道：「真該罰。」

「該罰，該罰！」曹雪芹舉杯一飲而盡。

其時秋月已關照曹綸傳話下去，不許曹綱再打曲牌子，所以這一次只轉了一輪，花就落到了馬夫人手裡。

這一下，大家都有些緊張了，頭一個是曹雪芹，「令官，」他問：「能不能替太太代酒？」

秋月尚未答話，馬夫人開口了：「你們怕得罪人，不敢說笑話，我來說一個。」一聽馬夫人要說笑話，這就比翠寶更為難得，因而將堂屋外面在看熱鬧的下人，都吸引進來了。

「太太先喝兩口茶，慢慢兒來。」杏香將一碗熱茶端到馬夫人面前笑道：「想聽太太說笑話的人，真還不少呢！」

「只怕大家不笑。」馬夫人說：「話又說回來，不笑也還罷了，就怕笑不出來假笑，那就更教人受不了。」

「不會，不會。」錦兒接口說道：「太太別擔心！要笑一定是真笑。」

於是馬夫人徐徐開口，「有那麼一個大地方，反正是省城吧，有一年是大比之年，正副主考都下馬了，駐防的將軍最好客，聽說主考來了，便要擺宴……」

「娘，」曹雪芹插嘴說道：「這不大對吧，主考試前，不是不能出門嗎？」

「就是這話。撫台跟他說有關防，那將軍一定要請；沒法子，只好寫信給主考，說將軍有這番好意，只請他們兩位，主人連陪客，一共是四位，人少不招搖，料也無妨。」

馬夫人喝了口茶又說：「為了怕人瞧見，請在一個很冷僻的地方看蘆花，四個人冷冷清清喝寡酒，實在很不是味兒，作主人的過意不去，就說：咱們行個酒令吧。行甚麼令呢？正主考說：咱們不是四個人嗎，正好聯句。撫台心想糟了！原來將軍西瓜大的字，認不滿一擔。」

馬夫人也很懂說笑話的訣竅，到得漸入佳境時，故意賣個關子，停下來慢慢喝茶，錦兒便忍不住了，「太太，以後呢？」她問：「那將軍沒有說他不會？」

「你想，咱們旗人有個不好面子的嗎？」馬夫人說：「當時只問是甚麼題目？主考就說：即興了，看見甚麼說甚麼。」

「那該正主考起句了。」曹雪芹說。

「不錯，正主考開頭，抬頭望了一下，馬上有了一句：『眼底蘆花似雪花。』將軍大讚：『這句好？該賀一杯。』等大家乾了酒，他又說：『是「麻沙轍」，韻腳很寬，好辦。』」

馬夫人說到這裡，錦兒插嘴：「他肚子裡既然一團茅草，就不會做詩，怎麼倒懂韻腳呢？」

「他不會做詩會唱戲；唱戲不是有十三道轍嗎？」

「啊，啊，我明白了。接下來呢？」

「接下來該副主考，看見一個化緣的和尚走過，他也有了一句：『沿門托缽走天涯。』輪到撫台，一看荒郊野外，沒有甚麼好說的，就有點兒著急。他的聽差知道撫台是個大近視眼，就走到他身邊，悄悄兒提了一句：遠處江邊有個人在釣魚。這一來撫台也交卷了，唸了句『寒江獨釣蕭閒客。』」

馬夫人停了一下說：「這就該將軍了。」

「聽聽！」錦兒精神抖擻地說：「一定妙不可言。」

「將軍可為了難了，甚麼也沒有得說了；看來看去，只有兩條狗在搶一塊骨頭。好吧，就拿狗來做詩：『兩隻黃狗打架。』」

這麼個笑話，實在不好笑；大家正覺得失望時，馬夫人倒又往下說了。

「主考心裡納悶，七言詩，怎麼變了六個字呢？不過初次見面，不好意思說；撫台跟將軍可是開慣了玩笑的，不由得哈哈大笑，『六個字的七言詩，真還頭一次見，老大哥啊老大哥，你真該打！』」講到這裡，馬夫人問道：「你們猜，那將軍怎麼說！」

曹雪芹說：「畫龍點睛，一定在這一句，娘，你就快往下說吧！」

「那將軍挺高興的，一迭連聲地說：『該打，該打，應該再來一個打字：兩隻黃狗打打架，不就是七個字了嗎！』」

大家一時沒有聽懂；到想明白了，不約而同地爆出笑聲。秋月聽過蘇州的說書，像這種一時不笑，過後才笑，甚至喝茶吃飯時，一想到了就會噴茶噴飯，名為「陰噱」，是插科打諢最高的境界，便即說道：「太太平時不說笑話，一說了，真正一鳴驚人。咱們該公賀一杯。」

於是大家都乾了一杯，馬夫人卻只舉杯沾一沾唇，作為答謝；然後說道：「見好就收吧！我也有點兒睏了。」

「是。」秋月接口說道：「上午還得到王府去呢！」

每年都是年初一到平郡王府拜年，這年王府有喪事，且尚在百日以內，照規矩不過年，但誼屬至親，不拜年也得去請安，自以早睡為宜。所以曹雪芹雖有留戀之意，也不能不散了。

於是杏香、錦兒跟秋月，一起送馬夫人回房；錦兒走在最後，悄悄拉了秋月一把，低聲說道：

「我睡你那兒去。」

「幹麼？」秋月問說。

「不是要上王府嗎？我怕睡失了誤事；不如睡你那兒，太太起來，我也就起來了。」

聽她說得有理，秋月無法拒絕，心裡卻有點疑惑，她是找個理由，私下有話要說；要說些甚麼？自是不言可知，因而不無戒心。

等相偕回到臥房，秋月便說：「你先睡吧，我還得前前後後看一遍；有一會兒才能回來。」

「好吧！我等你。」

「你別等我。」

「好！我就不等。」

秋月交代了小丫頭來鋪床，另外帶一個打燈的小丫頭，前後去照看火燭，故意磨夠了辰光才回去。只見歲燭高燒，床上帳子未放，疊了個大被窩筒，錦兒睡在外面，空著裡半邊給秋月。

她嘆口氣，坐在床沿上擰一擰錦兒的臉說：「別裝睡了！」

錦兒「噗哧」一聲笑了出來，「我這一招很高吧？」她說：「我只問你幾句話，不會吵得你一夜睡不著。」

「那有一夜？大半夜都過去了。」

「好在大半夜也過去了，不爭這一會兒。」

「反正翻來覆去都是你的理。」

「得了，睡吧。」錦兒說道：「我們這位二爺，好久都沒有摟著我睡了，今兒你替他吧！」

秋月雖也懂床幃間事，到底還是處子，不由得紅著臉罵了句：「你真不要臉。」

錦兒笑著去解她的衣紐，秋月奪開她的手，自己卸了衣裙；錦兒卻往裡床一縮，留下原來的位置給秋月。

「來！熱被窩。」

「承情，承情。」秋月掀開被窩睡在外床，面向裡說道：「咱們規規矩矩說一會話，就睡吧。」

「怎麼叫規規矩矩？」說著，錦兒一隻手已摟了過來。

秋月無可躲避，只連聲說道：「別鬧！別鬧！」

錦兒不理，在她胸前摸索著，秋月便一面輕呵，一面使勁去拉她的手，錦兒乘機解開她緊身小棉襖的兩粒紐扣，伸手一探，口中說道：「『人面依然似花好』，雙峰倒比饅頭高。」

秋月忍不住好笑，「你真缺！」然後又說：「大概震二爺是這樣摸慣了你的？」

「一點不錯。」錦兒笑道：「你也快有人來摸你了。」

一聽這話，秋月一個翻身，面朝外床；錦兒只當她害臊，不以為意，只管自己往下說。

「太太跟你談過了？她怎麼說來著？」

秋月不答，連問幾聲，毫無反響；錦兒就不能不去扳她的身子了。

及至一扳過來，不由得大吃一驚，「幹麼？」她問，「好端端地大年初一淌眼淚？」

「大年初一」四字提醒了秋月，她又翻過身去，口中答說：「誰淌眼淚了？」

「這不是？」錦兒伸手在她臉上一抹，舉起沾著眼淚的手指說：「到底為甚麼？你倒跟我說啊？」

「是你的主意不是？」秋月問；同時身子又轉成仰面朝天。

所謂「主意」當然指將秋月許給仲四這件事，她不願意指出是誰最先提議，只說：「不是誰一個人的主意，你是眾望所歸。」

「甚麼眾望所歸？半瓶醋晃蕩，都酸死了。」

「你酸死了，我還喝醋呢？」錦兒答說：「這麼好的人，打著燈籠都難找。」

「那，」秋月恨恨地說：「我告訴震二爺，挑唆他休了你，好讓你去嫁仲四。」

「人家看不中我；只有你，人家才看得中。」

秋月覺得這話中便有文章了，便即問道：「是他自己跟震二爺提的？」

錦兒原是信口應付的一句話，不想引起了誤會；如果硬著頭皮承認，秋月一定會追問，本無此事，胡編一套，倘或露了馬腳，倒像無私有弊，反會僨事，所以決定否認。

「人家並沒有求，是我看出來的。」

「你是從那裡看出來的呢？」

知道她會打破沙鍋問到底，錦兒已經預備好了，含含糊糊地答道：「一時也說不盡，反正平時要提到你，他總是肅然起敬，喔，對不起，我的半瓶醋又晃蕩了。」

秋月不由得發笑，「瞧你這張嘴！」她說：「怎麼會學得跟從前的那位震二奶奶一樣？」

「她的本事，我學會了的還多呢！你可小心著。」

「我才不怕，你有本事使出來好了。」

「我再有使壞的本事，也不會用在你頭上，說不敢還不如說不忍心。」錦兒的聲音忽然變得悽悽惻惻，「回想當年，咱們三個人拜把子，繡春雖說還活著，可是連雪芹那回去都沒有能跟她見一面，如今也不知如何了。再加上你，也只有跟太太作伴兒，等太太百年以後，你就孤孤單單一個人了——。」

「那倒不愁。」秋月插嘴說道：「杏姨待我真不錯。還有芹二爺。」

錦兒原就編好一套說詞，是在曹雪芹身上做文章，如今既然提到他，正好轉入正題，因而接口說道：「說到雪芹，你是受了老太太重託的。以前照應他是一回事；往後照應他又是另一回事。」

這話倒讓秋月困惑了。她自覺照應曹雪芹已經告一段落，往後也不過幫著杏香持家、撫育兒女，若說另有照料曹雪芹之處，她不明白那是甚麼？

「如今大家巴望雪芹在正途上討個出身，他自己也許了咱們了，要用用功去趕考，算他一帆風順，考上舉人，再考上進士；可是以後呢？」

「以後自然是做官。」

「做甚麼官？」

「那要看他的出身。點上翰林當翰林，不點翰林做京官。」秋月又說：「想來不會放出去當縣官。」

「反正是京官不是？」錦兒緊接著說：「窮京官咱們不是沒有見過，那都是運氣不好，又沒有本事的人。那是甚麼本事？摟錢的本事。你想雪芹懂這一套嗎？就算懂，他肯幹麼？」

「這話倒也是。」

「好了，只要你也看到，想到了，咱們就談得下去了。」錦兒又說：「如今是白身，沒有甚麼應酬，守著老底兒，加上有四老爺跟震二爺，日子不愁；到了他自己做官了，起碼要有個排場，他又不是肯將就的人，那份花銷，一定不輕。四老爺跟震二爺，說句老實話，也不能像現在這麼時常接濟了。你說，他這個官是容易當的嗎？」

這些情形，秋月從未想過；如今聽錦兒這一番剖解，越想越有理，也越想越犯愁，不由得有些焦躁了。

「怎麼辦呢？這件事倒得早早核計。」

「我核計過了。最好是你嫁了仲四。」

「怎麼？莫非——。」

秋月縮口，錦兒偏要追問：「莫非甚麼？莫非我還能把人家的錢，弄回來給他用？那成了甚麼了？」

「貼補娘家的事，當然不是咱們這種人家做的。不過既然是親戚，就應該彼此照應。像現在震二爺跟仲四不是合夥嗎？到那時候，想法子湊一筆錢，交了給你女婿，不管是股份也好，放利也好，反正每個月的開銷有著落了；這就是你照應雪芹的另一回事。」

「女婿」二字，在秋月聽來，非常刺耳，但因正在談極正經的事，不便以此言語細節去打斷；而錦兒是特意用了這種字眼，看她未作異議，心中暗喜，事情有望了。

「好了，睡吧！有話慢慢兒說。」秋月翻了個身，回面向外。錦兒知道她的意思動了，此刻不宜操之過急，不過有句話她必須問明白了，才能睡得著。

「我只問你一句話，得把這句話問清楚，我才放心，你剛才為甚麼淌眼淚？」

秋月沉吟了一會，覺得把心裡的委屈說出來也好；「我是因為太太最後傳老太太的遺命，彷彿就毫無商量了。」秋月緊接著說：「奴才終歸是奴才！」

「這你就不對了。」錦兒立即駁她，「你自己也知道的，太太從沒有這種想法。」

「我知道。」秋月答說：「只不過是我自己的感觸。」

「你也太多愁善感了。」

「那可是沒法子的事。」

「怎麼會沒法子？」錦兒又說：「你成了仲四奶奶，有了歸宿，過去的事自然而然就丟開了。西門慶為武大郎的事，拜託何九，說一床錦被遮蓋，就是這個道理。」

「可了不得了！」秋月又翻回身來，面對著錦兒說：「你的本事越來越大了，引經據典，竟引到小說上頭；我看你天生是當媒婆的材料。」

錦兒笑一笑，也翻身朝裡，口中說道：「這一下，我可睡得著了。」

及至一覺醒來，發覺外床是空的，轉身從帳子中望出去，曙色已現，掀開帳門一看，秋月坐在燭下似乎在寫字。

「嗨！」她喊一聲：「你怎麼不睡？」

秋月一驚，「你嚇我一跳！」她站起身來，拍著胸口說。

「你在幹麼？」

「我睡不著，翻身多了，怕吵了你，索性起來記個帳。」

「我以為你在做詩呢！」

「得了吧！我那種『兩隻黃狗打打架』的詩，早就丟開了。」

錦兒「噗哧」一聲笑了出來，「太太說的那個笑話，真把咱們那班旗下大爺罵絕了。」錦兒又問：「甚麼時候了？」

「卯初一刻。」秋月又說：「你再睡一會兒，回頭我叫你。」

「算了，我也不睡了。」

於是錦兒起身，秋月開了房門去叫醒坐夜的老媽子，接著丫頭們也都起來了；進屋來都笑嘻嘻地問錦兒拜年。

「今兒天氣怎麼樣？」

其時全家大小皆已起身，穿戴一新，加以天氣晴和，益顯得喜氣洋溢；上上下下，見面賀歲，然後分頭拜年，女眷是到王府，曹雪芹帶著子姪，由曹頫那裡開始，族中叔伯，一一走到，至中午回家吃飯。

京中的風俗，年初一不准掃地、不准動剪刀，也不准起油鍋，上上下下就現成的年菜吃完飯，清閒無事，各人找各人的消遣。馬夫人的興致很好，說要鬥葉子牌，於是錦兒、翠寶、杏香陪著她湊成一桌；曹綱兄弟與曹綸，在大廳上找來年輕的下人打「年鑼鼓」，玩得十分起勁，只有曹雪芹落單，在書房裡靜靜看書。

「原來你在家，我以為你逛琉璃廠去了呢！」是秋月的聲音。曹雪芹抬眼一看，不覺詫異，「你的臉色不大好。」他問：「是身子不舒服？」

「昨晚上沒有睡好。」秋月答說：「想到你這裡找本閒書躺著看，也許能睡一覺。」

曹雪芹起身，從書架上取下來幾部筆記小說，「這都是新出的。」他挑了一部說：「這部《西青散記》不壞。」

「說點兒甚麼？」

「記一個叫雙卿的薄命女子。」曹雪芹翻開一頁，「你從這裡往下看就知道了。」

「寫得好不好？」

「好？真是悽惻動人。」

「我不看。」秋月答說：「大年初一，何苦陪上一副眼淚。」

「呃！」曹雪芹省悟了，「不錯。應該看些熱鬧有趣的東西。可是——。」

「偏就沒有？」秋月替他回答。

「只有笑話書。」

「那也沒有甚麼意思。算了，咱們聊聊天吧！」

「好。」曹雪芹問道：「昨晚上怎麼沒有睡好？」

「還不是我們那位錦兒奶奶，精神十足，陳穀子、爛芝麻的，講個沒有完；等她倦了睡著了，我可睡不著了。」

曹雪芹心想必是敘舊引起了她的感觸，便即問說：「談甚麼？是談老太太在世的日子。」

「不是。」

「那麼是談甚麼呢？」

秋月沉吟了一會，突然問道：「你倒把那年訪繡春不遇的情形，再跟我說一說。」

原來是在談繡春。這便讓曹雪芹也黯然不歡了。

曹雪芹回想八年前——這天年初一，應該說是九年前的事，年深月久，而且變化曲折很多，需要靜靜地整理了回憶，才能回答。

那是乾隆五年春天，曹雪芹從馮大瑞口中知道了繡春的下落，她生了一個孩子，經過鎮江時，貧病交迫，尋了短見，為金山寺的老和尚禪修所救。這老和尚是「漕幫」中的長老，名叫「法廣」，在幫中比馮大瑞長兩輩；可是當馮大瑞去見禪修，想跟繡春見一面時，禪修根本不承認有這回事，所以他連繡春生的孩子，是男是女都不知道。

當時曹雪芹稟明母親，與錦兒、秋月定計，打算派何謹到鎮江去跟禪修辦交涉，不想事情有了變化，曹頫放了蕪湖關的監督，打算把曹雪芹帶了去管一個分卡；而剛好方觀承又邀約曹雪芹沿運河南下去辦事，決定同行至揚州分手，曹雪芹先往金山寺訪尋繡春的蹤跡以後，再轉往蕪湖向曹頫報到。

這是第一變，還有第二變。曹頫為了上任鬧家務，季姨娘一定要跟著去，鄒姨娘倒很大方，情甘退讓，但曹霖在圓明園護軍營當差，除了他生母以外，誰也管不住他，曹頫不放心兒子，決心兩個姨娘都不帶；而季姨娘依然哭鬧不休，逼得曹頫只好託病辭差，曹雪芹也就不必再到蕪湖了。

「方問亭為甚麼要找我去？其中的緣故，以前一直沒有跟你說過；如今事過境遷，談談也不要緊。」曹雪芹特地叮囑一句：「不過仍舊不宜說出去。」

「我知道。」秋月深深點頭。

「方問亭也在漕幫，他的輩分比馮大瑞大，比禪修小；所以馮大瑞管他叫師叔，而他又管禪修叫師叔。」

「你是說，方老爺也見過禪修老和尚。」

「是的。那是後話，我先說他南下去幹甚麼？他是因為皇上要奉聖母老太太南巡，一路上先得拿漕幫安撫好，不過因為那時他是小軍機，沿途官府少不得都要接待，身分所限，不便跟江湖上公然來往，帶我去做他的替身，有許多方便。」

「喔，」秋月好奇地問道：「你怎麼做他的替身呢？」

「有時候代表他去拜客，把他送的禮帶去，照他教的話說一遍，這大致都是沒有甚麼麻煩的；有的很麻煩，得往來替他傳遞信息，或者把對方悄悄兒領了來，讓他們當面談。」

「談些甚麼呢？」

「那，那你就不必問了。」曹雪芹又說：「到了揚州，住在鹽商馬家；他家受過老太爺的好處，待我非常客氣。我當時心裡在想，我人生路不熟，一個人上金山寺，只怕連禪修都見不著，更甭說想看繡春了。所以琢磨著是託馬家帶了去呢，還是先跟方問亭商量？」

「自然是先跟方老爺商量。」

「不錯，結果我就是這麼辦的。」

「他怎麼說？」

「他說，他也知道這麼回事——。」

「是馮大瑞告訴他的？」秋月插嘴問說。

「我沒有問他；想來應如此。」

「以後呢？」

「以後，」曹雪芹說：「他問我，打算怎麼辦——。」

「這話，」秋月又插嘴了，「該你問他才是。」

「不！他問我這話是有用意的。他說，如果只是把孩子要回來，那容易；但要見繡春比較難。我說：我兩樣都要。他說：那就更難了。」

「為甚麼呢？」

「我也問他緣故，他說，據他所知，繡春不在金山寺。」

「那當然，金山寺是有名的大叢林，清規戒律樣樣嚴，不能藏一個堂客在寺裡。」秋月又說：「老和尚要安頓她，應該住在鎮江城裡。」

「也不在鎮江。」

「那麼，到那裡去了呢？」

「據說在杭州。」

「那不正好嗎？」秋月又說：「方老爺原是要到杭州去的。」

「我也是這麼說。可是方問亭說：這得先跟老和尚商量；他本來也要到金山寺去看幾位老和尚，要我等他把揚州的事辦完了，跟他一起去。」曹雪芹停了一下，接著談在金山寺的情形。

方觀承與曹雪芹在金山寺，為方丈碧蓮奉為上賓。這碧蓮俗家姓嚴名凱，四川人，他亦是漕幫中人，與禪修是師兄弟，都屬於翁、錢、潘三祖之下，「文成佛法」第四代的法字輩，禪修叫法廣，碧蓮叫法敬。這都是方觀承告訴曹雪芹的，但在碧蓮、禪修面前，他自然仍舊裝作「空子」。

這時的禪修，已由「菜頭」升為「知客」了，所以當方觀承在和方丈碧蓮密談時，曹雪芹便由禪修接待。由於方觀承事先關照過，繡春的事最好等他先跟禪修談過以後再說，所以曹雪芹亦就不言，那知這天晚上，反是禪修先提了起來。

「這天是十四，月亮好得很。禪修雖已出了家，並不戒酒；到晚上派一個小沙彌請我去賞月喝酒；地點是——。」

地點是寺中高處的一個露台，一輪清光，倒映在銀色的長江中，上下輝映，是曹雪芹平生第一次領略到的好風景。

「曹施主，」禪修說道：「我與府上有舊。我沒有出家以前，在揚州伺候過你祖老太爺。」

「不敢當。」曹雪芹問道：「不知道老和尚跟先祖是何淵源？」

「那時我，」禪修笑道：「小施主，不瞞你說，當時我販私鹽；令祖當巡鹽御史，有一回把我們弟兄幾個抓到了，親自在花廳問案，看我們都不是敢與官兵對抗的鹽梟，就勸我們投效官軍。」

「喔，你們幾位聽了先祖的勸沒有呢？」

「有的聽，有的沒有聽；沒有聽，肯具結從此不犯，令祖都從寬發落。」禪修又說：「我就是具結的一個。可是——。」

「怎麼？老和尚儘管請說。」

「說來慚愧，我又犯了，第二次抓我的，不是令祖，但也不是府上的外人。」

「我明白。」曹雪芹答說：「是先祖母的胞兄，我的大舅公。」

「是的。」禪修從容不迫地說：「那時正是令祖在揚州得了急病，聖祖派專差賜藥以後；李織造代令祖巡鹽，他跟我說：『初犯可恕，再犯不饒；你的罪名是死罪，可是我從來沒有殺過人。如今我想一個法子，你能依我，可以不死，也免得我開殺戒。你道如何？』」

聽這一說，曹雪芹亦深感興趣；看他停了下來，便催促著說：「我大舅公想的甚麼法子，老和尚請你講下去。」

「他說：『金山寺的方丈，是我方外至交；我可以請他上個稟帖，把你保了出去。你願意不願意？』小施主你想，我豈有不願之理？不道李織造還有話，他說：『保是保出去了，不過你有了命就沒有家了。』小施主，你懂這意思不？」

曹雪芹一想便懂，「是要你在金山寺出家？」他問：「是嗎？」

「是的。」禪修答道：「原來李織造跟我那恩師——。」

「就是金山寺的方丈？」曹雪芹插嘴查問。

「正是。他們已經商量過了，稟帖上說我原是金山寺的和尚，為鹽梟挾持，身不由主，請李織造從輕發落，讓他領回去嚴加管束。既然稟帖上說我是和尚，自然非出家不可；恰好有張現成的度牒，法名叫做禪修，我就頂了他的名字。」

禪修緊接著說：「令祖跟令舅公於我有兩番大恩，所以對小施主格外覺得親切。我們禪宗雖講究明心見性，棒喝頓悟，可是也看重世俗的感情；尤其在前明一班遺老，遁入佛門以後，逃禪只為不肯做新朝的官，一切生活起居，沒有改多少，禪宗世俗的味道更重了。」

曹雪芹聽得這番講解，心頭暗喜；照禪修的話看來，繡春一定可以見面，那知他剛提了「繡春」二字，便讓禪修打斷了。

「小施主，我已經知道你的來意；此刻邀你來飲酒賞月，亦就是想跟你談這件事。」禪修話風一轉，「不過，我們先把李織造的事談完。他的遭遇很慘，你總完全知道？」

「是的。」

「李織造的大少爺，你總亦見過？」

「那是我表叔，單名一個鼎字；多年不通音問了。」

「你不知道他此刻在那裡？」

「不知道。」曹雪芹答說：「他是雍正初年遣戍到寧古塔的，先還有信，後來就失去聯絡了。」

「雍正初年江西主考姓查的，犯罪處死，家屬充軍；李大少爺跟他們在一起，查家親屬在今上即位以後，赦回來了，你倒沒有去打聽過？」

「打聽過的。」曹雪芹回憶了一下說：「當初是四家叔寫的信，查家回信說，早在雍正七年，還是八年，我那李表叔就遷居到尚陽堡，從此以後，沒有來往。」

「有沒有輾轉傳來的消息？」

「也沒有。」

「好，既然都沒有，也就不必去談他了。只談那位繡春姑娘吧。」

禪修急轉直下地說：「那年我經過無錫，天已經很晚了，為了趕路方便，不去『掛單』投宿在一家客店；其時正鬧風濕，心想月亮這麼好，不如出去打一趟拳，活絡活絡血脈；那知一走到院子裡，就望見東面屋子，月光斜射，照出一條悠悠晃晃的人影，我楞了一下，突然想到了，是有人在上吊。當時第二個念頭都不轉，跳進窗去，將在床頭上吊的人解了下來，手一摸上去，才知道是女人，但身上穿的是男裝——。」

「那一定是繡春了！」曹雪芹失聲驚呼；旋即致歉，「喔，得罪，得罪！打斷了老和尚的話，請講下去。」

「那時候為了救人，也顧不得嫌疑了，我會推拿，一面口對口布氣；一面揉胸拍背，聽得一聲『哼』，算是把一條命硬拉了回來。」

「以後呢？老和尚請你快說。」

「那時把一院子的客人都驚動了；掌櫃跟跑堂的也都來了，鬧不清是怎麼回事？尤其是被救的人，是男裝，但經過這番出生入死的折騰，女人的樣子都顯出來了，小施主，您想，這不是極尷尬的事嗎？」

「是啊！」曹雪芹問道：「老和尚，你怎麼說呢？」

「我還不知如何開口，人家已經爬在地上給我磕了個頭說：『師父，你救得了我的命，改不了我的運。我謝謝你，請你回去吧！』大家聽了她的話，又看床頭上打了結的汗布，才明白是她上吊，我救了她。掌櫃的把客人勸走了，才細問是怎麼回事？可是問到她的身世，怎麼樣也不肯說。掌櫃的磨著不肯走；她急了，『掌櫃的，我懂你的意思，怕我再尋短見，害你受累。你放心吧，我不會再上吊了；天一亮我就走。』聽得她這麼說，我也就要走，那知她倒是把我留下來了。」

留下來幹甚麼？禪修要曹雪芹猜。說為了向他道謝；說為了跟他細訴身世；說為了向他有所請求，禪修只是搖頭。曹雪芹倒奇怪了，這也不是，那也不是，到底為了甚麼？

「小施主，事出常理，她一開口先責備我，說我害她多受幾天罪。這意思就很明白了，她是存了必死之心，等明天離了旅店，她還是得找地方自盡。江湖上做事，講究全始全終；我心想既然沾上手了，說是自找麻煩也好；說是彼此有緣也好，反正救人要救澈。於是，我跟她說：『如果你跟閻王有約，失了約閻王會派小鬼來抓你，那我也不能跟閻王作對，只好眼看你多受幾天罪。倘非如此，你倒不妨跟我說說，要怎麼樣你才能不死？』小施主，你猜她怎麼樣？」

「老和尚，我沒法子猜；纏春行事，往往出人意表，請你自己告訴我吧！」

「那我告訴你，當時她竟是嫣然一笑；小施主，佛家戒打誑語，我當時血氣尚未全衰，道心也還不堅，她這一笑，在我方寸之間，竟似古井重波，下了好大的克制功夫，才能平息。」

「這是老和尚的一劫。」曹雪芹合十說道：「經此一劫，修行自然又有進境了。」

「這倒也是實話。」禪修停了一下又說：「她笑過以後又說：『大和尚要成全我也容易得很，我從前出過家，偶遇魔障，復又還俗；如今只請大和尚替我找個清淨庵堂，容我懺悔宿業，那就終生難忘大德了。』這件事不難；不過，我也略懂麻衣相法，看她不是黃燈青燈了一生的人，當然，那時不能說；只說：『這件事我辦得到；不過我不能害人家，收容一個來歷不明的人，你得把你的身世跟我說了，我才幫得上忙。』」

「那麼，她怎麼說呢？她把身世告訴老和尚了。」

「當然。她說：『我本姓王，又姓曹，又姓馮，反正姓甚麼出了家都無關了，大和尚只叫我繡春好了，長齋繡佛的繡；流水落花春去也的春——。』」

「果然是繡春！」曹雪芹插了一句嘴。

「對了。從現在起，我就稱她繡春。她告訴我——。」

繡春告訴禪修，她坐月子才三個月，生的是一個兒子，名字都已經有了。為了孩子，她決定北歸故主之家；那知孩子竟夭折了。

這就是繡春尋短見的唯一原因，因為帶著孩子回來，曹家才是她的安身立命之處；否則即使她能對喪子之痛，排遣得開，又有何面目見曹家的上上下下？即令他人寬宏大量，相待如初，她不能不疑心人家會有「早知今日，何必當初」的想法，如果不是負氣出走，將孩子安安穩穩生下來，有人照應，何致夭折？照這樣論起來，她不但對不起曹雪芹、秋月等人一片愛護之心，甚至對不起自己的兒子。

「當時她對我說了八個字：『天涯茫茫，萬念如灰。』」禪修說道：「想想她的處境，也實在是了無生趣；託足空門，已是一條唯一的生路。我當然義不容辭，而且幫這個忙，也不是難事，不過為了兩個緣故，還不能送她到庵裡去。這兩個緣故，一個可以跟她說；一個不能跟她說。」

趁禪修講得口渴，停下來喝酒的片刻，曹雪芹思索那兩個緣故是甚麼？不能跟繡春說的那一個他想到了；禪修自己說過，他懂麻衣相法，看繡春不是以比丘尼終老的人；另一個能說的緣故就無從猜起了。

於是他說：「老和尚先講能說的那個緣故好了；不能說的緣故，老和尚已經告訴過我。」

「小施主的悟心，真不可及。」禪修說道：「當時跟她說：『看你形容這麼憔悴，想來是坐月子以後，還沒有復原；我這樣送你進庵，即令住持慈悲，難保別人不嫌棄你，而且清靜禪堂，最不宜於婦人養病，所以我先找個地方把你安頓下來，等你的病好了，再定行止。』當時她問我，何謂再定行止？這話問在要害上，不大好回答。」

「是啊！」曹雪芹說：「繡春的心思最快，她一定動疑心了。」

「是的。」禪修答說：「因為她動疑心了，我的話就格外要說得好；我說：『聽你談過去，知道你心思很活動；也許到那時候你又改了主意，不想出家了，所以我要把話說得活動一點兒比較好。』她說：『這回是吃了秤鉈，鐵了心了。』可是，」他急轉直下地加了一句：「到頭來還是改了主意。」

「怎麼？」曹雪芹當時精神一振：「她的塵緣未了，又有新的遇合？」

「不錯。」

「老和尚，老和尚，」曹雪芹迫不及待地催促，「請你快說，是怎麼一段因緣。」

禪修不作聲，使得曹雪芹大惑不解，心裡在想，莫非繡春遭遇意外，不在人世了？

正驚疑不定之際，禪修開口了：「小施主，你不必再問她了。她跟我細談過你，你們的緣分已了，相見爭如不見。不過，你也可以放心了，她雖無跟你再見之理，可是，她很好。」禪修又說：「我可以代她說一句：請你轉告她的舊日姐妹，大可不必惦念。」

談到這裡，曹雪芹就不再往下說了，臉上一片鬱黯之色；這是他一想起來便感到挫折的回憶，多少年來耿耿於心。秋月知道他的感覺，不忍再問；實在也不必再問，總而言之，禪修不肯再吐露隻字而已。

為甚麼這樣子諱莫如深？秋月也不知想過多少遍，始終不得其解。這晚上又想到了繡春，滿懷煩悶，特為找曹雪芹來談談；本以為仍如以前那樣，談不出甚麼名堂，可是重新細想，發覺有些情形是過去所忽略了，譬如李家的情形。

「我在想，老和尚在那時何以忽然跟你大談表少爺？」她問。「表少爺」是指李鼎，那是曹老太太在日的稱呼。

「這也無非敘舊之意。」

「既然敘舊，怎麼又不敘下去。」秋月又問：「他不是一再追問，你知道不知道他的下落？」

「是啊！」

「這又是甚麼意思呢？」

曹雪芹無以為答。回想當時的情形，確是有些蹊蹺；禪修那種神情，似乎不只是泛泛的敘舊，而有一種關切在。既然如此，便如秋月所問的，「怎麼又不敘下去？」

「你倒說，」他反問：「禪修是甚麼意思？」

「照你所說的情形看，他應該知道表少爺的下落；你倒再想一想，是不是有這麼一點意思？」

於是曹雪芹復又細想，越想越覺得秋月的話有道理；點點頭說：「他之一再追問，必有原因在內，彷彿我如果知道李表叔的下落，他就可以跟我談下去似地。」

「這話很通。因為你不知道他的下落，他就不必跟你談了。語風一轉，只談繡春，倒像在『顧而言他』的樣子。」

「不錯，確有這樣一種意味。」

「好！」秋月很起勁地說：「咱們倆的思路快走到一起了。他談著談著，忽然不談了，你說是為甚麼？」

「是——，」曹雪芹一面想，一面說：「當然不會是可以令人高興的事。不然，他一定會跟我談。譬如，我在外面遇到得意的事，回來要告訴你們，讓大家也高興、高興；倘或失意之事，就不必跟你們談了。」

「你這話只說對了一半。」

看她那種由起勁轉為沉靜的神色，曹雪芹不由得便問：「你大概想通了；另外那一半是甚麼？」

「是忌諱。」

「甚麼忌諱？」

「也許是你不願知道的事。」

「越說越玄了！」曹雪芹笑道：「別跟我繞彎兒打啞謎了，把你想到的，都說給我聽吧！」

秋月欲言又止，是在考慮措詞的神氣，「我說是你不願知道的事，並非你真的不願知道；而是禪修當你不願知道的事，那當然是他的誤會。」她忽然又問：「你有沒有想過，談繡春以前先談表少爺，這兩件事有關聯沒有？」

這好像密雲不雨之中的一個霹靂，曹雪芹心頭一震，但沉悶的局面打破了，「你是說，繡春是遇見李表叔了？」他不斷搖頭，「這就太不可思議了。」

「我也覺得不可思議。」秋月答說：「多半還是胡猜。」

曹雪芹不作聲，通前徹後細想了一遍，提出疑問：「倘非如此，禪修有甚麼理由，不讓我跟繡春見面。」

「我也是想到了這一點，才覺得可疑。」秋月又說：「我記得那時告訴過我，說繡春不願跟你見面，有這話嗎？」

「怎麼沒有？」曹雪芹憤憤地說：「言之再三，禪修只是不理會，一再說他早問過她；她告訴他，任何人都不願見，連姓馮的來，也是如此。我說：『我跟姓馮的不同；繡春也未見得想到，我會來找她。老和尚，你無妨再問她一聲；她如果真不願見我，至少也得寫張字給我。』禪修這才勉強答應了，可是到頭來還是一場無結果——。」

「慢點！」秋月插嘴說道：「方老爺不是說繡春不在鎮江？」

「是的。」

「那麼，禪修是甚麼時候給的回音。」

「第二天。」

「不能這麼快吧？」秋月又問：「莫非你當時就信了他的？」

「我自然不信，可是——，」曹雪芹嘆口氣，「說起來也真窩囊，再想問他時，人都找不到了。」

「到那兒去了呢？」

「說公幹去了。」

「那不是天大的笑話？」秋月詫異地，「和尚還有公幹麼？」

「我也是這麼說。那知道自有一番強詞奪理，教人駁不倒。那裡的一個和尚說：他是知客；金山寺有事要請護法出力，就得他去接頭。這就是公幹。」

「你又信了？」

曹雪芹點點頭，「我信了。」他又說：「因為我直接闖到禪修住的禪房，確是不在金山寺，我想，公幹確是公幹，不過不是為金山寺。」

「為誰呢？」

「為漕幫。」

秋月不作聲；沉默了好一會問：「你倒沒有問方老爺？」

「你是說繡春的事？」曹雪芹緊接著說：「我問了。他要我聽禪修的話，沒有錯。」

秋月爽然若失地說：「看起來他們是打了夥在耍你。」

這正是曹雪芹心裡最不舒服的一點；事隔多年，猶存餘恨，唯有黯然不語而已。

「不過，話又說回來。他們這麼耍你，只怕有不得已的苦衷在內。」

「苦衷？」曹雪芹又困惑了，「你說，是甚麼不得已的苦衷？」

「也許，也許李表少爺也是他們一幫。」秋月又說：「因為如此，所以禪修一再問你，知道不知道他的下落，你說不知道，他自然不肯跟你談了。」

「這話，」很奇怪地，曹雪芹頓時覺得心裡好過了些。

「假使我的猜測不錯，那麼，繡春也弄在他們一夥去了。」

「那不會。」曹雪芹答說：「漕幫不比洪門，女的不能入幫。」

「女的雖不能入幫，可是她既然是跟李表少爺在一起，你看到了繡春，李表少爺的行藏不也就顯露了嗎？」

彼此越談越接近，相互啟發補充，到後來竟成了一個很完整的故事，推想是李鼎早就入了漕幫；而繡春雖想出家，懂麻衣相法的禪修卻不以為然，因而撮合成她跟李鼎的一段因緣。至於繡春，實在不是甘於寂寞的人，而且以鬚眉氣概自許，漕幫雖無女弟子，但並沒有不准眷屬幫同辦事的規矩，相反地，有好些密謀，須眷屬出頭遮掩，所以繡春實際上怕亦是漕幫一分子；因為如此，連曹雪芹都無法跟繡春見面。當然這不會是繡春的本意，而是禪修怕洩漏了他們幫中的祕密，有意阻撓。

這一點是秋月的看法，曹雪芹先不能接受，到後來也同意了；因而又生出希望，只要越過禪修這一關，仍舊能跟繡春見面。而且繡春跟李鼎很可能住在漕幫「家廟」所在地的杭州；曹雪芹認為，不久隨曹頫南下時，一定會找到繡春，因為方觀承是現任的浙江巡撫，一定會幫他這個忙。

「是啊！方老爺是完全知道的。上回是禪修作梗，這回他自己可以作主。你跟他辦過好些事，漕幫的祕密，不能告訴別人，在你是又當別論的。」

正在談著，曹震來了。這是預先說好了的，曹震伺候完了除夕的內廷差使，年初一先去拜年，最後來接妻兒回家。這一來馬夫人那裡的牌局也就散了，曹震給她磕了頭，陪著說了些閒話；其時錦兒跟翠寶已經商量好了，找個空隙，插嘴說道：「二爺，咱們先不回家，在這裡吃了飯，讓翠寶陪你回去，我還得在這兒住一晚。」

「好。」曹震好熱鬧，毫不遲疑地答應著，「今兒大年初一，老幼不忌、上下同樂。我來推幾方牌九玩玩。」

每年照例有這麼一場賭；曹雪芹便笑著問道：「震二哥，你帶了多少銀子來推莊？」

「那要問你。」曹震答說：「我從宮裡出來還沒有回過家。你願意借多少給我，我就推多少。」

「不必多借。」馬夫人開口了，「借二十吊錢好了。」

「二十吊太少了。」曹震說道：「五十吊吧。」

這消息馬上傳出去了，「震二爺推牌九，跟放賑一樣。」連廚房裡燒火的丫頭都趕到大廳上來下注。

推的是「一翻兩瞪眼」的小牌九，曹震看注碼操縱全局，有時候翻牌，有時候不翻，「鑿十統配」；讓下風個個都贏，五十吊制錢買了個皆大歡喜，然後回到馬夫人那裡吃了飯，帶著翠寶跟兩個孩子回家。

「明兒甚麼時候派車來接你？」臨行時，曹震問錦兒。

「你問翠寶。她甚麼時候來，我甚麼時候走。」

「你們走馬換將，是幹甚麼？」

「你回家就知道了！」

翠寶卻不必等到回家，就說了一句：「初四不是要請客嗎？咱們兩家的事，我當然得來。」

「啊，啊！」曹震被提醒了，但卻想不明白，錦兒為甚麼還要住一晚？

錦兒總是不放心秋月，一晚上未睡，可以想見她的心緒不寧；「大事」還沒有談妥，深怕變卦，想打鐵趁熱敲定了它。

秋月當然了解她的心意，但心中另有盤算，等馬夫人歸寢以後，邀了她一起到夢陶軒，只見杏香早備下消夜的酒餚；爐火熊熊，兩盆紅白梅花開得正盛，燁燁的紅燭之下，曹雪芹正在教曹綸寫魏碑。

「真乖！大年初一就這麼用功。不過，」錦兒看著曹雪芹笑道：「你自己不用功，把兒子管得這麼嚴，我看著有點兒不服。」

「他自己願意練字，我沒有攔他的道理。」曹雪芹心知錦兒的來意，便向曹綸說道：「寫完這張收起來吧！早點去睡，明兒我還帶你逛廠甸呢！」

「我要買一串兒一百個的大糖葫蘆。」曹綸仰著臉說。

「那有一串兒一百個的？你別聽桐生哄你。好了，反正有多大買多大。你現在別管這個，專心寫字。」

等曹綸寫完一張，收拾筆硯，哄得他去睡了；秋月才向錦兒說道：「今兒有個好消息告訴你——。」

「喔，」錦兒搶著問道：「誰的？」

「你猜一猜。」

「要我猜，就猜是你自己的。」

「你扭到那兒去了？」秋月遲疑了一下說：「還是請芹二爺來說吧！」

「也不能說是好消息；不過，總是咱們常惦念著的一個人——。」

「啊！」錦兒霍地起立，「繡春有消息了。」

「你別性急。咱們喝著酒，慢慢兒聊。」

於是一面消夜一面談；話很長，頭緒也很多，有些關於漕幫的情形，不宜跟錦兒談，就談了，她也未必能領會，因此這段有關繡春的回憶跟推測，談起來很吃力。

曹雪芹如此，聽的人也很吃力；錦兒不時地插嘴發問；等把事情聽明白了，卻並無高興的表示，因為勾起了好些她厭惡的回憶；同時也不免為曹震悲哀。

這樣的神情，便使得曹雪芹與秋月都深感意外；卻又不便問她，何以如此冷淡？不過秋月比較細心，想到她先前對繡春的消息那樣興奮，聽完了態度一變，或者是因為李鼎的關係。

「你說你今年還打算去找繡春？」錦兒問說。

「不錯。」

「我看是白找。」

「何以呢？」

錦兒一直言詞閃爍，神情莫測，曹雪芹旁敲側擊，多方試探，她不是答非所問，便是索性沉默。這就很明顯了，她心裡一定還有連親如秋月都不能公開的難言之隱在；既然如此，自以撇開這個話題為宜。

「好了，不談繡春吧！」秋月向曹雪芹使個眼色，「咱們談點兒別的高興的事。」

「一點不錯。」錦兒又變得興致很好的神氣了，「如今最高興的事，莫過於咱們家今年要辦的喜事。」

此言一出，大家的視線，便都集中在秋月臉上。看每一個人都浮現出帶些詭祕、而卻真是出於愉悅的笑容，秋月不免有些困窘；但如以矜持來應付，綳著臉不作聲，不但殺風景，事實上也無助於她的困窘。轉念到此，覺得不如放出不在乎的態度還好些。

「真是，好人做不得。」她解嘲似地說：「麻煩找到我頭上來了。」

「麻煩的不是你。」錦兒接口，「頭一個是太太，少不得要替你大大地操一番心；其次是杏香跟我，太太操心，我倆辦事。接下來是雪芹；就是我們那位二爺，現在的大媒，來來回回，也得跑個幾趟，你呢——。」

「我呢！」秋月搶過來說：「坐著等花轎上門。」

「你看，」錦兒故意逗她，向杏香說道：「那四平八穩的樣兒，像不像仲四奶奶？」

「那可比我那乾媽又體面得多了。」杏香笑道：「真的，我將來不知道要不要改稱呼？」

「各敘各的，改甚麼？」曹雪芹說。

「若說各敘各的就得改。」錦兒說道：「你到了仲家，是到了你乾爹家，自然改叫乾媽；在自己家裡還是叫秋姑。」

「我怕一時改不過來，或者弄混了、叫錯了。」

「叫錯了也不要緊，反正秋姑就是你乾媽；你的乾媽就是秋姑。」

秋月又好氣、又好笑，「看你們，簡直跟說夢話一樣！」她說：「倒像真有那麼回事似地，真正把人的大牙都笑掉了。」

話風有些不妙，錦兒見機，不再往下說了。原來這時候的開玩笑，與前一天多少有些發酒瘋的情形不同；錦兒是故意渲染，要讓大家都知道，甚至讓秋月也會在心裡不知不覺地以未來的「仲四奶奶」自居，這樣事情才會千穩萬妥。因為是有作用的，所以能夠自制。

杏香是最識得眉高眼低的，剝了一個醉蟹，看一看蟹蓋說：「這隻好！秋姑，你來。」

這一來，秋月即令不快，也就消失了，拿銀筷子剔出蟹黃，夾了給曹雪芹，同時問道：「芹二爺，一年之計在於春，你今年是怎麼個打算？」

曹雪芹一楞，「還不是隨緣度日。」他問：「我倒不知道該怎麼打算？」

「你看，」秋月向錦兒說道：「話全變了。」

錦兒懂她的意思，急忙說道：「雪芹，敢情你說要用功、要趕考，都是哄人的話。」

「喔，你們是指這個，那當然還是照常——。」

「怎麼叫照常？」錦兒打斷他的話說：「照常當你的公子哥兒？」

「不是。照常者，照我說過的話辦。至於趕考，那是明年庚午年的事。」

「你不是要捐監生嗎？」

「這好辦，隨時可捐。」

「一開了印，我就讓你震二哥把你的這件事給辦了。」錦兒又說：「聽說監生也能到國子監去念書？」

「那還不如在家裡念。起碼來來回回花在路上的功夫，跟那些無謂的應酬，都可以省下來了。」

「不管你在那裡念，只要你能用功，好歹巴結出來一個前程，對得起老太太，我們在你身上的一片心，就算不白費了。」

錦兒這話實在是說給秋月聽的，所以一面言語，一面不時轉臉去看秋月的表情；但沒有看出甚麼來。

不過，沉默了一會，她倒是開口了，「如果說，明年鄉試中了以後呢？」她問：「後年會試？」

「不錯。明年鄉試，後年會試，如果都中了，稱為『聯捷』，那是最舒服的事。不然——。」曹雪芹搖搖頭，不願再說下去。

「你是說，會試如果不中，就得等三年？」

「也不一定。」曹雪芹答說：「後年是太后六十萬壽，也許會開恩科。」

「那不過等一年的功夫。」錦兒問道：「幹麼滿臉不高興，像受了多大委屈似地。」

「入了闈，在那間三尺寬，六尺高，想躺一躺都辦不到的號舍裡面，三場一共熬六夜，還不算委屈嗎？」

「原來你是說，一次考不上就得多受一次委屈？」錦兒又說：「既然如此，我教你一個好法子。」

「有甚麼好法子？」曹雪芹好奇地問：「我倒真想聽一聽。」

「有個賭錢不輸的法子，你知道不知道？」

曹雪芹大笑，「談了一晚上，」他說：「只有這句話最妙。」

杏香不明白，悄悄推一推秋月問道：「他們在說甚麼？」

「錦二奶奶在損芹二爺呢！」秋月答說：「賭錢沒有不輸的，想不輸，只有一個法子不賭。芹二爺不想到號舍去受委屈，也只有一個法子：不考。」

「不考，你們放得過我嗎？」曹雪芹忽然顯現了豁達的神色：「憑造化吧！如果名落孫山，只要你們不埋怨，就多受兩回委屈，我也認了。」

「那才像話。」錦兒欣慰地說：「如果你不中，絕不是你文章不好，是運氣未到，我們當然都要安慰你，那裡還會埋怨。」

曹雪芹倒真像發憤了，也是發狠了，「你們的語氣，總好像是我懶散不長進，怕難，不敢赴考，我實在不服這口氣。等破了五，你們看！」接著，他自己立了一份功課表，還預備邀同窗好友立個文社，每月兩課，出題作文，分韻賦詩。

大家都靜靜地聽著，心裡雖不免存疑，不知道他的話能做到幾分？但口頭上卻無不熱烈地鼓勵。

「你們起社，也不必到外頭去找地方，或者在家，或者借我那裡。」錦兒說道：「反正酒食茶水，筆墨紙硯，一定伺候得你們舒舒服服。」

「你們不怕麻煩，這社就容易起成功了。頭一社自然是我來邀，就定在十八好了。」

「元宵不好嗎？」杏香問說。

「元宵你們要看燈，似乎不大相宜。」

「看他，多體貼咱們。」杏香望著秋月笑道：「初四以外，還得忙一回。」

提到初四請客，秋月不由得躊躇；心裡有委屈，也有顧慮，思索著得想個甚麼法子，推出去不管。但她的心情，已為錦兒看出來了，搶在前面將這件事擱開不談。

「明兒再琢磨！昨兒沒有睡好，今晚上早早息著吧。」

說著，首先起身；杏香便出去招呼小丫頭打燈籠，送她們回去。

「你今天睡那兒？」秋月說道：「翠姨睡的那張床挺寬敞的。」

「你的床也不小，足容得下咱們倆。」

「跟我擠在一起也行！不過，約法三章——。」

「我知道。」錦兒搶著說：「第一、不准多說話；第二、不准摟摟抱抱的——。」

「好了，好了。」秋月趕緊攔阻，「你真是不在乎！」

「怎麼回事？」曹雪芹為開玩笑，故意問一句。

「你問她。」

「問我就問我，怕甚麼？」錦兒說道：「上了床，我讓她當震二爺，這麼便宜的事，她還不幹。」

一聽這話，曹雪芹不便再接口了；笑著將她們送出門，問一句：「明兒一早，我帶承祖去逛琉璃廠；你們有興致沒有？」

「沒有。明兒我得睡懶覺。」錦兒又說：「秋月怕也沒有功夫。倒是有甚麼新出的，印得精緻的小說，帶兩部回來。」

錦兒非常得意，畢竟將曹雪芹逼上了正路；只要他肯上進，必能從科舉中求取功名，這是連馬夫人在內都有信心的。雖然過去也曾有過要好好用功，準備赴考的話，但總讓人覺得他彷彿是在為別人做這件事，本身一點都不熱衷，所以只要大家不提，他也就說過便算做過，而這一回，錦兒的看法是：「這一回像是真的了。」

「我也是這樣在想。不過，上了籠頭的野馬，也還要人看住他才行。」

「有杏香，有太太，還有我。一定看得住他。」

一個一個數過來，獨獨沒有秋月，這自然是假定她已出閣成了仲四奶奶緣故。秋月便不作聲，以沉默作為抗議。

「你怎麼不說話？」

「你一直一廂情願，叫我說甚麼？」

「一廂情願不是我一個；你別——。」錦兒已經有把握了，覺得不必再爭；爭了反倒顯得霸道，因而改口說道：「咱們聊些別的，卸完了妝睡吧！」

兩人同時在卸妝，秋月將梳妝台讓了給錦兒，她自己另取一具鏡箱在臨窗的方桌上使用，這時由鏡子中看著錦兒說道：「我倒要問你件事，不知道你會不會說實話？」

「我幾時跟你說假話來著？」

「那好！我問你，剛才我跟芹二爺跟你談繡春，你先挺起勁的，後來態度大變，是甚麼道理？」

「這，你不必打聽吧！」

秋月不理她這話，開門見山地問道：「是因為李表少爺的緣故？」

錦兒不作回答；然後大聲說道：「我告訴你吧，我根本就不相信繡春會跟他在一起？」

秋月微感詫異。「我跟芹二爺是琢磨了好大的功夫，才得來的一個結論。」她說：「你一句話就把我們的結論推翻了，總得有個說法吧？」

「當然。」錦兒答說：「繡春根本就看不起他。」

這當然是有事實根據的，但不知是錦兒自己看出來的呢，還是繡春跟她談過李鼎？

秋月沉吟了一下問道：「李表少爺是不是對繡春有甚麼不規矩的地方？」

「不是對繡春。」

話越說越深了，「對誰呢？」她問：「對你？」

「也不是對我。」

「莫非是——？」

秋月驀地裡省悟，目瞪口呆地望著錦兒，背上卻驚出一身冷汗。

她實在不忍往下想，卻又不能不想；她向來不喜打聽人家的陰私，卻又渴望著求證——當然，最好能證明不是她心目中所想到的那個人。

但是這時候她連追問一聲的勇氣都沒有，只是怔怔地看著錦兒慢條斯理地卸去釵環，慢條斯理地結好一條辮子，也沒有想到該動手幫一幫忙。

「『五更雞』裡頭，燉的是甚麼？」

「喔，」秋月定一定神答說：「蓮子粥。」

錦兒扯開肩上披的圍肩，一面摺疊，一面站起身來，詫異地問道：「你怎麼不卸妝？」原來兩人坐的位置不同，秋月可以從鏡子裡看到錦兒，錦兒卻必須起身才能看到她。

「啊！」秋月這才意識到自己想得出神了，便又坐了下來，錦兒去到她身後，抽出簪子，替她將髮髻解散。

「你的頭髮，居然還是那麼黑。」

「應該白了，是不是？」

「白倒不至於，不過還這麼亮，倒是少見。」錦兒說道：「姐姐，你就別作難我們了吧！」

這意思是甚麼？秋月當然明白。她雖依舊默不作答；但錦兒從鏡子裡所看到的她的態度，卻是可以令人安慰的。

卸了妝，兩人對坐吃蓮子粥，然後漱口喝茶，兩人始終沒有多說甚麼，直到小丫頭收拾了桌子，關上房門，錦兒低沉地開了口。

「你記得不，有一回李表少爺到咱們家來，住了好幾天。」

「他常常來，今天到、明天走的情形很多，一住好幾天的回數也不少，我不知道你指的是那一回？」

「抄家以前。」錦兒答說：「是我們二爺跟二奶奶感情最壞的時候。」

這就等於證實了秋月心目中的人，「果然是她，果然是她！」她不斷在心中自語，當然也想起了李鼎那一次來的情形。

「想起來了沒有？」

「想起來了。」秋月答說：「那一回，震二奶奶跟李表少爺，有說有笑，格外顯得灑脫，可是——。」

「你想不到吧？」

「真想不到。」秋月鼓起勇氣問：「到底上手了沒有呢？」

於是錦兒將當時李鼎來作客時，與震二奶奶的一段孽緣，都告訴了秋月。他們單獨相處的情形，她並無所悉，但進出是她一個人所接應，談得卻很詳細。秋月想不信曾有這樣的事發生，但辦不到。

「我真沒有想到『井弄』中的那道門，有這樣的用處！」秋月回憶江寧故居的房舍路徑，浮起一陣莫可言喻的悵惘。

「睡吧！」錦兒揮一揮手，厭惡地說：「我真不願意談這件事，最好想都別去想它。」

「你是事隔多年，可以丟開了；我呢？」秋月坦率地說：「在我還是新聞，我能說不想就不想嗎？你今晚上又害我了。」

「我就是怕你會這樣子，所以剛才不想告訴你。」錦兒歉疚地說：「不過，不說也不行；你看我的那種樣子，不把緣由弄清楚，心裡拴著一個疙瘩，一樣也不好受。是不是？」

「不錯。不過，我至少還有一個疙瘩得想法子拿掉。」秋月問道：「繡春也知道這回事？」

「嗯。」

「她怎麼知道的呢？是你告訴她的。」

「你想，繡春是多精靈的人？」錦兒急於分辯，話說得又快又響，「她問了我幾次，我──。」

「輕點、輕點。」秋月急忙攔她，「夜靜更深，別把太太吵醒了。」

「我也不肯說，到後來她說了一句話，把我逼急了，我才一五一十都告訴了她。」

「她說了一句甚麼話？」

「她說：『莫非你在中間也插了一腿？』你看看，她有多壞！」

「這是激將法，你自然會中她的計。」

「我也知道是激將法；只要她忍心這麼說，我明知是計，也不能不中她的圈套。不然，她還真以為我插了一腿呢！」

秋月從頭想了一下，又問：「繡春開頭的時候，是怎麼問你的？」

「她說，她聽人說，二奶奶跟李表少爺搭上手了。問我有這回事沒有？我就問她，你是聽誰說的？」

語聲未終，秋月失聲說道：「你好蠢！你這麼回答，不就等於承認有這回事嗎？」

錦兒楞住了，「我倒沒有想到！」她恍然大悟，「原來她是使詐！我還真當是有人在說閒話，不住追問：是誰說的？是誰說的？她笑笑回我一句：我不能賣原告；而且我也不忍賣原告。」

秋月想了想說：「她為甚麼說『不忍』？因為『原告』就是你。」

錦兒又是一楞，「真正旁觀者清，當局者迷。我當時還拚命替二奶奶闢謠；那知道全是白搭。」

「好吧，咱們再把話說回來，你不相信繡春跟李表少爺在一起，是因為——？」

秋月沒有說下去，錦兒卻把她想到的話說了出來：「是因為繡春看不起他。」

「這話是繡春自己跟你說的？」

「還用她說嗎？」錦兒答說：「照她的那個脾氣，想都想得到的。」

秋月再一次估量繡春的性情，照她孤高自賞、嫉惡如仇，以及寧折不彎的一面來看，應該是看不起李鼎的；可是世間事那裡有個一定不移的圖譜擺在那裡？就像自己，無端老樹著花，又豈是幾天以前想得到的？

轉念到此，心裡不知是喜是悲，是興奮還是恐懼？不知不覺地，幽幽地嘆口氣。

真是無巧不可言，就這時候錦兒也在嘆息；兩人都是一楞，對望著好一會，是錦兒先開口。

「你為誰嘆氣？」

「我還問你吶！你又是替誰嘆氣。」

「我是為我們那位二爺嘆氣。不知前世作了甚麼孽，弄這麼一檔子窩囊事。」

「你是說——？」

錦兒沒有直接答覆她，管自己又說，「如果繡春是跟那個人在一起，就更窩囊了。」

「如果說，他們不是在一起，那和尚又為甚麼不讓芹二爺跟繡春見面呢？」

「誰知道？」錦兒答得乾淨俐落：「反正雪芹又有機會了，他大可直截了當地再到金山寺去問個明白。」她緊接著又說：「那怕翻臉呢！咱們家又不是沒有來歷的人家，硬不許見面，說得通嗎？出家人能這樣子不講理嗎？」

「芹二爺是把希望擱在杭州。大概不會到金山寺找老和尚。」

「怎麼？」錦兒問說：「繡春是在杭州？」

「是這麼猜的。」

「是——，怎麼猜的呢？」

這要談到漕幫，秋月還不十分明白，其中的關係說不清楚；就能說得清楚，也不宜跟錦兒去談，因而支吾著說：「這也是胡猜的。不過，到杭州去找方老爺，倒比找金山寺的老和尚靠得住些？」

「那位方老爺，就是從前王府裡的方師爺？」

「就是他。」

「他在浙江幹甚麼？」

「浙江巡撫啊！如今挺紅的封疆大吏。」

「他都當了巡撫了！」錦兒有些悵然若失的神氣。

「怎麼，不許他官運亨通？」

「他亨通不亨通，與我甚麼相干？我是在想，當初去接聖母老太太那件功勞，四老爺跟我們二爺都算得了好處，但也有限，不如那姓方的，扶搖直上。話又說回來，好處雖有限，到底也是好處，只有雪芹毫無影響。」錦兒又說：「放著那麼一條天字第一號的好路子，怎麼不走一走呢？」

「這——，」秋月詫異，「震二爺沒有跟你提過？」

「提甚麼？」

「看來你一點兒都不知道。六年前——。」

六年前，秋月跟曹雪芹閒談，說聖母老太太不知道還記得你不？慫恿他試著去求見；曹雪芹一時好奇心動，打聽了一下，說找蒼震門的管事太監，能直接通消息到慈寧宮。於是曹雪芹跟曹震去商量，曹震答應找內務府的人去接頭。

過了有七八天，曹震抄了一道硃筆上諭來給曹雪芹看，蒼震門的管事太監王泰，因為常帶領尼姑到慈寧宮去化緣，皇帝大怒，將王泰重責四十大板，發往吉林充當苦差。

「他本來就不願意走這樣路，是我游說了多少遍，才說動了的。這一下，玩兒完，心就冷了。」

「有過這樣的事？我們二爺怎麼不告訴我？」錦兒又說：「我看靠不住；我們那位二爺耍這些鬼花樣，最拿手。」

「這可是你冤枉了震二爺！」秋月說道：「確有這道上諭，芹二爺後來在御書處看新編的《國朝宮史》，裡頭就有。」

「那還罷了。」錦兒想了一下說：「雪芹如果要找方老爺問繡春的下落，也不必等到了杭州，現在就可以寫信去問。」

由此可見，錦兒對繡春的情分，絲毫不減；秋月點點頭說：「好！明兒你自己跟他說。」

「說實話，我心裡只有兩件事放不下，一件就是繡春，都是我不好。如果不是我坐月子請她來幫忙，那裡又會著了我們那位下流二爺的道兒？倘非如此，以後的一切就都不會有了。」

「你也別怪震二爺，都是冤孽。」

「你真是忠厚到家了，還替他分辯！」

「好了，咱們揭過這一篇兒去。你說，還有件甚麼心事放不下？」

「那是年前的話，如今可是放下了。」

秋月想了一下，驀然意會，不由得又臉紅了。

「別害臊！」錦兒扳著她的肩，低聲笑道：「你也得嘗嘗紅羅帳裡的滋味。」

一句話說得秋月越發臉如紅布，恨恨地說道：「我偏要教你放不下心！」

錦兒笑笑不作聲；秋月亦只好嘆口氣，擺出一臉無可奈何的苦惱。

「睡吧！」錦兒起身說道：「今兒咱們兩個被筒睡，省得吵了你。」

秋月實在很累了，但卻不想上床，覺得有些心事放不下，但又不知從何說起，只怔怔地坐在那裡不動。

「怎麼？」錦兒詫異地，「你還有話要說？」

「話是很多。不過，怕跟你談。」

「怕跟我談？」錦有有些困惑，「為甚麼？」

「想跟你談談正經，偏偏你談著談著就不說正經話了。」

「喔，」錦兒不免歉然，「好吧，」她說：「我絕不再跟你開玩笑了，你有正經話，儘管說；反正你的事就是我的事。」

有了這樣的表示，秋月就肯說了，但仍怕當面鑼、對面鼓地說，不免難堪，便起身說道：「咱們還是睡下來再談。」

兩人寬衣上床，並頭而臥，秋月睡在外床，回面向裡，背著微弱的光，不讓錦兒看到她臉上的表情。

「你談的那件事，我到現在都覺得不可思議；將來不知道有多少人，拿這件事當作笑話在傳。我一想到這一層，脊梁上就會冒冷汗。」

「那也難怪。」錦兒守著她的諾言，語氣中絲毫不帶戲謔的意味，「你只有想法子不去想它。」

「能做到這一點，我就不必害怕了。」

「那可是沒法子的事。」錦兒又說：「其實要論到上花轎，誰不是心裡十五個吊桶，七上八下？」

秋月也不過有此感覺，說出來好過些，原不曾期望錦兒能有甚麼好辦法，可解除她的憂慮。

因而又換了個話題說：「鏢局子人多口雜，聽說常常有一言不合，吵架吵得不可開交的情形。那種地方，我實在也耽不慣。」

「你管它呢！那不是內掌櫃的事。」

「可是——。」

「你別想那麼多；要想，往好處去想。睡吧，這兩天就數你最累、睡得最少；而且明天起還有得你累的。」說著，錦兒從被窩中伸出手，將秋月的眼皮抹攏，然後一翻身面裡而臥。

秋月沒有辦法不想，只有照她的話，往好處去想；一個人想得心猿意馬，臉上一陣陣發燒。

錦兒醒來不知是甚麼時候，只聽風聲虎虎，彷彿也有人聲，隔著帳子往外望去，窗簾縫隙中透出白光，大概不早了。定定神想一想夜來的光景，記得朦朧中曾發覺秋月起來過，大概又是大半夜失眠。此時聽她鼻息微微，睡得正酣，便不忍驚醒她，很小心地跨過她的身子，悄悄穿上衣服，由後房開出門去，恰好遇見杏香。

「倒巧。」錦兒問道：「你來幹麼？」

「我來過兩回了，看屋子裡沒有聲音，不敢驚動，特為到後面來看看。」

「她，」錦兒往裡面指了一下，「大概又是到天亮才睡著，讓她好好兒睡一覺吧！我到你那裡洗臉梳頭去。」

「好！」

「雪芹呢？」

「一大早帶著孩子逛廠去了。」

於是錦兒跟著杏香到了夢陶軒，進門聽得鐘打九點，才知道自己也睡得失　了，為了要給馬夫人去問安，催著要來洗臉水，匆匆漱洗，請杏香幫著她梳頭，正要出門時，秋月來了。

「你怎麼不多睡一會兒？」

「已經晚了。」秋月說道：「太太要我來跟你說，把震二爺也請了來，吃了午飯，你們一塊兒回去。」

「喔，太太是跟震二爺有話說？」

「大概是吧！」

「好，你就打發人去通知吧。」

那知所派的人尚未出門，翠寶已經到了，這便要重新安排；兩個孩子在家，過年不能沒有父母陪著，如果去請曹震，就得把孩子一起帶來。

「不必！」錦兒是想到馬夫人跟曹震有事要談——多半是談秋月，不宜有孩子吵擾，因而決定：「我回去把震二爺換了來。」

曹震與翠寶直到晚上才回來。果然，如錦兒所預料的，當翠寶跟秋月在商量初四請客該如何預備時，馬夫人便找了曹震去談秋月的婚事。

「仲四要變咱們曹家的女婿了。」曹震說道：「太太的意思，要抬舉、抬舉秋月。」

「怎麼抬舉法？」錦兒問說，「是認她作乾閨女？」

「我也是這麼說，太太不肯——。」

「為甚麼呢？」性急的錦兒搶著問。

「太太說她比秋月大不了幾歲，認作母女，看著也不像樣；而且那一來又多了許多禮數跟拘束。」

「既然如此，可又怎麼能讓秋月姓曹？」

「能！」曹震答說：「替老太太認個孫女兒，不就行了嗎？」

錦兒想了想，點點頭說：「這一來，秋月便算是太太的姪女兒，禮數上不像母女那麼嚴。法子倒好，不過不知道有這個規矩沒有？我想不起來有那家這麼辦過？」

「我也是這麼說。正想找老何來問，他見的事多，也許能想起來有過這樣子的例子；恰好雪芹回來了，聽說有這麼回事，他說：『禮是人定的，只要合乎情理，沒有甚麼不行；如果老太太在世，一定也贊成這麼辦。而且還有例子可以援引。』太太問他例子在那裡，他支支吾吾地說不上來。」

「雪芹不是這樣的人，他的支吾，一定另有道理；你倒沒有私底下問問他？」

曹震笑了，卻不說話，只捧著一杯熱茶，不住噓氣，吹開浮面的茶葉；而笑容始終不斷，還透著有些詭祕。

「你笑甚麼？」

「有趣啊！」曹震臉一揚說：「怪不得他管你叫姐姐，你真能把他的五臟六腑看透了。」

「這麼說，確是另有道理在內？」

「嗯。他跟我說了。不過，實在也沒有甚麼道理；說了你也不懂，就別問了。」

「我怎麼能不問。這是一件大事，太太也未見得能作主；能找出一個例子來，事情就好辦得多。」

「慢一點，慢一點！」曹震不等她說完，便攔住她問道：「你怎麼說太太未見得能作主？」

「如果說是太太自己收乾女兒，當然能自己作主；替老太太認孫女兒，就不一樣了，至少有一個人該問一問。」

曹震一楞，「你是說四老爺？」他問。

「四老爺還在其次，頂要緊的是太福晉。」

「啊！」曹震被提醒了；世家大族有重大的家務，需要徵詢親戚的意見，可以不問「舅老爺」，卻必須問一問「姑老爺」或者「姑太太」，因為「妻黨」是「私親」，而且「姑老爺」是公親，平郡王太福晉既是「姑太太」，又是馬夫人的大姑子，更何況又是那樣尊貴的身分，於理當然要徵得她的同意。

「這一層，太太跟我都沒有想到。貿然一辦，太福晉一定會不高興；真虧你提醒。」

「這一下，你不說我不懂了吧？」錦兒微顯得意地說。

「那是兩碼事。雪芹講的那個例子，不見得能用得上。他說的是漕幫的『過方』——。」

「甚麼叫『過方』？」

「到底你還是不懂！」

曹震抓住機會回敬了這一句，接下來解釋：漕幫中人死謂之「過方」；掌門弟子代已「過方」的師傅收徒，亦叫「過方」，又名「靈前孝祖」。掌門弟子在漕幫謂之「頂香火」，大致為初收之徒，稱為「開山門」；而最後所收之徒則為「關山門」，這兩個弟子在同門中具有與眾不同的地位。

照曹雪芹的見解，既「關山門」，再無弟子，則代師收徒，有違「過方」的師傅的本意，甚至根本為本人生前所不識，但漕幫中並不以「靈前孝祖」為非。以彼例此，秋月為曹老太太在世之日最信任的人，馬夫人此舉，必能得在天之靈的首肯，有何不可？

「既然如此，何不乾脆就說老太太當初有過這樣的打算；反正死無對證，太福晉也就沒話說了。」

「這都好說。倒是有件事，我得跟你商量，太太的意思，讓仲四馬上託人來作媒，你看該怎麼辦？」

「這件事急不得。」錦兒一面想，一面說：「第一，總先要問問秋月本人的意思——。」

「問過了。」

「誰問的？」

「自然是太太，總不會我去問她。」曹震說道：「當時我提醒太太，這不是拿鴨子上架的事；太太跟我說，已經問過她本人了，她說聽太太作主。」

「那好。」錦兒又說：「第二，這頭親事在咱們看是良緣巧配，十拿九穩；可是萬一仲四倒有別的緣故呢？這一個釘子碰回來，別說秋月臉上掛不住，咱們也受不了。所以先不能開門見山，有甚麼說甚麼；得把仲四這面的情形，打聽得明明白白，才能提作媒的話。」

「那當然，反正初四他要來——。」

「喔，」翠寶突然插進來說：「還有一層要斟酌，聽她的口氣，如果沒有這回事，她做一桌菜請請仲四，也無所謂；正在談親事，初四請客她就不便插手了。」

「不錯。秋月也得留點兒身分。」錦兒沉吟了一下，對翠寶說道：「索性你多辛苦吧，初四那天在咱們家請，不必讓秋月費事了。」

「這樣也好。」曹震看著錦兒說：「你還有第三沒有？」

「第三，得跟太太去回，應該先認了秋月，再談親事；這樣子秋月才占身分，仲四也有面子。」

「這個識見很高！」曹震豎起拇指稱讚，「要這樣子，仲四娶的才是曹家的乾小姐。明兒上午就你去一趟吧！」

於是第二天一早，錦兒便去看馬夫人；進門遇見曹雪芹衣冠楚楚地正要出門，一問才知道是曹頫請客，特地打發人來，邀他去作陪。

「飯局還早，我先跟你聊一會兒。」

曹雪芹答應著，陪錦兒到了夢陶軒，她將前一天晚上跟曹震商量下來的意見，細細說了一遍；曹雪芹亦深以為是，站起身來說：「走，咱們上太太屋子裡聊去。」

到得馬夫人那裡，秋月、杏香都在；錦兒先就說道：「你們倆今兒清閒了！明天請客在我們那兒，你們就不必預備了。」

秋月肚子裡雪亮，這是翠寶將她的意思透露了以後才會有的變化；杏香卻不明就裡只問：「翠寶姐一個人忙得過來嗎？」

「怎麼？你願意去幫忙？」

杏香尚未答話，只聽馬夫人在裡屋問丫頭：「是不是錦兒奶奶來了？」

「是啊！」錦兒在外面應聲而答，接著向曹雪芹看了一眼，管自己入內。

「咱們走。」秋月若無其事地說：「把發好的海貨，先給翠姨送了去。」

「不必！我自己帶去好了。」杏香知道她是故意避開；心領神會地一面說，一面往外走。

於是曹雪芹亦進入馬夫人的臥室；錦兒問道：「秋月呢？」

「大概跟杏香到廚房裡去了。」

「好！」錦兒這才向馬夫人說：「昨兒個太太跟二爺談的事，他都告訴我了。我們琢磨了一晚上，有幾件事，想請太太明示。第一——。」

第一、第二，條理分明地說清楚了，馬夫人連連點頭，「你們想得很周到。」她看著曹雪芹說：「回頭你順便跟你四叔先說一聲。」

「是。」曹雪芹問：「該怎麼說？是說老太太當初有這意思？」

「對！這樣子說，比較省事。」

「那麼，」曹雪芹又問：「她的親事呢？」

「我看，」錦兒建議：「暫且不提？」

馬夫人略想一想說：「暫且不提的好。一提，季姨娘當新聞到處去說；萬一好事多磨，弄得滿城風雨，沒法兒收場了。」

「是、是。」曹雪芹深以為然；後又問了一句：「四叔如果問：是不是要請請客，跟大家見個禮；日子在那一天？我該怎麼說。」

「請客見禮，當然要的，日子還沒有定。」馬夫人又說：「該怎麼辦最合適，你倒不妨問問你四叔。」

「是。」曹雪芹答應著退了出去。

「太福晉那裡，我原也想到的，應該跟她說一聲；說是老太太的意思也很好，不過，既然老太太有這話，何以早不告訴她？她嘴裡不說，心裡這麼在想，無緣無故拴上個疙瘩，可不大好。」

「不會的。」錦兒答說：「老太太雖有這意思，也要看辰光，如今是要出嫁了，才抬舉她的身分，如果沒有這樁親事，亦不必多此一舉。」

「這說得也不錯。」馬夫人明白了，「這兩件事要擱在一起來談。」

「是。」錦兒又說：「而況老太太雖有這意思，太太跟她去商量，就是敬重她的意思，太福晉心裡不會不高興。」

「嗯，嗯！」馬夫人領悟了，「跟太福晉去說，跟向四老爺去說，話應該不一樣。跟四老爺，不過告訴他一聲；跟太福晉，是要問問她的意思。分寸不同，我明白了。」

接下來商量行禮的日子。在這上頭，兩人卻有歧見，馬夫人主張事不宜遲，早早辦了，接下來好提親事；錦兒是替秋月著想，希望辦得很風光，這就得從從容容地部署。不過，馬夫人是率直地表示她的意見；錦兒是在肚子裡作功夫。

「咱們先看看皇曆。」

翻開皇曆，一連串的好日子；錦兒只好先讓馬夫人挑，「到十一，都是好日子；再下來便是十六。」她細看了一下說：「十一也不見得太好，最好是初七那一天。」

「初七怕來不及。光是開請客的單子，就得一兩天；送到人家手裡，日子已經到了。」錦兒又說：「不管那一種喜事，總得一兩個月以前就定日子；太匆促了，人家會奇怪，惹出無謂的猜測，就不好了。」

「這倒不怕。等接下來談她的親事，人家自然明白，何以要這樣子匆促？」

「是。不過，初七總來不及，別的日子也不太好，那就十六吧！」

馬夫人同意了，卻又加了一句：「這件事，可得你來提調。」

「那當然。」錦兒答說：「秋月不便插手出主意；杏香還拿不起來，莫非我倒躲懶，讓太太來操心？」

「你這麼說，我就放心了。」馬夫人又說：「秋月還不知道這回事，你看甚麼時候告訴她？」

「這會兒就可以。」

馬夫人沉吟了好一會說：「我想，這件事得按規矩來，我得當著老何他們，傳老太太的遺命；而且馬上要改稱呼，這得好好兒琢磨、琢磨。這樣吧，你不妨先把這個消息告訴她。」

「是了。」錦兒欣然領命，出屋關照小丫頭，「你去看看，杏姨跟秋姑娘在那兒？我在杏姨那兒等她們。」

「杏姨回自己屋子裡去了。秋姑娘也在。」

那就省事了。錦兒一搖三擺地去到夢陶軒；由於神情穩重，步伐特慢，揚臉顧盼，舉止之間，神氣活現，杏香不免有些詫異。

「怎麼回事？錦兒奶奶！」她笑著問說：「倒像換了個人似地。」

「換了個人？」錦兒同樣地亦覺不解，「換成甚麼樣兒了？」

「倒像、倒像——，」杏香有那麼一種感覺，一時說不上來；但最後終於抓住了：「派頭兒倒像個欽差大臣。」

錦兒大笑，「可不是欽差嗎？」她說：「不過不是指著你來的。」

正迎了出來的秋月，聽得這話便在房門口站住，「不是指著杏香，不就是指著我來的嗎？」她心裡在想，深深吸了口氣，警告自己：「要沉著。」

等錦兒大搖大擺地進了屋子，她迎面說道：「你先喝喝茶，有話慢慢兒說；等我先打發杏姨上你家。」

原來初四請客，本歸秋月主持，如今換了地方，由杏香幫著翠姨去辦，便得將預備好的東西交代清楚。趁這套車的功夫，到夢陶軒暫息，順便再想一想還有甚麼遺漏的事沒有？

「原來你今晚上打算住我們那兒是嗎？」錦兒看杏香在收拾衣包，這樣問說。

「是啊。」杏香又說：「晚上咱們好好聊一聊。」

錦兒，正要答話，丫頭來報，車已套好；秋月便提起衣包向杏香說道：「走！送你上車。」

「不必了。我還得到太太那裡去說一聲，你們就在我屋子裡聊吧。」接著，又向錦兒笑一笑說：「可惜，你這位欽差大臣，捎來甚麼聖旨，我要到晚上才能知道了。」說完，從秋月手裡接了衣包，說一聲：「我走了。」嬝嬝而去。

等她走遠了，秋月說道：「欽差大臣，宣旨吧！」

錦兒笑一笑說：「咱們上雪芹書房裡去談。」

曹雪芹的書房是個「禁地」，平時都是他自己收拾，只有掃地抹桌時，才喚丫頭進去，但地雖每天必掃，桌子卻不常抹，因為書桌上亂攤著翻開的書；畫桌上有未完的畫稿，都是不准人動的——此時就有一幅尚待補景的〈歲朝清供圖〉；壁上懸著一張小條幅，畫的是有人正在攀折紅豆，上面還題著一首詩：「幽人渺渺雨絲絲，淒絕金焦遠眺時。折得虞山紅豆子，不知何處寄相思？」

這幅畫將兩人的視線都吸引住了，「你說這幽人是誰？」秋月問說。

「看第二句，自然是指繡春。」錦兒又問：「虞山是甚麼地方？」

「常熟。」秋月答說：「他在金山碰了個大釘子，一個人去逛蘇州；經過常熟，想起錢牧齋的『紅豆山莊』，順便去逛一逛，那裡有株紅豆樹，多年未結實，這年居然結了，花了四兩銀子買了一粒。」

「怎麼說是『折得』呢？」

「別說傻話！做詩都是這樣，要說花錢買的，有多俗氣？」

「我不是雅人，所以不會做詩。」錦兒笑著問說：「那粒紅豆呢？」

「他在路上掉了。」

「那一來，相思也寄不成了。」錦兒慨嘆著：「雪芹也真是——。」她沒有再說下去，只是不斷搖頭，是頗不以為然，而又無可奈何的神情。

「繡春的命苦。不過，」秋月停了又說：「有這麼多人，在十幾年以後，還惦著她，也算不白活了。」

「她是不白活，咱們可是牽腸掛肚，為她受罪。我的老天，你就常住通州吧！想見面就見面；千萬別走遠了。」

「我住在這裡不更方便嗎？」

「得了！又說這話了。」錦兒拉著她並坐在一張楊妃榻上說：「你知道不知道，你真的是我的大姑子了。」

「這——，」秋月愕然，「這話從何而來？」

「是昨晚上太太跟震二爺商量定規的；太太要替老太太認你作孫女兒。」錦兒又說：「我的意思是先定名分，後提親事；這一來，仲四來求的是曹家的老小姐，你占身分，他占面子，這才是真正的良緣巧配。」

秋月靜靜地傾聽著，嘴角似笑非笑地，兩眼卻滿含著淚水，閃閃生光，每眨一下眼，便擠出來一滴淚珠。錦兒不必問她何以這等模樣，只從腋下抽出一方綠?手絹塞到她手裡。

「你的意思怎麼樣呢？」

「我還能說甚麼？」秋月答說：「熬了一輩子，總算也不白活了。」

第五章

這天曹頫請客是臨時起意，原來有個「內廷供奉」唐岱，在修建和親王府時，幫了曹頫許多忙；如今大功即將告成，曹頫在年前就曾致意，打算請他吃飯，要他定日子。唐岱接受了他的好意，但日子卻無法預定，因為新春多暇，皇帝隨時會召見，只有看機會，抽得出空就來。這天上午，抱了一張琴，翩然而至，來擾曹頫，特別聲明：「自己弟兄，有甚麼，吃甚麼，千萬不必預備。」

「說實話，要預備也無從預備起，只有開一罎藏之已久的佳釀，聊表敬意。」曹頫知道唐岱不喜俗客，因而問說：「看邀那幾位作陪。」

「過年大家有事，邀了亦未見得來。我看找令姪來聊聊吧。」

「喔，」曹頫問道：「是通聲，還是雪芹？」

「自然是雪芹。」唐岱又說：「通聲有空，也不妨約了來，我有點事託他。」

「好，好！我馬上派人去通知。」

曹震先到，唐岱跟他沒有甚麼話談，只以曹震認識一個琴工，唐岱有兩張琴要修理，託他代約琴工。但曹雪芹一來就不同了。

原來這唐岱是鑲黃旗的包衣佐領，字毓東，號靜巖，又號默莊，山水畫得極好。康熙年間談到海內畫家，必推太原王家，王時敏、王原祁祖孫，先後享盛名數十年，王原祁兩榜出身，先當知縣，考績優異，「行取」為給事中，復轉翰林，充任內廷書畫譜館總裁，唐岱執贄稱弟子，經王原祁的薰陶，藝事益進，聖祖有一次召入內廷論畫，大為讚賞，特賜一個榮銜，叫做「畫狀元」。

世宗即位，對於先帝所稱賞，而跟他又沒有甚麼利害衝突的人，無不格外優遇。唐岱因此而成為如意館供奉。他除畫以外，復喜鼓琴，當今皇帝居藩時，常常找他去談藝聽琴，今年已經七十開外，但精神矍鑠，喜歡跟年紀輕的人在一起盤桓，曹雪芹是他認為「談得來」的一個忘年之交。

所謂「談得來」，其實只是「聽得懂」而已。「旗下大爺」對與人同樂，或者能夠炫耀競爭、即時可以判別高下的消遣，大多熱衷；但個人怡情養性、不求人知、要論修養的藝文，則是淺薄的居多，唐岱跟那班人無可與言，因此遇到一個「知之為知之，不知為不知」不假充內行，而又確有真知灼見，能夠「聽得懂」他的微言奧旨的曹雪芹，自然就「談得來」了。

見了面自然是談畫，談畫先要看畫，曹頫將他近幾個月所收的精品，都搬了出來請唐岱賞鑑，每一幅他都有一兩句很中肯的批評，有時也問曹雪芹的意見。

「雪芹，你看董香光的這個手卷如何？」

曹雪芹不喜董其昌的筆墨，但卻不便率直批評，吞吞吐吐地說：「我不大懂。」

這話就不對了，豈有懂畫的人，不懂董其昌之理；在唐岱追問之下，曹雪芹答一句：「我不敢說。」

這就連曹頫都奇怪了，「雪芹，」他問：「莫非你當我買了假的董香光？」

「不是。這個手卷是真跡。」

「那麼為甚麼不敢說呢？」

「董香光承先啟後，開一代畫學，連王煙客都是他的嫡傳弟子；此刻有毓老在，我何敢信口雌黃。」

曹頫不明白，何以有唐毓東——唐岱在，就不能批評董其昌，但唐岱心裡有數，他的老師是王時敏的孫子王原祁，而董其昌又是王時敏的老師，以此淵源，為了敬重唐岱，就不便批評董其昌了。

「不要緊，不要緊；我由先師指授，上追宋人，原非師承董香光，你儘管談你的看法。」

話雖如此，曹雪芹仍持保留的態度，很巧妙地撇開董其昌，只談「四王」。不過也有些言不由衷，他最佩服王翬——王石谷，卻盛推王時敏。因為他是唯一奉召的陪客，覺得有責任使得曹頫的唯一的嘉賓感到高興。

由書房談到堂屋，入席後仍在談畫，由「四王」到吳歷、惲格、清初「六大家」都談到了。

「雪芹，」唐岱突然問道：「你如今在那兒當差？」

曹雪芹最怕人問到這上頭，遲疑之際，曹震代為作答：「他如今是白身，有時在御書處臨時有差使。」

「想不想到如意館來？」

如意館在「東六宮」的啟祥宮之南，本名只是裝裱、雕琢等業工匠集中之處，自從像唐岱這樣身分的人進了如意館，地位方始不同。

不過名為「供奉」，究竟與在內廷行走的翰林，在體制上差著一大截，所以曹雪芹從沒有想過到如意館當差。

這又是一句難答的話；他亦仍舊只好向曹震求援。

「雪芹，」曹震很巧妙地為他解圍，「你倒不能辜負毓老的盛意，明年鄉試倘或落第，你就拜毓老的門吧！」

「要說拜門，」曹頫接口，「如今就好拜，不必等到明年。」

這倒是曹雪芹所樂從的事，但唐岱卻連連搖手說道：「人之患在好為人師，不敢，不敢！」

「怎麼？」曹頫問道：「毓老哥是覺得此子不堪造就？」

「那裡的話？雪芹的畫，很有靈氣。」

「靈氣是先天的；正要後天有良師，才可望有成。」曹頫對這偶爾提到的事，非常熱心，「你老哥成全他吧！」

這一來，逼到唐岱說了實話，「學畫是件神而明之的事，朝夕相處，看我如何布局，如何用筆、用墨，才有進境。」他說：「我在宮裡，雪芹在家，徒有其名，彼此不好。」

所謂「彼此不好」？這話就頗有推敲的餘地了。曹震已聽出他的弦外之音，曹雪芹不能追隨左右，頂個弟子的名義，畫出來不像樣，壞了他的名頭，故而謂之「彼此不好」。因此，他向曹頫使個眼色，意示不必強求。

當然，就沒有這個眼色，曹頫也知道多言無益，便即說道；「那就等將來到了如意館再拜門吧。」

「正是這話。」唐岱很率直地說：「要跟我學畫，就得到如意館來。」下面一句沒有說出來的話是：否則免談。

「是，是。」曹雪芹答說：「我遲早會來。」這也是一句敷衍的話，跟唐岱學畫，他很樂意；說到如意館去當差，他絕不考慮。

由於有這句敷衍的話，把原來變得有些格格不入的氣氛扭了過來，一頓午飯吃到未末申初，方始盡歡而散。

仲四一大早就來了，復又送了一份禮，是他的鏢客從各地帶回來的土產。

相互拜了年，仲四要見馬夫人賀歲；在往年，總是由曹雪芹代為辭謝，而這年不同，曹雪芹起身說道：「我來領路。」

仲四微感意外，不過馬上就把這一感覺抛開了，跟著進了中門，他將腳步停住，以便曹雪芹先去通報。

「仲四哥，請啊！」曹雪芹說了這一句，又向迎出來的一個丫頭說道：「你去跟太太回，仲四掌櫃來了。」

他的聲音很大，在馬夫人屋子裡的秋月，立即轉往後房；杏香笑著向馬夫人說道：「太太可跟我乾爹多聊一會兒。」

「嗯。」馬夫人微笑著點點頭，等丫頭一進來，她先開口：「我知道了，仲四掌櫃來了；說我有請。」

請到堂屋，曹雪芹隔著門簾說一聲：「娘！仲四哥來拜年。」

於是丫頭打起門簾，馬夫人剛出房門，便即說道：「仲四掌櫃，你可不能行大禮。」

話是向仲四說，眼卻看著曹雪芹，意思是讓他拉住客人，不使下跪；無奈仲四的手腳快，說一句：「理當磕頭。」雙膝便屈了下去。

於是曹雪芹也下跪答禮。等扶起仲四，馬夫人手指著說：「你請仲四掌櫃上坐。」

所指的位子在西面，迎著晨曦，可以讓間壁屋子裡的杏香——也可能有秋月，將仲四看得很清楚。

「多謝仲四掌櫃又送東西，你真是太客氣了。」

「不成敬意；太太還特為提到，才真是客氣。」

「今天是從通州來？」

「不！昨兒就到京了。」

「怪不得這麼早。」馬夫人問曹雪芹，「請客改了地方，你跟仲四掌櫃提了沒有。」

「喔，」曹雪芹說：「仲四哥，今兒改在震二哥家喝酒；我還有兩個朋友，等他們來了，咱們一起走。」

「好，好！」仲四又問：「不知道是甚麼朋友？」

「咸安宮的兩個老侍衛。」曹雪芹答說：「都很隨和，也很健談。」

這時馬夫人又開口了，「仲四掌櫃府上那兒？」她問：「聽說是山東？」

「是河南。」仲四答說：「不過離山東也不遠，是歸德府。」

「那不就是商邱嗎？」馬夫人看著曹雪芹問。

「是的。」

「仲四掌櫃幾位少爺？」

「太太這樣子稱呼，真把我的草料都給折了。」仲四答說：「我有兩個兒子。」

「都成人了吧？」

「託太太的福。」

「是不是有一個，」馬夫人問曹雪芹，「是武官。」

「是老二。文武雙全，現在是河南駐京的提塘官。」曹雪芹又說：「娘忘記了嗎？仲家老二上回來拜客，娘不是見過？」

「啊，啊，就是他啊！長得好體面，仲四掌櫃你好福氣，過幾年當老封君，該享兒子的福了。」

「謝謝太太的金口。」提到這個次子，仲四亦不免得意，「像我們吃這碗飯的，出一個武官，也真算是靠祖宗積德。」

「可惜仲四奶奶見不到了。不過話說回來，走在老爺前面，都算是有福氣的人。」

「太太說得好。」

「你身子倒還硬朗？」

「這是老天爺保佑。」仲四答說：「留著我一把窮骨頭，還可以賣幾年氣力。」

「倒沒有續絃的打算？」

馬夫人是閒閒提起，在外面的曹雪芹與在裡面的杏香都開始緊張了；原來也在聽壁腳的秋月卻是扭頭就走。杏香想去拉住她，可又怕漏聽了仲四的回答；躊躇了一下，終於還是駐足在原處。

「不瞞太太說，倒是有這麼個打算；內裡沒有一個人，實在也不方便，親戚朋友也都這麼勸我——。」

「你兩個兒子呢？」馬夫人打斷他的話問；在她認為這是最要緊的一件，成年而又能自立的兒子，如果不贊成老子續絃，誰要去當他們的後娘，那日子不會好過。

「兩個兒子總算孝順；媳婦也賢慧，都在幫著找。」

「找著了沒有呢？」

「這——。」

仲四遲疑不語，杏香那顆心就快頂到喉頭了，簡直恨不得奔出來說一句：乾爹，有就有，沒有就沒有，幹麼吞吞吐吐？

終於說下去了，「也可以說有，也可以說沒有。這話怎麼說呢？」仲四自問自答：「有兩家姑娘，人材都過得去，年紀也相當，大家都說好；可是我覺得不合適。」

「喔，」馬夫人也不自覺地舒了口氣，「為甚麼呢？」

「不瞞你老說，六十多歲還續絃，跟四十上下的娶二房不同；我有兩條宗旨，不知道太太看怎麼樣？」

「你說。」

「第一，人總要穩重，這——，」仲四很吃力地說：「我這鏢局子，說句自己不覺得寒蠢的話，藏龍臥虎，甚麼樣兒的人物都有，非穩重壓不住。」

「一點不錯。」馬夫人含笑表示同意，「第二呢？」

「第二，年紀寧願大，不能小。」仲四又說：「我們同行，也有五、六十歲娶二房的；年紀比兒子、兒媳婦還輕，看著就不是那回事；處處使喚不動，這當後娘的，就很苦了。我自己不想找麻煩，可也別害人家；為此，我有我自己的宗旨。我也不知道我對不對，反正作事就心安嘛。」

「你的宗旨很高明，到底是江湖上有閱歷的人。」馬夫人又問：「你老大多大？」

「他是肖豬的，康熙四十六年人，我算算。」仲四扳著手指還沒有算出來，曹雪芹開口了。

「康熙四十六年丁亥，」他是向他母親說：「比王爺大一歲。」

「那麼該是四十三。」

「是的。四十三。」

「沒有錯吧？」馬夫人特地又問曹雪芹。

「沒有錯，四十三。」

聽得這一聲，杏香寬心大放，從從容容地掀簾而出，叫一聲：「乾爹。」作個要跪下磕頭的樣子。

「姑娘，姑娘！」仲四亂搖雙手，大聲喝阻：「千萬不能這個樣！你磕下，我也磕下。」

「乾爹這麼說，我恭敬不如從命了。」說著只屈膝請了個安。

「不敢當，不敢當！」仲四打躬作揖地回禮；然後伸手往直貢呢「臥龍袋」的夾袋中去掏。

掏了半天掏出來一個小小的水粉扁瓶，形狀似鼻煙壺；中間透出來的是淡玫瑰色，十分可愛。馬夫人與曹雪芹都識得此是何物，但都不言，靜聽仲四說些甚麼。

「姑娘，我送你個小玩意。」仲四說道：「這是老大從山西帶回來的，他在太原保過一個法國教士，兩夫婦跟他都很熟，常有西洋來的東西送他。這瓶子裡裝的叫『嗅鹽』，是教士太太送老大媳婦的，善能辟邪醒腦，他特為帶回來孝敬我；我想起你不耐在人多的地方久坐，正用得著這玩意。」

「乾爹，你留著自己用。你不也有這麼一個毛病嗎？」

「我有鼻煙。」

「對了，真像洋鼻煙。」說著，杏香接過嗅鹽瓶，順手打開蓋子。

「你的話簡直不通。」曹雪芹說：「鼻煙本來就是西洋來的，那裡又有甚麼洋鼻煙？」接著又提警告：「這玩意衝得很，你可輕輕兒聞。」

聽這一說，杏香便不聞了，塞上蓋子說這：「謝謝乾爹。今兒你上震二爺家吃飯，我可不能做湯請你喝了。」

「改天，改天再喝，日子長著吶。」

「一點都不錯，日子長著吶！」杏香作了個詭祕而頑皮的笑容。

曹雪芹怕她再說下去，會露馬腳，微微咳嗽一聲，接著說道：「仲四哥，到我那兒坐坐吧！」

「好，好！」仲四起身，恭恭敬敬地向馬夫人告辭。

其時曹雪芹邀的兩個朋友，恰好連袂而至；曹雪芹便為仲四介紹，一個叫瑚玐，行七，他是太祖第十二子、英親王阿濟格的五世孫；另一個叫宜麟，行三，是瑚玐的表弟，他們都在咸安宮當過侍衛，年紀都長於曹雪芹，但比仲四卻小了許多，因而對他都很客氣。「咱們是再坐一會，」曹雪芹徵詢客人的意見，「還是就走？」

「就走吧！」瑚玐答說：「今兒人很有趣，談鋒健，懂得也多；多時不見，怪想念的。」

「你們兩位是怎麼來的？」曹雪芹問：「是坐車，還是騎馬？」

「今兒風大，滿街的土。」瑚玐指著宜麟說：「我先到他家，坐他的車來的。」

「既然如此，仲四哥你就別騎馬了，跟我一輛車吧！」

於是兩車四載，一起到了曹震家。瑚玐跟他是舊識，宜麟亦曾在應酬場中見過；仲四跟他們雖是初見，但都是豪爽的性情，而且亦都健談，所以很快地又說又笑，偌大廳堂一點不顯得空闊冷落。

見此光景，曹雪芹一溜煙到了上房，錦兒正督著丫頭在攏下酒的乾果碟子；一見面便問：「仲四見了太太沒有？」

「見了。」曹雪芹說：「正就是為此要來告訴你。」

聽得這話，錦兒將手巾一丟，往臥室中走，「來！」她說：「到裡頭來說。」

曹雪芹順手抓了一把椒鹽核桃，咬嚼著跟了進去；錦兒在窗前方桌的裡方坐下，等曹雪芹也坐了下來，她不開口，卻先定睛注視著他的臉色。

「說吧！」她說：「消息一定不壞。」

「豈止不壞，實在是好得很。」

好的是仲四心目中的賢內助，正就是秋月那種人。「穩重」固然本來就是她的長處；「年紀大」反成了有利的條件，卻是意料不到的。

「原以為年紀大，是要拿秋月別的好處來彌補，多少要讓仲四委屈一點兒，不想他的想法不同。」

「雖說不同，也在情理之中。」錦兒問道：「秋月跟仲四見了面沒有？」

「她怎麼肯？」曹雪芹答說：「大概她跟杏香一起在裡屋聽壁腳；太太特意讓仲四坐在對光的地方，大概就是為了讓她在裡屋看得清楚。」

「太妙了！」錦兒忽然微蹙著眉，是那種愀然不樂的神情。

「怎麼啦！」

錦兒停了一會，方始自語似地說：「我真有點兒擔心，凡事太順利了也不好。」

在曹雪芹聽來，這是「其詞若有憾焉，其實乃深喜之」，便笑笑不作聲。

「丫頭來告訴說，你的那兩個客人，嗓門兒真大，一笑老遠就聽到了。」錦兒說道：「你去替你震二哥，陪他們聊聊，把他跟仲四調出來，好讓他們談這件事。」

「用得著這麼急嗎？」

「說實話，是我心急。」錦兒又說：「不過，像這樣正經的大事，也還是沒有喝酒以前談的好。」

「這話倒也是。」

曹雪芹回到大廳，只見宜麟正在談一件深山遇虎的往事；他便悄悄坐到曹震旁邊，低聲說道：「錦兒姐的意思，請你這會兒就跟仲四談。」

「現在能談嗎？」

「能談。」曹雪芹答說：「沒有甚麼顧慮。」

曹震點點頭，等宜麟講完；曹雪芹便說：「宜二爺，前面那一段我沒有聽見，請你再跟我說一說。」

曹震正好告個罪，邀仲四到書房裡去密談。不過倒是仲四先開口，問起託曹雪芹轉交的帳單；去年這一年，曹震在他那裡支的錢很多，彼此合夥的盈餘以外，已動用到股本，不過仲四很夠義氣，只是為他掛了一筆宕帳，股本照舊不動。

「去年輸得太多了，今年要歇歇手了。」

曹震不等他規勸，自己把話說在前面；仲四當然不必再說甚麼了。

「仲四哥，你紅光滿面，今年要大走運了。」

「那還不是靠震二爺你的照應。」

「這回照應你的倒不是我，是內人。」

「喔，」仲四不知道受了錦兒甚麼照應，只有先道謝了再說：「我得好好請一請二奶奶。」

「還有雪芹他們。」

「芹二爺一向很捧我，回頭我當面跟他道謝。」

「慢一點，慢一點，你還不知道他們在那兒照應了呢？」曹震停了一下，突然問道：「你續絃的事怎麼了？」

「還懸在那兒！」仲四將對馬夫人說的話，跟曹震也說了一遍。

「那，你願意不願意跟我們曹家做親戚。」

這話就太突兀了！仲四根本無從去假設，要怎麼樣才能跟曹家做親戚？所以楞在那兒，好半晌說不出話來。

「我們老太太收了個乾孫女，你知道不知道？」

越說越玄了，仲四忍不住問說：「是那位老太太？」

「喔，我的話有語病。」曹震笑道：「是太太替我們去世的老太太作主，收了個乾孫女，好比你們漕幫的『過方』那樣。」

「原來如此！」仲四問道：「不知道那位乾孫小姐是誰？」

「你倒猜上一猜。」

「震二爺，」仲四陪笑說道：「你別跟我打啞謎了！府上是有名的大宅門，內裡的情形，我們外人怎麼弄得清楚？」

「好，我告訴你，就是秋月。」

「這太好了！」仲四失聲說道：「我應該猜得到的。」

「是啊！不然我怎麼讓你猜呢？」曹震又說：「仲四哥，你願意不願意當我們老太太的乾孫女婿？」

一聽這話，仲四疑心自己沒有聽清楚；將曹震後面的那句話叨念了幾遍，確定隻字不誤；這一樂，簡直要從心裡笑出來了。

「怎麼樣？」曹震催問著。

仲四還怕他是新年中開玩笑，別落個話柄在人家手上，因而答說：「我怎麼高攀得起？」

曹震頗感意外，急急問說：「怎麼高攀不起？」

「秋姑娘的人品，誰不誇讚。聽說文墨上的事，亦很在行；像我們走江湖的老粗怎麼配得上？」

「仲四哥，」曹震正色問道：「你這話是真是假？」

到得此時，仲四才能斷定，曹震絕不是在開玩笑，因而態度也就改變了，深怕言不由衷的話，變成不識抬舉，自己將一樁好事弄砸了，所以只是微笑不答。

「好吧！」曹震單刀直入地說：「你只說一句：願意不願意？」

「震二爺，你叫我怎麼說？難道真要讓我老一老臉皮說一句：求之不得？」

曹震這一下才算放寬了心。回頭又將仲四的話細想了一遍，「求之不得」四個字早就在他心裡，故意說甚麼高攀不起，自己竟信以為真，看來要講耍手腕真還耍不過人家。

「好了！你就去預備來求親吧！最好託個有面子的人出來。」

「是。」仲四答說：「我請到了人，再來跟震二爺商量。」

「好！咱們出去吧。」

回到廳上，隨即開飯，菜很講究；尤其是有關外與南方的各種海味；早早發透了，用上湯煨得夠了火候，使得瑚玐與宜麟又驚又喜，讚不絕口。

「這些海味，都是我們仲四哥送的。」曹震特別聲明。

「東西算不了甚麼。」仲四說道：「震二爺府上的手藝才真了不起。」

「手藝實在也算不了甚麼，有好材料誰都能做。」曹震又說：「功夫頂要緊，這些海味年前就動手預備了。」

「功夫也算不了甚麼？」曹雪芹接口，「難得的是一片誠意，聽說請的是那幾位客，自己願意多花點功夫在上面。」

「對了！」曹震裝作突然想起的模樣，對客人說道：「這些海味，是我們老太太的一個乾孫女兒預備的，今天不過由內人跟小妾下一下鍋而已。」

他們弟兄倆一吹一唱，話都是說給仲四聽的，瑚玐卻不知就裡，大聲說道：「各位都別謙虛了！反正便宜的是我們哥倆；不是說句假恭維的話，像這一桌菜，王公府第也未必有。如今的王府，最講究飲食的，要算和親王府，年前承他邀我吃年夜飯，海味也不過一味爐鴨絲燴海參，比這席面上，是差遠去了。」

於是話題一轉，由和親王的驕恣任性，談到當今皇帝如何對付這位同父異母、年歲相同的弟弟；再一轉為康熙、雍正及「今上」這祖孫三代駕馭臣工的手段。

「聖祖仁皇帝真是深仁厚澤，不拘甚麼人，只要有一點長處，做一件有益於百姓的事，他一定格外獎勵。如果犯了錯，他總要問一問，有沒有情有可原處。」瑚玐停了一下說：「至於先帝呢？威恩並用四個字，發揮得淋漓盡致，已算是厲害了，可還不及今上。震二哥，你也是內廷行走的人，總很清楚吧！」

「也不能說清楚，今上常有不測之威，誰也沒法兒捉摸。」曹震看著宜麟說道：「宜三爺在養心殿當過差，應該比我清楚。」

「也不見得。我看出來的是，先帝看人，稍嫌過分，人有六、七分好，他說成十分；倘是他討厭的人，兩、三分的過錯，就是十足的大錯。至於今上，加恩固然很大方，不過他不以為那是應得之賞，往往一方面誇獎，一方面又貶低人家，俗語說的『一把砂糖一把矢』，就是今上駕馭人的手段。」

大家都覺得他形容得很深刻，只有仲四是例外，少不得面露困惑之色；於是瑚玐特意為他舉了個例來說明。

「譬如說吧，大年初一，皇上寫了一道誅諭，打算給傅中堂一個公爵，他一開頭不說是自己的意思，說是奉的慈諭：『今日新正——。』」

硃諭中說：「今日新正令辰，恭迎皇太后鑾輿，內廷春宴，仰蒙慈諭，經略大學士傅恆，忠誠任事，為國家實力宣猷，皇帝宜加恩錫封彼以公爵，以旌勤勞。欽承恩訓，深愜朕心，但封公之旨，應俟捷到日頒發，著先行傳諭，俾知聖母厚恩。」皇帝一向自詡，能公私兼顧，忠孝兩全，太后加恩是情，也是私，他奉慈諭辦理，是孝，也是私；但封公之旨，必待奏捷之後，以獎有功是公，而不違祖宗成憲，便是忠於所事。

皇帝又自負能深體人情，意料傅恆一定會謙辭，預先設想到了，先加開導；他說：「在經略大學士，素志謙沖，必將具摺懇辭，此斷可不必。經略大學士此番出力，實為國家生色，朝廷錫命褒庸，止論其人之能稱與否？豈必犁庭執馘，方足稱功？即如大學士鄂爾泰、張廷玉亦因其勤慎翊贊，封爵酬庸，何嘗有汗馬勞耶？」

這段話，真所謂「捫之有稜」，首先警告傅恆，別以為他的封爵是因為立了大功，因而驕矜，搞成像年羹堯那種功高震主、自取罪戾的局面。

其次是警告一心想告老回鄉，而自以為身後必入太廟的張廷玉，指他並無汗馬功勞，只以「勤慎翊贊」而封爵；隱然告誡，以後倘非以「勤慎」為本，無「翊贊」之實，那就不但不能陪祀太廟，甚至爵位亦可削奪。

他又怕因為有此上諭，傅恆不能像現在這樣，大小軍情，不時馳報，所以又說：「若經略大學士，因有此恩旨，感激思奮，不顧艱險，必期圖所難成；抑或避居功之名，必欲盡蠻氛，生擒渠首，方馳露布，而凡有克捷，概不具報，皆非朕所望於經略大學士者。經略大學士即不具奏，舒赫德亦應一一據實奏報，總之馳報軍情，宜於頻速，必朝夕相聞，瞭如目睹，方足慰朕懸切。」

這段話是暗示，討伐大金川，名為傅恆掛帥，其實是皇帝親自在指揮，傅恆等於偏裨之將，何大功之足稱。

他還怕傅恆與其他臣工不盡了解，更進一步挑明了說：「朕前諭四月初旬為期，乃再三審度，更無游移。用兵原非易事，何可逞人意以違天意耶？經略大學士試思在京辦事之時，識見才力，視朕何如？今朕意已定，當遵旨而行，況經略大學士即能成功，亦皆眾人之功，朕降此旨，所以擴充經略大學士之識量，使盡化一己功名之見耳。」

原來皇帝已定一個限期，如果四月初還不能成功，決意撤兵；「何可逞人意以違天意」的話說過不止一次；「即能成功，亦皆眾人之功」，仍是貶低傅恆的話，而同時也鼓勵了士氣。瑚玐認為這就是皇帝詞令巧妙之處。

但宜麟因為在養心殿當過差，見聞又自不同，「皇上其實也很苦惱，常常一個人在養心殿蹀方步蹀到三更天，」他說：「總要侍衛一再奏勸，才回寢宮。那些巧妙詞令，實在也是不得已的話。」

「是怎麼個不得已呢？」

「第一，不能不把傅中堂派出去，又不能不一而再、再而三加恩；這個緣故，大家都知道不必細說。」

「是的。第二呢？」

「第二，皇上實在怕傅中堂辦不下來，所以一再說『何可逞人意以違天意？』其實，皇上就是第一個想『逞人意』的人；言不由衷，真正叫不得已。」

「這是為了留後步。」曹震說道：「不過看樣子，皇上對打勝仗還是有把握。」

「打勝仗雖有把握，可是勝敗兵家常事，不能說四月初一定會成功。」

「那麼，為甚麼要定下這個限期呢？」

「這就是第三個不得已。」宜麟說道：「打仗打的是錢，軍費花下去幾千萬了，就算打勝了，也是元氣大傷。」

「這倒是實話。」曹震又說：「照我看，還有第四個不得已，後年南巡，名為視察海塘，其實是為太后六旬萬壽去玩一趟，順便到南邊各大叢林去燒香；如果戰事不能收束，軍費花得太多，百姓受累太深，還要南巡去累百姓，且不說會有言官直諫，只怕親貴之中，也會有人說話。」

「一點不錯。」宜麟連連點頭，「派傅中堂去，也就是因為傅中堂能聽話；如果另外派個真是能幹的，有把握把大小金川料理下來，一定不肯守『四月初旬』的限期，那時皇上就為難了。」

「是的，」曹雪芹接口，「兵機瞬息萬變，只能大致定個程限，不能說那一天撤兵就那一天撤兵，倘或陷入重圍，非力戰脱困不可，又將如何？或者為山九仞，只差一簣之功，說撤兵的期限已到，放棄掃穴犁庭的大功，不但掛帥的不願，裨將士卒出生入死，以期立功受賞、顯祖榮親到手的大功，那肯平白讓它飛掉？硬叫他撤兵，說不定會兵變。此所以『將在外，君命有所不受』。」

「雪芹的學問越發高了！」瑚玐翹著拇指說：「隨口一篇議論，起承轉合都有了，寫了就是一篇絕好的文章。」

「謬獎，謬獎！」曹雪芹正色說道：「剛才聽宜三爺談皇上的不得已，可能苦惱得很；皇上有時愛遷怒，這一陣子大家倒要小心點兒才好。」

「正是這話。」宜麟說道：「酒也差不多了，主人賞飯吧！」

飯罷喝茶，彼此談興不減，話題一轉，談到近來旗人中的後起之秀，宜麟說道：「我倒不是捧我老表兄，要說旗下子弟的後輩，我這位老表兄真是教子有方。」說著，手往瑚玐指去。

瑚玐一聽提到他的兩個愛子，興奮之情，溢於形色，他用謙虛的語氣說道：「我那兩個孩子，勉強算是可造之材，不過，這實在要感激先帝成全之德——。」

「且慢，且慢！」震曹打斷他的話問：「令郎多大？」

「大的二十一、小的十六。」

「照這樣說，」曹震扳著手指數了一下問：「老大肖雞不是？」

「那就對了，老大生在雍正七年己酉；老二生在雍正十二年甲寅。先帝駕崩那年，一個七歲、一個才兩歲，請問怎麼樣受先帝成全之德。」

「喔，這要從宗學談起——。」

原來八旗教育子弟，身分低的，可入八旗官學；包衣則有特設的景山官學與咸安官學；身分高的，少年親貴准入設在乾清宮內的上書房，一般公侯子弟，家世貴盛，亦可延名師坐館，不虞失學，其間只有閒散宗室，高不成、低不就，有的雖有爵位，但家業寒微請不起授讀的西席，以致稂不稂、莠不莠，成為棄材，頗為可惜。

世宗即位以後，百廢更新，惠及宗親，這件貽宗親之羞的大事，當然亦注意到了，特意降旨，設立「宗學」。

宗學分左翼、右翼兩所。八旗在京師的駐地，東西各四，東面自東北沿正東而東南，依序為鑲黃、正白、正紅、鑲白，是為左翼；西面自西北沿正西而西南，依序為正黃、鑲藍、鑲紅、正藍，瑚玐隸屬鑲紅旗，所以他的長子敦敏、次子敦誠應入右翼宗學。

右翼宗學在西城石虎胡同，這條胡同內有幾所大宅，有一所是有名的凶宅，原來這裡是前明崇禎年間宰相周延儒的賜第，周延儒事敗賜自盡，未幾明朝亦亡。

入清以後，這所大宅作為公主府，亦是額駙吳應熊的賜第；吳應熊是吳三桂的兒子，當吳三桂舉兵作亂時，吳應熊密謀內應；大學士王熙，也就是受世祖密詔，終身不洩其祕的「王文靖公」，勸聖祖殺吳應熊以絕後患。吳應熊是聖祖的姑夫，誼屬懿親，聖祖終覺心有未忍，但最後還是毅然出以大義滅親之舉。

原來吳應熊於順治十年尚太宗第十四女建寧長公主，夫婦感情甚篤，建寧長公主且已生子名吳世霖；同時吳應熊以額駙封子爵，加官銜至少傅，及至削藩之議一起，吳三桂的黨羽在吳應熊的庇護之下，遍布京師；康熙十二年十二月，三桂起兵謀反的警報到京，一夕之間，京師火警迭起，即是吳三桂黨羽搖惑人心的陰謀。議政王大臣會議，認為吳應熊及其從官，絕不可留，奏請逮捕按謀反大逆律處治。

那時的聖祖，年未弱冠，但以英武過人，由於吳三桂在雲南開府，驕恣跋扈，自己任命官員，僅咨吏部備案，此類出身的官員，號稱「西選」，分布直隸近畿，為數甚多；聖祖頗有顧忌，特意降旨：「吳三桂藩下人在直隸各省出仕者，雖有父子兄弟在雲南，概不株連，各宜安心守職，無懷疑慮。」至於吳應熊暫行拘禁，事平分別請旨。

到得第二年四月裡，戰事膠著，因為吳三桂倉卒起兵，師出無名，中道失悔，所以兵出湖南以後，遷延不進；朝廷調兵遣將，舉國騷動，利於速戰速決，而吳三桂的鬥志消沉適足以成為以逸待勞之勢，於朝廷非常不利，於是王熙密奏，請殺吳應熊父子，「以寒老賊之膽」，聖祖幾番考慮，認為這是打破沉悶局面的唯一辦法，因而降旨，誅戮吳應熊及建寧長公主親生之子吳世霖。

凶耗到了湖南澧州，吳三桂方在進餐，推食而起，改變了主意，他本意以遷延為轉圜的餘地，希望彼此罷兵，仍得歸藩，但聖祖削藩之志已決，殺吳應熊父子，即表示徹底決絕，吳三桂息事寧人的如意算盤完全落空，而天下亦知朝廷與三藩絕不能並存。涇渭分明的昭示，自然在朝廷為正為順，在吳三桂為反為逆，正反順逆之勢一判，朝廷先就勝了。

但平三藩之亂成功，並不能安慰建寧長公主，聖祖對這位姑母，當然亦有無比的歉疚，歲時存問，恩禮優隆。建寧長公主一直住在石虎胡同的公主府，直到康熙四十三年方始病歿。

公主一死，公主府當然收歸公家，照定制由宗人府管理，改撥其他親貴。只是這所大宅，前有周延儒，後有吳應熊，皆死於非命；甚至公主之子亦不能保首領，因而凶宅之名大著，王公分府時，誰亦不願意搬進去住。

到了雍正三年，世宗決定設左右翼宗學，這所房子終於派上了用場；因為習俗相沿，凶宅只要改為公共場所，就不要緊了；說是人多陽氣盛，厲鬼亦當辟易。

瑚玐的長子叫敦敏，字子明，號懋齋；次子叫敦誠，字敬亭，號松堂，在乾隆九年同入右翼宗學。世宗對這兩個宗學頗為重視，特簡王公綜理其事，下設總管二人，副管八人；亦即是每一旗的學生，有副管二人專門照料，課程除了清書、騎射以外，特別注重漢文，老師稱為「漢書教習」，由禮部在舉人及貢生中考選充任，每一教習帶學生十名，師生朝夕切磋，加以有欽命的滿漢「京堂」——次於六部堂官、大小九卿，如詹事府詹事、通政使、大理寺卿等，稽察課務，所以教學都很認真。敦敏的老師叫黃去非，是舉人；敦誠的老師叫卜鄰，都是飽學之士，對這兩個資質極優的學生，循循善誘，每逢考試，常列前茅，所以瑚玐提起這兩個兒子，必是面有得色。

曹雪芹對右翼宗學的情形，並不陌生，因為他有一個咸安宮官學的同窗明真，在正黃旗義學任教；義學是八旗官學的擴充，與宗學同時設立，本來亦只設左翼右翼兩學，但以八旗兵丁的子弟眾多，至雍正六年改為每旗一學，右翼四旗只有正黃旗是「上三旗」，所撥的房舍應該優於其他三旗，而右翼宗學恰有餘屋，便撥出二十二間給正黃旗義學。曹雪芹跟明真很好，而石虎胡同離石駙馬大街又不遠，所以每次到平郡王府去了，只要時間還早，總會順道到正黃旗義學去看明真，有時也會閒步到右翼宗學逛逛，卻不知敦敏、敦誠兄弟也在那裡念書。

「雪芹，」瑚玐聽他提到這一點，便即說道：「我那兩個兒子，也知道你是八旗名士；似乎很仰慕你的。你幾時到舍間來玩玩，兩弟兄都喜歡做詩，你指點指點他們。」

「指點不敢當。不過，我倒是久慕槐園之名，很想去瞻仰、瞻仰。」

槐園在宣武門內太平湖西側，頗有花木之勝；瑚玐連聲表示「歡迎」，當下約了正月初十去拜訪。

「我們該告辭了吧！」宜麟站起身來說。

曹震還想留客，但瑚玐、宜麟晚上都另有約會；不過仲四卻被留了下來，其實仲四本人亦有留戀之意，則要多打聽一點秋月的情形，二則也是借此親近曹雪芹。

「雪芹，」曹震說道：「我把太太的意思跟仲四哥說了。」

「實在是高攀。」仲四搓著手說：「我真不知道怎麼才能把心裡的話說出來。」

「你不說，我們兄弟也能想像得到，反正，仲四哥，你還有一步老運！」

「這步老運跟升官發財又不同。」曹雪芹笑道：「美得很吧？」

仲四只是憨笑，完全不像平時那種精明幹練、喜怒不形於色的樣子。

「仲四哥，」曹震又說：「咱們要做親戚了，凡事不必客氣；有甚麼，說甚麼——。」

一語未完，只聽錦兒在裡面吩咐丫頭：「你把二爺請進來。」

聽得這話，曹震便起身入內；很快地復又回了出來，後面跟著錦兒。仲四自是急急起身招呼。

「仲四爺請坐。」錦兒說道：「今兒沒有吃好吧？」

「都撐到這兒了！」仲四手比著喉頭說。

「你也坐！」曹震將自己的位子讓給錦兒，然後向仲四說道：「內人有幾句話要我問你。我想，咱們快成親戚了，有話不如她當面跟你談。」

「是。」仲四問道：「震二奶奶有甚麼吩咐？」

「別這麼說。」錦兒端端莊莊地坐著，侃侃而談：「仲四爺！我可把話說在前頭，剛才我們二爺說，跟你有甚麼說甚麼，不必客氣；我如果話說得太直，你可別見怪。」

「不會，不會，絕不會。」

「仲四爺，這一回說起來真是良緣巧配，天造地設；不過，我們這位秋姐姐，可是有點兒不大願意。」錦兒緊接著說：「不過，絕不是對仲四爺你，有甚麼挑剔，是她自己覺得都五十了，還做新娘子彷彿怪寒蠢的。」

「是。」仲四答說：「且不說秋小姐，就是我六十多歲還裝新郎倌，自己也覺得有點兒害臊。」說著摸一摸臉，真像在發燒似地。

「這也是沒法子的事，場面總得綳住。反正那不過一半天的事；要緊的是以後的日子要過得順心。」錦兒急轉直下，而且開門見山地說：「仲四爺，你自然是樂意再扮一回新郎倌，不知道你那兩位令郎怎麼說？」

「這，」仲四一拍胸脯，「我跟震二奶奶擔保，秋小姐過來了，我那兩個兒子，一定該怎麼尊敬就怎麼尊敬，絕不敢有絲毫失禮。」

「男人家總比較顧大體，就怕——。」

錦兒故意頓住不說，仲四爺卻是一聽就懂，「你是說我那兩個兒媳婦？」他說：「我也不敢說她們是怎麼賢慧，不過都是老實懂規矩的，再說，她們也巴不得我有個老伴兒，她們做晚輩的，有些地方就方便了。」

「這倒也是實話。」錦兒又說：「將來是誰當家？」

「那不用說，自然是秋小姐。」仲四又說：「也不用她怎麼樣操心，有事交代兩個媳婦就是了。」

錦兒對他的答覆，表示滿意，點點頭問說：「仲四爺請誰當大媒？」

「總得有面子的人。」仲四答說：「我的朋友之中，有一位蒙古人，跟我的交情不壞，他襲的是伯爵，我想請他來當大媒。」

話剛說完，曹雪芹先就反對，「不必，不必！」他搖著手說：「有爵位的一來，我們得以禮相待，太麻煩了，也太吃虧了。」

「吃虧」便在「以禮相待」上面。既然是伯爵，又是大媒，接待的禮節便不能不隆重；曹雪芹是「布衣傲王侯」一路人物，無端與貴人周旋，處處要顯出恭敬，在他覺得是件很吃虧的事。

錦兒是摸透了他的脾氣的，一聽自然明白。當初希望仲四能請出一個有身分的人來作媒，原是為了對秋月有交代；如今情形已經不同，在這一層上，本可不必苛求。既然曹雪芹又不贊成，就更無所謂了。

「仲四爺，」她說：「我亦只是隨便問問，愛親結親，大媒本就是門面上的事，你不必費心，到時候再說好了。」

「是！」仲四沉吟了一下說：「震二爺，我憑良心說，秋月這樣的人品，府上這樣的人家，我仲老四居然高攀上了，實在有點兒受寵若驚，說請秋小姐到我鏢局子去當家，豈不太委屈了？我有個妄想，不知道震二爺你能不能成全我？」

「言重、言重！仲四哥你說。」

「你老能不能替我謀個一官半職？」

一聽這話，曹震夫婦相視而笑，「仲四爺，」錦兒問說：「你的意思是要讓我們秋姐姐當官太太？」

「是。」仲四略顯忸怩地笑道：「她原像官太太；也許我託她的福，也能讓人叫一聲『老爺』。」

「仲四哥，」曹震答說：「我們替你打算過了，你家老二是武官，他請的一副誥封，自然是歸你的元配；要替填房弄副誥封，要靠你自己。我已經想好辦法了，你只預備銀子，我來替你辦。」

「原來震二爺早就替我打算過了。」仲四驚喜交集地，「銀子，萬把兩現成，另外我再湊，不知道總數多少。」

「萬把兩儘夠了。」

「那——，我甚麼時候送過來？」

「你別急！」曹震答說：「法子是想好了，得一步一步來；到該兌銀子的時候，我自然會通知你。」

「是！還有件事，也得託你們公母倆。」仲四又說：「我想在京裡買一處房子——。」

「怎麼？」曹震問道：「你在京的鏢局子，不是你自己的房子？」

「鏢局子是鏢局子，亂糟糟地，我想也不宜於秋小姐住；得另外找一處像樣的房子。」

「原來是買給『官太太』住。」錦兒笑道：「既然如此，要我們秋姐姐自己中意。」

「正就是這話。」仲四一拍手說：「請震二爺費心託木廠的人去找；找到了請秋小姐去看；看中了——。」

「你給錢！」錦兒開玩笑地搶著替他說了出來。

仲四也笑了，不過人情練達的他，怕人家嫌他自炫財富，因而趕緊又說：「實在是想盡點心。反正震二爺知道我能吃幾碗飯，找到的房子，一定是我買得起的。」

「你不必表白！」曹震笑道：「沒有人笑你得意忘形。」

這四個字對仲四卻是一大警惕，自己想想確有些得意忘形的模樣，應該好好收斂了。但話雖如此，心裡卻總不免想談秋月，硬抑制著，喉頭不免發癢，只好頻頻乾咳，才覺得好過些。

回家已是二更天，馬夫人屋子裡的燈還亮著，微醺的曹雪芹逕自掀簾入內，含笑問道：「娘還沒有睡？」

「就在等你啊！」杏香接口。

一聽這話，秋月起身就走；杏香緊跟著她進了後房，馬夫人便說：「看你酒喝得不少，很熱鬧吧？」

「很熱鬧；跟會親一樣。」

在後房的杏香「噗」地一聲，將燈吹滅；緊挨著秋月坐下，同時握住了她的手。

「錦兒姐真行！大馬金刀，跟仲四侃侃而談，把該問的話都問到了。」

「問了些甚麼話？」

「第一是兒子跟兒媳婦有沒有意見。仲四的兩個兒子很孝順，不必說；兒媳婦都很老實。有句話倒是很實在，她們也巴不得有個人照應公公，那樣她們就比較自由了。」

「還有呢？」

「還有，」曹雪芹停了一下說：「反正怎麼好，怎麼想；怎麼想，怎麼好！震二哥說他得意忘形了。」

「喔，」馬夫人興味盎然，「那就一定有點兒不平常的舉動了。」

「雖說不平常，其實咱們已經替他想到了，仲四願意花上萬銀子，請震二哥替他謀個一官半職；為的是好讓他的續絃夫人成為官太太。」

「你聽聽！」杏香在秋月耳際低語，「芹二爺——。」她說了這半句卻又噤住，因為曹雪芹又開口了，她怕漏聽了話。

「倒是有件事，足以看出仲四是真的體貼，真的敬重他的秋月。他說鏢局子太亂，不宜於秋月住，託震二哥替他在京買座房子，只要秋月看中就好——。」

接著，曹雪芹重述當時的對話；談到錦兒開玩笑的情形，馬夫人也笑了。

「這可真是有點兒得意忘形了。也難怪，仲四甚麼都不缺，就缺這麼一房嬌妻，一旦有了，如何不喜？」

「你聽太太說的，」杏香推一推秋月，「你是我乾爹的一房嬌妻；震二爺也改了稱呼管你說是我乾爹的續絃夫人。」

話還沒有完，她發覺秋月使勁拉了拉她的手，趕緊住口，側耳靜聽。

「我怎麼說跟會親一樣呢？稱呼都改過了，因為錦兒姐說是『我們秋姐姐』，所以仲四便改稱『秋小姐』。」曹雪芹問說：「娘預備那天辦這件事？」

「當然越快越好。」馬夫人說：「今天下午，我先跟老何說了；他說：應該給老太太寫篇祭文。」

「那不是我的差使來了嗎？」曹雪芹興奮地說。

「你就是無事忙。」馬夫人說：「我看可以不必。心到神知，老太太必是早就知道了；我們盼望著老太太能託個夢給秋月。」

「今晚上早點睡！」杏香低聲說了這一句，起身到了外房。

「秋月呢？」曹雪芹故意問道：「我跟太太說的話，她沒有聽見吧？」

「嗯，嗯。」杏香含含糊糊地答應著。

秋月本來倒想裝作不知道似地，大大方方走了出去；由於曹雪芹假作癡呆的語氣，怕一露了面他真的會開玩笑，不由得有些情怯了。

「娘請安置吧！」曹雪芹站起身來對杏香說：「我先回去換衣服。回頭——。」他指一指裡面，又做了個手勢，意思把秋月找了去，他還有話要說。

「嗯。」杏香點點頭，「我伺候太太睡了就回來。」

回到夢陶軒，曹雪芹換了衣服喝茶，等了好一會不見人影，隨手取了本余澹心的《板橋雜記》，翻到一頁，是談明末清初秦淮四名妓之一的顧媚，字眉生，號橫波，嫁「江左三大家」之一的龔芝麓，情愛甚篤；《板橋雜記》中說：「顧媚生既屬龔芝麓，百計求嗣，而卒無子，甚至雕異香木為男，四肢俱動，錦繃繡褓，雇乳母開懷哺之，保母褰襟作便溺狀，內外通稱『小相公』，龔亦不禁也。」

看書中寫得有趣，曹雪芹便又再找顧媚的記載來看，前面有一段記得更為詳細，說她「鬢髮如雲，桃花滿面，弓彎纖小，腰支輕亞」；貌既如此，藝亦不凡，「通文史，善畫蘭，追步馬守真而姿容勝之」。最後又說：「改姓徐，又稱徐夫人。」

看到這裡，陡然記起，有一部詩集叫做《香咳集選存》，目錄中有「徐橫波」的名字，既然顧媚號橫波，又改姓徐，那麼「徐橫波」便是顧媚了。

於是放下《板橋雜記》去找《香咳集選存》，果然有徐橫波的一首詩：「香生簾幕雨絲霏，黃葉為鄰暮捲衣，粉院藤蘿秋響合，朱欄楊柳月痕稀；寒花晚瘦人相似，石磴涼生雁不飛，自愛中林成小隱，松風一榻閉高扉。」題目是〈海月樓夜坐〉。

詩後附有小傳，一看驚喜；將書一丟，連聲喊道：「拿燭台，快拿燭台。」接著便奔書房。

等丫頭取了燭台來，曹雪芹命她在畫箱旁邊擎著，打開第一箱翻了半天沒有找到他要找的畫。凝神想了一下，記起是在第二箱。

兩具畫箱是疊置著的，上面一具，貯比較貴重的字畫；較次的在下面那一具。他叫丫頭放下燭台，幫他將上面的一具抬下來，正在忙亂時，聽得人聲，杏香與秋月來了。

「你找甚麼？」

「你先別問，看能不能找到？如果找不到，我今晚上就睡不好了。」

聽這一說，連秋月也來幫忙了；她叫丫頭擎著燈，然後問道：「是誰的畫？」

「是一個橫波，畫的人叫『智珠』。」

很快地讓杏香找到了，展開一看，畫的是竹石蘭花，題款只得二字：「智珠」；下鈐一方朱文圓印，「東海」二字。

「這是誰？」秋月問說。

「顧眉生。」

「是跟柳如是齊名的顧眉生嗎？」

「一點不錯。」

「不對吧！」秋月指著印文說：「『東海』當然是姓徐，怎麼會是顧眉生呢？」

「妙就妙在這裡。來，來，我還你證據。」

拿著那幅畫回到夢陶軒，曹雪芹將《香咳集選存》徐橫波的「小傳」指給秋月看：「徐橫波字眉生，一字智珠，號眉莊。本姓顧，名媚，江蘇上元人，合肥尚書龔芝麓側室，著有《柳花閣集》。」

「這幅畫是前年在琉璃廠買的，記得只花了四兩銀子。當時只因為畫得不錯，不知道徐智珠是誰？」曹雪芹接下來說：「剛才等你們不來，閒得無聊，看《板橋雜記》說她改姓徐，才想起徐橫波的詩；發現『智珠』就是徐橫波，徐橫波就是顧橫波。開歲以來，快事又添一樁；值得浮一大白。」

「別喝了！咱們還有好些話談。」杏香這樣勸阻，但說的卻仍是閒話：「顧眉生會畫畫嗎？」

「那不錯。」秋月也看過《板橋雜記》，「那時秦淮名妓，有兩個人善畫蘭花，一個是馬湘蘭；一個就是顧眉生。」

「顧眉生名氣挺大的，為甚麼要改姓？」這話將秋月問住了，笑著答說：「這得問芹二爺。」

「就因為名氣太大，才要改姓，以示從良。」曹雪芹答說：「譬如柳如是本名楊愛，嫁了錢牧齋才改了姓名。」

「我也要改姓了。」秋月接口說了一句。

「你的情形不同。」曹雪芹怕她誤會，「你是作了曹家的女兒，自然改姓曹。」

「秋姑，」杏香問說：「我還不知道你本姓甚麼？」

「跟曹也不遠，魏。」

何以魏跟曹不遠？杏香茫然莫解，只好又用眼色問曹雪芹了。

「你沒有讀過《三國志》，莫非也沒有看過《三國演義》，魏武帝不就是曹操嗎？」

「原來這樣。我乾爹還直誇我肚子裡有墨水，跟秋姑擱在一塊，簡直不能比了。」杏香笑道：「難怪我乾爹把秋姑敬得天人一樣。」

曹雪芹知道，這是秋月不如意之處，將來閨房之中，跟仲四沒有甚麼可談的；杏香偏偏提到這一點，未免不識趣，因而微微瞪了她一眼，方始發話。

「閒話少說，我倒問你們，何以耽擱了那麼大的功夫？」

「太太有好些話交代秋姑。」

杏香答說：「秋姑是寄在過去的大爺名下。」

所謂「過去的大爺」，便是曹雪芹的伯父；他問秋月說道：「這麼說，你是我嫡堂的姐姐！」

「太太也交代了，你以後就管秋姑叫『大姐』。」說著，曹雪芹離座，規規矩矩地作個揖，莊容叫一聲：「大姐。」

秋月應又不是，不應又不是，只急忙避了開去，口中答說：「我還是照樣。」

意思是對他的稱呼照樣；曹雪芹料她一時改不過口來，慢慢地自然而然會像錦兒一樣，叫他「雪芹」，因而答說：「我改口是定名分，現在就要改；你甚麼時候改口，我不管。」

「有件事，可是你這會兒就得管。」杏香接口說道：「太太交代，得替秋姑改個名字，是讓你跟秋姑商量。」

「喔，」曹雪芹說：「這得用『雨』字頭的單名。」

「另外還要起個號——。」

「要留個『秋』字。」秋月接著杏香的話說，「那一來，有很多方便。」

「是秋姑體恤我們，省得改口了。」

「我不主張保留。」曹雪芹向秋月說道：「我勸你都改掉的好。」

「不！人總不能忘本，留一個字的好。」

「你這麼說，我不能不照辦。」曹雪芹說：「容我好好想一想。」

想了好一會，發覺「雨」字頭，而字面雅致且又適用於閨閣的，不過聊聊數字，他拿筆寫了下來，數一數只得六個字。

「大姐，」曹雪芹毫不澀口地叫了出來，「我一個一個提出來，請你斟酌，第一個是雲。」

「不好！」秋月脫口回答：「情似秋雲薄。」

「對了，這得關連著秋字。第二個霏。」

秋月搖搖頭問：「還有呢？」

「霙。」曹雪芹說：「雨字下一個英雄的英字：『雨雪雜下』謂之霙。」

「不好，不好！」杏香首先反對：「雨雪雜下，有多討厭。」

「說得不錯。」秋月笑道：「這個字可真是不高明。」

「那就只有在這三個字之中挑了，實際上是兩個字——。」

「你倒是說啊！」杏香催促著，「誰知道是那兩個字？」

「先說靄，靄然的靄；這個字跟雲字旁邊一個愛字的靉，意思相同，雲盛之貌。」

「嗯，還有一個呢？」

「雲霞的霞。」

「這個字好！」杏香脫口便讚。接著又唸了兩句唐詩：「『雲霞出海曙，梅柳渡江新。』」

「如何？」曹雪芹問。

「這個字的用法很寬，取號不愁跟秋字沒有關聯。就是它吧！」

「用法寬，口采也好。」杏香說道：「鳳冠霞帔，官太太當定了。」

「你也真會扯！」曹雪芹笑道：「我倒考考你，你替大姐取個帶秋字的號。」

「嘚、嘚，你別考我了。」說著，杏香去揭開墨盒，又找出一張淡紅的羅紋箋鋪在桌上，好為秋月題名。

「要用朝霞，不要用晚霞。」曹雪芹自言自語地說：「其實倒是晚霞絢彩，不過『夕陽無限好』——。」

「沒有那些忌諱，本來就是『近黃昏』了嘛！」

「雖『近黃昏』，到底是『無限好』。」杏香接了一句。

「很通。」秋月不由得愉悅地笑了。

「總要有出典才好。」

曹雪芹起身到書架上，隨便抽出一本詩集，細看了一回，然後坐下來另取一張紙，拈筆寫了兩句詩。

「『朝朝散霞彩，暮暮澄秋色。』」他說：「用『澄秋』二字怎麼樣？」

「很好。」秋月欣然同意，「秋水澄鮮；我喜歡這個澄字。」

「也暗扣著你原來的名字。」杏香說道：「形容月色好，不就叫做澄照嗎？」

「了不得了！」秋月大為驚異，「你是多早晚變得這麼淵博了？」

「倒也真虧她。」曹雪芹說道：「還有比澄照更明白的典。」接著便唸：「『靜月澄高，溫風始逝，撫杯而言，物——。』」

戛然而止，令人詫異，秋月便問：「怎麼不唸下去？」

原來他唸的是陶淵明祭從弟文，那一句是：「物久人脆。」物字出口才想到忌諱，所以突然頓住。此時聽她這一問，便知她沒有唸過這篇文章，不難掩飾。

「忘記掉了。『溫風始逝』，可知涼飈已至，這澄高的靜月，自然是秋月。」

「越解越圓滿了。」秋月很高興地，「勞駕你把它寫下吧！」

於是曹雪芹在那張淡紅羅紋箋上，用正楷寫上「曹霞字澄秋」五字，雙手遞給秋月。

秋月也是雙手捧接，微笑凝視著，忽然眼淚如斷線珍珠般落了下來；一滴掉在羅紋箋上，立刻渲染出一個小小的白暈。

杏香急忙接了過來，「這是大喜事！」她說：「秋姑你怎麼倒傷心呢？」

「我也不知道是傷心，還是高興？」

秋月噙著眼淚笑道：「我是想起了老太太。」

「我沒有趕上能見老太太。不過，我想老太太如果還在，一定也樂意這麼辦。」

秋月摘下鈕扣上的手絹，擦乾眼淚，接過羅紋箋來看了一下說：「可惜了！勞你駕再找一張紙，請芹二爺重新寫一寫。」

杏香知道，她是怕馬夫人見了，問到何以有一個白暈！不易回答。但羅紋箋僅此一張，只好找出一份用過的梅紅全帖，裁下餘幅，將就使用。「咱們談第二件事。」杏香說道：「太太定了後天替老太太上供，老何說最好有一篇祭文；太太先不贊成，剛才又說，問問你的意思。」

曹雪芹先是不暇思索，自告奮勇；此時細細一想，很難措手；「曹家平添一口人，如說按正規辦，應該由四老爺來祝告。可是四老爺咬文嚼字的勁頭兒，你們不大清楚，我是領教過的，」曹雪芹說，「那一來，後天一定趕不上用。」

「那就免了吧！」秋月說道：「老太太是不喜歡咬文嚼字的。」

「我在想，大姐，你自己倒應該向老太太有一番禱告。」

秋月不即回答，細細想了一會，覺得確有此必要，她有些深藏不露的心事，答應嫁仲四，半也是為了仍舊可以照應曹雪芹，不負曹老太太的託付，因而深深點頭，表示完全接受建議。

「你把你的意思說給我聽，我替你擬一篇禱詞。」

「多謝。」秋月答說：「我是默禱。」

曹雪芹不免掃興，因為秋月對曹老太太的忠誠，以及他祖母對他的關愛；而秋月未負託付，不惜為他自誤青春，如今居然有此難得的歸宿，將這三種關係綰合在一起，可以逞一逞才華，寫出一篇至情至性的好文章。那知秋月不同意，自不便勉強，但怏怏之色，卻毫不掩飾地都擺在臉上。

「一個好題目沒有能抓住，是不是？」杏香說破他的心事。「其實——。」

「好了！」曹雪芹打斷她的話說：「你別說了！我知道你要說的是甚麼：把這些心思擱在八股文章上有多好？是不是？」

杏香笑了，「你知道就好！」她說：「你常說八股文是替聖人立言，你不是聖人，所以做不好八股文。像這件事，聖人一定也贊成，你不拿它做個題目？」

曹雪芹笑笑不作聲，接著打了個呵欠；杏香便說：「今兒請你到書房去睡；我跟秋姑還有事商量呢！」

曹雪芹也不問她們商量何事，只答應一聲：「好。」但聽風聲虎虎，不由得又說：「得要一個火盆。」

「已經預備了。」

於是曹雪芹道聲：「明兒見！」到書房歸寢；秋月便開始跟杏香商量跟她有關的幾件事。

第一件事是後天為曹老太太上供，秋月認為該祭的不應只是曹老太太，還應有曹雪芹的伯父、伯母，因為這是她的「父母」，但馬夫人似乎忽略了，而秋月自己又不便開口提醒，問杏香該怎麼辦？

「那還不好辦？讓芹二爺跟太太回明白好了。」

「我也想到了。不過，我不知道該一起供，還是分開來供？」

杏香心想，在秋月來說，「祖母」極親；「父母」則幾乎風馬牛不相及，而名分一定，則禮不可廢；她沉吟了一會說：「照我看，恐怕擺兩回供。」

「怎麼擺兩回？」

「後天是一起供。再挑一天，作為你做女兒的給父母擺供，這樣子情理上才說得過去。」

「好！你明天問一問芹二爺，他如果也覺得這樣子妥當，就請他作為他的意思，跟太太去回。」

「我懂了。」杏香想了一下，「明天讓芹二爺先跟老何琢磨琢磨。」

「還有，後天的供菜，我想親自做幾個老太太愛吃的，孝敬她老人家。」

「那應該。」杏香問道：「老太太愛吃些甚麼？」

「老太太二十剛出頭，就跟老太爺到了蘇州織造任上，後來調江寧，一住四十年，前後回京不過三、四次，每次也只住兩三個月，所以口味早變過了，跟江南官宦人家的口味沒有甚麼兩樣，菜要清淡，紅燒的菜多擱糖，不碰蔥蒜。」

「唷！那我不是全弄擰了？」

原來每回擺供，多半是由杏香監廚，北方口味重，而且用蔥蒜的菜很多，所以說「弄擰了」。

「說實話，逢年過節，生辰忌辰，擺供也就只是那麼回事。老太太生前，擺供撤下來的菜是不碰的；所以不必認真。不過，這一回，我想像中，老太太會來享用，得要盡點孝心。」

秋月緊接著談到另一件事：「擺供以後，太太要我跟大家見禮，你說，我該送個見面禮吧？」

「那倒是少不了的。」杏香算了一下，自何謹到燒火丫頭，下人共有十二名，四兩銀子一個，得要花四十八兩銀子；便即說道：「花也花不多，有五十兩銀子就行了。」

「五十兩怕不夠。」

「不夠我有。」

「不必，不必！我花得起。我是要跟你商量，應該怎麼分一分等，送少了挨罵；送多了也不妥當。」

於是細細斟酌，將「見面禮」分成三等，擬好了名單，再商量第三件事。

這件事便是仲四特為她置產；在秋月自不免在心裡得意，但更如人意的是，她仍舊能住在京裡，可以常回「娘家」。因為如此，她對這件事頗為重視，安身立命之處，自然要住得舒服，還要住得近，但也不能不顧到仲四照料買賣的方便。

談這件事，不如談拜供、談見面禮那樣，直截了當，有甚麼說甚麼；仲四到底只是未過門的夫婿，她不能用儼然主持中饋的仲四奶奶的身分，丁是丁、卯是卯地說得明明白白。因此措詞含蓄，有些詞不達意似地；杏香一半體會一半問，費了好一會功夫，才能弄清楚她的意思。

「嫁雞隨雞，嫁狗隨狗；你住的地方，當然第一要顧到我乾爹的方便，其次才講離娘家近。」

這是提示一個宗旨，秋月不能不承認她說得不錯；點點頭問：「那麼，你說應該挑在那兒呢？」

「自然是城外。住在城裡，一到晚上關城，進出就不方便了。」

「城外？」秋月想了一下說：「當然是宣武門外。」

宣武門在正陽門西，回「娘家」比較方便；杏香也正是這個意思，「最好在琉璃廠附近。」她說：「芹二爺去逛廠，順便就可以去看你。」

秋月心想，宣武門外，一直往南過菜市口，進半截胡同，東西幾條橫街，向來是朝士文人聚居之處，所謂「宣南」，意指高尚風雅之區；曹雪芹如果中舉成進士，而又在京服官，必然常在「宣南」

盤桓，見面的機會極多。看來在宣武門外定居，比在西城買房子更為合適。

轉念到此，欣然說道：「也不一定限於琉璃廠，反正在宣南就不錯。」

「宣南」二字，杏香卻是第一回聽見，不過顧名思義，也不難懂，便印證地問：「宣武門南，叫做宣南？」

「是啊！」秋月答說：「旗人住地安門北；漢人住宣武門南，從康熙年間起，就是這樣。芹二爺要是點了翰林，就會常出宣武門，那時他的朋友同事，大半住在宣南。」

「點翰林！」杏香迷惘地說：「會嗎？」

「一定會。」秋月又加了一句：「只要他肯好好在八股文上下功夫。」

第二天一早，曹雪芹尚未起床，有人揭開帳子搖醒了他：「有人送信來，等著回話。」是杏香的聲音。

接過信來一看，首先入眼的，便是左上角加了密圈的「候玉」二字，拆開信來一看，是瑚玐邀他午間小酌；信上說明，等他有了回信，再約他客。

「你看，如果我不去，他就可能不請客了。」曹雪芹說：「算了，我實在不想去。」

「走吧！人家一番好意。而且要等你答應去了再約別的客人，你是主客，何必掃人家的興。」

「可是，今天我有事——。」

「沒有你的事，只跟太太回一句話就是。」接著，杏香將秋月認為應該為她的「父母」單獨設祭的話，跟他大致說了；然後又說：「我就告訴來人，你準時赴約？」

「好吧！就這麼說。」

曹雪芹從容起床，去給馬夫人問安時，順便就辦了秋月所託之事。然後回來換衣服，預備赴約。

子，看有甚麼可以指點的。」

「瑚玐有兩個兒子，資質很好，也肯用功。」曹雪芹對杏香說：「瑚玐是要我去見見他的兩個兒

「他這兩個兒子，你以前見過沒有？」

「沒有。」

「那可得有個見面禮。」

「啊！」曹雪芹說：「你倒提醒我了。」

於是他到夢陶軒，找出水晶鎮紙、滇洞墨盒、刻竹臂擱，配上自己所畫的小幅蘭竹，一共兩份，看文玩精粗，搭配好了，用兩個錦盒裝好，隨身帶著去赴約。

瑚玐所住的槐園，在宣武門西城根，那裡有一座湖，名叫太平湖；湖畔高柳蕭疏，景致得個幽字，只是稍嫌偏僻了些，曹雪芹只來過一回，路徑不熟，車伕問了兩次路，方始找到。

入門是一塊巨石，磨平一處，刻上「槐園」二字；轉向石後，便是一片花圃，砌出碎石甬道，盡頭處又是一片假山；穿山而過，豁然開朗，一座五開間的平房，便是瑚玐款客之處。

相見歡然，寒暄之際，只見遠遠有兩個少年垂手肅立，一式藍綢棉袍，上套玄色緞子「臥龍袋」，腰帶所束的帶子垂下來一段，質料是絳色綢子；這就是所謂「紅帶子」。瑚玐的五世祖，便是多爾袞同母的胞兄、英親王阿濟格；多爾袞死後，他要繼承胞弟「輔政王」的位置，獲罪處死；順治十八年復入宗室，但由黃帶子降為紅帶子，變成「覺羅」了。

這兩名少年，一個二十出頭，一個剛剛成年，自然是瑚玐的兩子，敦敏跟敦誠。當下見過了禮，曹雪芹親手致送文玩；兩弟兄道謝過後，瑚玐便說：「你們對老師獻詩為贄吧！」

「不敢當，不敢當。」曹雪芹連聲辭謝，「聽說兩位公子，詩才清絕，我怎麼能當得老師二字。」

「我們兄弟剛學作詩。」敦敏彬彬有禮地說：「要請雪芹先生指點。」

「那裡，那裡！一起切磋還差不多。」

「那，」瑚玐吩咐：「把你們的詩稿取來，請雪芹先生看看。」

「是。」敦敏答應著，與敦誠一起入內。

不一會，兄弟倆各捧一本冊子，雙手奉上；曹雪芹接來一看，敦敏的詩稿，名為「懋齋詩鈔」；敦誠的那本，卻不是詩，封面上自題「鷦鷯庵筆記」五字。

十六歲便作筆記，倒是有志於著述的；不過筆記無非記掌故軼事、奇聞怪談，入世未深的少年，能記得出甚麼名堂來？曹雪芹卻不能無疑。

正在這樣轉著念頭，瑚玐已經看到那本冊子的封面了，隨即問說：「你怎麼不拿你的詩稿來？」

「我的詩沒有哥哥做得好。」

「沒有你哥哥做得好，就不拿出來了？十六歲，還這麼孩子氣；這又不是比賽，怕甚麼？」

雖是呵斥，但聲音中卻充滿了憐愛；曹雪芹知道瑚玐的心情，急忙用解圍的語氣說：「改天來看詩，今天先拜讀你的筆記。」

說著，便揭開封面，不道第一篇的題目，便將曹雪芹吸引住了；題目是「述先武英郡王崇德元年伐明五十六戰皆捷事」。他心裡在想，這題目下得很有學問：阿濟格是在多爾袞死後，與其第三子郡王勞親，想脅迫多爾袞的部下附己，並繼承多爾袞「輔政叔王」的地位，為鄭親王濟爾哈朗，聯絡諸王，下之於獄，議罪賜死，英親王的爵位已經削除，不便再用；所以寫作未晉英親王以前的爵位「武英郡王」。十六歲便懂史筆中的所謂「書法」，足見卓犖不凡。

另一個吸引曹雪芹的原因是，以子孫述先德，見聞真切，必有可觀。但記「五十六戰皆捷」，篇幅甚多，一時看不完，只好略略看個開頭，暫且擱下：「英親王武功彪炳，只為位高權重，又是英才，以致遭嫉蒙禍。平生功績，湮沒不彰。」他緊接著說：「二公子，這篇記載，闡幽彰潛，不但是子孫永寶的家乘，亦是將來訂正國史的重要根據。容我改日細細來讀。」

敦誠一聽得這話，立刻流露出不勝感激與傾服的神氣；瑚玐亦頗為激動，「雪芹，雪芹，你是先王身後的知己。」他說：「你把這本寫得不成玩意的筆記，帶回去慢慢兒看。」

「是，是！我就遵命了。」

「文字亦請雪芹先生潤飾。」敦誠說道：「有不妥之處，儘請加簽。」

「甚麼加簽？」瑚玐接口說道：「直接就在上面改了。」

「不敢，不敢！」曹雪芹說道：「倘有筆誤，我就在原文上加墨；否則我還是加簽，事關史實，應該慎重。」

聽得這樣解，瑚玐才不言語。曹雪芹便放下敦誠的筆記，改看敦敏的「懋齋詩鈔」。詩也不壞，雖以年齡所限，意境不夠深遠，句法也欠蒼老，但循規蹈矩，詩做得很穩，也很「滿」，將題中該說的意思都說到了，假以時日，必能在八旗詩壇，占很顯著的一席之地。當下檢了幾首詩，提出來細細討論；還只讀了兩首，瑚玐便來催請入席。

肴饌頗為精緻，主人亦談笑風生，但旗人家規矩重，瑚玐父子又是天潢貴冑，所以敦敏兄弟侍飲時，一聽談到父祖尊長，頻頻起立，以致曹雪芹的興致大減。

瑚玐自然也發覺了，所以在他們兄弟吃完飯，卻仍端然正坐時，便交代一句：「你們下去吧！」

「是！」

兄弟雙雙起立，先是站到一旁，然後悄悄退去；這一下主客都自在了。

「雪芹，難得你不抹殺先王的功績！我們做子孫的，感激不盡。」說著，瑚玐雙手捧杯相敬。

「不敢當，不敢當。」曹雪芹也是雙手高舉，兩人對乾了一杯。

「令祖是天子近臣；你們正白旗又是睿王的子弟兵，想來對先王生前種種，一定聽令祖談過？」

「先祖棄世的時候，我還沒有出生。」

「喔，喔，」瑚玐在自己額上拍了一巴掌，「我糊塗了。不過，你總聽伯叔輩談過吧？」

「聽是聽過一點，語焉不詳。」曹雪芹說：「也很少談到睿王。」

「這就是了。」瑚玐放低了聲音說：「聖祖最仁厚不過，唯獨對睿王始終沒有恩典，宮裡也絕口不提睿王；睿王行十四，先王行十二，一母所出。因為睿王的爵不復，先王亦始終含冤負屈。雪芹，我知道你筆下很健，更難得的是，一點兒勢利之心都沒有，將來有機會，要仰仗大筆，為先王好好寫一篇傳。」

「多承老世叔謬獎，倘有略可效勞之處，絕不敢辭；就怕力所不勝。」

「你不必客氣，也不必忙，只放在心裡好了。」

「是的。我一定記在心裡。」

「我存此心已久，先帝在日不敢提這件事；如今的皇上，似乎沒有先帝那麼多忌諱，所以我的心又熱了。」瑚玐接著又說：「聖祖之不提睿王，實在也有不得已的苦衷；雪芹，你知道不知道，是何苦衷？」

「喔，這可是莫測高深了。」

「這因為孝莊太后跟世祖都有隱痛。世祖的隱痛有兩處——。」瑚玐說：世祖的隱痛，一是睿親王多爾袞，殺了太宗的長子肅親王豪格；身居皇位，竟不能庇護長兄，引為一大恨事。

另一個隱痛，是孝莊太后與世祖母子共有的。孝莊太后曾失身於多爾袞——提到這一層，觸發了曹雪芹一直在探索，而言人人殊，至今並無定論的一個疑問：也就是孝莊太后失身於多爾袞之說，究竟是真是假？

「宮闈事祕，恐怕難有定論吧？」曹雪芹說：「主要的還是難有證據，要有確證，才能有定論。」

「你要問證據，我先要問你一件事，人子之於父祖身後，要如何才是孝？」

「『三年無改』。」

「還有呢？」

「這就很多了——。」

「不錯，很多。我問得不對，你也就無從措手了。」瑚玐說道：「我反過來問，父祖既歿，停柩在堂不下葬，這算是孝嗎？」

「這怎麼能算是孝？當然是不孝。」

「何以見得是不孝？」瑚玐問道：「聖經賢傳上怎麼說？」

這彷彿有考驗的意味在內，好勝的曹雪芹當然不肯輸給他，凝神思索了一會，想起顧亭林的《日知錄》中有一段記載，可以引用。

「喪事非下葬不算結束，停柩在堂，即未終喪，為從古所無之事；自東漢、東晉末年，戰亂頻仍，流離道路，不得已不葬父母而逃命，謂之『停喪』。魏晉之制，祖父未葬者，不聽服官，就因為此為不孝之故。」

「那就是了。俗語說，入土為安；祖父雖死而不安，自然是不孝；官都不讓做，何況當皇上？聖祖不能不明白這個道理；可是孝莊太后駕返瑤池，一直到聖祖駕崩，三十多年不葬，請問聖祖在孝莊太后病重的時候，步禱天壇，減自己的壽算來為祖母延壽，這麼孝順的孫子，何以有這麼不孝的舉動？是何道理？」

曹雪芹復又思索了一會，彷彿記得在那裡看過一段記述，說是孝莊太后臨崩遺命：「太宗奉安已久，不可為我輕動。況我心戀你們父子，應該在孝陵附近地方安葬，我才沒有遺憾。」

意思是不必在盛京太宗的昭陵合葬；別葬於世祖孝陵附近。可是，聖祖亦未遵照孝莊太后的遺命，終其在位六十一年，始終未葬祖母。

「是啊！」曹雪芹說：「孝莊太后的遺命，倒是說得通的，太宗葬在昭陵，已經四十多年，不宜輕動；然而聖祖又何以不別葬孝莊太后？確有疑問在；而且不葬孝莊太后，梓宮又暫安在那裡？」

「在東陵。」瑚玐答說：「孝莊太后生前，養靜的一處宮殿，在養心殿與寧壽宮之間；聖祖下令，將這座宮殿好好兒拆下來，原樣移建在東陵，作為孝莊太后暫安之處。先父當時在工部當差，拆這座宮殿，他也派了差使的，據說：拆舊殿移建到東陵，先是一筆運費，就比新蓋一座殿的工料費用還多得多。」

「此亦略盡孝道之一端。」曹雪芹說：「以康熙年間國力之富庶，動用億萬，奉安太皇太后的梓官，亦不能謂之過舉；因為孝莊太后是有功社稷之人。」

「有功社稷，正就是隱痛的由來。雪芹，你說宮闈事祕，難有定論；但凡是不近情理的事，仍得要從情理上去推求。我跟好些在內廷當過差的宗親談過，看法大致相同，孝莊太后自以為曾失身於睿王，雖是為了社稷，但婦女名節，畢竟是立身之本，羞於跟太宗同穴；但在做孫子的聖祖，深知孝莊太后，忍辱負重，有不得已的苦衷，總覺得她不能與太宗合葬，是一件莫大的恨事。終聖祖一生，這件恨事是他耿耿於懷的，但實在想不出有甚麼可以彌補這莫大恨事的好辦法，只有拖在那裡再說。雪芹，你以為我這個論斷如何？」

「是的。除此以外，不能有更好的解釋。」

「孝莊太后崩於康熙二十六年十二月；第二年四月，撤殿移建東陵昌瑞山，定名『暫安奉殿』；聖祖每年祭拜，沒有一年斷過，孝思不匱到如此，實在令人感動，可是始終不能入土為安，聖祖的痛心，亦就可想而知了。」

「是的。聖祖之孝，在古今帝皇中實在少見。」曹雪芹說：「我聽先祖母談過，聖祖每次行圍打獵，或者巡幸各地，凡是得了難得珍饈，必定專差進奉太皇太后跟皇太后，這樣的孝心真難得。」

「而且皇太后並非聖祖的生母，那就更難得了。」

「是。這一層，我亦聽先祖母說過，聖祖跟近臣說過，二十四孝，所孝者都是繼母；如果是生身之母，理當如此，根本談不上孝不孝。」曹雪芹接下說：「越是如此，越無法解釋聖祖何以三十多年不葬祖母；其中必定有不能為第三者知的隱痛在，而此隱痛，倘非如老世叔所說，就不知那裡還有第二種說法了。」

「談到這裡，我倒不能不佩服先帝：雍正三年就將『暫安奉殿』原址起名『昭西陵』——。」太宗的陵寢在盛京，定名「昭陵」；東陵的昌瑞山，在盛京以西，所以名為「昭西陵」。瑚玐認為那是明快合理的措施；曹雪芹亦有同感。

「現在把話拉回來。」瑚玐說道：「大凡父母有不可告人的行為，除了本人以外，隱痛最深的是兒女；到下一代就比較淡薄，再一代更為淺薄，這就是聖祖數十年遲疑，不知道如何料理孝莊太后的身後；而世宗能出以明快措施的道理。雪芹，你覺得我這個看法對不對？」

「完全屬實。」

「好！你同意了，就好辦了。以睿王來說，身後不久，就被廢為庶人，撤廟享、抄家；他沒有兒子，以同母弟豫王之子多爾博為子；睿王剛死的時候，多爾博襲親王，襲爵而不降封，就是『世襲罔替』，成了『鐵帽子王』；到了睿王獲罪，多爾博歸宗，到後來才封為貝勒。康熙年間，對睿王毫無恩典，多爾博一子襲爵降封貝子；後來更降為鎮國公。從這些地方都可以看出來，聖祖對睿王亦是深惡痛絕的。」

「是的。倘非如此，以聖祖的仁厚，不至於這樣寡恩。」

「現在再說到我本支上來。」瑚玐一面想，一面說：「先王有子十一人，只有二房諱傅勒赫的，無罪復宗籍，康熙元年追封鎮國公，這位鎮國公有個孫子，也就是先伯，他的名字你總聽說過？」

「令伯的名字怎麼寫？」

「一個普，一個照。」

此人曹雪芹聽說過：「是年亮工的至親嗎？」

「是。」瑚玐答說：「年亮工是另一位先伯的女婿；世宗因為他是年亮工的叔岳，頗為拉攏，可是後來亦由於這個緣故而革爵。不過，聖祖對先伯是很賞識的。」

瑚玐又說：「我的意思是，先王與睿王同樣獲罪，同樣處分；但聖祖在日，就對兩家子孫的看待不同。經過世宗到今上，對睿王的成見漸漸淡了，先王亦就有再蒙恩典之望。雪芹，我很想在這方面，盡一番力量，要請你幫我。」

這是曹雪芹答應過他的，自然守諾不辭，「不過，」他說：「英王的生平，說實話，我所知甚少。」

「這，我當然知無不言，言無不盡。」瑚玐又說：「凡是做子孫的，總希望把祖宗寫得大賢大德，我倒不是這麼想法。人總是有長處、有短處的，沒有短處的人，大家沒有見過，這樣，就寫出來，大家就像聽一個人在談孔子、孟子似地，說句老實話，叫做無動於衷。這樣的寫法，乾脆說吧，是糟蹋筆墨。」

他居然有此迥異流俗的見解，曹雪芹頗感意外，同時也很欣賞，不由得說：「老世叔識見超卓，實在可敬可佩。」

「我是說實話。」瑚玐又說：「我請你為先王作傳，就是想把實在情形寫出來；既然如此，我怎麼好不說實話；而且，如果你寫得不實在，我也就根本沒有資格跟你說甚麼了。」

「我明白了。作傳原貴求真。」

「當然也有要為親者諱的地方。不過，可諱可隱，不必塗脂抹粉，把醜的說成美的。」

「是，是！史筆是容許這麼寫的。」

「先王立功之地，我大都到過；到了總要訪求當時的真相──。」

「喔，」曹雪芹對這一點很注意，打斷他的話問：「老世叔是專程到各地去訪求的？」

「專程去訪求的次數不多，只為機緣湊巧，這十來年我派的稅差，都在山海關內外、京東、京西，恰好是先王千里轉戰之地。譬如，『一片石』──。」

「一片石」為吳三桂請清兵，睿親王多爾袞大破李自成之地；這一仗打出了大清天下，曹雪芹便聚精會神打算著細聽他談「一片石」之役。

那知瑚玐喊道：「二虎，二虎！」

二虎是敦誠的小名，他生在雍正十二年甲寅；行二，所以叫二虎。當時奉召而至，在席前叩問何事？

「你不是在一片石做過一首詩嗎？」

「是。」

「拿來給雪芹先生看看。」

「是。我寫出來。」

寫好了送到瑚玐手裡，他看了看問：「就是這一首？」

「是。」敦誠答說：「那年我去看阿瑪，一共只待了兩天，就做了這麼一首詩。」

「我以為你是寫『闖王』李自成。」瑚玐有些失望，但仍舊將那首詩遞了給曹雪芹。

詩是一首五律，題目叫做〈烈女墓〉；前面有一篇小引：「烈女，前明一片石關戍卒女也。美姿容，性莊重，年僅十六，有惡劣挑之，訴於官，薄加懲責。烈女慚憤，遂自縊，奉勅建碑。前明御史傅公見過，為營葬，復弔以詩。余省家大人於一片石稅關時，大風吹野，白日陰晦，因訪烈女墓於荒荊蔓草中，憑弔之餘，繼以小詩，即次傅公原韻。」

那首詩是：「碣字古苔侵，荒煙蔓草深，黃雲橫大漠，白日下寒林；野女嚴如昔，貞風播至今，相過須下馬，一醻弔冰心。」曹雪芹很欣賞寫景的那一聯，覺得頗饒「唐音」。但與一片石的戰役無關，就不多談了。

「大家都知道，當時李自成領兵二十萬，親自出關迎戰，吳三桂作為大清兵的前驅；其實兩軍不分勝負，到了中午，先王跟豫王領騎兵兩萬，由吳三桂陣營右面突襲，個個奮勇當先；李自成所部潰不成軍，追奔逐北四十多里，方始收陣。這判勝負的一仗，是先王打的。入關以後——。」

據瑚玐說：清兵入關以後，李自成向北京西行，追剿之責，仍由英親王阿濟格擔負，將李自成攆到山西，方始班師。

清朝定鼎北京，分兩路用兵，一路南下，由豫親王多鐸率領；一路向西，討伐李自成，由阿濟格受命為大將軍，率領吳三桂，由邊外趨綏德；順治二年克延安、鄜州，進攻西安；李自成手下仍有數十萬人，阿濟格指揮吳三桂全面進剿，李自成不敵敗走，出武關南走入湖北境界，從襄陽直下武昌，李自成兵敗死於房山。這一路征戰的艱苦，與南下的豫親王多鐸，不可同日而語。

這一談談到日落黃昏，瑚玐還要客洗盞更酌，曹雪芹再三辭謝，道是英親王的生平尚未談完，近期內總還有幾次聚晤，不爭在此一夕，瑚玐方始作罷。

到家已是萬家燈火了，杏香在馬夫人那裡伺候開飯；在廊上看到曹雪芹臉上通紅，訝然問道：

「剛上燈你已經吃完回來了？」

「你是說中飯，還是晚飯？」

「怎麼一頓中飯吃了幾個時辰？」

「可不是！」曹雪芹說：「把太太的普洱茶，倒一碗我喝。」

「那得現熬。」

「不用。」馬夫人在堂屋裡接口，「我那一碗沒有大動，不過涼了。」

「就是涼的好。」

曹雪芹一面說，一面進屋，先看一看馬夫人的菜，然後就在飯桌旁邊坐了下來。

「你們談了些甚麼？一頓酒喝得這麼久？」

「談英親王阿濟格。」曹雪芹答說：「瑚玐要我給英王寫篇傳。」

「你答應他了？」

「是啊！」曹雪芹發覺母親的語氣有異，便加了一句：「英王的事蹟，我知道得不多，光聽瑚玐說，只怕寫不好。」

「你可得謹慎一點兒，英王的忌諱也很多。」

「我聽瑚玐說了，好像是因為睿王的關係。」

「也不光是睿王。」

一聽這話，曹雪芹大為興奮，有著一種「踏破鐵鞋無覓處，得來全不費功夫」的欣喜；心裡在想：原來母親就知道阿濟格的內幕！那就正好與瑚玐的話對照著參詳，求得真相。

「不光是關聯著睿王，還有甚麼忌諱呢？」

「鑲紅旗本該是英王的旗主。」馬夫人說：「其中好像還關聯著尚家；多年前的事，我也鬧不太清楚。這些老帳最好不要去翻它。」

這可是兜頭一盆冷水，曹雪芹不但掃興，而且酒也由於心冷的緣故，醒了一大半。

「最好不寫。」馬夫人又說：「要寫，也得先跟王府裡的幾個老人討教、討教，看甚麼能寫，甚麼不能寫？」

馬夫人是看愛子神色沮喪，為了安慰他才這樣說的。曹雪芹卻不明白她的用意，冷下去的心又熱了。

「瑚玐說，聖母在日，宮裡幾乎不談睿王多爾袞；不知道有這話沒有？」

「應該有吧！」馬夫人答說：「咱們曹家、馬家兩個佐領，原就是睿王旗下的，可是，我就很少聽老太太、老太爺談過多爾袞。」

所謂「很少」，意味著曾經談過；曹雪芹便又追問：「總也談過。不知道老太太、老太爺怎麼說？」其時杏香看馬夫人對談這些事的興致不高，怕曹雪芹打破沙鍋問到底，未免惹煩，因而藉故打岔，中止了他們母子的談話。

「後天替老太太擺供；大後天是秋月單獨上祭。」馬夫人交代，「你明天到『祖宗堂』裡去看看，讓老何帶著人好好收拾一下。」

「是。」曹雪芹忽然想到，「大伯跟伯娘的神主，是不是要重新立。」

「重新立你大伯跟伯娘的神主？」馬夫人不解地問。

「是。」曹雪芹說：「大伯跟伯娘如今是有女兒了。」

原來曹雪芹的伯父，名叫曹頫，身死無子，而曹雪芹的父親曹顒，尚未婚娶。照宗法來說，曹顒將來如有兩子，應以長子承繼長房；所以預先為曹顒的長子取名曹霈，曹頫的神主，即由將來不知有無其人的曹霈具名設立。

但再也沒有料到，曹顒早逝，而且只有一個遺腹子，當然不能起名曹霈，過繼給長房。曹老太太在日，族中倒有人提過由曹雪芹兼祧的事，曹老太太認為無此必要，她的話說得很痛快：「兼祧也罷，不兼也罷，反正就是芹官一個人。有些大戶人家講兼祧，若非為了遺產，就是想多娶一房媳婦；

兩房媳婦兩頭大，一山不能容二虎，沒的成天爭風吃醋，好好一戶人家，非吵散不可。將來芹官娶了媳婦，多生幾個，挑一個好的作為他大伯的孫子，頂大房的香煙，那才是正辦。」

曹雪芹如今的意思是，照曹老太太的意思辦，是久遠之計，但還渺茫得很，既然有改名曹霞的秋月，作為大伯之女，則由曹霞具名立主，奉祀有人，豈非順理成章的好事？

「想法倒不錯，不過不知道有這個規矩沒有？」

「規矩是人立的。這麼辦，絕不悖禮；不悖禮就是合乎禮。」

「也好。你跟秋月商量商量看。」

「娘，」曹雪芹說：「你得改稱呼了，她現在叫澄秋。」

馬夫人想了好一會說：「叫了幾十年，一下子要我改口，還真難。不過難也得改；我想，她的號最好把秋字擱在上頭，秋字一出口，想起來她不叫秋月了，下一個字自然會改；不然，開口就錯了。」

「娘這話通極！就倒過來叫秋澄好了。」

「那個澄？」

「澄清的澄。」

「秋澄，秋澄！」馬夫人唸了幾遍說：「好，我記住了。」

就這時，秋月施施然而來，馬夫人便叫：「秋——，」停了一下，方又叫出第二個字：「澄。」

秋月愕然，「太太說甚麼？」她問。

「我在叫你。」馬夫人笑道：「把你的號改了一下。」

等曹雪芹說明始末，秋月笑道：「對太太我可不改口了。反正『太太』是官稱。」

其時馬夫人已吃完了飯，杏春與秋月伺候她漱口、喝茶；閒閒地又談到了秋月身上。

「喔，」馬夫人對曹雪芹說：「你把改立神主的事，跟秋澄說一說。」

秋月——秋澄靜靜地聽完，神情肅穆地說：「在我是應當盡的孝心，不過，男女之別雖不必論；異姓入嗣，名字刊在祖宗堂，只怕族中會有人說話，倘或落了褒貶，我就對不起太太了。」

馬夫人點點頭，卻不作聲，表示她的話應該琢磨，曹雪芹卻又另有見解。

「義女不比義子。異姓之子，改姓入嗣，子孫姓曹而實不姓曹，還可以說是有亂宗之嫌；義女是人家的媳婦，那裡亂得了宗？」

「這話不錯。」馬夫人很有決斷地說：「行事只求自己心安，管不了那麼多！曹家的族人，向來勢利；咱們又長住在南邊，越發隔膜。當初回旗的時候，除了王府，也沒有那家看顧咱們一點兒，如今咱們的家務也用不著他們來過問。」

「太太這麼說，可真是拿我當曹家的女兒看待了。不過，立主向來要挑日子，大後天擺供的事，只好暫且擱一擱了。」

「也好。咱們索性從從容容，盡心盡禮辦一辦。好在後天給老太太上了供，我跟大家說明了，名分就算定了。不過，」馬夫人向曹雪芹說：「你四叔可一定得跟他說明白了！你明天去一趟，今天把你四叔跟兩位姨娘都請了來散福。棠官如果能告假，也讓他來見一見大姐。」

「是。」

於是第二天一早，曹雪芹便到了曹頫那裡，只見客廳中已有些人在等候，看服飾有的是官兒，有的是買賣人；其中有兩個他曾見過，一個是工部司官，一個是內務府營造司的筆帖式。這兩個人的身分，提醒了曹雪芹，想起曹頫在年初七那天要接收新蓋的和親王府，這些人自然是為這件事來接頭的。不過，他性厭俗客，只在窗外探看了一下，並未跟那兩人招呼。

「芹二爺，」何誠說道：「四老爺在花廳會客，你乾脆上書房坐吧。」

曹雪芹心想，看樣子曹頫一時抽不出空來跟他見面，而要談的事，又絕不能留話轉達。因而對於去留之間，頗費躊躇。

「芹二爺是不是有事要跟四老爺回？」

「是啊！」

「要緊不要緊？」

「當然要緊。」

「那我跟四老爺去咬個耳朵，請他到書房來一趟。」

「不，不！」曹雪芹搖著手說：「我要談的事，不是三言兩語能了結的。」他順口問道：「棠官這兩天回來過沒有？」

「昨天回來的，交了班有三天的假；今兒一早陪季姨娘燒香去了。」

這好！季姨娘不在家是個機會，秋澄的事，不妨跟極明事理的鄒姨娘談，請她轉告。於是由何誠通知中門上，鄒姨娘派她的心腹丫頭福順，來將曹雪芹接了進去。

新年裡彼此拜年，已經見過，這是第三次相會，但鄒姨娘倒像幾年不見親人似地，非常親熱。原來鄒姨娘並無兒女，棠官倒還忠厚，但季姨娘心地糊塗，只要棠官多關懷鄒姨娘一些，她心裡就會不舒服，常常罵棠官的一句話是：「女心外向，你別忘了你是我的兒子，不是女兒。」因此，鄒姨娘不免有孤立無援之感，對於曹家的親屬，都很客氣，尤其是對曹雪芹，心裡另有一番打算，所以格外籠絡。

當下先自馬夫人起，一一問到；然後動問：「今天怎麼倒有空來？」

「有件事，我娘叫我來稟報四叔；四叔正忙著，我想告訴姨娘也是一樣。」

「喔，你請說。回頭我來告訴你四叔。」

曹雪芹略想一想說：「娘是稟承老太太的遺命，替她老人家收了一個乾孫女；算是我大伯的女兒——。」

「啊！」鄒姨娘迫不及待地問說：「是誰？」

「自然是家裡人，不過不姓曹而已。」

「慢一點，芹二爺，你讓我想一想。」鄒姨娘沒有多想，便即說道：「必是秋月。」

「姨娘也覺得很合適，是不是？」

「其實早該這麼辦了。」鄒姨娘又問：「改不改姓呢？」

「不但改姓，而且改名。照我們『雨』字頭的排行，單名霞；雲霞的霞，號叫秋澄，姨娘明天見了她，別叫她秋月了。」

「喔，是明天行禮不是。」

「是給老太太擺供，祝告已遵遺命辦妥了。」曹雪芹又說：「我娘說，明天務必請四叔跟兩位姨娘來散福；順便也讓秋澄見禮。」

「好，我一定來。」鄒姨娘略停一下又說：「這件事辦得好。抬舉了秋月——啊，秋澄，也就是抬舉了仲四掌櫃；將來他們的感情一定更好。我常說，在曹家我最佩服二太太，從不說人一句閒話，行事可真是正派。」

「二太太」是指馬夫人，曹雪芹少不得謙虛一下，欠身說道：「是姨娘說得好。」

「我這是實話。你大爺我也見過，夫婦倆都是極厚道的人；不想沒有兒女，如今算是有了。」說著，鄒姨娘觸動心境。不由得有悒鬱之色。

芹官心知其故，卻不便說破；想起還有一句話要交代：「聽說棠官有三天假，明兒讓他也來散福。」

「我知道了，我跟你四叔說。」鄒姨娘停了一下，終於忍不住說了：「芹二爺，我得求你一件事。」

曹雪芹急忙站起身來說：「姨娘怎麼這麼說？有甚麼事，只要我辦得到，一定替姨娘辦。」

「這件事，恐怕光是你許了我，還不行。你四叔只有棠官一個，你四叔說過了，將來棠官有了兒子，把第二個給我作孫子；那知道──，」鄒姨娘向窗外看了一下，低聲說道：「季姨娘當著你四叔的面，滿口說好；背後有話，說是『第二個還不行；我總得有兩個孫子才保險。』你想想，這不是笑話不是？氣得棠官跟他娘發脾氣，說：『我兒子還沒有生，你倒已經在咒孩子了。』這話你四叔不知道，不過，季姨娘可是跟人斬釘截鐵地說過了：『將來我得有三個孫子，才能挑一個過繼給人家。』芹二爺，你想想，一定是把最沒出息的一個給我。再說，她的孫子我也不敢要；以她的脾氣，一定是不論管得著，管不著，她都要管，那就成天打飢荒吧！倒不如我不要她的孫子，還多活兩年。」

「姨娘也別想得那麼遠。」曹雪芹說：「棠官倒是顧大體的。」

「無奈他娘要干預。我已經死了這條心了。如今我要求芹二爺的是，你一定多兒多女，不管是男孩子，還是女娃兒，你給我一個。芹二爺，行不行？」

這話，曹雪芹答應不下，因為不是他能作主的；只是他很同情鄒姨娘的處境，而且也知道此事在她看得極重，因而不敢說一句敷衍的話。

「姨娘的意思，我完全明白，不過這件事我得問我娘。再說，也還不知道四叔願意不願意？」

「他一定願意。」鄒姨娘說：「我也知道，總得二太太點了頭才行；所以我只想問芹二爺一句話，二太太肯了，你肯不肯呢？」

「當然肯的。」話一出口，曹雪芹突然想起，還有一個關鍵人物，「姨娘，有一層不知道你想過沒有？你從別房過繼一個孫子過來，將來分家，你的孫子自然有份，可是那一來，季姨娘這一房，就少一份了。所以，也要看看她願意不願意？」

「我可不管她！」一向穩健和平的鄒姨娘微帶負氣地說：「總不能為她想獨得家財，我連個孫子都沒有。」

「話不是這麼說。」曹雪芹替她盤算了好一會說：「姨娘，這種家務事，你得站在理上，才不至於生煩惱，有後患。我為姨娘設想，將來棠官生了第二個兒子，你按照她自己說過的話，把孩子要過來；如果她不肯，你就說要我的兒子作孫子。拿這個挾制她，不怕她不肯。」

「這倒是個好法子，到底你是讀通了書的。不過，她以後要來干涉呢？」

「這也好辦，既然是要挾，就不必客氣，當著四叔跟族中長輩，把話說得明明白白，也就不必怕季姨娘以後歪纏了。」

「歪纏是免不了的。」鄒姨娘沉思了一會，自言自語地說：「只好照這個法子辦。」

正在談著，曹頫回上房來了；曹雪芹請個安說：「我娘有些話，要我來稟告四叔；我已經跟鄒姨娘說了，回頭請鄒姨娘跟四叔細細談。」

「喔，甚麼事？」

「很好的一件事。」鄒姨娘接口，「待會兒跟你細說。」

曹頫點點頭，對曹雪芹說：「初七接收和親王府，得延期了。」

「是，」曹雪芹問：「工程不能如期完成？」

「本來是可以如期的，和親王不知聽了誰的話，有一處地方要改，起碼得多費半個月的功夫。」

「既然是和親王的意思，四叔就不必擔甚麼干係了。」

「可是，這樣子下去，那一天才能交差呢？說不定到時候又出新花樣，一延再延，會耽誤你我的行程。」

曹雪芹想了一下說：「有個辦法，託誰在聖母皇太后面前進言，定了慈駕親臨的日子，那一來和親王就不能再出花樣了。」

「對，我託慎郡王去想法子。」曹頫又說：「上回擬聯擬匾，還差著好些；我本來想接收了以後，讓你好好兒花點心思，現在一時不能接收，你可也別閒著，有空就去看看，早點兒都弄齊了它。」

「是！」曹雪芹答應著，準備起身告辭。

「你在這兒吃飯吧！」曹頫說道：「吃完飯，我帶你去見一見慎郡王。」

曹雪芹很怕見貴人，但叔父所命，不敢違拗，只好答應著又坐了下來。不道正要開飯時，門上來報，和親王府的侍衛求見；曹頫便匆匆至花廳會客，隔不多久，復回上房，一踏進來便嚷著要換袍褂，原來是和親王召見，派侍衛套了車來，等著接他進府。

「四叔，今兒不能去見慎郡王了吧？」

「是啊！看樣子不行了。」曹頫關照：「你仍舊吃了飯再走。」

「不！我原是陪四叔。既然四叔有事，我還是回家。」曹雪芹說：「我娘還等著我回話呢！」

「對了！到底甚麼事，你長話短說吧！」

曹雪芹還真怕曹頫知道了秋澄的事，匆遽之間來一句「從長計議」，就可能變得夜長夢多，橫生枝節。因而只說：「明兒替老太太擺供，請四叔、兩位姨娘，還有棠官來散福。四叔，娘說：請你一定來。」

「是中午不是？」

「是。」

「好！明兒晚上我有應酬；中午有空，我一定來。」

於是叔姪倆同時出門，一個回家；一個去鐵獅子胡同和親王府。

趕到王府，和親王卻又不即出見，讓曹頫在花廳裡等了好久；和親王倒是派了人出來問：「曹老爺吃了飯沒有？」曹頫自然答說：「吃過了。」不過，乘此機會，不妨問一問和親王的動靜。

「十四爺來了。王爺正陪著喝酒呢。」

「十四爺」便是胤禎。他是早在皇帝即位時，便從幽禁的壽皇殿中釋放回府，乾隆二年封為輔國公；十二年晉封貝勒；去年正月終於復封郡王，稱號仍舊是恂郡王。皇帝非常同情「十四叔」，同時也很明白，他的皇位本應是「十四叔」的，因而採取了不尋常的手段，為叔父出氣——恂郡王的長子名叫弘春，當雍正元年，恂郡王被禁錮時，特封弘春為貝子，有人勸他辭而不受，甚至應該上書代父領罪，可是弘春不知貪戀爵位，還是畏懼先帝，竟無表示。而先帝亦恩威並用，一會兒封爵，一會兒又坐胤禩一黨革爵；過了兩年再封輔國公，看他謹畏小心，逐步進封為貝子、貝勒，至雍正十一年封為泰郡王，這個封號暗示他要持盈保泰，弘春也做到了，但先帝卻又變了主意。

原來先帝自雍正七年一場大病，病癒後性情多少變過了，自知對恂郡王有欠友愛，很想和解，因而降諭責弘春輕佻，降封貝子，表示願修好於同母弟，但恂郡王置之不理。及至當今皇帝即位，斷然決然地革了弘春的爵；別封恂郡王第二子弘明為貝勒。這一處置，很合恂郡王的心意，因而不念舊惡，對當今皇帝，頗為支持。

富貴如舊，恩怨了了，但恂郡王的心靈上，真是創鉅痛深，因而萬念俱灰，杜門謝客，郡王應行的儀典，已經奏明皇帝，一概蠲除，平時往來的宗親，只是極少數的幾個，和親王便是這極少數中之一。

既然是難得出門，一來自然也懶得動了；曹頫預計他們這頓酒，非飲到日落黃昏不止：飢腸轆轆，去留兩難，正在大感苦惱之際，和親王居然親臨接見了。

「累你久等，抱歉之至。」和親王升炕獨坐，指著旁邊的凳子說：「你也坐下來談。」

「是！」曹頫簽著身子落座，口中說道：「王爺交代要改的地方，一破了五就動工，大約半個月完事。王爺在二十以後挑個好日子進府吧！」

「不忙！不忙！我今天請你來，就是要談這件事。」

曹頫心中一跳，莫非又有新花樣？但口中只能應聲：「請王爺吩咐。」

「今兒皇上召見，說西邊的軍務可慮，已經降旨，命傅恆先回京。不過，」和親王加重了語氣說：「亦非全無勝算，只怕曠日持久。皇上的估計，如果有捷報，總在一個月內可到；過了一個月就不大有希望了。」

「是。」曹頫問道：「那時候是增兵呢？還是班師？」

「自然是班師。」和親王說：「勝之不武，而錢糧倒花了幾千萬了；打仗真不是好事！皇上似乎也有點兒懊悔。再說，後年南巡，老百姓難免受累，如今再不休養生息，怎麼行？」

「是。皇上英明。」

「英明是英明，不過──，」和親王縮住口，等了一下說道：「咱們談正題吧！我在年前面奏皇上，新府快落成了，打算奉迎聖母皇太后臨幸，好好樂它幾天。皇上今天跟我說，如今軍務吃緊，似乎不宜鋪張，如果有捷報，不妨熱鬧一下；否則就得擱一段日子。因為，」他放低了聲音說：「八旗派出去的兵，死得不少；而上諭一再說錯用了張廣泗、訥親，八旗不免有怨言，說皇上不能知人善任，害大家白送性命。打了勝仗還好，偃旗歇鼓回來，大家更覺得窩囊。這士氣不能不顧。」

「是。」曹頫乘機說道：「既然皇上有這個意思，王爺仰體聖心，如果再有興作，似乎也不大相宜。」

「正是這話。你擱在肚子裡好了。」

「是。」

事情是弄明白了，曹頫卻是亦喜亦憂，喜的是，和親王府拆拆改改，似乎永無了期的工程，終於可以結束了；憂的是，和親王一日不接收新府，他的肩仔一日未卸，曠日持久，恐怕會耽誤他的江南之行。

曹頫非常重視他未來派赴江南的差使。年紀大了，不免戀舊，江寧是他兒時遊釣之地；綠楊城廓的揚州，亦不知留下了他多少溫馨的回憶，此外蘇州、杭州無不想起來就神往，近年來他好幾回夢到煙水江南，甚至有一回還在夢中哭醒。除此以外，當然也難忘雍正那年抄家的光景，但這些年的境遇，已沖流了那些悽慘的日子，倒是患難之中曾經存問的舊日親友，記憶中歷久彌新，如今家道重興，這份欣慰亦待與舊雨同享。所謂「衣錦還鄉」的喜悅，他彷彿已經感覺到了。好不容易有這樣一個得償宿願機會，到手而又失去，未免於心不甘。

這樣怔怔地想著，竟忘了身在何處？直到聽得和親王喚他，方始警覺。

「喔，」他歉疚地問：「王爺還有甚麼吩咐？」

「我想問問你，坊間有甚麼新出的稗官說部沒有？」

這一問，將曹頫問住了，他是從來不碰此道的；想了一下答說：「我得問問舍姪，他常到琉璃廠去的。」

「聽你這話，就知道你是外行，琉璃廠不賣那些書。」和親王笑道：「那些書得到打磨廠一帶去找。」

原來琉璃廠書鋪，只賣舊書，要覓宋元精槧，或者孤本善本，才到那裡去物色；所以逛琉璃廠書鋪的，不是達官朝士，便是騷人墨客。

琉璃廠在正陽門西；東面有一條大街，由正陽門大街通崇文門大街，名為打磨廠，另有一處書市，鋪主大都為江西金谿人，那裡出一種薄紙，名為「清江紙」，因勢利便，金谿人在京中經營書鋪的很多，他們賣的都是新書，大致分為三類，一類是闈墨，舉子趕考必須買來揣摩，所以每逢鄉試、會試之年，生涯鼎盛，熱鬧非凡；再一類是「三百千千」——蒙童所讀的《三字經》、《百家姓》、《千字文》、《千家詩》，合稱「三百千千」，京畿附近賣這類書的店家，都到這裡來批發。再一類就是稗官說部了，《三國演義》之類的小說以外，最好賣的是「禁書」；也就是所謂「淫書」，薄薄一本，字跡模糊不清，但索價甚昂。和親王所指稗官說部，即指這些書而言。

因此，一聽和親王說要「到打磨廠一帶去找」，曹頫終於明白了；而且也想到了羅致這些書的法子。一時好奇心起，開口問道：「王爺也拿這些書來消遣？」

「不是我。」和親王停了一下說：「跟你實說了吧，是十四爺。」

原來是恂郡王。想想也難怪，杜門不出，長日如年，如果要找不費心思的消遣，這些書是最適合了。

「王爺，要找這些書也容易，派人跟禁城御史說一聲就是了。」

「啊！不錯。」和親王說：「這倒是一條捷徑。」

巡城御史專管地面，查禁淫書也是巡城御史的職司；凡是禁書一經查獲照例銷毀，無數可稽，所以查到了這些書，執事的官員吏役，隨意取幾本帶回家看，是不足為奇的事。找到巡城御史，就一定有辦法弄到這些書。

不過，以和親王的身分，實在不便幹這樣的事；同時又不便直接託曹頫去辦，所以很含蓄地問：「你有相熟的巡城御史沒有？」

曹頫明白他的意思，「我沒有。」他緊接著說：「不過總可以找得出人來。」

到這時候和親王才說：「那就請你多費心吧。」

曹頫答應著辭別回家，寫了個短簡，派人送給工部營繕司派到和親王府工地，專司工款出納的筆帖式德振，請他晚上來喝酒。

到了傍晚，德振應約而至，燈下小酌，先將和親王這天找他去談新府之事，細細說了一遍；也將他亦喜亦憂的心情，告訴了德振，問他有甚麼早日得卸仔肩之計？

「這得跟來大人回。」德振答說：「咱們完了工，造好報銷，請來大人派人來驗收，不就交差了嗎？」

「此言有理。」曹頫深深點頭，「不過，凡是王公府第，都歸宗人府管，來大人還得跟宗人府商量。」

「和親王是右宗正，四爺當面跟他說一聲好了。」

「就是不能當面說，一說，倒好像我急著跟他要那個派到江南的差使似地。」

「這也沒有甚麼不能說的。四爺的差使，關乎後年南巡，是個要差；就和親王也不敢耽誤的。」

曹頫為人拘謹，德振雖多方鼓勵，他總覺得不宜跟和親王實說；最後的結論是，先回明了來保再作道理。

「還有件事，」曹頫問道：「最近常見崔都老爺沒有？」

「還是年前見過。」德振答說：「過年停工，我只前天到工地去看過一次。巡城的都老爺是『夜貓子』，白天見不著的。」

「你能找一找他嗎？」

「能！怎麼不能？」德振問道：「甚麼事？」

「也是和親王所託，想找些新出的淫書。」

「淫書？」

「我想大概是。」曹頫又說：「不管它是甚麼，反正新出的那些薄本子的小說，請他多弄一點兒來，越多越好。」

「這是幹麼？和親王送人啊！」

德振倒是猜著了，但曹頫卻不肯明說是恂郡王要看，只這樣答說：「誰知道他幹甚麼用？他沒有說，我亦不便問。」

「好！我今兒就派人去找他。」

「喔，」曹頫想到了，「聽說這些書賣得不便宜；得跟崔都老爺意思意思吧？」

「這個，四爺你就甭管了，都交給我好了。」

「好，好，拜託，拜託。」

德振知道這是個小得不能再小的差使，但因交派這差使的人不同，便成了個很重要的差使；而且不能假手於人，否則傳出去不大好聽。所以他辭出曹家，特意去看外號「臭都老爺」的北城巡城御史崔之琳。

崔之琳住在西城紅羅廠，與曹家不遠；德振看此時不過起更時分，查夜還早，便到崔之琳家去看他。年前為了送節禮，來過一趟，確實地址已不甚記得清楚，但也不難打聽；進了紅羅廠西口，找「堆兒」上的兵丁問道：「北城的崔都老爺住那兒？」

「那不是？」

德振抬頭一看，十來家門面以外，有一輛騾車，車上高挑一盞大燈籠，依稀看得出上有一個「崔」字，心想來得很巧；看樣子崔之琳快出門了，晚來一步就會撲個空。

到得崔家才真巧，迎面遇見崔之琳從大門內出來，「啊！德大哥！」崔之琳問：「這麼晚，你怎麼來了。」

「有點小事拜託。」

「那就請說吧！」

這種事不宜當著他的隨從兵丁談；躊躇了一會說：「回頭我再去看你好了。」

內務府官員常有不足為第三者道的話，崔之琳便不再追問；同時想起一件事，覺得德振這個人很

「外場」，路子也寬，或許可以託他，當即說道：「德大哥，這樣子，過年查夜是應個景，我出去轉一圈就回來，回頭我請你到一個好地方去喝酒。」

「是甚麼好地方？」

「這會兒天機不可洩漏，離我這兒不算遠，你是回頭到舍間來，一塊兒去呢？還是直接來找我？」

「你不說地方，我到那兒去找你。」

「是這樣的，」崔之琳將他拉了一把，走到僻處，低聲說道：「磚塔胡同三寶家。」

「喔，」德振笑道：「『兔子不吃窩邊草』，而且你也撈過界了。」

「完全是兩碼事。閒話少說，咱們定規了它。我看，你就直接去吧！再晚也不要緊。」

德振打著崔之琳的招牌，在勾欄中亂闖；好在磚塔胡同，他也有熟地方，便即說道：「回頭我在天喜班；你到了那裡，派夥計來招呼我好了。」

「好！就這麼說。」

德振本預備回家「過癮」，這一下，變了主意，直接驅車到天喜班；他有個相熟的姑娘叫彩鳳，這天沒有客，便在她屋子裡開燈抽大煙。

抽過四筒，精神好得多，便跟彩鳳閒聊；這些地方每天都有新聞，彩鳳又很健談，一聊開來，無休無止，聽得「廳兒上老爺」查街的聲音，不由得就問：「北城的臭都老爺，你知道嗎？」

「臭都老爺？」彩鳳笑道：「你別嫌他臭，可有人當他香餑餑呢！」

「誰當他香餑餑？」

「三寶家的掌班。」

「怪不得！」德振恍然大悟，「你倒說我聽聽，是怎麼回事？臭都老爺跟三寶家的掌班好上了？」

「是啊！不然怎麼會當他香餑餑呢。不過，」彩鳳又說：「只怕也好不久。」

據說，三寶家的掌班原是楊柳青的小家碧玉，與人私奔，而所遇不淑，在天津侯家班成了窯姐兒，花名叫大金鈴，紅了有三、五年，手頭很積了幾文，便贖身出來，自己當了老鴇。

天津的老鴇，每每找一個「混混」作靠山，其名謂之「杈桿兒」。大金鈴的這個「杈桿兒」牛三，人比較忠厚懦弱，在天津常受人欺侮，看看這個碼頭混不下去，便勸大金鈴到京城裡來找路子，正好三寶家原來的掌班家裡出了事，不想再幹這一行；經人說合由大金鈴花了兩百銀子來接手。盡心盡力幫著她，局面弄得很不壞，在磚塔胡同是提得起名字的一個班子。

「前年還是大前年夏天，」彩鳳說道：「牛三洗澡摔了一跤，把脊梁骨上的一根筋摔壞了，求醫問藥，花了好一筆錢才治好；那知道看是好了，實在沒有好。大家先還不知道，只覺得大金鈴跟牛三一向好得蜜裡調油似地，為牛三摔傷了，真捨得大把花銀子替他治病，不想傷好了，感情倒壞了，先是三天兩頭吵架；後來像個冤家似地，不理牛三，到後來索性要攆牛三。德大爺，你知道為甚麼？」

「你不說了嗎？傷處沒有好，想來是那根筋上的毛病。」

「對了！那一跤摔得真不是地方：原來那根筋是管，管——，」彩鳳掩嘴笑道：「我不知道該怎麼說了？你去猜吧！」

德振想了一會說道：「我明白了，牛三從把那根筋摔傷了以後，就不能『辦事』了？」

「你猜對了。」彩鳳接著又說：「牛三雖說老實，到底是混混出身，死皮賴臉不肯走。這時候，就有人給大金鈴出了個餿主意，說像牛三這種人，只有一個人能治他，那就是巡城的都老爺——。」

「這不對吧？」德振插嘴說道：「磚塔胡同歸巡西城的都老爺管轄，臭都老爺是北城，管得著嗎？」

「你聽我說嘛！話還沒有完呢。」彩鳳接下去說：「巡西城的方都老爺人很正派，他不但不肯管這種事，也沒有人敢跟他去說。結果，還是那個人出的主意，說是只要是都老爺就行，找牛三一個毛病，拿片子往宛平縣一送；宛平縣絕不敢說臭都老爺管不著西城，把牛三給放了。」

「如果是肯這樣辦，當然，宛平縣不能不賣老崔的帳。」德振問道：「後來呢？」

一個連王公大人見了都不能不忌憚的「都老爺」，只要肯貶低自己的身分，跟一個當杈桿兒的混混作對，當然必占上風。有一回崔之琳穿了便衣到三寶家，大金鈴一見靠山來了，故意找岔罵牛三，罵的話很刻薄，牛三忍不住對罵，崔之琳便出面干預，拿一張名片將他押送宛平縣；地痞流氓在他處滋事，照例遞解回籍，請當地衙門懲處。牛三挨了二十大板，解送天津縣，又挨了一頓板子；他倒不恨大金鈴，只恨極了崔之琳，在天津放出一句話：「我不能進京去找他；姓崔的可也別上天津來！教我撞見了，白刀子進，紅刀子出。」

「也許就是因為這句話，大金鈴覺得臭都老爺幫的忙太大了。德老爺知道的，煙花女子要報恩，就是賠上自己的身子。」彩鳳笑一笑說：「有人說，自有磚塔胡同以來，掌班的要算大金鈴是頂尖兒；為甚麼呢？有都老爺給她當杈桿兒，真是闊極了。」

「那，」德振問道：「你怎麼說好不久呢？」

「還是跟牛三差不離的緣故。回頭你一看大金鈴就知道了，那個浪勁兒，臭都老爺也對付不了。大金鈴常背著他另外找人；聽說臭都老爺已經發過兩回脾氣了。有人就勸大金鈴，倒不如送臭都老爺一筆錢，一刀兩斷了吧。」

德振沒有想到崔之琳是如此不堪，因此當三寶家派了夥計來請他，他口中說「就去」卻懶洋洋不肯動身。

「德老爺，人家在等著哪！你怎麼不走？」

「臭都老爺在三寶家是那麼一種身分，我去當他的客人，有甚麼面子。我不去了。」

「不，不！德老爺，那一來你就送了我的忤逆了。求求你，千萬別這麼著，請吧，請吧！」說著，一手從帽筒上摘下德振的皮帽子，一手去拉他起來。

德振心想，說了去不去，崔之琳當然要追究原因；而且也必然會懷疑，他是在天喜班聽了他的許多醜聞，方始變了主意。那一來，還能饒得了這裡的掌班跟彩鳳？

這樣轉著念頭，自然非踐約不可了。

一到了三寶家，早就有人迎在門口了。當然不必按接待一般狎客的規矩，由夥計領到內院，交給那個姑娘的「跟媽」領入屋內；而是直接繞過院子，到最後特為隔開來的一個小院落，裡面有一明一暗兩間屋，進了明間，隨即看到暗間的門簾掀開，露出來一張血紅嘴唇的銀盆大臉，用天津衛的大嗓門說：「德老爺，你老裡坐。」

想來這就是大金鈴了。德振此時不忙細細打量，點一點頭踏了進去；只見崔之琳一手持著煙槍，一手撐著炕沿，正起身來迎接。

「來、來！德大哥，請躺下來；剛打好了一筒。」

「多謝！我過了癮了，你自己請吧！」

德振遊目四顧，只見裱糊得四白落地，有梳頭桌、有條案，凳子上還蒙著棉套子，四壁貼了幾張極鮮豔的年畫。炕上簇新的被褥，加上熊熊的爐火，頗有春深似海之感。

「這屋子很舒服啊！」

「德大爺誇獎！小地方，不中看。」大金鈴捧來一壺茶，斟了一杯說：「你老喝杯熱茶；剛悶透了的『高末』。」

「勞駕、勞駕！」德振在她低頭斟茶時，便已細看，三十出頭年紀，頭髮又厚又黑，梳個翹尾巴的喜鵲頭，臉上濃脂厚粉，右頰還點了一粒美人痣；高眺身材，前挺後突，綁腿棉袴下面，居然是一雙纖足。心裡便想，這麼一匹野馬，絕不是「臭都老爺」駕馭得了的。

這時崔之琳已抽完了剛打的那筒煙，起身說道：「我的煙也夠了。喝酒吧！」

「在炕上喝，還是下來喝？」大金鈴問說：「下來喝吧！省得收煙盤。」

於是大金鈴叫人來搭開條案，拉起兩面活板，成了一張方桌，擺在當中。端上來很大的一個「盒子菜」，一大壺酒；又是兩籠燙麵餃。主客對坐，大金鈴打橫相陪，不斷為德振布菜，極其殷勤。

「德大哥，甚麼事，你請說吧！」

「我想找點兒薄本兒的書。」德振說道：「大概你一定有。」

「薄本兒的書？」崔之琳想了一下問說：「你是要字呢？還是要畫？」

「還有畫？」

「有啊！」崔之琳指著大金鈴說：「有她在這兒，要多少，有多少。」

這話當然要問，春冊子怎麼找大金鈴要多少就有多少？但也不必問，他聽彩鳳說過，大金鈴原是楊柳青的小家碧玉，那個地名極雅致的地方，除了年畫馳名南北以外，也出春冊子；把它當作養家活口的營生來看，自然不起邪念，或者說自幼耳濡目染，無足為奇，所以未出閣的閨女也是施朱著彩，能畫春冊子。

轉念又想，還是不能不問；不問容易啟人疑竇，因而隨口回一句：「怎麼呢？」

「她娘家在楊柳青。」

「喔，喔，是了。」德振答說：「有好的，不妨看看。」

「那一本《唐詩三百首》還在嗎？」

「給了人了。」大金鈴答說：「德老爺要，我捎信回去；總得半個月才能有。」

「好！好！我要。」德振問道：「怎麼叫《唐詩三百首。》」

「實在是唐詩三百句。」崔之琳答道：「不過取個題目，像『蓬門今始為君開』、『春潮帶雨晚來急』甚麼的。」

「這倒也別致！」

德振本想多弄幾冊，轉念又想，不但王府，大戶人家那一家也少不了這些東西壓箱底，據說一可防「鐵算盜」；二可防火——相傳火神祝融氏是女身，脾氣極壞，常一怒而施虐，但畢竟是女的，一見了那些赤身露體的春畫，羞得掉頭就跑，便可免除一場祝融之災。

「別致的還有。」崔之琳向大金鈴說：「你讓他們多捎些來。」

「不必，不必！」德振說道：「有字的，倒不妨多弄一點兒；要新出的。」

「怎麼？」崔之琳問說：「德大哥，是你自己消遣，還是送人？」

「既非自己消遣，亦不是送人，是受人之託。」德振又說：「崔都老爺，咱們話可說在前頭，連字帶畫的本子冊子，我不能讓你破費；你破費了，於我也沒有好處，該多少是多少，不必客氣。」

「小事，小事！來，德大哥，你請乾一杯，我有點事跟你核計、核計。」

「是。」德振乾了酒問：「甚麼事，你說吧！」

「你知道的，巡城一年一輪，我的期限快滿了。」

「嗯。」德振點點頭，已知道是怎麼回事了；巡城御史雖一年一派，及期瓜代，但只要有路子蟬聯或者改調他處，都不是沒有先例的。

「不瞞德大哥說，你能不能替我想個法子？」

「法子怎麼想？」

「能不能請和親王交一張條子給我們堂官？」

「這，崔都老爺，我跟你說老實話，我還沒有那個能在和親王面前說話的面子。」德振想了一下問說：「五城御史不歸河南道考核嗎？你如果想連一連，或許有法子可想。」

「不、不！我不是想連一連，是想調山東道；如今的新規矩……。」

崔之琳所說的新規矩，是指年前由都察院、吏部會同議奏，奉旨重新分配都察院各道御史職掌的辦法。原來都察院御史就省份分道，稽查本省案件，一共是十四道；另外有六道御史兼理在京各衙門案件，職權特重，這六道是河南道、江南道、浙江道、山西道、山東道、陝西道，論責任河南道最重，特旨交辦案件及在京文武官員的考核，都歸此道辦理；論事務則江南道最緊，因為稽查戶部而戶部所屬的衙門特多。

十四道以外，另有一道為「京畿道」，專司稽察在京大小衙門的卷宗，而直隸及盛京地方的案件，卻不歸京畿道而由十四道分辦，事無專責，頗不合理，因而特為作了一次改革，京畿道併入十四道共為十五道，直隸及盛京地方案件，歸京畿道承辦。此外六道所管太多，斟量調整，分歸其餘八道。

德振聽完以後問道：「崔都老爺，你何以想調山東道呢？山東道管甚麼？」

「山東道稽察刑部、太醫院、河道總督衙門，兼查五城竊盜命案。」崔之琳又說：「而且除江南道設滿漢御史各四員以外，就數山東道各設三員最多了。缺分多，活動起來比較容易。」

德振恍然大悟，稽察河道總督衙門，便有出差到河南、江蘇的機會；外官肥缺除了鹽運使以外，便數河道總督，歲修銀子一年四百萬，平常年分，只要用上十分之二、三，便可保安瀾，公款多得用不完，所以不論「南河」還是「北河」，從大年初一到年三十，無分晝夜開流水席、掌杓的廚子好幾十，每人只管一樣菜，或者魚翅，或者烤鴨，上完了這道菜，換上緞面皮袍，瀟瀟灑灑逛窯子去了。

當然，過境大小官員，告幫求貸，或者有意來打秋風，亦必得看情形敷衍；因此御史出差，除了巡鹽以外，巡河亦是令人垂涎的好差使。

「原來崔都老爺是想去巡鹽？」

「巡鹽？」崔之琳搖搖頭：「那輪得我？那是『掌印』御史，還得真有靠得住的路子，才能到手。」

「那麼，你貪圖甚麼呢？」

「不是貪圖。」崔之琳說：「也是一班太監跟我說，好些竊案，每每把他們牽涉在內，冤枉官司不知道打了多少；他們就想有個人來替他們伸伸冤。這一年我在北城，認識的太監不少，他們的苦衷，實在可以同情。」

德振心想，原來崔之琳是想包庇竊盜，這也未免太下流了。當即答說：「和親王這條路子走不通；如果有別的可以效勞之處，一定盡力。」

「那麼，德大哥，你能不能把你們『堂郎中』邀出來，我請他吃頓飯，先見個面。以後的事，我自己來。」崔之琳復又敬酒：「德大哥，這一點總辦得到吧？」

這個要求德振大致還能辦到，自不便拒絕，當即問道：「你打算請在那兒？」

「德大哥，你看那兒合適，我就請在那兒。反正一切拜託了。」說著，崔之琳拱一拱手。

「言重，言重！」德振答說：「不過，這幾天大家都忙，應酬也多，總得過了元宵，他才有空。」

「是的，是的，我知道。內務府的堂郎中是第一個大忙人。反正，只要約到，晚幾天不妨。」

聽得這麼說，德振心便寬了；好在還有曹頫，他跟堂郎中極熟，轉託他一定可以如崔之琳的願。

就這時有個夥計奔進來通報：「掌班，方都老爺查夜來了。」

「好，我就來！」大金鈴起身向崔之琳問道：「上回他就問我，崔都老爺是不是常到你這兒來？我說偶爾來一回。今兒他如果再要問，我怎麼說？」

「你——，說我在這兒；請他進來喝酒。」

大金鈴點點頭走了。德振卻看出來，崔之琳有些色厲內荏的模樣，心裡倒不免嘀咕，如果「方都老爺」真的進來了，局面尷尬，自己夾在中間受窘，可有些划不來了。

但崔之琳似乎有意要掩飾他內心的不安，反而大聲說話：「你看這個人怎麼樣？」

「你是說大金鈴？」德振笑道：「三十如狼、四十如虎，你可得小心。」

「不怕！我是伏虎羅漢。」

「羅漢沒有用，要金剛不壞之身才好。」

崔之琳笑一笑，低聲說道：「我送你點藥，你要不要？」

「甚麼藥？」

崔之琳知道他是明知故問，管自己說道：「這一年我在北城，結交了好些有頭有臉的太監；跟他們混熟了，好處真還不少。我的藥就是太監送的；告訴你吧，提起這種藥，來頭還真不小。除了宮裡，那兒也沒有。」

「這麼說，是御用的。」

「宮裡不叫御用，叫『上用』。」

說著，崔之琳站起身來，在炕摸索了好一會，取來一個燒料的瓶子，拔開塞子，小心翼翼地倒出來數粒桐子大、紫色的丸藥，托在掌中，送到德振面前。

「你聞一聞！」

「好香！」德振問說：「是麝香吧？」

「不錯。不過麝香有三等，第一等叫『遺香』，是麝鹿自己剔出來的，極其難得。平常最好的麝香叫『臍香』，是第二等。」德振又問：「這藥，你知道是誰服的？」

「誰？」

「雍正皇帝。」

一聽這話，德振就不敢要了。「這是很貴重的藥。」他說：「你留著送別人吧！」

德振不但不敢要他送的藥，而且對崔之琳大起戒心，此人結交太監，包庇竊案，而且偷盜禁中珍藥，一出了事，罪名不輕。這樣一個下流不安分的言官，以敬而遠之為宜。

因此當大金鈴回進來說，巡西城的方御史邀崔之琳相見時，他正好乘機告辭。崔之琳不願他走，大金鈴也幫著挽留；但德振推說有「內廷差使」，其時已子末丑初，睡得一兩個時辰，便須進宮，崔之琳方始放他。

「你要的東西，我明兒上午送到府上，我奉託的事，你可千萬擺在心上。」

「好，好！」德振連連答應：「絕不能誤了你的事。」

崔之琳倒是言而有信，第二天午前，送來一批「薄本兒」的書，甚麼《肉弄堂》、《僧尼孽緣》之類，不下三十種之多；而且大多是年前年後新刻的板。德振厚犒了來人，匆匆吃完午飯，去看曹頫。

曹頫正要出門，是去「觀禮」——馬夫人為曹老太太認秋澄作孫女；當時交代季、鄒二姨娘坐車先走，他會完了客再去。

「幸不辱命。」德振指著用布袱包好的一包書說：「都虧得崔都老爺幫忙。」

「呃，他破費得不少吧？」曹頫答說：「應該送他幾十兩銀子。」

「那倒無須。不過，有件事得請曹四爺幫他一個忙。」德振說道：「他想請安五爺吃個便飯，能不能請曹四爺代為約一約。」安五爺便是內務府堂郎中豐安。

「怎麼？他是有事託安五爺？」

「那就不知道了。」德振故意不提崔之琳的打算，只說：「他想認識認識安五爺。」

「那，」曹頫說道：「我幾時在舍間作個東，把他們都約了來見面就是。為修和親王府，崔都老爺總算幫了忙的，我請他吃頓飯；在安五爺面前表一表對他的謝意，也是應該的。」

德振覺得借這個名目給他們拉攏，倒是不落痕跡的好辦法，當時便同意了。

「不知道安五爺那天有空，我問好了，再請你去約他。不過，總得元宵以後了。」

「我也是這麼說。」德振站起身來，「我就等信兒了。」

高陽作品集·紅樓夢斷系列（新校版）

大野龍蛇 上冊

2022年5月三版
定價：平裝新臺幣380元
精裝新臺幣550元

著者 高陽
叢書編輯 董柏廷
校對 吳美滿
封面設計 兒日

出版者 聯經出版事業股份有限公司
地址 新北市汐止區大同路一段369號1樓
叢書編輯電話 (02)86925588轉5388
台北聯經書房 台北市新生南路三段94號
電話 (02)23620308
台中分公司 台中市北區崇德路一段198號
暨門市電話 (04)22312023
台中電子信箱 e-mail：linking2@ms42.hinet.net
郵政劃撥帳戶第0100559-3號
郵撥電話 (02)23620308
印刷者 世和印製企業有限公司
總經銷 聯合發行股份有限公司
發行所 新北市新店區寶橋路235巷6弄6號2樓
電話 (02)29178022

副總編輯 陳逸華
總編輯 涂豐恩
總經理 陳芝宇
社長 羅國俊
發行人 林載爵

行政院新聞局出版事業登記證局版臺業字第0130號

本書如有缺頁，破損，倒裝請寄回台北聯經書房更換。
聯經網址：www.linkingbooks.com.tw
電子信箱：linking@udngroup.com

ISBN 978-957-08-6295-9 (平裝)
ISBN 978-957-08-6298-0 (精裝)

國家圖書館出版品預行編目資料

大野龍蛇 上冊/高陽著．三版．新北市．聯經．2022年5月．
440面．14.8×21公分〔高陽作品集·紅樓夢斷系列（新校版）〕
ISBN 978-957-08-6295-9（平裝）
ISBN 978-957-08-6298-0（精裝）

863.57 110005064/5